SUN VALLEY HIGH - SAVAGE

DANIELA ROMERO

Übersetzt von
RAMONA KRENZ

COFFEE AND CHARACTERS

ÜBER DAS BUCH

Es ist schwer, einen Teufel zu ignorieren ...
Besonders, wenn er eine unvergessliche Nacht verspricht.

Eine Nacht.
Keine Namen.
Keine Nummern.

Das war unser Deal.
Ich wollte wegziehen. Ich würde ihn nie wieder sehen und ich
würde Sun Valley ohne Reue verlassen.
Aber ich bekam mehr, als ich erwartet hatte. Und neun Monate
später brachte ich einen kleinen Schatz zur Welt, mit zehn
winzigen Fingern und zehn perfekten Zehen.

Eineinhalb Jahre später kehrte ich zurück.
Und dieser Teufel ist nicht länger der Teufel aus meinen Träumen.
Nun verfolgt er mich in meinen Albträumen.
Er ist grausam.
Er ist sündhaft.
Und ich bin nicht mal ein Punkt auf seinem Radar.

Ich kam mit guten Absichten. Fest entschlossen, ihm die
Wahrheit zu sagen. Aber jetzt, wo so viel auf dem Spiel steht,
fange ich an, es mir anders zu überlegen.
Denn ein weiterer Pakt mit dem Teufel könnte ein großer Fehler
sein.

PROLOG

„Mach schon, Bibi!", quengelt Monique, bevor sie eine Schicht klaren Lipgloss auf ihre vollen Lippen aufträgt. „Wir werden zu spät zu der Party kommen. Die, auf die du unbedingt heute Abend gehen wolltest.", erinnert sie mich jetzt und spielt mit ihrem Haar. Die dunkelbraunen, geflochtenen Zöpfe hängen ihr bis knapp über die Schultern. Sie schaut mich durch ihr Spiegelbild an.

„Ich habe nichts zum Anziehen!" Ja, ich weiß, ich jammere, aber meinen Kleiderschrank nach etwas Aufreizendem zu durchforsten, oder zumindest nach Klamotten, die nicht sofort schreien „Ich gehe auf eine spießige Privatschule", ist so gut wie unmöglich. Und ein Suncrest Saint zu sein, ist nichts, womit man angibt, wenn man sich unter die Sun Valley Devils mischt. Auch wenn diese Zeit vorbei ist. Mit etwas Glück treffen wir heute Abend auf keinen der echten Devils. Das würde nur Probleme verursachen, besonders da Moniques Bruder zufällig einer von ihnen ist.

Er hatte letzte Woche einen Autounfall und erholt sich zu Hause, also sollten wir sicher sein. Zumindest hoffe ich das.

„Offensichtlich." Monique kramt in ihrer Tasche. „Deshalb habe ich dir das hier mitgebracht."

Sie fischt ein schlichtes, schwarzes figurbetontes Kleid heraus und wirft es mir zu.

Ich fange es auf und halte das Stückchen Stoff hoch, wobei sich sofort ein finsterer Blick auf mein Gesicht legt. „Auf keinen Fall. Das kann ich nicht anziehen", sage ich mit einem energischen Kopfschütteln.

Mit der Hand in die Hüfte gestützt, dreht sie sich zu mir um. „Und warum zum Teufel nicht?"

„Weil die Hälfte des Kleides fehlt, deshalb", zische ich und achte darauf, die Stimme zu senken, während ich das Teil nochmal betrachte. Meine Mutter und ihr Freund Miguel sind bereits im Bett und ich will keinen von beiden wecken. Heute Abend auszugehen ist nicht erlaubt. Aber wie heißt es so schön: „Es ist besser, um Vergebung zu bitten, als um Erlaubnis." Erfreulicher wäre, wenn Mama es nicht herausfindet, dann gibt es erst gar nichts zu verzeihen.

In meinen Händen sieht das Kleid nicht größer aus als ein T-Shirt. Ein T-Shirt in Kindergröße. Das ziehe ich auf keinen Fall an.

Monique atmet tief durch. „Probiere es wenigstens an. Was ist daraus geworden, dass du heute aus deiner Komfortzone ausbrechen willst, hm? Warst du nicht diejenige, die gesagt hat, du wolltest etwas Gewagtes tun? Am Limit leben?" Ihre Brauen heben sich erwartungsvoll. „Es ist dein letzter Abend in Sun Valley, Bibi."

Urgh, bitte erinnere mich nicht daran. „Das bedeutet aber nicht, dass ich wie eine billige Nutte aussehen will", erwidere ich und eine Welle der Traurigkeit überrollt mich. Heute ist mein letzter Abend in Sun Valley. Morgen werde ich umziehen. In eine neue Stadt. Neue Schule. Ein neues Leben. Ausgerechnet nach Richland. Es ist zum Kotzen.

Sie rollt mit den Augen, bevor sie sich abwendet, um ihr

Make-up in dem Ganzkörperspiegel zu vollenden, der an der Rückseite meiner Schlafzimmertür hängt. „Sehe ich für dich wie eine billige Nutte aus?", fragt sie über ihre Schulter hinweg.

„Natürlich nicht", schnaube ich. Monique ist eine Göttin. Ein Meter siebzig groß, mit weicher brauner Haut, kastanienfarbenen Augen und langen Zöpfen, die sie zu einem halben Pferdeschwanz zurückgebunden hat. Sie sieht aus wie Brandy Norwood aus ihrer Moesha-Zeit und ich würde dafür töten, um nur annähernd so gut auszusehen wie sie. Ihr Teint ist makellos, und im Gegensatz zu mir hat sie es geschafft, an genau den richtigen Stellen Kurven zu bekommen. Ich dagegen bin dünn wie ein Schilfrohr und gerade wie eine Bohnenstange. Mama schwört, dass ich irgendwann fülliger werde, doch ich bezweifle es. Nicht bei meinem Glück. Wenigstens habe ich Brüste. Nicht viel, aber sie sind da.

„Schön, dass wir uns einig sind. Ich trage genau das gleiche Kleid, nur in Grün. probiere es an. Es wird dir gefallen."

Ich rolle mit den Augen, tue aber, was sie sagt. Es ist nicht so, dass ich hier viele Möglichkeiten hätte. Die meisten Sachen sind bereits gepackt. Und selbst wenn nicht hätte ich trotzdem nichts zum Anziehen. „Sexy" trifft nicht gerade auf den Inhalt in meinem Kleiderschrank zu.

„Woher hast du das eigentlich?", frage ich, „Und wie zum Teufel hast du es geschafft, es vor deiner Mutter zu verstecken?"

„Online. Und ich habe es bestellt, als sie eine blöde Blumensendung für eine ihrer Wohltätigkeitsveranstaltungen bekommen hat. Es waren so viele Lieferanten an dem Tag im Haus, dass sie meine einsame kleine Fashion-Nova-Box gar nicht bemerkt hat."

„Raffiniert", erwidere ich mit einem Augenzwinkern.

Monique und ich sind seit der Mittelstufe beste Freundinnen, daher weiß ich, dass ihre Eltern es nie gutheißen würden, wenn sie so ein Kleid trägt. Bei der Familie Price geht es nur ums Äußere. Sie waren sogar mit unseren Schuluniform-Röcken nicht einverstanden und haben ihre drei Zentimeter länger maßanfertigen lassen. Obwohl der Saum nicht das Einzige ist, was sie an dem Kleid bemängeln würden. Sie würden sich auch dagegen sträuben, dass sie etwas trägt, dass nicht von einem Designer ist und nicht ein Vermögen kostet. Sie kann nicht die gleichen Klamotten tragen wie das gemeine Volk.

Ich lasse das Kleid über meinen Kopf gleiten, streiche den Stoff glatt und betrachte mich im Spiegel.

„Verdammt, Kleines." Monique pfeift. „Du siehst umwerfend aus!"

Ich ziehe eine Grimasse. „Das ist ... Wahnsinn." Ich kann die Augen nicht von meinem Spiegelbild abwenden.

Monique ist sieben Zentimeter größer als ich, und während ihr Kleid gerade lang genug ist, um ihren Hintern zu bedecken, reicht meines bis zur Mitte des Oberschenkels. Es ist trägerlos und schmiegt sich an mich wie eine zweite Haut, wodurch die Illusion von Kurven entsteht, von denen ich weiß, dass ich sie nicht habe. Aber ... wow.

Monique tritt hinter mich und zieht mir die Spange raus, die mein Haar am Hinterkopf hält, sodass mir die langen, lockigen schwarzen Haare um mein Gesicht fallen.

„Das ist perfekt", sagt sie. „Es ist sexy und schreit um Himmels willen, bitte nimm mir meine Jungfräulichkeit."

Ich verpasse ihr einen Klaps auf den Arm, mache mir aber nicht die Mühe, mein Lachen zu unterdrücken. „Ich versuche, nicht zu verkünden, dass ich mir meine Jungfräulichkeit nehmen lassen möchte."

Sie wirft die Haarspange aufs Bett und reicht mir einen knallroten Lippenstift. „Das ändert nichts an der Tatsache, dass du genau das willst. Komm schon, Bibi. Das war deine Idee. Lass uns ausnahmsweise mal rebellisch sein. Wir brauchen das. Ein letztes Hurra, bevor du mich im Stich lässt."

Ich beiße mir auf die Unterlippe, nehme den Lippenstift und gehe näher an den Spiegel, um ihn aufzutragen. Ich straffe die Schultern und erinnere mich daran, dass ich Sun Valley ohne Reue verlassen werde. Die letzten sechzehn Jahre meines Lebens habe ich damit verbracht, das gute Mädchen zu sein. Das Mädchen, das nie aus der Reihe tanzte. Nie Aufsehen erregte. Niemals die Regeln gebrochen hat.

Ich muss durchatmen. Auch, wenn es nur für eine Nacht ist.

Am Anfang habe ich mich immer gut benommen, weil Mama schwanger war. Sie war schon älter, die Schwangerschaft ungeplant, und sie verlief nicht ohne Komplikationen. Sie brauchte Hilfe und Unterstützung und ich wollte für sie da sein.

Dann, weil mein Bruder krank war. Meine Eltern hatten alle Hände voll zu tun mit Alfonsos Zustand. Ich musste sie nicht noch zusätzlich belasten, indem ich unvernünftig war, und ich wollte die Aufmerksamkeit nicht von Alfonso ablenken. Er war mein kleiner Bruder. Er war das Wichtigste.

Dann, kurz vor seinem dritten Geburtstag, starb er. Das hat unsere Familie erschüttert. Mama musste trauern. Sie hätte es nicht verkraftet, wenn ich mich zu allem Überfluss auch noch danebenbenommen hätte. Also war ich weiterhin das brave Mädchen. Befolgte die Regeln. Ich kann an einer Hand abzählen, wie oft meine Eltern mich jemals ausgeschimpft haben.

Weniger als ein Jahr nach Alfonsos Tod verließ uns Papa.

Meine Familie wurde vom Leben immer wieder ins Gesicht geschlagen. Es gibt nie einen guten Zeitpunkt, um ... ich weiß nicht ... ein Kind zu sein. Um Fehler zu machen. Um impulsiv zu sein. Schuldgefühle bahnen sich ihren Weg durch meine Brust und erinnern mich daran, dass jetzt ebenfalls kein guter Zeitpunkt ist. Wird es den jemals geben? Ich bin sechzehn Jahre alt. Ich möchte jung und dumm sein. Nicht für immer, aber für eine Nacht. Nur dieses eine Mal. Ich muss Fehler machen, auf die ich zurückblicken kann. Ich will wissen, dass ich wild und frei war, dass ich meine Flügel ausgebreitet und gelebt habe.

Alfonso ist jetzt schon seit drei Jahren nicht mehr da. Papa seit zwei Jahren. Es war ein ziemliches Chaos für Mama und mich, doch es ist besser geworden. Sie hat einen Freund. Er ist seltsam, aber sie lächelt oft. Das tat sie seit Jahren nicht. Ich glaube, sie liebt ihn wirklich. Er macht sie glücklich. Und ich will, dass sie glücklich ist.

Sie hat so viel mitgemacht.

Darum beschwere ich mich auch nicht über den Umzug. Nun, zumindest nicht laut. Und deshalb habe ich meine Tränen zurückgehalten und bis über beide Ohren gelächelt, als sie mir die guten Nachrichten erzählte. Sie verdient es, glücklich zu sein. Nur... ich will das auch für mich.

„Okay. Lass uns gehen, bevor ich die Lust verliere."

Moniques Grinsen wird breiter. „Eeeee! Das wird so lustig!"

Ich weiß nicht, ob ich ihre Begeisterung teile, aber ich werde es durchziehen. Für eine Nacht werde ich nicht Bibiana Sousa sein, das gute Mädchen. Ich werde die Rebellin sein. Das wilde Kind. Ein Mädchen, das mit dem Strom schwimmt, ihr Haar herunterlässt und einmal in ihrem Leben ein paar verdammte Fehler macht.

Niemand wundert sich, als Monique und ich zum heutigen Partyhaus schlendern. Ich weiß nicht, wem es gehört, aber das ist mir auch egal. Die Schüler der Suncrest Academy veranstalten keine derartigen Partys, und wenn wir eine Party der Sun Valley High crashen, ist es unwahrscheinlich, dass wir jemandem begegnen, den wir kennen oder dass unsere Eltern informiert werden.

„Komm, holen wir uns einen Drink." Monique zieht mich mit sich und führt mich in die naheliegende Küche, wo ein Fass aufgestellt ist. Sie schnappt sich einen roten Becher, reicht diesen einem der Jungs, die das Fass bedienen und er füllt ihn für sie, wobei er ihr einen interessierten Blick zuwirft.

„Bist du mit jemandem hier?", fragt er, reicht ihr das Bier und wendet sich mir in stummer Frage zu. Ich schüttle den Kopf, lehne den angebotenen Alkohol ab und schnappe mir stattdessen eine Wasserflasche aus den offenen Kühlboxen. Ich kenne viele Studenten, die kein Problem damit haben Alkohol an Minderjährige zu verteilen, aber ... ich weiß nicht ... auf die Party zu gehen, um einen Typen abzuschleppen, scheint mir für eine Nacht gewagt genug zu sein. Zu trinken, obwohl ich gerade erst sechszehn geworden bin, fühlt sich an, als ob ich es übertreiben würde.

„Nö. Nur meine Freundin", sagt Monique und wirft ihm einen erwartungsvollen Blick zu, während sie einen Schluck von ihrem Bier nimmt. Die Jungs an der Suncrest Academy schenken ihr keinen zweiten Blick. Ich bin mir ziemlich sicher, dass es daran liegt, dass sie von ihr eingeschüchtert sind. Sie ist groß, ein absolutes Biest auf dem Basketballplatz und sie hat eine temperamentvolle Persönlichkeit. Oder weil sie Idioten sind. Eigentlich, wenn ich darauf wetten müsste, liegt es ganz sicher daran, dass sie alle Idioten sind.

Er zieht sie an sich und sie quiekt, obwohl ich insgeheim weiß, dass sie sich über die Aufmerksamkeit freut. Wie ich wird Monique ebenfalls in einer kleinen, geschützten Box gehalten und nur selten zum Spielen herausgelassen. Wir könnten sagen, dass heute meine Nacht ist. Aber das ist es auch für sie. Wir brauchen beide diesen Ausbruch aus dem beengenden Leben, das wir führen. Und Monique verdient es, sich wie die Göttin zu fühlen, die sie ist.

„Ich werde mich unter die Leute mischen", sage ich und gebe ihr damit die Möglichkeit, sich zu amüsieren und sich nicht um mich zu sorgen. Sie verzieht das Gesicht, um zu argumentieren, doch ich schüttle den Kopf. „Hab Spaß. Du kannst sowieso nicht die ganze Nacht an meiner Seite bleiben. Schon vergessen?"

Sie rollt mit den Augen, lächelt jedoch „Gut. Aber komm zu mir, wenn du mich brauchst, okay? Und geh nicht mit irgendwem nach Hause."

„Ja, Mama!", kichere ich, drehe mich um und folge dem Klang der Musik, die aus dem hinteren Teil des Hauses kommt.

Ich durchquere die Küche und das Esszimmer, bis ich vor

einer Doppeltür stehe, die zur hinteren Terrasse führt. Ein DJ-Pult ist aufgebaut. Die Leute trinken und tanzen und haben eine tolle Zeit. Ich öffne die Wasserflasche und nehme einen Schluck, während ich die kühle Abendluft einatme und meinen Blick über die Menge schweifen lasse. Alle stehen in kleinen Gruppen zusammen, als hätten sich einfach so Cliquen gebildet. Und ich hasse das irgendwie. Das ist so typisch für die Highschool.

Ich scanne weiter die Gruppen, bis ein Typ ganz rechts von mir meine Aufmerksamkeit erregt. Er ist süß. In meinem Alter, mit hellblondem Haar und breiten Schultern. Er lacht gerade über etwas, das sein Freund sagt, da treffen sich unsere Blicke. Er starrt eine Sekunde lang zu mir, bevor er seinen Becher hebt, als wolle er „Hallo" sagen. Ich lächle. Er lächelt zurück. Und dann unterhält er sich weiter. Aber alle paar Augenblicke schaut er zu mir.

Ich bleibe einen Moment lang stehen und überlege, ob ich in seine Richtung gehen soll oder nicht. Es ist offensichtlich, dass er seinen Freunden nicht mehr zuhört. Und er ist auch nicht schüchtern beim Anstarren. Sein Blick auf meinen Körper lässt mich wissen, dass er interessiert ist, aber ...

Nein.

Komm schon, Bibi. Du kriegst das hin.

Ich nehme einen tiefen Atemzug. Sei ein Rebell, rede ich mir ein. Ich werde nicht einfach wie ein Idiot hier stehen und hoffen, dass er mich anspricht. Ich werde mutig sein. Ich kann das schaffen.

Gerade als ich einen Schritt nach vorne mache, hält mich eine Stimme hinter mir auf. „Meine Zeit würde ich nicht mit Carson Bailey verschwenden, wenn ich du wäre."

Ich wirbele herum, einen finsteren Ausdruck auf dem Gesicht, bis mein Blick auf einem Jungen landet, der dicht hinter mir steht.

„Er hat einen kleinen Schwanz", behauptet er mit einem breiten Grinsen.

„Wer sagt, dass ich an seinem Schwanz interessiert bin?", frage ich und ziehe eine Augenbraue hoch. Und okay, ja, vielleicht bin ich es, aber ich muss es diesem Kerl gegenüber nicht zugeben. Wer auch immer zur Hölle er ist.

Er zieht eine Schnute. „Mit einem Körper wie deinem in so einem Kleid suchst du nach etwas, und das sind keine Kekse auf einem Kuchenbasar. Ich setze auf Schwanz."

Ich rolle mit den Augen. Idiot. „Vielleicht wollte ich mich nur hübsch fühlen."

Er leckt sich die Lippen, seine Augen schweifen anerkennend über meinen Körper. „Nee. Du weißt schon, dass du hübsch bist. Du willst etwas anderes." Sein dunkler Blick ist herausfordernd, als er dreist einen Schritt nach vorne macht, sodass sich unsere Körper fast berühren. Eine Hitzewelle durchflutet mich und ich nehme mir eine Sekunde Zeit, ihn auf mich wirken zu lassen. Er ist nicht nur süß wie der andere Typ. Er ist heiß. Dunkelbraunes Haar und ebenso dunkle Augen, die sich an den Augenwinkeln ein klein wenig heben. Er ist Latino. Aber kein Mexikaner. Sein Kiefer ist markant. Seine Augenbrauen sind kantig. Auch kein Brasilianer wie ich.

Honduranisch, vielleicht guatemaltekisch, wenn ich raten müsste. Auf jeden Fall lateinamerikanisch. Seine Gesichtszüge sind ein wenig zu indigen, um Spanier zu sein, aber ich mache mir nicht die Mühe, nachzufragen, um es zu bestätigen.

Er trägt eine tiefsitzende Jeans und ein figurbetontes schwarzes Hemd, das seinen muskulösen Body nicht verbergen kann. Er ist höchstwahrscheinlich ein Athlet. Das ist keine Überraschung. Er hat definitiv die selbstbewusste Ausstrahlung eines solchen.

Ich versuche, mit den Füßen auf dem Boden zu bleiben, weil er meinen kleinen Körper überragt. Er ist viel größer als ich, vielleicht 1,80 Meter. Ich muss den Kopf nach hinten neigen, um seinem Blick zu begegnen. Etwas in mir reizt es, mich auf die Zehenspitzen zu stellen und den Abstand zwischen unseren

Lippen zu schließen, der blonde Junge ist wegen seiner Anwesenheit so gut wie vergessen.

Mein Brustkorb hebt und senkt sich mit jedem Atemzug. Mein Herz will plötzlich aus meiner Brust springen. Ich habe noch nie so auf einen Jungen reagiert. Es ist ... berauschend.

Seine Mundwinkel kräuseln sich, als wüsste er genau, was ich denke, und was noch überraschender ist: Er handelt, schließt den Abstand zwischen unseren Lippen und presst seinen Mund fest auf meinen. Ich keuche auf und er nutzt das voll aus, seine Zunge erkundet meinen Mund, während der Geschmack von süßen Orangen und Chili auf meinen Geschmacksnerven explodiert. Ich stöhne in seinen Mund, unfähig, meine Reaktion auf ihn zu stoppen. Mann, kann der küssen.

Eine seiner Hände ergreift meine Hüfte, die andere krallt sich in mein lockiges Haar, während er mich näher an sich zieht. Unsere Körper sind eng aneinandergepresst und alles um mich herum verschwindet.

Johlen und Rufe, dass wir uns ein Zimmer nehmen sollen, durchdringen den Nebel des Verlangens und ich ziehe mich zurück und unterbreche den Kuss. Er lässt mich mit widerwillig los, seine Hand immer noch fest auf meiner Hüfte und mit einem verblüfften Ausdruck auf seinem Gesicht.

Ich atme schwer, mein Herz rast. Das war, ich weiß nicht, was zur Hölle das war. Ich bin noch nie so geküsst worden. Ich hatte nie das Bedürfnis, die Schenkel zusammenzupressen und die Zehen zu krümmen. War es bei ihm auch so? Ich schlucke hart und beiße auf meiner Unterlippe herum. Sein Blick bleibt auf meinem Mund haften und er leckt sich über die Lippen, meine Augen verfolgen die Bewegung. Meine Hand strebt nach oben, als hätte sie einen eigenen Willen, und meine Finger krallen sich in den Stoff seines Hemdes, um mich zu beruhigen.

„Möchtest du immer noch den hübschen Jungen da drüben?", fragt er und neigt den Kopf in Richtung - wie war sein Name?

Ich schüttle den Kopf. Zum Teufel, nein. Ich will ihn. Genau diesen Kerl hier. Wenn ich meine Jungfräulichkeit verliere, sollte er es sein. Jemand, bei dem ich mich nach nur einem Kuss schwindelig fühle.

"Gut."

Ohne ein weiteres Wort greift er nach meiner Hand und fordert mich so auf, ihm zu folgen. Er bahnt sich einen Weg durch die Menge und steuert auf etwas zu, das ich für ein Poolhaus halte. „Wohin gehen wir?", frage ich, meine Stimme klingt ein wenig atemlos, meine Lippen kribbeln noch von unserem Kuss.

„Irgendwohin, wo es ruhig ist", sagt er über die Schulter und ich bemerke, dass er sich die Seite hält und sein Gang etwas steif ist.

Geht es ihm gut?

Ich bin plötzlich nervös. Wir gehen an einen ruhigen Ort, was gut ist. Oder? Das ist es, was ich will. Nur kenne ich den Kerl nicht einmal. Andererseits ist das doch der Sinn des heutigen Abends. Nur ... Gott. Komm schon, Bibiana. Hör auf, dir solche Sorgen zu machen.

Als wir das Poolhaus erreichen, öffnet er die Tür und wir schlüpfen beide hinein. Der Raum ist dunkel, etwas Straßenlicht dringt durch die durchsichtigen Vorhänge herein. Er zieht mich zu einem Sofa und setzt sich. Ein leises Zischen entweicht seinen Lippen, bevor er mich neben sich herunterzieht.

"Geht es dir gut?"

Der Raum ist still, man hört nur unser Atmen. Ich sitze steif neben ihm, meine Finger immer noch mit seinen verschlungen, während sich meine Augen an die Dunkelheit gewöhnen. Sein Daumen reibt langsam Kreise über meinen Handrücken, dann wendet er sich mir zu.

„Nur eine Sportverletzung. Keine große Sache."

Ich spitze die Lippen. Es ist Sommer. Der Sport ist für dieses Jahr beendet. Ich schätze, es ist möglich, dass einige in den Sommermonaten trainieren. Football vielleicht schon, aber ...

„Hey." Er rutscht näher zu mir. „Komm her."

Er zieht mich auf seinen Schoß, meine Schenkel umschließen seine Taille. Seine Länge drückt gegen meinen Mittelpunkt und ich kann mich kaum zurückhalten, mich an ihm zu reiben.

Er fährt mit einem Finger seitlich an meinem Gesicht entlang, meinen Hals hinunter und lässt ihn an meiner Kehle ruhen. Diese Liebkosung fühlt sich sehr intim an. „Wie heißt du?"

Ich zögere.

„Verheimlichst du mir etwas, Mariposa?" Ich hatte recht. Eindeutig Latino. Sein Lächeln ist so verwegen wie sündhaft. Er hat diese Energie, die mich anzieht, aber auch erschreckt. Das sollte eine Sache für eine Nacht sein. Gute Erinnerungen und eine lustige Zeit, aber mehr nicht. Keine Bindungen. Irgendetwas an ihm sagt mir, dass er jemand ist, an den ich mich leicht binden könnte. Es ist gut, dass ich nur für eine weitere Nacht in Sun Valley bin. Ich möchte nicht eine seiner vielen Eroberungen werden, da bin ich mir sicher.

„Nein, nur, warum soll das nicht interessant bleiben?", schlage ich so beiläufig wie möglich vor.

Er hebt eine Augenbraue, das Mondlicht, das durch den Raum fällt, wirft Schatten auf sein Gesicht. „Du willst keine Namen austauschen?" Sein Grinsen wird noch breiter.

Ich schüttle mit dem Kopf.

„Was ist mit Telefonnummern?", fragt er und neigt den Kopf zur Seite.

Ein weiteres Schütteln.

Er schmunzelt. „Verdammt, Mariposa. Und ich dachte, ich wäre der Aufreißer."

Wenn er nur wüsste, wie unerfahren ich bin. Ich schlüpfe in die Rolle, die ich mir selbst zugedacht habe, wiege die Hüften gegen ihn und er zischt, seine Augen glänzen vor Lust. „Du spielst ein gefährliches Spiel, Mariposa."

„Warum nennst du mich ständig Motte?", frage ich mit heiserer Stimme.

Er beugt sich vor und knabbert an meiner Kehle. „Keine

Motte. Ein Schmetterling", raunt er. Seine Hände finden meine Hüften und er drückt mich an sich, seine Hüften schieben sich nach oben und reiben sich an meinem Zentrum. Es knistert zwischen uns. Er neigt mein Kinn, zieht meine Lippen auf seine und lässt sie miteinander verschmelzen. Sterne explodieren hinter meinen geschlossenen Lidern und jeder rationale Gedanke in meinem Kopf entschwindet.

Je mehr er mich küsst, desto berauschter bin ich von seinem Geschmack, und umso mehr möchte ich alle Vorsicht in den Wind schlagen. Das fühlt sich gut an. Richtig. Ich kenne ihn nicht einmal, aber irgendwie kennt mein Körper ihn. Er sehnt sich nach ihm, fleht leise zu mir.

Seine Erektion ist heiß zwischen meinen Beinen. Ich fahre mit den Fingern durch die kurzen Strähnen seines Haares, drücke meine Brust gegen seine, aber es ist nicht genug. Sein Kuss ist betäubend, zieht mich tief in einen Abgrund, dem ich nicht entkommen will. Seine Hände gleiten unter den Saum des Kleides und ziehen es über meinen Hintern und dann über den Kopf. Ich begegne seinem dunklen, hungrigen Blick und leiste keinen Widerstand.

Seine Augen verschleiern sich, als er auf meine Brust starrt, eine Hand kommt hoch und streicht mit dem Daumen über eine Brustwarze. Ich zittere und er grinst. Das zufriedene Lächeln eines Jungen, der weiß, welche Wirkung er auf ein Mädchen hat. Er beugt sich vor, nimmt meine Brust in seinen heißen Mund, seine Zähne streifen den Nippel, während ich mich gegen ihn stemme. Mein Körper sehnt sich verzweifelt nach mehr Berührung.

Zwischen den Küssen ziehe ich ihm das Hemd aus und knöpfe seine Jeans auf. Es dauert nicht lange, bis wir beide nackt sind und uns an der Haut des anderen festkrallen. Er verschwendet keine Zeit, holt ein Kondom aus der Tasche seiner Jeans und rollt es auf, bevor er mich auf sich herunterzieht und sich an meinem Kern ausrichtet.

Ein Teil von mir fragt sich, ob ich etwas sagen sollte. Ihn wissen lassen, dass ich eine Jungfrau bin. Ich habe die Geschichten gehört. Ich weiß, dass es beim ersten Mal normalerweise schmerzhaft ist. Aber ich kann mich nicht dazu durchringen, diesen Moment zu ruinieren. Ich will es. Eindeutig und unwiderruflich. Ich will das.

Sein Schwanz stößt an meinen Eingang und ich versteife mich, um mich auf das Kommende vorzubereiten. Meine Finger graben sich in seine Schultern. Und als ich den Widerstand fühle, diese letzte Spur von Unschuld, die ich unbedingt auslöschen will, darf ich nicht daran denken. Seine harte, dicke Länge schiebt sich mit langsamen und wohldosierten Stößen in mich hinein. Ich keuche bei dem Gefühl, das er mich bis an meine Grenzen dehnt, bis zu dem Punkt, an dem die Lust mit dem scharfen Schmerz verschmilzt.

„Fuck, bist du eng", stöhnt er mit zusammengebissenen Zähnen.

Ich atme tief ein, stähle mich und drücke die Hüften nach unten, bis er ganz in mir ist, versuche, den Schmerz zu verdrängen und mich nur auf das Vergnügen zu konzentrieren. Er stöhnt und presst seinen Mund auf meinen, verschlingt meine Schreie und füllt mich aus, bis ich nicht mehr weiß, wo ich ende und wo er beginnt. „Dein Name, mi pequena mariposa?", fragt er, als ich mich etwas zurückziehe, um zu atmen. Mein kleiner Schmetterling.

Ich ignoriere die Frage, jage lieber seinem Mund nach und verlagere mein Gewicht auf seinen Schaft. Ein Atemzug haucht zwischen seinen Zähnen, aber er hält mich fest. „Du bist eine Jungfrau."

Es ist keine Frage, also mache ich mir nicht die Mühe, darauf zu antworten. Stattdessen tue ich das Einzige, was ich kann, nein, das Einzige, was ich tun muss, und bewege mich.

Ich erhebe mich über ihm, bis nur noch die Spitze seines Schafts in mir ist, bevor ich mit bewusster Behutsamkeit wieder nach unten sinke. Er lässt seinen Kopf zurück auf das Sofa fallen, sein Adamsapfel wippt in seinem Hals. „Scheiße, was machst du mit mir?" Seine Stimme ist rau, überzogen von Verlangen und durchzogen von Gier. Ich wiederhole die Bewegung noch zweimal, bevor er mich in seine Arme nimmt, sich zu seiner vollen Größe aufrichtet. Ich schlinge meine Beine um seine Taille. Er trägt mich zu einem Tisch und legt mich auf den Rücken, unsere Körper verlieren nie ihre Verbindung.

„Du spielst mit dem Feuer", mahnt er, als er sich aus mir zurückzieht, bevor er seine Hüften anspannt, und erneut in mich eindringt. Fester. Tiefer. Ich winde mich unter ihm, unsicher, ob ich näherkommen will oder versuche, mich zurückzuziehen. Mein Körper brennt, meine Mitte ist feucht vor Verlangen. Er stößt wieder und wieder in mich. Der Druck baut sich in mir auf und macht mich begierig und verzweifelt nach mehr. Nach allem, was er geben wird.

„Vielleicht will ich mich verbrennen."

Er hebt eines meiner Beine an und legt es über seine Schulter, während ich das andere fest um seine Hüfte lege. Sein Schwanz sinkt tiefer in mich, als er sich nach unten beugt und seine Lippen feuchte Küsse über meine Brüste, meinen Hals und meine Lippen verteilen. In dieser Position kommt er noch viel tiefer in mich hinein. Jeder Stoß und jede Bewegung seiner Hüften entlockt mir neue Gefühle.

Der Druck in mir baut sich weiter auf, bis sich alles anfängt zu drehen und ich nicht mehr in der Lage bin, oben von unten zu unterscheiden. Meine Sicht verschwimmt, Sterne explodieren hinter meinen Lidern und mein Körper zuckt, Freudentaumel durchdringt mich ohne Vorwarnung. Er schluckt meine Schreie, bis sie kaum mehr als ein Wimmern sind und mich atemlos und mit einem schwerelosen Gefühl zurücklassen.

Meine Brust hebt sich. Mein Körper ist schweißnass und er ist immer noch steinhart in mir. Es liegt etwas Animalisches in der Art, wie er mich gerade ansieht. Seine hungrigen Augen verschlingen meine vom Schweiß glänzende Haut und meinen durch und durch geilen Blick.

„Du hättest mir deine Unschuld nicht schenken sollen", sagt er mit einem feurigen Funkeln in den Augen. „Ich werde dich für jeden Mann ruinieren, der nach mir kommt."

Ich beiße mir auf die Unterlippe. Gott sei Dank reise ich morgen ab. Dieser Junge könnte leicht zu einer Sucht werden. Dieser Moment, diese Gefühle, es ist mehr, als ich mir vorgestellt habe. Mehr als ich je erwartet habe. Und ich bin nicht bereit dafür. Aber zur Hölle damit.

„Tu dein Bestes." , sage ich ihm.

Seine Augen blitzen. „Brenne für mich, Mariposa. Brenne."

EINS

BIBIANA

Ich bin nervös. Nervöser als ich sein sollte. Ich probiere ein halbes Dutzend Shirts an und hasse sie alle, bevor ich mich für ein schlichtes, langärmeliges, schwarzes T-Shirt und einen übergroßen Kapuzenpulli entscheide und mich mit der Tatsache abfinde, dass heute einfach nicht mein Tag ist. Keines meiner Kleider sieht an meinem Körper richtig aus, der sich nicht mehr wie meiner anfühlt. Es ist neun Monate her. Und obwohl ich es geschafft habe, das meiste Gewicht wieder zu verlieren, bin ich immer noch - anders.

Meine Brüste sind größer. Meine Hüften breiter. Ich bin weich an Stellen, die einst fest waren, und ich stoße einen lauten Atemzug aus. Ich habe mich verändert. Und nicht nur äußerlich. Klamotten können viel verbergen. Es gibt Zeiten wie jetzt, wo ich mich wie ein Imitator fühle, gefangen in meinem eigenen Körper.

Luis wählt diesen Moment, um aufzuwachen, und ich verfluche mich im Stillen für den kleinen Ausbruch. Ich eile zu seinem Bettchen, das neben meinem Bett steht, beuge mich hinunter, um ihn hochzuheben, und wiege ihn in meinen Armen, während ich leise gurrende Geräusche von mir gebe. Ein kurzer Blick auf die Uhr zeigt mir, dass ich in fünfzehn Minuten gehen muss. Wenn ich an meinem ersten Schultag zu spät komme, dann ist das eben so. Luis ist wichtiger, und ich schätze diese Momente, in denen wir nur zu zweit sind, so sehr.

Er ist jetzt neun Monate alt, und die Tage, an denen ich meinen süßen kleinen Jungen noch stillen kann, sind gezählt. Vor allem, weil ich wieder zur Schule gehe. Ich hatte vor, den Abschluss zu machen, als wir nach Sun Valley zurückkehrten, obwohl ich wusste, dass die Suncrest Academy mich nie wieder aufnehmen würde. Aber die öffentliche Highschool entschied, dass sie meine alternativen Online-Schulabschlüsse akzeptieren würde. Überraschenderweise bin ich nicht so weit im Verzug, wie ich dachte, also werde ich die Sun Valley High besuchen dürfen. Juhu.

Wenn ich die letzten sechs Monate des Abschlussjahres überlebe, darf ich meinen Abschluss machen. Mama meint, das wird gut für mich sein. Um etwas Normalität zu haben und wieder ein Teenager zu sein. Als ob das so einfach wäre. Der Gedanke, Luis zu verlassen, und sei es nur für den Unterricht, ist eine harte Pille, die ich schlucken muss. In so kurzer Zeit ist dieser kleine Junge zu meinem ganzen Universum geworden.

Ich seufze und umarme ihn eng, während er nuckelt. Diese Momente sind etwas Besonderes. Ich weiß das. Und obwohl ich mir sein Gesicht eingeprägt habe, verliere ich mich immer noch darin, ihm in die Augen zu schauen, und muss mir ein Lächeln verkneifen, weil mein eigener Sohn so anders aussieht als ich. Seine Augen sind ein dunkles, sattes Braun im Gegensatz zu meinem himmelblau. Sein Haar ist ein weicherer Kastanienton, meins schwarz. Er hat sogar die vollen Lippen seines Vaters und die geraden Augenbrauen, die ihn oft so aussehen lassen, als würde er grimmig dreinschauen.

Er ist kostbar, und er gehört mir.

Ein Stich von Reue trifft mich in der Brust, als ich daran denke, dass er vielleicht nie seinen Vater kennenlernen wird, der ihm nie zeigen wird, wie man einen Football wirft oder an einem

Auto arbeitet. Ich will diese Dinge für meinen Sohn. Ich möchte, dass er mit zwei Eltern aufwächst, die ihn lieben. Er verdient das volle Paket. Aber ... ich weiß nicht, wer sein Vater ist. Nicht mit Namen. Und mit einer Personenbeschreibung kommt man auch nicht sehr weit.

Als ich erfuhr, dass ich schwanger war, hatte ich keine Möglichkeit, den Jungen zu finden, dem ich ein Stück von mir gegeben hatte. Keine Möglichkeit, ihn wissen zu lassen, dass er Vater werden würde. Alles, was ich über ihn weiß, ist, dass er in Sun Valley lebt. Und als ich es meiner Mutter erzählte, nachdem diese zwei kleinen rosa Linien auf dem Schwangerschaftstest erschienen waren, beschloss sie, dass es das Beste sei, ihn einfach zu vergessen.

Bei der Möglichkeit, ihn wiederzusehen, durchströmt mich ein Gefühl der Nervosität. Jedes Mal, wenn ich das Haus verlasse, scanne ich die Gesichter der Menschen um mich herum, in der Hoffnung, einen Blick auf den Jungen zu erhaschen, der ungewollt mein Leben für immer verändert hat.

Er sagte, er würde mich für jeden Mann, der nach ihm kommt, ruinieren. Er hat nicht gelogen. Selbst nach all dieser Zeit denke ich immer noch an diese Nacht zurück. An die Art, wie er mich hat fühlen lassen. Vielleicht habe ich es in meinem Geist verstärkt. Vielleicht habe ich es mir eingebildet. Ich weiß es nicht. Aber was ich weiß, ist, dass er eine Spur hinterlassen hat. Das wurde mir klar, noch bevor ich erfuhr, dass ich schwanger war.

Luis ist mit dem Trinken fertig, und ich mache mich schnell daran, mit ihm Bäuerchen zu machen und seine Windel zu wechseln. Dann suche ich ihm ein Outfit für den Tag aus, eine weiche schwarze Baumwollhose und ein rotes Shirt. In der Küche wartet meine Mutter auf mich. Sobald ich mit Luis auf dem Arm den Raum betrete, lächelt sie. "Oh, er ist wach." Sie streckt ihre Arme aus. "Komm zu Oma, amorzinho", gurrt sie. Mein kleiner Liebling. Ich kann mir ein Lächeln nicht verkneifen. So hat sie mich als kleines Mädchen immer genannt.

Luis zieht sich anfangs von ihr zurück. Er kann anhänglich sein, wenn er aufwacht, aber nach ein paar sanften Worten und der Bestechung in Form von etwas gequetschter Banane ist es ok für ihn.

Ich gebe ihn ihr und schnappe mir ein Pão de Queijo - ein gebackenes Käsebrötchen -, gerade als mich ein Hupen von draußen darauf aufmerksam macht, dass mein Wagen da ist.

"Es ist Muttermilch im Gefrierschrank und ich habe das Handy bei mir. Wenn er zu quengelig wird. Kann ich immer …"

„Geh, Bibiana. Wir kommen schon klar", sagt meine Mutter zu mir. Ich zögere einen Moment, bevor mich der Klang der Hupe wieder in Bewegung setzt. Ich gebe Luis einen Kuss auf die Wange, schnappe mir mein Frühstück und mache mich auf den Weg zur Tür. „Ruf mich an, wenn…"

„Ja. Ich weiß, minha filha. Ich habe dich großgezogen, und du hast dich gut entwickelt. Hör auf, dir Sorgen zu machen. Geh. Hab Spaß."

Spaß ist nicht das Wort, mit dem ich die Highschool beschreiben würde, aber ich behalte meine Gefühle für mich und eile nach draußen.

Jaejun Yu - kurz: Jae - steht in der Einfahrt neben einem schnittigen, kirschroten Acura TLX. Er grinst, als er von seinem Telefon aufblickt und bemerkt, dass ich da bin, bevor er zur Beifahrerseite eilt, um mir die Tür zu öffnen.

„Danke." Ich schenke ihm ein knappes Lächeln und gleite auf den Beifahrersitz, wobei ich meinen Rucksack zwischen den Beinen auf dem Boden verstaue, während er um das Auto joggt, um einzusteigen. Ich hasse es, wenn er das tut. Er möchte höflich sein, aber es fühlt sich trotzdem komisch an. Als ob es etwas mehr bedeutet, als es sollte.

„Bist du bereit?", fragt er, ein Lächeln auf seinem zu gutmütigen Gesicht. Er beugt sich vor und streicht mir eine Strähne meines lockigen schwarzen Haares hinters Ohr, verweilt eine Sekunde länger, als er sollte, bevor er sich wieder in seinen Sitz lehnt. „Du siehst wunderschön aus, Bibi."

Ich verkneife mir eine Grimasse, murmele ein Dankeschön und schnalle mich an.

Versteht mich nicht falsch, Jae ist großartig. Er ist nett und gutaussehend und er ist immer da, um mir zu helfen, so wie jetzt gerade, wo er mich zur Schule bringt, obwohl er nicht auf die Sun Valley High geht. Er ist nicht einmal in der Highschool. Vor zwei Jahren hat er seinen Abschluss gemacht. Warum er darauf besteht, mich zu fahren und seine Zeit zu verschwenden, wenn ich weiß, dass er Kurse an der Suncrest U hat, zu denen er zu spät kommen wird, ist mir ein Rätsel.

Ich klinge undankbar. Daran sollte ich wohl arbeiten. Es ist nur so, dass Jae sich wirklich Mühe gibt. Die ganze Zeit über. Wir lernten uns bei einer Veranstaltung von Miguel, dem Freund meiner Mutter, kennen und verstanden uns auf Anhieb. Aber auf die „Lass uns beste Freunde sein"-Art, nicht auf die „Ich will dich daten"-Art. Ich dachte, wir wären auf derselben Wellenlänge, aber je mehr wir miteinander zu tun haben, desto mehr habe ich das Gefühl, dass wir es nicht sind.

Ich habe keine Ahnung, warum er an mir interessiert ist. Er absolviert ein Praktikum bei Miguels Sicherheitsfirma, während er seinen Abschluss macht, und er hat sein ganzes Leben vor sich liegen. Alles akribisch geplant.

Er hat sogar sein eigenes Stadthaus, mit zwanzig. Er hat es mit achtzehn Jahren als Anlageobjekt gekauft, kurz nach dem Studienabschluss. Schon als Teenager hatte er einen Plan. Er ist klug. Verantwortungsbewusst. Hat einen klaren Kopf und ist wahrscheinlich krankenversichert.

Ich bin eine achtzehnjährige, alleinerziehende Mutter, die keine Pläne für ihre Zukunft hat, außer den Schulabschluss zu schaffen. Ich will etwas aus meinem Leben machen, klar. Aber ich befinde mich immer noch im Überlebensmodus. Ich habe nicht die geistige Kapazität, mich auf irgendetwas oder irgendjemanden jenseits der Schule und Luis zu konzentrieren.

Mom stupst mich gerne bei jeder Gelegenheit in seine Richtung, aber ... ich seufze. Ich bin nicht bereit dafür.

Jae sieht auf eine exotische Art gut aus. Halb Koreaner, halb Italiener, hat er haselnussbraune Augen und dunkelbraunes Haar, das oben lang in einem Dutt getragen wird und an den Seiten rasiert ist. Es drehen sich immer einige Köpfe zu ihm um, wenn er einen Raum betritt. Seine Wangenknochen sind hoch und markant, sein Kiefer kantig, und er hat einfach eine Ausstrahlung, die es schwer macht, wegzusehen.

Aber ich habe keine Zeit für eine Beziehung. Und selbst wenn ich sie hätte, bin ich mir nicht sicher, ob ich eine will. Egal, wie stark meine Mutter mich drängt oder wie sehr ich versuche, mich davon zu überzeugen, dass ich ihm eine Chance geben sollte, ich bin nicht bereit für eine Beziehung. Bei meinem Glück wird die nächste Person, mit der ich schlafe, mich auch schwängern. Ich pruste. Okay, wahrscheinlich nicht, dank der wunderbaren Spirale, die ich nach Luis' Geburt eingesetzt bekam, aber trotzdem. Unfälle passieren, und obwohl ich Luis für nichts auf der Welt eintauschen würde, sind meine Tage des Leichtsinns vorbei. Keine ungeplanten Schwangerschaften mehr für mich.

Seit Luis' Vater war ich mit niemandem zusammen. Erbärmlich, ich weiß. Ich habe eine Nacht unglaublich hemmungslosen Sex, nur um danach eine alte Jungfer zu werden. Das ist unfair. Ich knirsche mit den Zähnen und verfluche ihn im Stillen. Wenn ich nach all der Zeit an diese Nacht zurückdenke, kribbelt meine Haut immer noch vor Hitze, mein Körper sehnt sich immer noch verzweifelt nach ihm. Es ist naiv von mir zu glauben, dass sich unsere Wege eines Tages wieder kreuzen werden. Das ist mir klar. Aber es hält mich nicht davon ab, ihn zu suchen. Das kleine Mädchen in mir glaubt an Märchen, egal wie dumm sie klingen. Ich denke, ein klitzekleines Stückchen von mir wird sich immer fragen, was passieren würde, wenn ich ihn wiedersehe? Wenn er von Luis wüsste?

Nicht, dass ich ihm meine Treue schulde, aber ... ich weiß nicht. Ein Teil von mir denkt, etwas mit jemand anderem anzufangen, wäre Verrat.

Es ist 18 Monate her, dass Monique und ich auf einer Sun Valley Party waren. Falls er nicht viel älter war, als er aussah und bereits seinen Abschluss gemacht hat, besteht die Möglichkeit, dass er immer noch auf die Sun Valley High geht.

Dann werde ich ihn finden. Und wenn er es nicht tut, kann ich diese Nacht vielleicht endlich hinter mir lassen.—

ZWEI

Die Highschool ist die gleiche Hölle, an die ich mich erinnere, nur schlimmer. Auf der Academy lächelten mir die Leute wenigstens noch zu, bevor sie mich ignorierten. Es war wie in der Kirche, wo jeder nett zu dir ist, nur um den Schein zu wahren. Sie redeten hinter deinem Rücken, wo du es nicht mitbekommen hast.

Was völlig in Ordnung ist. Dort hatte ich bereits einen soliden Freundeskreis. Ich wusste, wem ich vertrauen konnte, wer ein echter Freund war und wer ein Schwindler, den man meiden sollte. Als Stipendiatin war ich nicht gerade Miss Populär, aber ich hatte Monique und das gab mir einen zusätzlichen Schutz. Niemand legte sich mit der Price Familie an. Wenn ihr Geld einen nicht einschüchterte, dann Dominique Price, die Football-Legende der Stadt, Star-Quarterback und selbsternannter Teufel. Es brauchte nur ein einziges Mal während des Erstsemesterjahres, damit die ganze Schule erkannte, dass Dominique immer die Ehre seiner Schwester verteidigen würde, ob er nun die Suncrest Academy besuchte oder nicht. Und er machte einen verdammt guten Job, indem er seine Fäuste benutzte, um das zu erreichen.

Hier gibt es keine Höflichkeitsfloskeln und null Höflichkeit in diesen Fluren. Ich bin die Neue und jeder hat bereits beschlossen, mich zu hassen, sobald er mich sieht. Ich werde mit Blicken der Abscheu begrüßt oder völlig ignoriert.

Es ist ärgerlich und nicht der Empfang, den ich mir erhofft hatte, aber es gibt nichts, was ich dagegen tun kann. Das Beste, was ich mir erhoffen kann, ist, durchzukommen, keine Wellen zu schlagen und möglichst wenig Aufmerksamkeit auf mich zu lenken. Die Schulleitung weiß, dass ich eine stillende Mutter bin. Sie haben einige Vorkehrungen für mich getroffen, und meine Lehrer wissen, dass ich manchmal ein paar Minuten zu spät komme, weil ich vor dem Unterricht abpumpen muss. Zum Glück erlaubt mir die Schule, in das Büro der Krankenschwester zu gehen, falls ich es brauche, sodass ich nicht auf die Mädchentoilette ausweichen muss.

Ich behalte meinen Single-Mom-Status lieber für mich, solange es geht.

Ich schäme mich nicht, eine Mutter zu sein. Luis ist das Beste, was mir je passiert ist. Aber ich will es auch nicht vor allen verkünden. Teenager sind Arschlöcher. Ich weiß das. Und ich weigere mich, irgendjemandem hier Munition gegen mich zu geben.

Ich überstehe meine ersten beiden Stunden ohne Zwischenfälle und verbringe die zweite Hälfte der Mittagspause - nach dem Abpumpen - allein in der Bibliothek, was überraschend angenehm ist. Es hat etwas, von abgenutzten Büchern umgeben zu sein. Sie spenden mir eine Art besonderen Trost. Ich blättere gerade in einem Fantasy-Roman, als Stimmen ein paar Regale weiter meine Aufmerksamkeit erregen.

Ich stelle das Buch zurück und gehe näher heran, um zu sehen, wer da ist. Die Bibliothek war leer, als ich ankam. Ich frage mich, ob es vielleicht noch andere wie mich gibt, die sich nicht in die Menge einfügen und sich hier verstecken.

„Warum tust du mir das an?", jammert eine Mädchenstimme.

Ich spähe mit dem Kopf um die Regale herum und entdecke

eine Blondine mit vor der Brust verschränkten Armen. Ihr Haar ist ein Wirrwarr von Locken, die sie zu einem Dutt gebunden hat. Sie trägt rote Basketball-Shorts, weiße Turnschuhe, ein schwarzes Sun Valley High Red Devils-T-Shirt. Ihr genervter Gesichtsausdruck ist auf denjenigen gerichtet, mit dem sie spricht. „Kasey, ich versuche nur, dich zu unterstützen", sagt ein anderes Mädchen, das ich von meiner Position aus nicht gut ausmachen kann.

„Lügnerin. Wenn du zum Spiel kommst, werden die Devils kommen und das weißt du."

Ein Schnauben. „Und das ist eine schlechte Sache, weil..."

„Weil sie Arschlöcher sind." Eine Pause. „Okay, gut. Roman ist nicht so sehr ein Arschloch, aber Emilio und Dominique sind es auf jeden Fall." Devils und Dominique kann nur eines bedeuten. Das Maskottchen der Sun Valley High ist ein Teufel, doch niemand redet so über irgendjemanden.

„Ich sehe nicht, was daran so schlimm ist. Aaron geht zu deinen Spielen."

„Er ist mein Bruder und er will mich tatsächlich unterstützen. Die Devils hoffen, dass ich Mist baue, damit sie sich später lustig machen können." Bei der Erwähnung der Devils halte ich inne und überlege, was ich über Moniques älteren Bruder weiß. Ja, ich könnte mir vorstellen, dass er das tut. Er kann ein echtes Arschloch sein, wenn er will.

Obwohl ich auf die Suncrest Academy gegangen bin, weiß ich alles über die Devils. Verdammt, sogar ohne Monique würde ich über sie Bescheid wissen. Sie sind eine Legende in dieser Gegend. Eine Gruppe von vier besten Freunden.

Drei Football-Götter und ein Skateboarding-König. Die Suncrest Academy Saints haben die Devils immer gehasst, denn als sie im ersten Jahr auftauchten, begannen die Saints zu verlieren. Jedes einzelne Footballspiel gegen die Devils von diesem Jahr an endete in einer Niederlage. Soweit ich weiß, ist der Punktestand noch derselbe.

„Oh, also aus dem gleichen Grund, warum du zu ihren Foot-ballspielen gehst?"

Jep. Auf jeden Fall zu den Devils.

„Das ist nicht der ..."

Ich bin zu nahe an eines der Regale getreten und stoße verse-hentlich ein paar Bücher um. Sie verursachen ein lautes Poltern und die Stimmen verstummen. Ich fluche leise, als ich sie aufhebe und ärgere mich, dass ich nicht besser aufgepasst habe.

Schritte kommen näher, gerade als ich das letzte Buch zurück ins Regal stelle. Ich drehe mich um und gehe in die andere Rich-tung, bis eine Stimme ruft: „Hey!"

Verdammt.

Ich drehe mich um, die Hände erhoben und eine Grimasse auf dem Gesicht. „Es tut mir leid, ich wollte nicht lauschen. Ich habe nur, äh ..." Ich habe keinen Grund oder eine Ausrede, während ich wie ein Idiot vor zwei Mädchen stehe, die ich nicht kenne. Gott, ich hoffe, sie sind nicht die gehässigen Typen. Ich bin nicht auf eine direkte Konfrontation an meinem ersten Tag vorbereitet.

Die Blondine, die ich entdeckt habe, sieht zunächst verärgert aus. Aber das andere Mädchen - eine zierliche Brünette mit eindeutig hispanischen Zügen - sieht mich neugierig an, ohne Ärger oder Unmut in ihrem Blick zu haben.

„Du bist neu hier, richtig? Ich glaube, wir sind uns noch nie begegnet", sagt sie und schenkt mir ein freundliches Lächeln, das mich überrumpelt.

„Ja, so in etwa." Ich stecke meine Hände in die Hosentaschen. „In meiner Kindheit habe ich in Sun Valley gelebt, aber ich war vorher auf der Suncrest Academy." Ich zucke zusammen. Wahr-scheinlich hätte ich diesen Teil auslassen sollen. Die beiden Schulen sind sich nicht grün. „Ich bin umgezogen und habe eine Zeit lang Online-Schule gemacht. Jetzt bin ich zurück. Und hier bin ich." Ich schaudere. „Sorry. Ich schweife ab. Das mache ich, wenn ich neue Leute treffe. Ignoriert mich einfach." Warum kann ich nicht aufhören zu reden? Oh mein Gott, Bibi, reiß dich zusammen.

Sie lacht über meine Unbeholfenheit. „Du wolltest nicht zurück auf die Academy, als du zurückgekommen bist?", fragt sie im Plauderton, und meine Schultern entspannen sich.

„Es war nicht meine Entscheidung. Was nicht heißt, dass ich sie nicht gut finde. Die Sun Valley High ist großartig. Äh, na ja, ich hoffe, es wird großartig sein. Ich schätze, ich kann es nicht nach einem Tag beurteilen, aber bis jetzt scheint es in Ordnung zu sein." Ich zucke mit den Schultern. „Die Suncrest Academy akzeptiert keine unterdurchschnittlichen Leistungen in ihrem Programm." Ich mache Anführungszeichen, als ich die suboptimalen Noten erwähne, und die Brünette kichert. „Wenn ich meinen Abschluss pünktlich machen will, musste ich hierherkommen."

„Nun, willkommen." Ihr Lächeln wird breiter. „Ich bin Alejandra, aber alle nennen mich einfach Allie. Ich bin letztes Semester hierher gewechselt."

Ich werde hellhörig, als ich höre, dass sie auch eine Quereinsteigerin ist. „Wirklich? Und woher?"

Sie nickt. „Ja, ich bin von Richland hergezogen. Das ist Kasey." Sie deutet auf das Mädchen neben sich, das mir halbherzig zuwinkt.

„Oh, ich habe die letzten anderthalb Jahre in Richland gelebt. Bevor ich zurückzog, meine ich. Es ist schön." Ich verschlechtere hier definitiv den ersten Eindruck. „Also, äh, seid ihr beide im Abschlussjahr?" Bitte lass mich mit einem dieser Mädchen Unterricht haben. Ich könnte jemanden gebrauchen, der mich nicht ansieht, als würde ich den Tag ruinieren.

„Ich bin es", sagt Allie. „Kasey hier ist ein Frischling."

DREI

BIBIANA

„Nenn mich nicht so. Das ist so schlimm wie Baby Henderson." Allie lacht. „Ignoriere sie. Sie hat schlechte Laune." Kasey rollt mit den Augen. „Ich bin nicht in Stimmung." Sie verschränkt die Arme vor der Brust, und ich verkneife mir ein Lachen. Sie schmollt wie Luis. Die Unterlippe ist vorgeschoben und die Brauen sind zu einem finsteren Blick verzogen. „Klar", erwidert Allie. „Wie auch immer. Plaudere du weiter mit dem neuen Mädchen. Ich bin weg, um Sarah den Tag zu versauen." Sie macht auf dem Absatz kehrt und steuert direkt auf den Ausgang zu.

„Und wie genau hast du vor, das zu tun?", ruft Allie ihr hinterher. Kasey dreht sich um und geht rückwärts. „Ich habe Emilio dabei erwischt, wie er heute Morgen nach der ersten Stunde mit einer Unbekannten in den Fluren rumgemacht hat. Sarah wird ausrasten, wenn sie das herausfindet." Ihre Augen glitzern vor Schadenfreude.

„Bitte sag mir, dass er nicht immer noch mit diesem Piranha ins Bett geht?" Allie stöhnt. Kasey grinst. „Er ist ein Teufel mit vielen, vielen Sünden. Du hast dich von seinem Lächeln täuschen lassen, Allie. Daran solltest du arbeiten. Emilio ist ein Aufreißer durch und durch. Er schläft mit jeder, die einen Vorbau und schöne Beine hat. Sarah weiß das auch."

„Warum fängst du dann gleich ein Drama an?" Sie gluckst. „Ich will sie ein bisschen daran erinnern, dass sie nichts Besonderes ist, nur weil sie mit einem Teufel vögelt." Allie stößt einen Fluch aus, bevor sie sich wieder zu mir umdreht. „Verzeih bitte. Sarah und Kasey haben eine gemeinsame Vergangenheit. Sie hat sozusagen Kaseys Bruder verarscht." Ich zucke mit den Schultern, unsicher, wofür sie sich entschuldigt. „Mach dir nichts draus", sage ich ihr, obwohl ich Kasey auf meine „Sei vorsichtig"-Liste setze, weil sie viel zu aufgeregt klang, um sich nur mal so mit diesem Sarah-Mädchen anzulegen.

„Ich kann sowieso nicht folgen. Ist dieser Emilio ein Freund oder ein fester Freund?" Ich hoffe, er ist nicht ihr Freund. Sie scheint nett zu sein, und es wäre echt beschissen, wenn er nebenbei mit einem Haufen anderer Mädchen rummacht, während er sie trifft. Allie lacht.

„Nur ein Freund. Ich glaube nicht, dass Emilio auch nur ein einziges Freundschaftsgen in seinem Körper hat. Monogamie und er passen nicht zusammen. Aber das ist wahrscheinlich eine Geschichte für einen anderen Tag."

„Ich habe Zeit", sage ich. Die Glocke läutet erst in zehn Minuten, und ich mag sie. Sie ist freundlich und hat diese offene und einladende Art. Ich will nicht voreilig sein, aber sie hat das Zeug zur Freundin. Monique würde sie lieben.

Sie winkt mich zu einem der Tische. „Komm schon, ich sollte dir sowieso das Wichtigste über die Devils sagen. Erfährst du es nicht von mir, erfährst du es von jemand anderem und es ist wahrscheinlich besser, wenn du es von mir hörst." Wir setzen uns und ich ziehe eine kleine Packung Presuntinho-Piraque-Cracker heraus. Allie wirft ihre Tasche auf den Boden und ich halte ihr die Packung hin. „Willst du einen?", frage ich. Sie schürzt ihre Lippen, ehe sie mit den Schultern zuckt. „Warum nicht." Ich reiche ihr einen Cracker und sie nimmt einen Bissen. Sie kaut langsam, runzelt die Stirn, bevor sie schluckt. „Das ist .... interessant", sagt sie, nimmt aber noch einen Bissen.

Ich knabbere an meinem Eigenen und grinse. „Ich nehme an, du bist neu in Sachen Cracker mit Schinkengeschmack?"

„Ja. Das könnte man so sagen. Sie sind seltsam, aber auch irgendwie ..."

„Süchtig machend", beende ich für sie und lehne mich über den Tisch, um ihr noch einen zu reichen.

Sie nickt und nimmt ihn. „Das sind sie. Wie auch immer, was wollte ich sagen?"

„Die Devils", antworte ich, weil jede Information über die Typen, die diese Schule beherrschen, sicher nützlich ist.

„Richtig. Wie auch immer, die Schule wird von den Devils regiert. Drei Typen, auf die alle Mädchen fliegen und alle Jungs wollen sein wie sie."

„Ich dachte, es wären vier?", frage ich und denke zurück an den Klatsch, den ich gehört hatte, als ich noch hier wohnte.

Sie runzelt die Stirn und überlegt einen Moment. „Oh! Du meinst wahrscheinlich Aaron. Hmm ..." Sie tippt sich mit dem Finger ans Kinn und denkt einen Moment lang nach. „Ich schätze, er war ein Devil. Zumindest bevor ich kam." Sie zuckt mit den Schultern. „Jetzt ist er keiner mehr. Die Jungs haben sich zerstritten. Aber sie arbeiten daran" - sie macht sich nicht die Mühe, ein schelmisches Grinsen zu verbergen, das mich glauben lässt, dass sie dabei eine Rolle spielt - „niemand hält Aaron wirklich für einen Teufel. Er ist zu nett für all das."

„Das ist ... gut?", sage ich, nicht sicher, wie ich darauf reagieren soll. „Sind die Devils Arschlöcher oder so?"

Sie gluckst. „Es tut mir leid. Sie sind nicht alle schlecht. Die Devils, meine ich. Roman, Dominique und Emilio sind tolle Jungs. Man muss sich nur an sie gewöhnen. Sie sind nicht vertrauenerweckend, was sie etwas abweisend erscheinen lassen kann. Aber wenn man sie erst mal kennenlernt, sind sie die süßesten

Jungs. Aaron auch. Und seine äußere Schale ist zum Glück nicht so schwer zu knacken. Du würdest ihn mögen."

Ich hebe eine Augenbraue und sie lacht. „Ich versuche nicht, dich zu verkuppeln. Versprochen."

Das ist eine Erleichterung. „Also, wenn sie zurückhaltend sind und du auch ein neues Mädchen bist, woher kennst du sie so gut?"

Ihre Wangen färben sich leicht rosa. „Ich bin mit einem zusammen."

„Nicht mit dem, der den Piranha vögelt, richtig? So hast du sie genannt?"

Allie lacht, ein lautes Glucksen, das die Bibliothekarin dazu bringt, uns vom anderen Ende des Raumes einen mahnenden Blick zuzuwerfen. Wir kauern uns beide tiefer in die Sitze. Allies nächste Worte kommen weicher heraus. „Nein. Nicht der. Ich bin mit Roman Valdez zusammen. Der, von dem Kasey gesprochen hat, ist Emilio Chavez und der Piranha ist Sarah Draven. Sie ist in der Unterstufe und eine absolute Schlampe. Von neuem Mädchen zu neuem Mädchen würde ich sie meiden."

„Zur Kenntnis genommen. Danke für die Vorwarnung."

Sie nickt.

„Sprichst du Portugiesisch?", frage ich.

Mit gerunzelten Brauen schüttelt sie den Kopf. „Nein, ich bin Mexikanerin, also Spanisch."

Ich runzle die Stirn. „Und warum nennst du sie dann Piranha?"

Sie zuckt mit den Schultern. „Sie ist wie der Fisch. Sie macht Jagd auf Männer, hat immer ein Rudel bösartiger Mädchen um sich, und ihr Mund schneidet wie eine Klinge, wenn sie ihn öffnet."

Ah. Das ergibt Sinn. „Gute Beschreibung."

„Bedeutet es etwas anderes auf Portugiesisch?", fragt sie, und ich nicke.

„Ja. Schlampe."

Sie presst die Lippen zusammen, und ich merke, dass sie darum kämpft, ruhig zu bleiben, während ihre Schultern vor

Lachen zittern. „Ich glaube, deine Version gefällt mir besser", flüstert sie, als sie sich endlich unter Kontrolle hat.

Mir auch, denke ich bei mir. Laut frage ich: „Noch jemand, von dem ich mich fernhalten sollte?"

Ihre Gesichtszüge straffen sich und sie nickt. „Ja. Silvia Parrish. Sie ist in der Oberstufe wie wir. Du hast eventuell Unterricht mit ihr. Sie und ein paar Freunde haben mir Anfang des Jahres auf der Toilette aufgelauert. Ich würde mich nicht mit ihr anlegen. Ich glaube, die Jungs haben sie tatsächlich in die Schranken gewiesen, aber trotzdem ... ich wäre vorsichtig." „Oh, mein Gott. Du wurdest überfallen?"

„Schhhh .... Nicht so laut."

Ich zucke zusammen. „Sorry. Aber ernsthaft? Warum wurdest du überfallen?" So etwas würde auf der Academy nie passieren. Dort gibt es Regeln und Konsequenzen. Niemand kann es sich leisten, suspendiert zu werden, geschweige denn von der Schule verwiesen zu werden, was bei einer körperlichen Auseinandersetzung mit einem anderen Schüler auf jeden Fall geschehen würde.

Sie atmet tief ein und aus. „Es ist eine weitere lange Geschichte. Die Kurzfassung ist, dass sie meinen Freund wollte. Die Sache ist es nicht wert, näher darauf einzugehen, aber im Ernst, sei vorsichtig. Du kannst ihr nicht trauen."

Ich schlucke schwer. In was für eine Schule bin ich denn geraten? Schlägereien auf der Toilette sind nichts, wofür ich mich angemeldet habe.

„Mach dir keine Sorgen. Sie wird dir nichts tun. Zumindest glaube ich, dass sie das nicht wird. Sie hasst mich, weil ich den Kerl habe, den sie will, aber solange du nicht anfängst, einen Teufel zu daten, denke ich, bist du aus dem Schneider."

Erleichterung durchflutet mich. „Kein Grund zur Sorge. Ich bin im Moment nicht jemand, der mit Jungs ausgeht."

„Mädchen?", fragt sie, und ich verschlucke mich an meinem Cracker und huste heftig, während ich mir auf die Brust klatsche.

„Was? Nein."

Sie hebt beide Arme. „Hey, ich verurteile dich nicht. Wenn du auf Mädchen stehst ... "

Ich schüttle den Kopf. „Das tue ich nicht. Ich gehe nur nicht mit Jungs aus. Ich habe eine Menge zu tun in meinem Leben und Jungs machen es nur kompliziert, was ich nicht brauche."

Sie grinst. „Das habe ich schon mal gehört. Aber wenn du deine Meinung änderst, lass es mich wissen. Es könnte Spaß machen, den Kuppler zu spielen, weißt du?"

Ha. Das bezweifle ich stark.

VIER

EMILIO

E milio. Beeil dich. Ich will nicht zu spät kommen wegen dir", ruft Aaron und geht zum Klassenzimmer für unsere letzte Unterrichtsstunde für heute.

„Bruder, ich schwänze. Wenn du zu spät kommst, ist das deine Sache." Sobald die Worte meinen Mund verlassen haben, bleiben Roman und Dom, die neben ihm gelaufen sind, stehen und drehen sich zu mir um, mit finsteren Blicken in ihren Gesichtern.

„Warum? Ist zu Hause etwas los?", fragt Roman, mit Besorgnis in der Stimme. Ich seufze und wünschte, ich könnte die Worte zurücknehmen. Ich würde lügen, aber diese beiden Idioten sind wie Brüder. Ich stehe ihnen näher als Roberto und Antonio, meinen eigentlichen Geschwistern. Verdammt noch mal. Ich will nicht in ihre besorgten Gesichter lügen.

„Scheiße ist, was sie immer ist, aber deswegen schwänze ich nicht. Ich werde es mit Sarah treiben. Ein bisschen Frust ablassen, du verstehst, was ich meine."

Aaron schnaubt. „Ernsthaft? Du schwänzt für einen nackten Arsch?"

Meine Augen verengen sich. „Das müsste ich nicht, wenn sich deine kleine Schwester um ihren eigenen Kram kümmern würde."

Er runzelt die Stirn und blickt von mir zu den anderen Jungs, eine unausgesprochene Frage in seinem Gesicht. Oh, Mann. Er hat wirklich keine Ahnung. Irgendwann wird er es herausfinden.

Dom entscheidet sich, ihn aufzuklären. „Kasey hat Sarah erzählt, dass er sich nebenbei woanders vergnügt." Das ist nicht gelogen. Aber sie hätte mich nicht so auflaufen lassen müssen. Baby Henderson sollte im Team Emilio sein. Oder sich wenigstens aus meinen Angelegenheiten raushalten. Nein, Baby Henderson muss immer draufhauen.

Nicht, dass es eine Rolle spielt. Sarah weiß, dass das, was wir tun, nicht exklusiv ist, aber ich schätze, es vor die Nase gehalten zu bekommen, hat ihre Gefühle verletzt oder so einen Scheiß und jetzt muss ich mich rechtfertigen.

Aaron runzelt die Stirn. „Warum sollte sie das tun?" Der arme Kerl klingt tatsächlich verwirrt. Seine Schwester wickelt ihn um den kleinen Finger, aber sie kann den Rest von uns nicht täuschen. Baby Henderson ist ein Teufelsbraten, und seit sie zu unserer Crew gehört - nicht, dass wir da viel mitzureden hätten - hat sie es sich zur Aufgabe gemacht, den Laden aufzumischen, wo sie nur kann.

Normalerweise reserviert sie ihre Eskapaden für Dominique - die beiden sind wie Schießpulver und ein brennendes Streichholz, wenn sie im selben Raum sind - aber in letzter Zeit macht es ihr auch Spaß, mich zu verarschen.

Ich mag das nicht.

„Weil sie die Ausgeburt eines Dämons ist", murmle ich und drehe mich in Richtung Ausgang. Ich muss fliehen, bevor Allie mich sieht, sonst schleppt sie meinen Arsch, auf Teufel komm raus, zurück in die Klasse. Dieses Mädchen ist wie eine Glucke. Meistens schätze ich es sehr. Aber im Moment verdammt noch mal will ich es nicht. „Ich sehe euch Jungs später."

„Gummi drüber", schreit Roman mir hinterher. „Du brauchst in nächster Zeit keine Teufelsbrut zu zeugen." Ein definitives

„Nein" dazu. Zur Teufelsbrut, nicht zum Gummi. Ich denke immer daran, meinen Schwanz einzutüten.

Ich grüße ihn mit zwei Fingern, als Allie um die Ecke biegt, mit irgendeiner Person direkt neben ihr.

„Peace, Carbón." Mein Blick verweilt für einen Moment auf dem unbekannten Mädchen. Irgendetwas kommt mir an ihr bekannt vor. Sie trägt eine enganliegende Jeans und einen riesigen schwarzen Kapuzenpulli. Er verdeckt das meiste von ihrem Körper. Aus irgendeinem Grund bin ich neugierig.

Ich halte inne, dabei sollte ich es nicht tun. Es wird mich nur in Schwierigkeiten bringen, aber ich habe sie noch nie zuvor mit Allie gesehen. Allie ist immer nur mit den Devils oder Kasey zusammen, niemandem sonst an der Sun Valley High kann man trauen. Nicht nach dem, was Anfang des Jahres passiert ist. Mädchen sind verdammt gehässige Schlampen, und jemanden neben ihr zu sehen, macht mich sowohl neugierig als auch wachsam. „Was glaubst du, wo du hingehst?", ruft Allie und bemerkt, dass meine Füße mich immer noch zum Ausgang ziehen und nicht in die Richtung der Klasse.

Das Mädchen neben ihr hebt den Kopf, und unsere Blicke treffen sich, und ich erkenne sie sofort. Das gibt's doch nicht. Ihre hellblauen Augen weiten sich, und ich weiß sofort, dass sie mich auch wiedererkennt. Ist das nicht ein verdammter Plot Twist für heute?

Ich mustere sie noch einmal und sehe sie in einem ganz neuen Licht. Schmale Taille. Flacher Bauch. Perfekt runde Titten. Die Art, wie sich ihr Haar um meine Faust gewickelt anfühlte. Ihre Muschi, die auf meinem Schwanz zuckt.

Ich verkneife mir ein Stöhnen. Ach, leck mich doch. Ich muss flachgelegt werden. Pronto. Meine Augen verengen sich bei der Erinnerung an die Vergangenheit, bevor ich meine Gedanken wegschiebe und mich wieder Allie zuwende. Auf keinen Fall schenke ich dieser Tussi auch nur eine Sekunde meiner Zeit. Nicht, nachdem sie mich einfach ignoriert hat, als wäre ich ein

Nichts. Ich weigere mich, dieses Mädchen denken zu lassen, dass sie irgendeine Art von Einfluss auf mich hat.

„Sorry, Vanilla. Ich muss los." Ich gehe weiter in Richtung Ausgang, das neue Mädchen immer noch in meinem Blickfeld. Schau weg, verdammt. Guck weg. Ihre Augen sind groß wie Untertassen und kleben an mir. Ihr Mund formt ein kleines O. Ich sollte die Aufmerksamkeit nicht mögen, ihre offensichtliche Überraschung, aber ich tue es, und die Ablenkung erlaubt es Allie, sich direkt an mich heranzuschleichen.

„Oh, nein, das tust du nicht." Sie ergreift meinen Arm, hakt sich bei mir ein und dreht mich von den Türen weg, zu denen ich es fast geschafft hätte. „Du darfst die Vierte nicht verpassen. Das ist die eine Klasse, die wir alle zusammen haben, und meine neue Freundin hat sie auch. Komm, sag hallo und sei kein Idiot. Ich mag sie." Letzteres murmelt sie vor sich hin.

Sie zerrt mich zurück, aber ich halte meine Füße in Position und schaue nach unten, um ihrem entschlossenen Blick aus den braunen Augen zu begegnen. „Ich werde es wieder gut machen. Doch ich muss jetzt wirklich gehen. Jemand wartet auf mich." Ich stelle sicher, dass ich es laut genug sage, damit das andere Mädchen es hören kann.

Allie blickt finster drein und wendet sich wieder ihrer Freundin zu, die mich weiterhin mit großen Augen und offenem Mund anstarrt. Ich bin mir nicht sicher, ob ich mich geschmeichelt oder beleidigt fühlen soll, dass sie ihren Blick noch nicht von mir abwenden kann. Erinnert sie sich an unsere gemeinsame Nacht in genauso lebhaften Details, wie ich es tue? Oder wird ihr vielleicht klar, wer zum Teufel ich bin und was ich ihr antun kann, wenn sie hier aus der Reihe tanzt. Ich kann ihr das Leben zur Hölle machen, sollte ich wollen.

Wir haben in dieser Nacht gefickt wie die Karnickel. Ich habe mich dreimal in ihrer warmen Muschi vergraben. Nahm ihr ihre gottverdammte Unschuld. Man könnte meinen, das würde einer Tussi etwas ausmachen, aber sie tat so, als wäre es nichts. Hat genommen, was sie bekommen hat. Kein Zögern. Keine Unsicherheiten. Selbst bei der letzten Runde, als uns die Kondome ausgingen, zuckte sie nicht mit der Wimper, als ich vorschlug, ich könnte einen Rückzieher machen - etwas, was ich verdammt noch mal nie tue.

Ich weiß nicht, was ich erwartet hatte, aber nicht, mit ihr in meinen Armen einzuschlafen, um beim Aufwachen festzustellen, dass sie weg war und der Platz auf der Couch neben mir kalt.

Eine Woche lang fragte ich mich, ob ich mir das Ganze nur eingebildet hatte. Ich habe sie nie wieder gesehen, und niemand wusste, wer zum Teufel sie war, als ich sie beschrieb. Und jetzt ist sie hier. Mit großen Augen und heiß wie die Hölle, sogar in diesem übergroßen Kapuzenpulli, in dem sie sich zu verstecken versucht.

Ich befreie mich aus Allies Griff und gebe Roman ein Nicken. Ich habe keine Zeit für so was. Zum Glück versteht er, was ich meine, und bevor Allie wieder nach mir greifen kann, schlingt er seine Arme um sie und zieht sie in eine Umarmung. Sie schmilzt in seinen Armen dahin. Gott, sie sind ekelhaft süß zusammen. Und ich laufe schnell zur Tür hinaus, höre ihren gemurmelten Fluch hinter mir, aber sie läuft mir nicht wieder hinterher.

Ich danke Gott für diese kleinen Gefallen. Ich liebe Allie über alles, aber seit sie und Roman es offiziell gemacht haben, hat sie beschlossen, dass Dom und ich ihre Lieblingsprojekte sind. Ich habe kein Verlangen danach, von meiner wilden Art reformiert zu werden, noch habe ich irgendwelche Pläne, mich mit dem neuen Problem zu befassen, das gerade auf meinen sich entfernenden Rücken starrt. Ich kann spüren, wie sich ihre Augen in mich bohren, aber ich weigere mich, ihr die Genugtuung zu geben, zu wissen, wie sehr ihre Anwesenheit mich aufregt.

Es wird nicht lange dauern, bis sie erfährt, wer ich bin und was es bedeutet, ein Teufel zu sein.

Ich fahre mir mit der Hand durch die Haare. Scheiße. Wer weiß, was dann passieren wird. Wird sie sich in eine dieser Tussis dieser Schule verwandeln, die entschlossen sind, bei mir zu landen? Und nein, ich bin nicht arrogant. Jedes Mädchen an der Sun Valley High will mit einem Devil ausgehen. Einige wegen des Status, andere wegen des vermeintlich einfachen Lebens, wenn sie uns an sich binden können.

Roman, Dominique und ich sind Football-Legenden in dieser Gegend. Jeder von uns hat ein Vollstipendium für die Suncrest U und gute Chancen, in Zukunft Profi zu werden. Deshalb bekommen wir so viel Aufmerksamkeit und ich treffe mich nie ausschließlich mit nur einer Frau. Frauen kann man nicht trauen. Sie haben immer einen Hintergedanken.

Wird sie sich mir an den Hals werfen wie die anderen? Es bereuen, mich im Poolhaus zurückgelassen zu haben, wie sie es tat? Mich abservieren, als wäre der Sex nicht verdammt magisch gewesen? Ich weiß, wir haben keine Namen genannt. Wir haben keine Nummern ausgetauscht. Aber ich habe trotzdem erwartet, dass ich das Mädchen irgendwann wiedersehe. Ich weiß, dass es für sie genauso gut war wie für mich. Auf keinen Fall hat es sie kalt gelassen, mich heute zu sehen. Hmm ... Damit kann ich arbeiten. Zeig ihr den Fehler, den sie gemacht hat. Was sie sich entgehen ließ. Und dann erinnere ich sie daran, warum sie mich verdammt noch mal niemals haben wird.

Draußen sitzt Sarah auf der Motorhaube ihres Jetta. Ich gehe geradewegs auf sie zu, ein kackfreches Grinsen auf dem Gesicht, während sich in meinem Kopf ein Plan zu formen beginnt. Der frühere Reiz, meinen Schwanz nass zu machen, ist nicht mehr derselbe, mein Kopf ist jetzt voll von anderen, faszinierenderen Möglichkeiten. Aber ich werde nicht zulassen, dass diese Tussi mir den Kopf verdreht. Ich werde mich durch die ganze Schule ficken, wenn ich muss, bevor ich das erlaube.

„Bereit?", frage ich Sarah, sobald ich in der Nähe bin. Ich bin fest entschlossen es durchzuziehen. Sicher, sie mit Allie zu sehen, mag mich aus der Bahn geworfen haben. Ich kann nicht leugnen, dass ich in den letzten anderthalb Jahren das eine oder andere

Mal an sie gedacht habe. Das würdest du auch, wenn du geilen Sex mit einer heißen Braut hättest und sie nie wieder siehst. Aber hier ist sie, leibhaftig. Hmmm ... vielleicht kann ich ein neues Arrangement treffen, sollte die Scheiße mit Sarah nicht passen. Ich meine, die Namenlose war schon mal für einen Gelegenheitsfick zu haben.

Nein. Das ist es, was sie will. Gewollt hat. Ich werde es nicht noch einmal zulassen. Ich lasse nicht zu, dass sie mich ausnutzt. Nein. Ihr Verschwinden hat eine kleine Bestrafung verdient. Sie muss sehen, wie es ist, zurückgelassen zu werden. Weggeworfen zu werden, als ob man verdammt noch mal nicht wichtig wäre.

Mein Plan wird immer ausgereifter.

Wenn sie und Allie Freunde sind, wird Allie mir die Eier abschneiden, weil ich ihr das Herz gebrochen habe, überlege ich. Scheiß drauf. Das wird es wert sein. Sie hätte mich nie vergraulen dürfen. Ich sagte ihr, ich würde sie für jeden anderen ruinieren, und wenn ich das beim ersten Mal nicht geschafft habe, werde ich es hier und jetzt zu meiner Mission machen.

„Ich bin bereit, dass du zu Kreuze kriechst", erwidert Sarah, die Arme vor der Brust verschränkt, und schiebt ihre Brüste in ihrem ohnehin schon zu engen grünen Top noch mehr raus. „Ich kann nicht glauben, dass du heute Morgen mit irgendeiner beliebigen Tussi rumgemacht hast."

Mein Grinsen wird breiter. „Baby, ich mache nicht rum." Ich hebe den Saum meines Shirts an und entblöße die durchtrainierten Bauchmuskeln, die verdammt gut aussehen. „Frauen betteln darum, mit mir zusammen zu sein, nicht andersherum. Außerdem", ich lasse den Saum fallen „habe ich Gwen nicht geküsst. Sie hat mich geküsst. Was hätte ich denn tun sollen?"

Sie schmollt. Sie denkt, es sei süß. Ist es aber nicht. Ich lasse es über mich ergehen, weil ich weiß, dass sie sich gleich beruhigt. Sarah kennt unsere Abmachung. Sie kann mich nicht besitzen. Ich gehöre ihr nicht, und diese Sache zwischen uns ist nicht exklusiv. Ich gehe keine Beziehungen ein. Nie. Und ich habe auch nicht die Absicht, das zu ändern. Vielleicht, wenn ich dreißig bin. Aber zur Hölle, wer weiß, eventuell entscheide ich mich, für immer ein knallharter Junggeselle zu bleiben.

„Urgh, sag ihren Namen nicht in meiner Gegenwart", schnauzt sie.

Ärger blitzt in mir auf, aber ich schiebe ihn beiseite und senke die Stimme zu einem Knurren. „Du weißt, dass du um mich betteln musst, Baby Girl."

Ihre Augen verdunkeln sich und ich kann das Verlangen in ihrem honigfarbenen Blick brennen sehen. Sie leckt sich über die Lippen, schafft es aber, sich ansonsten nicht vom Fleck zu bewegen. Komisch. Sie denkt, sie wird mich dafür arbeiten lassen.

Sarah will etwas, das ich ihr nicht geben möchte. Hingabe. Ich bin nur hier, um die Wogen zu glätten. Es ist mir scheißegal, sie zu verlieren. Diese kleine Vereinbarung zwischen uns ist Bequemlichkeit. Die Dinge werden zu Hause manchmal zu real und sie hat einen geilen Körper, mit dem man sich gern die Zeit vertreibt. Nicht mehr und nicht weniger. Ich versuche, kein komplettes Arschloch zu sein, deswegen bin ich ja hier. Ich sollte Karma-Punkte oder so für diesen Scheiß bekommen.

Es ist einfacher für mich, die vierte Stunde zu schwänzen und ihr einen seltenen Moment meiner ungeteilten Aufmerksamkeit zu schenken, als eine andere zu finden, in der ich mich vergraben kann.

Eine neue Tussi könnte anhänglich werden. Ich habe keine Zeit für so was. Ich habe ein Footballstipendium in Aussicht. Ich bin nicht darauf aus, mich an jemanden zu ketten. Dann wiederum ... ein Gedanke blitzt kurz auf, bevor ich mich wieder auf die Tussi vor mir konzentriere. Hör verdammt noch mal auf, an sie zu denken. „Und wenn ich nicht will?" Sarahs Lippe schiebt sich weiter vor, und ich beuge mich zu ihr hinüber, um daran zu knabbern. Sie stöhnt und wölbt sich mir entgegen. „Dann schätze ich, dass dies - wie alle guten Dinge - zu einem Ende kommen wird." Sie schlingt ihre Arme um meinen Hals und drückt ihre

Brüste an mich. „Ich will nicht, dass es endet.", haucht sie. „Aber ich hasse es, dass ich dich teilen muss." Ich kämpfe gegen den Drang an, mit den Augen zu rollen, und beschließe, auf den ersten Teil ihrer Aussage einzugehen und den zweiten zu ignorieren. Das ist leicht.

„Dann weißt du, was du tun sollst?" Ihre Mundwinkel verziehen sich zu einem verführerischen Lächeln. „Zu mir?" Ich nicke und nehme ihre Schlüssel entgegen, als sie sie mir reicht. Wie ich schon sagte, viel zu einfach.

FÜNF

„Urgh. Was ist nur los mit ihm?", sagt Allie, aber ich achte kaum auf sie, denn oh mein Gott, das war er.

„Emilio.", flüstere ich seinen Namen vor mich hin und mag es, wie er klingt. Emilio Chavez sagte sie, heißt er. Oh, mein Gott. Luis' Vater ist hier. Er ist hier und er hat einen Namen. Selbstverständlich hat er einen Namen. Jeder hat einen Namen.

Eine Million Gedanken schießen mir durch den Kopf. Ich kann mich auf keinen einzigen davon konzentrieren.

Was soll ich tun? Soll ich ihm nachgehen? Nein. Das würde mich wie eine Verrückte aussehen lassen. Er hat mich doch erkannt, oder? Zumindest sah es so aus. Nicht, dass er hiergeblieben wäre. Ich bin mir nicht sicher, was ich erwartet habe. Es ist 18 Monate her, und es war nur ein One night stand. Ja, es war denkwürdig für mich. Ich habe in dieser Nacht meine Jungfräulichkeit verloren. Das ist schon ein großes Ereignis. Und selbst wenn ich nicht schwanger geworden wäre, könnte ich die Zeit mit ihm nicht vergessen. Wir hatten dreimal Sex. Ich wusste nicht mal, dass ein Kerl so oft kann. Ich dachte, es wäre eine einmalige Sache, aber Emilio hat mich eines Besseren belehrt. Und ich wusste nicht, dass ein Mädchen so oft zum Orgasmus kommen kann wie ich. Ich hatte mit Schmerzen gerechnet. Unbehagen. Peinlichkeit. Was ich nicht erwartet hatte, war … das. Es hört sich so dumm an, aber es war ein Traum. Magisch.

So blöd es auch klingt, an diesem Morgen rauszuschleichen, um nach Hause zu kommen, bevor Mom und Miguel aufwachten, tat körperlich weh.

Er schlief noch, als ich ging, und ich machte mir nicht die Mühe, ihn zu wecken. Damals sagte ich mir, dass ich einen peinlichen Abschied vermeiden wollte. Aber wenn ich ehrlich zu mir selbst bin, denke ich, dass ich ihn nicht geweckt habe, weil ich befürchtete, dass es sehr viel mehr weh tun würde, zu gehen. Er ließ mich Dinge erleben, von denen ich nicht wusste, dass ich sie fühlen konnte, und das machte mir Angst.

Aber seinem Gesichtsausdruck nach zu urteilen, als er mich sah, bin ich für ihn nur eine in einer langen Reihe von Affären. Meine Schultern fallen herab und mein Magen senkt sich. Warum schmerzt diese Erkenntnis so sehr? Ich kenne ihn doch gar nicht. Ich wusste, was Sache war. Und verdammt, ich habe seitdem mit den Konsequenzen dieser Nacht zu kämpfen. Ihn in natura zu sehen, sollte nicht dieses Gefühl der Einsamkeit hervorrufen.

Allie unterhält sich mit drei Jungs im Flur, als sie plötzlich mit den Fingern schnippt und meine Aufmerksamkeit auf sich zieht. „Erde an Bibiana. Wo bist du hin?"

Ich schüttle den Kopf. „Sorry. Was hast du gesagt?"

Allie rollt mit den Augen, lächelt aber, bevor sie sich dem Jungen zuwendet, der ihr am nächsten steht.

„Bibiana, das ist mein Freund, Roman." Er neigt den Kopf zu mir. Seine Art, Hallo zu sagen. „Das hier ist Aaron", sie deutet auf den blonden Jungen mit dem Skateboard, „und dieser Sonnenschein ist Dominique." Ich weiß, dass sie einen Scherz macht, denn Dominique ist definitiv kein Sonnenschein. Er hat den grüblerischsten Gesichtsausdruck von allen, seine Augen sind immer noch auf die Tür gerichtet, durch die Emilio gerade herausgegangen ist. Allie stößt ihn mit dem Ellbogen in den Magen und er tut so, als würde er zusammenzucken und sich den Bauch reiben, aber ihr Grinsen entgeht mir nicht. Sie weiß, dass sie ihn nicht wirklich verletzt hat.

„Ignoriere ihn. Ich schwöre, er hat Manieren. Er zeigt sie nur selten."

Roman legt den Kopf zurück und lacht, ein tiefes Glucksen, das Allies Grinsen in ein breites Lächeln verwandelt. Gott, sind die beiden süß zusammen. Mein Herz macht einen kläglichen Sprung. Ich will das, was sie haben. Es sieht so einfach aus. Sie sind so zufrieden. Was, wenn ... Nein. Ich darf hier nicht voreilig sein. Es war nur Sex, Bibi. Hör auf, es als etwas anderes zu betrachten. Und außerdem, selbst wenn du ihm von Luis erzählst, will er bestimmt immer noch nichts mit dir zu tun haben. Entschlossen richte ich mein Rückgrat auf. Er muss mich nicht mögen. Er schuldet mir keine Beziehung oder Verpflichtung, nur weil wir ein Kind zusammen haben. Aber er schuldet Luis seine Aufmerksamkeit und Zuneigung. Ich hoffe nur, dass er die Art von Kerl ist, die dazu steht, was wir gemeinsam erschaffen haben.

„Du siehst ..." Doms Stimme reißt mich aus meinen Gedanken. Sein Kopf neigt sich zur Seite, als er mein Gesicht mustert. „Vertraut aus", vollendet er. „Woher kenne ich dich?"

Allies Augen leuchten auf. „Ihr beide kennt euch?" Sie wippt auf ihren Füßen.

„Nicht wirklich." Sage ich mit einem Achselzucken. Ich bin mir nicht sicher, ob ich ihr oder ihm antworten soll, also entscheide ich mich für die weniger einschüchternde Variante. „Ich bin die beste Freundin von Monique. Seiner Schwester. Wir sind früher zusammen zur Schule gegangen."

„Oh! Ich habe sie noch nicht kennengelernt. Ist sie so stoisch und grüblerisch wie ihr Bruder?" Sie dreht sich zu ihm um. „Und warum geht sie nicht hier zur Schule?"

Dom grunzt und ich lache. „Sie ist das komplette Gegenteil von Dominique", sage ich. „Und sie ist in der Oberstufe der

Suncrest Academy. Dominiques Eltern haben ihn nur wegen des Football-Programms hierher gehen lassen."

Allies Augen weiten sich, und sie stürzt sich auf Dominique. „Du hast einen Zwilling!?", quiekt sie. „Warum habe ich sie noch nicht kennengelernt?"

Alle drei Jungs schütteln den Kopf. „Sie ist nicht mein Zwilling. Sie ist meine kleine Schwester, und ich habe sie dir bewusst nicht vorgestellt, denn sieh nur, wie gut das für uns gelaufen ist, als du dich mit Baby Henderson eingelassen hast. Ich muss da nicht noch Öl ins Feuer gießen."

Aaron und Roman nicken beide zustimmend.

„Wenn sie nicht dein Zwilling ist, wie ..."

Ich antworte für ihn. „Monique ist klug. So wahnsinnig klug. Sie hat die achte Klasse übersprungen. Deshalb sind sie beide in der Oberstufe. Sie könnte wahrscheinlich ihren Abschluss früher machen, wenn sie wollte."

„Okay, das ist großartig. Du kennst Monique und ich bin mit Kasey befreundet. Wir vier müssen uns dieses Wochenende treffen. Wir werden so viel Spaß haben. Ein Mädchenabend!"

Die Jungs stöhnen unisono auf. Im selben Moment läutet es und signalisiert uns, dass wir offiziell zu spät zum Unterricht kommen. Vielleicht sollte ich darüber ein wenig besorgt sein, aber ich bin zu aufgeregt über die Aussicht, neue Freunde zu bekommen und den Vater meines Sohnes zu finden, um an etwas anderes zu denken.

„Komm schon. Wir klären alle Details nach der Schule. Wir sollten uns beeilen, sonst reißt uns Mr. Chu noch den Kopf ab." Ich folge ihr in die Klasse.

Während der Lehrer über die Aufgaben dieser Woche redet, krame ich das Handy aus der Tasche und schreibe meiner Mutter eine SMS. Es ist erst ein paar Stunden her, aber ich bin es nicht gewohnt, solange von meinem kleinen Jungen getrennt zu sein.

Ich: Wie geht es ihm?

Mom: Perfekt.

Sie fügt ein Bild von Luis hinzu, wie er in ihren Armen schläft, und ich lächle, fahre mit dem Finger über den Bildschirm, bevor ich eine neue Textnachricht öffne und die Nummer von Monique aufrufe. Das kann auf keinen Fall warten.

Ich: Er ist hier.

Drei Punkte erscheinen fast augenblicklich, denn natürlich passt sie im Unterricht nicht auf. Als ob sie das überhaupt müsste.

Monique: Oh, mein Gott! Hast du es ihm gesagt?

Ich rolle mit den Augen. Ist das ihr Ernst? Man sieht einen Mann zum ersten Mal seit fast zwei Jahren wieder und wirft ihm sofort ein Baby in den Schoß.

Ich: Nein. Ich hatte keine Gelegenheit, mit ihm zu sprechen, aber wenigstens weiß ich jetzt, dass er hier ist.

Ich: Außerdem habe ich deinen Bruder getroffen.

Ich lasse den Teil aus, dass ihr Bruder mit Luis' Vater befreundet ist. Wie ich Monique kenne, würde sie sich nicht zurückhalten können, Dominique über ihn auszufragen und ich möchte nicht, dass jemand außer mir Emilio von Luis erzählt.

Monique: War er ein Arschloch?

Ich schnaube. Köpfe drehen sich in meine Richtung, ich beiße mir auf die Lippe und lasse mich tiefer in meinen Sitz sinken.

Ich: Nein. Er ist mit diesem Mädchen, Allie, befreundet. Sie hat uns vorgestellt. Ich denke, du würdest sie mögen.

Monique: Komm bloß nicht auf die Idee, mich zu ersetzen, B.

Ich rolle mit den Augen und lächle.

Ich: Unmöglich. Aber sie will dieses Wochenende abhängen. Wir drei und ein Mädchen namens Kasey. Bist du dabei?

Ich hoffe, sie sagt ja. Jetzt, wo ich weiß, dass Allie und Kasey mit Emilio befreundet sind, habe ich die feste Absicht, sie auszufragen und jedes Detail über ihn zu erfahren, das ich kann. Er hat hundertprozentig das Recht zu wissen, dass er einen Sohn hat. Aber dieser kleine Junge ist mein Ein und Alles, und ich bin es ihm schuldig, dafür zu sorgen, dass Menschen, die ich in sein Leben bringe, nicht gleich wieder daraus verschwinden.

Monique: Ja! Ich muss diese Tussi kennenlernen.

Ich: Allie?

Monique: Nein. Kasey. Dom meckert die ganze Zeit über sie. Jemand, der meinen Bruder so wahnsinnig machen kann, muss ich kennenlernen.

Ich: LOL. Okay. Ich sag Allie, dass du dabei bist. TTYL.

Ich schiebe das Handy wieder in die Tasche. Der Lehrer geht an meinem Schreibtisch vorbei und legt ein Blatt Papier ab. „Kurztest. Mal sehen, was ihr noch wisst. Ich möchte herausfinden, wo wir weitermachen. Faire Warnung: Die Weihnachtsferien sind vorüber und ich dulde keine Faulenzer in im Klassenzimmer", sagt er, und der ganze Raum stöhnt.

Der Rest der Stunde vergeht schweigend, während wir alle an dem Mathetest sitzen. Ich bin fertig, bevor die Glocke läutet, und nehme mir ein paar Minuten mehr Zeit, um die Arbeit durchzugehen, bis ich mit all meinen Antworten zufrieden bin. Ich muss dieses Jahr gut abschließen. Zwar weiß ich noch nicht, was ich nach dem Abschluss machen will, aber ich möchte, dass das College eine Option ist. Monique geht auf die Suncrest U. Ich bin nicht sicher... vielleicht kann ich einen Weg finden, auch dorthin zu gehen. Nicht für eine Vollzeitausbildung. Nicht mit Luis. Aber es wäre eine Chance und es ist kein Problem, wenn das College ein bisschen länger dauert. Ich werde alles tun, damit Luis das Leben bekommt, das er verdient.

Ich frage mich kurz, was Emilios Pläne nach der Highschool sind. Wie sich seine Pläne auf meine auswirken könnten. Aber bevor ich mich zu sehr in meinem eigenen Gedanken verheddere, zwinge ich mich, durchzuatmen und mich zu entspannen. Es hat keinen Sinn, sich darüber jetzt schon den Kopf zu zerbrechen.

Im Moment muss ich mir überlegen, wie ich ihm von Luis erzähle, was sich viel einfacher anhört, als ich es mir vorstellen kann. Danach kann ich mir über den Rest Gedanken machen.

SECHS

EMILIO

Das ist einer der absolut schlimmsten Ficks, die ich in meinem Leben hatte. Ich weiß nicht, woran das liegt. Sarah steht drauf, aber mein Schwanz ganz sicher nicht. Ihr Stöhnen ist laut und dramatisch. Und das übermäßige Kratzen am Rücken fängt an, weh zu tun. Es ist, als würde sie für einen B-Porno vorsprechen.

„Ja. Ja. Oh. Mein. Gott. Mehr. Emilio, Ja!", keucht sie unausstehlich laut.

Ich beiße die Zähne zusammen, als sie sich mit ihren Beinen fester um meine Hüften klammert, und ich stoße in sie hinein, versuche, einen Rhythmus zu finden, der etwas - irgendetwas - in mir weckt, aber es hat keinen Sinn. Ihre Muschi zuckt um meinen Schwanz, ihre Augen rollen fast in ihren Hinterkopf, als sie wieder ihre Erlösung findet.

Scheiße.

Wie genießt sie das? Bevor sie mich hierhergeschleppt hat, habe ich sie im Auto kommen lassen. Sie kommt gerade ganz sicher ein zweites Mal. Ich bin nicht mal nah dran. Ich kann mich nicht entspannen. Ich sollte mich auf das nackte Mädchen unter mir konzentrieren, aber stattdessen wandern meine Gedanken zu ihr. Zu ihren vollen Lippen. Ihre strahlend blauen Augen. Die Art, wie sie neben mir lag, bevor ich eingeschlafen bin.

Das war ein Fehler.

Wir vögeln schon seit fast zwanzig Minuten. Schweiß tropft mir den Rücken hinunter, und ein Orgasmus ist nicht in Sicht. Ich stoße fester in Sarah hinein. Tiefer. Ich werde nicht zulassen, dass sie in meinem Kopf herumspukt.

Verdammt noch mal. Was ist nur los mit mir?

Scheiß drauf. Ich habe genug. Ich stöhne laut auf und kneife die Augen zusammen, täusche vor, dass ich meine Ladung abgeschossen habe, bevor ich mich zurückziehe und gegen Sarahs nackten Körper sacke. Gott sei Dank gibt es Kondome. Damit und mit meiner Hand sollte ich in der Lage sein, meinen immer noch offensichtlichen Ständer zu verstecken. Wie verdammt peinlich.

Ich rolle mich auf die Seite, schnappe mir meine Boxershorts vom Boden und gehe ins angrenzende Bad, die Hand über dem Schwanz, als wollte ich verhindern, dass das Kondom abrutscht. Sarahs Atemzüge sind schwer. Ich schließe die Tür hinter mir und lehne mich an die Wand.

Ich starre auf meinen immer noch erigierten Penis und beiße die Zähne zusammen. „Du und ich, wir werden reden", murmle ich. Ich stütze die Hände auf die Ablagefläche und nehme mir einen Moment Zeit, um zu Atem zu kommen und meinen Ständer zu zwingen, sich zu beruhigen. Tut er das? Nein. Warum? Weil mein Schwanz ein verdammter Schwanz ist. „Nicht cool, Kumpel. Mal sehen, ob du bald wieder Action bekommst." Er will nicht in Sarahs Fotze kommen, und er ist entschlossen, mich mit blauen Eiern zurückzulassen.

Leck mich doch. Ich lehne mich zurück und umfasse ihn, arbeite meine Länge auf und ab, in dem Bemühen, Erlösung zu finden. Ich kann hören, wie Sarah sich in ihrem Zimmer bewegt, aber ich verdränge die Geräusche, während ich an die eine Tussi denke, an die ich nicht denken sollte. Reiß dich zusammen,

Mann. Du lässt zu, dass sie dir den Kopf verdreht. Ich greife fester zu und stelle mir ihre enge kleine Muschi vor. Das leise Wimmern vor Lust, das sie machte.

Die Art, wie sie sich an mich klammert, als könnte sie es nicht ertragen, loszulassen. Das war eine verdammt gute Nacht.

Wie aus dem Nichts schießt mein Orgasmus in mich hinein. Scheiße. Ich entleere mich in meine Hand, meine Brust hebt sich und ich sehe mein erschrockenes Spiegelbild. Das war unerwartet. Ich muss diese Fantasie öfters ausprobieren.

Erregung durchfährt mich erneut. Sie ist gegangen. Sie ging weg, ohne ein Wort zu sagen, und jetzt kann ich nicht mal mehr abschalten, ohne an sie zu denken. Das ist eine echt verkorkste Scheiße.

Ich wasche mir die Hände, ziehe meine Boxershorts an und gehe zurück in Sarahs Zimmer, um meine Jeans zu suchen. Ah. Da ist sie ja. Ich fange an, mich anzuziehen, weil ich unbedingt hier raus will. Sarah kommt - immer noch nackt - auf mich zu. Ihre kleinen frechen Titten wippen bei jedem Schritt und sie wirft mir einen wollüstigen Blick zu. Was hat sie jetzt vor?

Sie fährt mit ihren manikürten Nägeln über meine Brust und beugt sich auf Zehenspitzen vor, um meinen Hals zu küssen. „Das hat Spaß gemacht", sagt sie mit heiserer Stimme.

Ich zwinge mich, still zu halten und ihr ins Gesicht zu sehen. Ich drücke ihr einen Kuss auf die Lippen und grinse sie verschmitzt an. „Es macht immer Spaß", antworte ich ihr. „Aber ich muss los. Ich bin nach der Schule mit Roman verabredet und" - ich schaue auf dem Handy nach der Uhrzeit - „die Schule ist schon aus. Wir sehen uns später", sage ich. Hierherzukommen, sollte die Wogen zwischen uns glätten, damit wir zu der lockeren Affäre zurückkehren können. Eine Vereinbarung, die ich nicht länger aufrechterhalten will.

Ihr Kopf senkt sich und ich zögere. Ich hebe ihr Kinn an und streiche mit dem Daumen an ihrer Wange entlang.

„Warum das lange Gesicht, meine Schöne?" Ihre Mine erhellt

sich bei der Zärtlichkeit, aber sie zwingt sich zu einem bockigen Ausdruck. Einen, den ich sofort durchschaue.

„Ich dachte, wir könnten, ich weiß nicht, zusammen abhängen?" Ihre Wangen färben sich rosa, und ich unterdrücke ein Stöhnen und zwinge mich, das leichte und unbekümmerte Lächeln auf meinem Gesicht zu behalten. Ich muss das beenden. Wenn der beschissene Fick kein Anzeichen dafür war, dann ist diese „Abhängen wollen"-Sache ganz sicher eines.

„Sarah", antworte ich ihr und lächle sie an.

Ihre Augen tränen, und obwohl ich mich wie ein Stück Scheiße fühle, zwinge ich mich, die nächsten Worte zu sagen. „Wir sind kein Paar. Wir sind Freunde mit gewissen Vorzügen - ohne den Teil mit der Freundschaft."

Sie schnieft. „Und wenn das nicht genug für mich ist?""

Ich schaue an die Decke. Wir haben das gerade besprochen. „Dann bin ich raus. Ich stehe nicht auf komplizierte Muschis." Ich schnappe mir den letzten Rest meiner Klamotten und gehe zur Tür.

„Bleib stehen."

Tue ich aber nicht.

„Emilio Chavez, wenn du durch diese Tür gehst, brauchst du nie wieder ankommen", droht sie, als ob das ausreichen würde, um mich zur Vernunft zu bringen.

„Bis später, Sarah." Das war ein Fehler. Ich hätte in der Klasse bleiben sollen.

„Emilio, bitte."

Ich seufze, gehe aber weiter und ziehe mein Handy heraus, um Aaron eine SMS zu schreiben.

„Ich habe dich gefahren. Du kannst nicht einfach abhauen."

Offensichtlich kennt sie mich nicht, wenn sie denkt, dass so etwas Simples wie eine Fahrt mich aufhalten würde.

Ich: Ich komme zu dir nach Hause.

Aaron: Warum?

Ich rolle mit den Augen. Oh, Mann. Halt dich an das Programm.

Ich: Scheiße mit Sarah. Ich brauche eine Mitfahrgelegenheit zu Roman.

Aaron: Gut. Ich lasse alles stehen und liegen und bin gleich da.

Ich grinse. Der Wichser denkt, er sei witzig.

Ich: Klingt gut, mein Freund.

Ich stecke das Handy in die Gesäßtasche und laufe über den Rasen, ausnahmsweise dankbar, dass er nebenan wohnt. Wenn ich auf der Veranda auf Aaron warte, wird Sarah mir einfach folgen und die ganze Bettel-, dann Schrei- und dann wieder Bettel-Nummer abziehen. Also mache ich mich auf den Weg zum Hintereingang und setze mich auf einen der Terrassenstühle.

Aarons Haus ist schön. Er wohnt in einer dieser Wohnanlagen, wo alle Anwesen gleich aussehen und man sich mit Hausverwaltungen herumschlagen muss, die einem genau vorschreiben, wie lang der Rasen sein darf. Seinen Eltern geht es gut genug, wenn ich mich recht erinnere. Er ging einige Zeit auf eine Privatschule, bevor er anfing, bei uns zu kicken. Dann überzeugte er seine Eltern, ihn auf die Sun Valley High gehen zu lassen, damit er bei seinen Freunden sein konnte.

Das flog ihm um die Ohren. Na ja, so in etwa. Ich schätze, jetzt klappt es, wo Allie da ist. Henderson und Roman haben eine Art Deal gemacht, von dem ich nicht alle Details kenne. Ich weiß nur, dass er Roman geholfen hat, Allie zurückzugewinnen, und Roman beschloss, den Streit zwischen ihnen zu beenden. Persönlich bin ich nicht so nachsichtig. Er hat es versaut und wir alle wurden deswegen verletzt.

Heutzutage tolerieren wir ihn vielleicht, aber ich vertraue ihm ganz sicher nicht.

Mein Telefon klingelt und ich schaue auf den Bildschirm.

AARON: WO BIST DU?

Ich: Im Garten.

EIN PAAR SEKUNDEN SPÄTER ÖFFNET SICH DIE HINTERTÜR, UND Aaron kommt heraus. Er trägt seinen üblichen Emo-Scheiß. Schwarze Hose. Schwarzes Hemd. Schwarze Mütze tief über sein blondes Haar gezogen. Er sieht aus, als hätte Justin Bieber ein Baby mit Machine Gun Kelly bekommen. Kein Wunder, dass der Kerl immer noch Single ist. „Du könntest ein bisschen mehr Farbe in deinem Leben gebrauchen", sage ich.

Er runzelt die Stirn. „Bist du auf irgendwas?"

„Nö. Das ist deine Methode. Nicht meine", antworte ich und grinse.

Sein Blick verfinstert sich.

„Echt, Mann. Du willst da jetzt hingehen?"

Ich zucke mit den Schultern. Warum eigentlich nicht? Ich habe sowieso schon einen beschissenen Tag. Aber Aaron beschließt, die Scheiße umzudrehen. Schlaues Kerlchen.

„Was ist daraus geworden, die Sache mit Sarah zu klären?", fragt er und setzt sich auf einen der Stühle neben mich.

„Ich habe beschlossen, dass die Muschi den Aufwand nicht wert ist. Sie hängt zu sehr an mir."

Er schnaubt. „Du hast in den letzten Monaten fast jede Nacht bei ihr geschlafen. Was hast du erwartet?"

„Du hast mich verfolgt?", frage ich und erinnere mich, dass er oft mit ihr zusammen ist. „Eifersüchtig, dass ich in ihrem Bett lag und nicht du?"

Er schnauft. „Wohl kaum. Ich versuche, meine Fehler nicht zu wiederholen. Und nein, Arschloch, ich verfolge dich nicht. Aber es ist nicht schwer, dich morgens zu übersehen, wenn du den Walk of Shame zu deinem Auto machst, damit du deine Schwester rechtzeitig zur Schule bringen kannst."

Ich zucke mit den Schultern, begegne seinem Blick nicht. Mir gefällt nicht, dass er weiß, wie oft ich hier war. Aaron ist kein Idiot, und das beweist er mit seiner nächsten Frage noch mehr.

„Was ist wirklich los, Emilio? Warum willst du nicht zu Hause sein?"

Ich wende meinen Blick ruckartig zu ihm. „Was zum Teufel soll das heißen?" Es kommt wütender rüber, als ich es beabsichtigt habe, aber er hat kein Recht, sich in meine Angelegenheiten einzumischen, verdammt.

„Es bedeutet, dass ich nicht dumm bin. Ich weiß, dass du Probleme mit deinem Vater hast. Warum hast du nichts zu Roman oder Dominique gesagt?" Weil Roman jetzt Allie hat. Ich werde mich nicht in ihr glückliches kleines Leben einmischen. Und Dom ... Ich schüttle den Kopf. Dom hat seine eigenen Schwierigkeiten. Niemand von ihnen muss sich um meine kümmern.

„Es ist keine große Sache." Ich dränge mich auf die Beine.

„Hör auf, dich zu verstellen. Was ist hier los?"

„Lass es", knurre ich.

Aaron hebt beide Hände. „Schön, sei ein Arschloch. Ich habe nur versucht zu helfen."

„Richtig, die einzige Hilfe, die ich brauche, ist eine Mitfahrgelegenheit zu Roman. Nimmst du mich mit oder nicht?"

Er runzelt die Stirn, nickt aber. „Komm schon. Nur damit du es weißt, beliebige Mädchen zu vögeln, wird deine Probleme nicht lösen. Und sich mit Mädels wie Sarah Draven einzulassen, wird dich in den Hintern beißen. Ich weiß das."

M eine Handflächen sind schweißnass. Die Knie sind weich. Ich weiß nicht, was ich zu ihm sagen soll. Wie ich ihm die Nachricht überbringen oder gar ein Gespräch mit ihm beginnen soll, also mache ich das Klügste und gehe ihm aus dem Weg. Okay, es ist ziemlich feige. Aber es ist nicht so, als hätte ich viele Möglichkeiten. Ich schaffe es nur zwei Tage, bevor ich mit Emilio sprechen muss, und wie all die Male zuvor ist es, sobald ich ihn sehe, als würde die Zeit um mich herum stehen bleiben.

„Hey, Schönheit", sagt er und überrascht mich völlig, als er sich an den Mittagstisch setzt. Es dauert eine Sekunde, bis ich merke, dass er nicht mit mir spricht. Seine Worte sind an Allie gerichtet, die neben ihm sitzt. Seine Stimme zu hören, lässt mir eine Gänsehaut über die Haut laufen. „Wer ist die Neue?", fragt er in einem anzüglichen Tonfall, aber er sieht immer noch nicht in meine Richtung und das stört mich. Es ist ja nicht so, als wären wir Fremde. Er kann „Hallo" sagen. Genauso gut kann er mich nach meinem Namen fragen, anstatt Allie zu fragen, wenn ich buchstäblich direkt vor ihm sitze.

Roman gibt ihm einen Klaps auf den Hinterkopf, als er seinen

Platz auf Allies anderer Seite einnimmt. Auf seinen Lippen liegt ein Lächeln, das zeigt, dass er nicht wirklich sauer ist. „Lass Allie's neue Freundin in Ruhe", kommentiert er, ohne Augenkontakt herzustellen, aber diesmal nehme ich es nicht persönlich. In Anbetracht all dessen, was ich über die Devils der Sun Valley High gelernt habe und wie ungewöhnlich es ist, dass jemand Neues in ihrem inneren Kreis willkommen geheißen wird, freue ich mich über Romans stille Akzeptanz mir gegenüber.

„Das ist Bibiana", sagt Allie. „Sei nett."

„Bibiana. Hmm ..." Emilio sagt meinen Namen, als würde er seinen Geschmack testen. Seine Mundwinkel kräuseln sich zu beiden Seiten, sein Ausdruck ist fast wild, bis er sich endlich dazu herablässt, mich anzusehen.

Seine schokoladenbraunen Augen fixieren die meinen, und ich erstarre wie ein Reh im Scheinwerferlicht, unfähig, den Blick abzuwenden, während er mit den Zähnen über seine Unterlippe streicht und die Spannung förmlich knistert. War es schon immer so? Ich denke zurück an die Nacht, in der wir uns kennengelernt haben. Die Chemie zwischen uns. Ich schlucke schwer, denn ja, es fühlte sich genauso an. Eine imaginäre Verbindung, die sich straff zwischen uns spannt.

Dominique stellt sein Tablett neben mir ab und beansprucht den Platz zu meiner Linken, während Kasey sich rechts von mir hinsetzt, was meine Aufmerksamkeit von Emilio ablenkt und den Moment praktisch zerstört.

Emilio wendet sich Dominique zu und ignoriert mich jetzt. Die beiden sind in ein Gespräch über das bevorstehende Spiel vertieft. Ich höre zu und erfahre, dass die Devils es in die Playoffs geschafft haben. Das ist keine Überraschung. Sie haben ihre Saison ungeschlagen beendet, also ist es ihr nächstes Ziel, den ganzen Weg zu gehen und in die Staatsmeisterschaft zu kommen.

Roman schließt sich dem Gespräch an und überlässt es Allie, Kasey, Aaron und mir, unter uns zu plaudern. Ich versuche, Emilio aus meinen Gedanken zu verdrängen, aber alle paar Minuten spüre ich, wie sich seine Augen in mich bohren. Sein Blick ist wie eine körperliche Liebkosung, nur wenn ich mich ihm zuwende, um ihn anzusehen, wendet er seine Aufmerksamkeit ruckartig ab.

„Hallo, Erde an Bibi", ruft Allie, und ich zwinge meinen Blick weg von ihm.

„Was hast du gesagt? Tut mir leid, ich war etwas in Gedanken versunken."

Sie lächelt. „Stimmt. Ich wollte wissen, was du am Wochenende machen willst. Wir schleppen Aaron auch noch mit." Meine Augen fliegen zu seinen, als ich über ihre Frage nachdenke.

„Äh ..." So ein Mist. Jetzt ist nicht der richtige Zeitpunkt, um ihnen zu sagen, dass ich einen Sohn habe, doch ich kann auch nicht einfach am Wochenende mit ihm weggehen. Ich bin eine Mutter, und ja, meine Mutter passt auf ihn auf, während ich in der Schule bin, aber ich mag den Gedanken nicht, Luis bei ihr abzuladen, nur damit ich mit Freunden abhängen kann. Ich bin seine Mom. Ich bin diejenige, die sich um ihn kümmern sollte und ich bin für ihn verantwortlich.

Ich verpasse schon genug Zeit mit ihm, wenn ich in der Schule bin. Das hat ihn noch anhänglicher gemacht und er wird nicht mehr lange mein Baby sein. Bald ist er ein Kleinkind. Und dann ein kleiner Junge. Allein der Gedanke daran bereitet mir Schmerzen in der Brust. Er wird zu schnell erwachsen.

„Warum machen wir nicht was bei mir zu Hause?" Schlage ich vor. „Filme, Junk-Food. Irgendwas Zwangloses?" Ich werde mir etwas einfallen lassen, wie ich ihnen von Luis erzählen kann. Hoffentlich ist das kein Grund, unsere Freundschaft zu zerstören. Monique liebt Luis und Allie scheint nett zu sein. Mit ein wenig Glück wird sie ihn auch lieben.

Allies Augen leuchten bei meinem Vorschlag auf. „Ja! Ich mag diese Idee. Seid ihr dabei?" Sie schaut zwischen Kasey und Aaron hin und her.

„Ich bin dabei. Was denkst du, kleines Schwesterchen?", fragt Aaron und zerzaust das Haar seiner Schwester.

„Urgh, lass das", meckert sie und schlägt seine Hand weg, als wäre sie genervt, aber ihr liebevolles Lächeln entgeht mir nicht. „Ja. Ich bin dabei. Ich könnte einen entspannten Abend und etwas Junk-Food gebrauchen."

„Perfekt. Ich simse euch die Adresse. Lasst uns so gegen sieben anfangen."

Sie nicken, die Pausenglocke läutet und wir stehen alle auf, um unsere Tabletts aufzuräumen. Wir machen uns auf den Weg zur nächsten Stunde. Ich verliere die anderen in der Menge aus den Augen, mache mir aber keine Sorgen. Ich sehe sie in der vierten Stunde wieder, außer Kasey. Plötzlich legt sich eine Hand um meinen Arm und stößt mich in eine offene Klassenzimmertür. Ich stolpere vorwärts, bevor ich herumwirble, die Hände zu Fäusten geballt. Hinter mir steht Emilio.

Er schließt die Tür, drückt auf das Schloss und lehnt sich dagegen, während er die Arme über der Brust verschränkt und mich kurz mustert, bevor er eine Augenbraue runzelt. „Tun wir so, als würden wir uns nicht kennen?", fragt er mit einem sündigen Ausdruck im Gesicht. Die Glocke klingelt wieder und ich beiße die Zähne zusammen. Ich bin schon zu spät. Ich sollte keinen meiner Kurse ohne einen verdammt guten Grund verpassen, aber Emilio schaut nicht, als würde er mich einfach an sich vorbeilassen. Er sieht aus wie jemand, der sich etwas von der Seele reden muss, obwohl ich mir nicht vorstellen kann, was es ist. Ich sollte diejenige sein, die etwas zu erzählen hat.

Ich schlucke schwer und gehe ein paar Schritte zurück, um einen dringend benötigten Abstand zwischen uns zu schaffen. Mein Herz rast in meiner Brust, meine Handflächen sind plötzlich schweißnass. „Ich tue nicht so", sage ich ihm. „Ich wusste nur nicht, ob ich erwähnen sollte ..."

„Dass wir gefickt haben." Der Ernst in seiner Stimme reibt sich an meinen Sinnen. „Dass ich meinen Schwanz dreimal in dir vergraben habe, bevor du verschwunden bist. Puff. Wie ein Geist."

Ich hebe die Augenbrauen und trete unwillkürlich einen weiteren Schritt zurück. Er klingt stinksauer. Aber das kann nicht sein. Er hat keinen Grund, wütend zu sein. Zumindest jetzt noch nicht.

Emilio stößt sich von der Tür ab und stolziert auf mich zu, anders kann ich es nicht beschreiben. Seine Augen leuchten, glühen geradezu, als er den Abstand zwischen uns schließt, ja, er hat ein raubtierhaftes Glitzern in seinen Augen.

„Läufst du vor mir weg, Mariposa?"

Ich schlucke schwer und schaffe es, den Kopf zu schütteln, denn dieser Spitzname löst eine seltsames Gefühl in meiner Brust aus. Emilio lehnt sich an mich, sein Atem streicht über meinen Hals. Meine Hände fliegen von selbst nach oben und umklammern den Stoff seines Hemdes. Ich weiß nicht, ob ich ihn anziehen oder wegstoßen will, aber das gleichmäßige Pochen seines Herzschlags unter meinen Händen beruhigt mich.

„Gut. Denn wenn du wegläufst", er fährt mit seiner Nase an meinem Nacken entlang und knabbert mit seinen Zähnen an meiner Schulter. „Dann muss ich dir nachlaufen."

Ich erschaudere, mein ganzer Körper reagiert auf ihn, aber ich zwinge mich, tief einzuatmen. Das ... ist nicht das, was ich erwartet habe.

„Ich erinnere mich daran, wie du schmeckst", flüstert er, zieht den Ausschnitt meines Kapuzenpullis zur Seite und streicht mit Küssen über meine Haut. „Die Art, wie deine Muschi meinen Schwanz zusammengedrückt hat, als ich mich in dir vergraben habe."

Seine vulgären Worte lassen meine Schenkel verkrampfen, auch wenn mir ein Schauer der Beklemmung über den Rücken läuft. Er zieht sich zurück, ein wilder Schalk umspielt seine Lippen. „Erinnerst du dich?"

Mein Magen verknotet sich. Natürlich erinnere ich mich. Ich erinnere mich an jeden einzelnen Moment dieser Nacht in lebhaftem Detail. An jeden Kuss. An jede Berührung. Doch ich erzähle ihm nichts davon. Ich bin starr, die Worte gefrieren mir im Mund, während er mich ansieht, als wolle er mich verschlingen, doch sein Lächeln hat etwas Grausames an sich. Einen Ausdruck, den ich nicht zu deuten weiß. Der Junge, den ich vor achtzehn Monaten traf, war wild. Er hatte eine devil-may-care Einstellung. Und sicher, ich kenne ihn nicht wirklich, aber der erste Eindruck zählt. Emilio benahm sich, als sei er völlig unbekümmert. Er war die Art von Kerl, der immer auf der Suche nach einer guten Zeit war. Auf der Suche nach seinem nächsten Nervenkitzel.

Dieser Emilio ist anders.

Er gibt mir nicht die Chance, darüber nachzudenken. Stattdessen drücken seine Lippen auf meine, und plötzlich ertrinke ich in seinem Geschmack. Süße Orangen und Chili, genau wie ich ihn in Erinnerung hatte. Jede Liebkosung seiner Zunge weckt etwas Schlummerndes in mir. Ich verliere mich in den Empfindungen, als seine Arme sich um mich legen, er mich von den Füßen hebt und meine Beine sich von selbst um seine Taille schlingen.

Er trägt mich zu einem Schreibtisch und setzt mich auf der glatten Oberfläche ab. Eine meiner Hände krümmt sich um die Kante, um mich zu stützen, während ich mich mit der anderen an Emilio festhalte, weil ich Angst habe, ihn loszulassen. Mein Herz rast in meinem Brustkorb. Es gibt eine Million Gründe, warum ich damit aufhören muss, der wichtigste davon ist, dass ich ihm immer noch nicht von Luis erzählt habe. Aber ich kann nicht denken. Ich bekomme nicht genug Luft, um die Worte zu bilden, von denen ich weiß, dass sie gesprochen werden müssen.

Sein Kuss ist hektisch. Sein Griff ist besitzergreifend, als er meinen Kopf neigt, unseren Kuss vertieft und seinen Körper enger an mich presst. Dann spüre ich es. Seine harte Länge drückt fest gegen meinen Kern. Es erinnert mich daran, dass ich mit niemandem sonst zusammen war. Nicht seit jener Nacht. Niemals. Er war mein Erster. Und bis jetzt auch mein Einziger.

Im nächsten Moment knöpfen seine Finger meine Jeans auf

und arbeiten sich in mein Höschen. Ich reiße meinen Mund von seinem und sauge tief Luft ein. „Was tust du da?" Ich keuche, als sich sein Mund an der Seite meines Halses festsaugt, er knabbert und saugt an meiner Haut auf eine Weise, von der ich weiß, dass sie mit Sicherheit Spuren hinterlassen wird.

Seine Fingerspitzen streifen über meine Mitte, und ich erschaudere in seinen Armen. Er gluckst, es klingt selbstgefällig und selbstsicher. „So verdammt empfindsam. Wonach sieht es aus, was ich mache, Bibiana?" Die Art, wie er meinen Namen ausspricht, lässt meine Zehen kräuseln und schaltet mein Gehirn kurz. Er schafft es, mir die Jeans von den Hüften zu schieben, bevor ich überhaupt merke, was passiert. Er öffnet den Reißverschluss meines Sweatshirts. Als sich seine Finger unter den Saum meines Shirts wühlen, schleicht sich die Realität wieder ein und erinnert mich daran, dass ich nicht mehr dasselbe Mädchen bin, mit dem er vor achtzehn Monaten geschlafen hat. Ich habe mich verändert. Mein Körper hat sich definitiv verändert. Und ich bin nicht bereit, dass das jemand sieht, schon gar nicht der Junge, der mich in meinen Träumen heimsucht.

Ich halte seine Hand davon ab, mein Hemd hochzuziehen, aber ich habe keine Ahnung, wohin ich sie lenken soll, als er diese Entscheidung für mich trifft und meine Brust über den Stoff meines Tops drückt. Ich zucke zusammen. Es tut nicht weh, aber ... gna ..., wenn mir jetzt Milch ausläuft, wird mir das so peinlich sein.

Ich muss dieser ganzen Sache ein Ende setzen. Was auch immer es ist, kann jetzt nicht passieren. Aber, oh mein Gott. Sein Finger reibt über meine Mitte, der dünne Stoff meines Höschens ist kaum eine Barriere, als er einen Finger in mich einführt. Ich stöhne in seinen Mund. Das ist eine dumme, schreckliche, verrückte Sache, die ich gerade mache, doch ich kann mich nicht dazu bringen, ihm zu sagen, dass er aufhören soll. Und ich muss die Tatsache akzeptieren, weil ich nicht will, dass er aufhört.

ACHT

Sie gibt ein süßes Wimmern von sich, als ich ihre Brust in die Hand nehme und sie drücke. Sie sind größer als in meiner Erinnerung. Mehr als eine Handvoll, doch verdammt, sie sind perfekt. Ihre Augen verdunkeln sich vor Verlangen, falls nicht sogar ein wenig vor Angst. Sie ist nervös. Das sollte mich beunruhigen, aber das tut es nicht. Ihr offenes Begehren zu sehen, füttert die Bestie in mir, also gebe ich uns beiden, was wir wollen, und schiebe einen Finger in ihre triefende Möse. Fuck. Mein Mädchen ist bereit, sie braucht es.

Warte mal. Was? Sie ist nicht mein Mädchen. Sie ist nicht mein Mädchen. Wie kommst du überhaupt auf diesen Gedanken? Ich beiße die Zähne zusammen, mein Schwanz drückt gegen den Reißverschluss, ich will in ihre Hitze stoßen, aber das steht heute nicht auf dem Plan. Es geht nicht darum, meinen Schwanz feucht zu bekommen. Es geht darum, einen Punkt zu beweisen.

Ein Stöhnen entweicht ihr, als ich einen zweiten Finger in ihrer Muschi versenke. Scheiße, sie ist so verdammt eng. Ich knabbere an ihren Lippen, kleine Lustlaute entweichen, während ich meine Finger rein und raus bewege, sie mit den Fingern ficke, bis sie sich auf dem Tisch windet. Sie keucht meinen Namen.

„Gefällt dir das, Baby Girl?", frage ich und genieße es, ihr dabei zuzusehen, wie sie sich windet. Sie antwortet nicht, aber das braucht sie auch nicht. Ihre schweren Atemzüge, das schnelle Heben und Senken ihres Brustkorbs sind Antwort genug.

Sie befeuchtet ihre Lippen und der Anblick ihrer Zunge, die herausschaut, macht etwas in meinem Kopf. Ich würde sie am liebsten verschlingen. Körper, Geist und Seele.

Ich stehe über ihr, unsere Münder sind nur Zentimeter voneinander entfernt. Ich sauge die Luft ein, die sie atmet, meine freie Hand verheddert sich in ihrem dichten, schwarzen Haar, bevor ich meine Lippen in einem strafenden Kuss auf die ihren presse. Ihre Beine spannen sich an, ihr Rücken wölbt sich, während ihre Brüste gegen meine Brust drücken. Sie ist nah dran.

Ich führe einen dritten Finger ein, dehne die Wände ihrer Muschi, lasse sie alles nehmen, was ich geben kann. Nächstes Mal wird es mein Schwanz sein, der in ihrem engen kleinen Körper steckt und nicht meine Finger.

Der Gedanke lässt mich meinen Kiefer zusammenbeißen, die Nasenlöcher blähen sich. Es wird kein nächstes Mal geben, erinnere ich mich.

„Oh, Gott." Sie versteift sich um mich, ihre Jeans baumelt von einem Bein, während sich das andere um meine Hüfte legt.

„Komm für mich, Bibiana", hauche ich ihr ins Ohr und genieße, wie ihr Name auf meiner Zunge schmeckt. Mein Daumen findet ihre Klitoris, umkreist das Nervenbündel und wie Glas zerspringt sie.

Ihr Körper wird weich. Ihr Stöhnen wird von meinen Lippen gedämpft, als ihr Orgasmus sie durchreißt.

Ich schlucke ihre Schreie hinunter und sauge an ihrer Unterlippe, bis sich ihr Körper entspannt, ihre Schultern nachgeben und ihr von Lust getränkter Blick den meinen findet.

Ich ziehe die Finger zurück und richte den tobenden Ständer in meiner Jeans, bevor ich die Hand an meine Lippen führe und ihren Orgasmus von den Fingerspitzen sauge.

Ihre Augen weiten sich vor Überraschung. Die Röte steigt ihr in die Wangen. Ich mache mir nicht die Mühe, mein wildes Lächeln zu verbergen, bevor ich ihren Kiefer packe und sie zwinge, sich selbst auf meiner Zunge zu schmecken. Als sie wieder außer Atem ist, lasse ich sie los und wende mich zum Gehen.

„W... wohin gehst du?"

Ich antworte nicht. Ich drehe mich nicht um. Ich zwinge mich, einen Schritt nach dem anderen von ihr wegzumachen, damit sie genau weiß, wie es ist, wenn man von jemandem geprägt wird, nur um dann wegzugehen und vergessen zu werden.

———

Ich schwänze die dritte Stunde, aber sorge dafür, dass ich in der vierten anwesend bin. Allie reißt mir den Arsch auf, wenn ich wieder die Mathe-Stunde verpasse. Das ist die einzige Stunde, die Dom, Aaron, Rome, Allie und ich zusammen haben, und ich schwöre, sie behandelt sie wie ein Familienessen. Ich gehe in den hinteren Teil der Klasse, wo Dom und Aaron bereits sitzen, und nicke den beiden zu, als ich meinen Platz einnehme. Bibiana hat auch die vierte Stunde mit uns, und es sieht so aus, als wäre es diesem Mädchen scheißegal, eine Szene zu machen. Sobald mein Hintern auf dem Stuhl aufschlägt, stürmt sie in die Klasse, die Wangen rosa gefärbt und die Augen glühend, als sie direkt auf mich zusteuert, Zorn in jede Faser ihres Körpers geätzt.

„Was zur Hölle war das?", haut sie heraus und knallt ihre kleine Hand gegen die Oberseite meines Tisches. Ich habe das nicht durchdacht, wenn sie nicht so schön wäre ... Irgendwann muss ich sie wieder ärgern. Möglichkeiten gehen mir durch den Kopf und ein leichtes Lächeln kräuselt sich um meine Mundwinkel. Ich sehe sie von oben bis unten an und verfluche mich im Stillen dafür, dass ich keinen Blick auf die gebräunte Haut geworfen habe, die sie unter ihren übergroßen Pullovern verbirgt, als ich die Gelegenheit dazu hatte.

„Ich weiß nicht, wovon du redest." Ich spreize die Beine, lehne mich in meinem Stuhl zurück und verschränke die Arme vor der Brust. Sie steht nur da. Empörung steht ihr ins Gesicht geschrieben. „Brauchst du etwas?", frage ich. „Der Unterricht fängt gleich an."

Ihre Augen werden heller, ein Hauch von Feuer steigt an die Oberfläche, als sich ihr Blick auf mich verengt. „Ich weiß nicht, was du hier versuchst. Aber du kannst nicht ...", sie wedelt mit dem Arm in der Luft. „Du kannst nicht tun, was du getan hast, und dann einfach so weggehen."

Ich neige meinen Kopf zur Seite. „Warum? Du hattest null Problem damit, mich zu ficken und danach wegzugehen. Ich dachte, das wäre unser Ding." Die Schüler rundherum kichern, aber keiner von uns sieht in ihre Richtung, zu sehr sind wir darauf konzentriert, uns gegenseitig anzustarren.

Bibiana fletscht die Zähne, beugt sich vor und drückt ihr Gesicht dicht an meines. Ich bin in Versuchung, sie wieder zu küssen. Ihre Lippen mit meinen einzufangen, und sehen, wie sie reagiert, aber ich schaffe es, mich zurückzuhalten. Gerade noch so. Die Anziehungskraft zwischen uns ist stark. Das gefällt mir gar nicht. Sie ist nicht nur unter meiner Haut. Es ist, als würde sie sich in meine gottverdammte Seele eingraben. Was ist nur mit diesem Mädchen los?

Ich studiere ihre Gesichtszüge, nehme ihre strahlend blauen Augen, ihre aufgeplatzten Lippen und ihren höllisch sexy Gesichtsausdruck wahr, während ich Dominiques interessierten Blick ignoriere. Das Arschloch stellt sich wahrscheinlich schon meinen Untergang durch die Hände des kleinen Dings vor mir vor. Er ist so ein grausamer Bastard. Aber im Ernst, er und Baby Henderson verdienen einander. Und ich, verdiene ich sie? Ich bin mir nicht sicher, ob ich mit Bibianas Ankunft ein Geschenk oder einen Fluch erhalten habe.

„Was ist dein Problem? Wir hatten einen One-Night-Stand. Warum benimmst du dich wie ein Arschloch, dessen Gefühle verletzt sind, wenn du die Abmachung im Voraus kanntest?"

Ich spotte. „Baby Girl, meine Gefühle sind alles andere als verletzt. Du schienst vorhin nur ein wenig angespannt zu sein. Da dachte ich mir, ich helfe dir."

Sie kauft es mir nicht ab, doch das ist mir verdammt egal. Der ganze Raum schaut in unsere Richtung. Sie weiß es noch nicht, aber ihr kleiner Wutausbruch wird ihr hier keinen Gefallen tun. Mein Kiefer krampft sich zusammen. Ich bin unsicher, wie ich mich dabei fühlen soll.

Roman und Allie kommen herein und wie an jedem anderen Tag gehen sie direkt auf mich und Dom zu und nehmen die Plätze ein, die uns am nächsten sind. „Ist alles in Ordnung?", fragt Allie.

Ich zucke mit den Schultern. „Ich bin mir nicht sicher. Du solltest deine neue Freundin hier fragen."

Allies Schultern sinken, und sie wirft mir einen verärgerten Blick zu. „Was hast du getan?"

Bibiana grinst. Niedlich. Sie kennt Allie erst ein paar Tage. Vanilla würde sich nie auf ihre Seite schlagen, aber ich lasse sie glauben, dass sie gewonnen hat. Zumindest für die nächsten dreißig Sekunden, bevor ich mich zu Allie umdrehe und ihr direkt in die Augen schaue.

Ich komme dafür wahrscheinlich in die Hölle. Andererseits bin ich ja schon ein Teufel. Die Hölle ist für mich eine ausgemachte Sache. „Ich habe ihr einen Orgasmus verschafft." Ich sage es so laut, dass es die ganze Klasse hören kann. „Ich bin mir nicht sicher, was das Problem ist. Sie hat es genossen, aber jetzt beschwert sie sich. Tut mir leid, kleines Mädchen. Ich musste zum Unterricht. Ich weiß, dass du Bedürfnisse hast, also wenn du dich benimmst, werde ich mir überlegen, ob ich dir später noch einmal helfen kann." Ihre Wangen erröten und Feuer leckt ihren Blick.

„Leck mich am Arsch", flucht sie und dreht sich auf der Suche nach einem Sitzplatz um, aber es bleiben ihr nicht viele Möglichkeiten. Entweder setzt sie sich mit ihrem hübschen Hintern an den Platz, der neben Allie und direkt vor mir ist, oder sie setzt sich ganz vorn hin.

Ihre Nasenflügel blähen sich auf und ich beobachte, wie sie überlegt, was sie tun soll, wobei sich ihre Finger zu einer festen Faust an ihrer Seite zusammenrollen.

Sie tut, was ich erwarte, und nimmt den Platz vor mir ein, den Rücken kerzengerade und die Schultern steif. Ich lehne mich über meinen Schreibtisch, mein Mund schwebt hinter ihrem Ohr, und ich flüstere: „So ist es richtig. Sei ein braves Mädchen und das nächste Mal besorge ich es dir mit dem Mund und nicht mit den Fingern."

Fasziniert beobachte ich, wie sich eine Gänsehaut über ihre Haut legt.

„Es wird kein nächstes Mal geben", stößt sie hervor.

Ich lache und lehne mich im Stuhl zurück. Das dachte ich auch, aber ich habe plötzlich meine Meinung geändert. Ich bin nicht länger damit zufrieden, sie nach nur einer Runde zu verlassen. Auge um Auge ist nicht genug. Ich will mich nicht rächen. Ich muss die Nase vorn haben. Um zu gewinnen, was auch immer für ein verdrehtes Spiel wir hier spielen.

Dieses Mädchen hat mich in ihren Bann gezogen, und ich weigere mich, der Einzige zu sein, der darunter leidet. Sie verdient es, bestraft zu werden. Ich brauche das. Ich muss wissen, dass ich derjenige bin, der die Kontrolle hat. Ich will ihr nicht wehtun. Nicht körperlich.

Sie ihrer Verteidigung zu berauben und sie zum Betteln zu bringen, wird mir eine Freude sein. Ich will sie necken und verspotten, bis sie es nicht mehr aushalten kann. Wenn sie endlich genug hat, werde ich sie weiter antreiben. Ihr zeigen, wie viel sie ertragen kann. Ich weiß nicht, warum ich das so empfinde. Aber es ist ein unstillbares Bedürfnis und scheiß drauf, ich hasse mich vielleicht später dafür, nur es ändert nichts an der Tatsache, dass ich mich zu diesem Mädchen hingezogen fühle. Und anstatt das Klügste zu tun, und mich von ihr fernzuhalten, werde ich mich in ihr vergraben, bis keiner von uns mehr weiß, wo oben und unten ist. Und ich werde eine höllische Zeit dabeihaben.

BIBIANA

„Entspann dich", sagt Monique zu mir.

Ich gehe im Wohnzimmer auf und ab, und obwohl Luis in meinen Armen eingeschlafen ist, fällt es mir vor Nervosität schwer, stillzustehen.

„Es ist keine große Sache."

Sie hat leicht Reden. Sie ist nicht diejenige, die allen erzählen will, dass sie ein Baby hat. Ein Kind, das zufällig zu ihrem Freund gehört, doch diese Geschichte hebe ich mir für einen anderen Tag auf. Vielleicht. Hoffentlich. Urgh. Keine Ahnung. Die ganze Woche habe ich versucht, den Mut zu finden, Emilio von Luis zu erzählen. Es gab nie einen guten Zeitpunkt und dann, nach dem Vorfall im Klassenzimmer, weiß ich es nicht. Ich muss es ihm sagen, aber ein Teil von mir will es auch nicht.

Er hat getan, was er getan hat, und hat dann weitergemacht, als wäre es nie passiert. Und jedes Mal, wenn ich mich umdrehte, machte er sich an ein Mädchen ran oder knutscht mit einem in den Gängen der Schule herum. Es ... war ätzend.

Ich bin seit anderthalb Jahren nicht mehr angefasst worden. Nicht, dass er das wüsste, aber trotzdem. Er darf das nicht tun.

Meinen Körper zum Glühen bringen, wie wenn die Welt in Flammen steht, nur um dann wegzugehen und so zu tun, als wäre das, was zwischen uns passiert ist, keine große Sache. Als ob es nichts bedeutet hätte. Denn verdammt, das hat es. Zumindest für mich. Allein der Gedanke an ihn bringt mein Blut in Wallung. Wie kommt er dazu? Er ist so ein Arschloch.

Ich verstehe ihn nicht, und wenn ich versuche, herauszufinden, was in seinem Kopf vorgeht, bekomme ich Migräne. Er beobachtet mich. Immer aus den Augenwinkeln, als ob ich es nicht bemerken würde, doch das tue ich. Er verfolgt meine Bewegungen und meistens scheint es, er würde darauf warten, dass ich auftauche, bevor er sich an ein anderes Mädchen ranmacht. Als ob er eine Reaktion von mir möchte, doch ich weigere mich, sie ihm zu geben. Ich bin kein Idiot und gehe nicht auf sein verdrehtes Spiel ein.

Er ignoriert mich, die Mädchen, das ist alles beabsichtigt. Er will, dass ich reagiere, nur wie, weiß ich noch nicht. Ich habe keinen Anspruch auf ihn. Ich kann nicht eifersüchtig sein. Nun, ich kann es sein, denn ich bin es eindeutig. Aber ich habe keinen Grund dazu. Er gehört mir nicht. Ich bin mir nicht mal sicher, ob ich ihn will.

Keine Ahnung, ob die Tatsache, dass er das alles mit Absicht macht, eine Erleichterung ist oder mich nur noch mehr ankotzt. Wenigstens weiß ich, dass ich nicht die Einzige bin, die davon betroffen ist. Jedes Mal, wenn ein anderer Kerl, der nicht zu den Teufeln gehört, mit mir spricht, spannt sich Emilios Kiefer an. Es ist eine subtile Reaktion, doch sie ist da.

Es ist kleinlich und unreif von mir, aber ich habe es mir angewöhnt, ihn beim Mittagessen zu ärgern. Ich esse mein Essen absichtlich auf eine provokante Art und Weise. Seine Augen brennen. Sein Kiefer verkrampft sich. Trotz seiner Andeutung vor zwei Tagen, dass er mich das nächste Mal mit seinem Mund kommen lassen würde, hat er kein einziges Wort zu mir gesagt.

Ich habe heiße und bohrende Blicke geerntet, aber das war's. Nicht ein Wort. Kein Lächeln oder Konversation. Keine Möglichkeit, beiläufig zu sagen: „Habe ich erwähnt, dass wir einen gemeinsamen Sohn haben?"

Ich hasse es und ich liebe es und ich habe keine verdammte Ahnung, was ich dagegen tun soll. Einen Weg zu finden, Emilio von Luis zu erzählen, war schon kompliziert genug. Jetzt ist es ein Clusterfuck von epischen Ausmaßen.

Es schellt an der Tür, was mich aus den Gedanken reißt, und ich eile zur Tür, Luis auf die Hüfte gestützt, seinen Kopf an meiner Schulter. Ich bin zu gleichen Teilen entsetzt und aufgeregt, dass Allie und Kasey ihn kennenlernen werden. Ich habe ihn noch niemandem außerhalb der Familie vorgestellt, außer Monique. Und sie ist meine beste Freundin, also zählt das nicht.

„Entspann dich, B", sagt Monique, als sie sich zu mir gesellt. „Sie werden ihn lieben."

Ich habe Allie vorgewarnt, dass ich ihr jemanden vorstellen will, der mir wichtig ist, aber ich habe ihr keine Details genannt und ich bin mir ziemlich sicher, dass sie nicht an diesen kleinen Mann gedacht hat.

Ich öffne die Tür und die beiden Mädchen warten mit Aaron direkt hinter ihnen. Oh, Scheiße. Ich hatte völlig vergessen, dass er auch kommen würde. Alle drei Augenpaare richten sich auf den kleinen Jungen, den ich im Arm halte, ich schlucke schwer.

„Hey, kommt rein", sage ich.

Gekleidet in ein knielanges Kapuzenkleid und schwarze K-Swiss-Turnschuhe, strahlt Allie, als sie eintritt. „Ist das deiner?", fragt sie mit offener Neugier. Ich nicke. „Oh, mein Gott. Er ist hinreißend." Sie berührt seine winzige Hand, ihre Augen leuchten vor Staunen, während sie mein kostbares Bündel betrachtet. „Wie alt ist er?"

Ich schlucke schwer. „Neun Monate."

Ihr Lächeln wird breiter. „Das hast du gut gemacht, Mama."

Sie geht zur Seite, macht den anderen Platz, und ich führe alle durch die Küche ins Wohnzimmer. „Ich habe es dir gesagt", flüstert Monique. Ich stoße sie spielerisch mit dem Ellbogen an und bin dankbar, dass es jetzt so gut losgeht.

„Meine Mutter wird gleich hier sein und auf ihn aufpassen. Normalerweise geht er gegen acht ins Bett, aber heute hat er keinen Mittagsschlaf gemacht, also ist er früh eingeschlafen", sage ich für alle anderen.

Kasey kommt näher und schaut Luis kurz an. Sie trägt eine zerrissene Jeans und ein Flanellhemd über einem schwarzen Tank-Top. Ihre Haare hat sie wie immer zu einem unordentlichen Dutt gesteckt. „Er ist süß", sagt sie zur Begrüßung. „Sieht dir aber gar nicht ähnlich."

„Kasey!", stöhnt Aaron.

„Was? Das ist doch nicht schlimm. Er wäre auch süß, wenn er wie sie aussehen würde." Sie rollt mit den Augen und wendet sich dann Monique zu, ein schelmisches Funkeln in den Augen. „Übrigens, ich bin Kasey. Du musst die Schwester von Dominique sein?"

„Ich bin Monique, und ich muss gestehen, dass ich irgendwie von dir besessen bin. Du musst mir sagen, was es ist, was du mit meinem Bruder machst, dass ihn fast jeden Tag so aufregt. Ich brauche ein paar Tipps." Allie und ich lachen, nur Aaron hat einen verkniffenen Gesichtsausdruck, den ich nicht ganz deuten kann, obwohl er keinen Kommentar abgibt. Ich kenne Kasey und Dominique nicht besonders gut, aber selbst ein Idiot kann sehen, dass da etwas vor sich geht. Wann immer sie zusammen in einem Raum sind, ist es so, als ob sich alle anderen auf die bevorstehende Explosion vorbereiten müssen. Ich kann nicht sagen, ob es Hass ist, der ihre Reaktionen anheizt oder ob sie insgeheim ineinander verliebt sind. So oder so, Dominique und Kasey im selben Raum für mehr als ein paar Minuten ist ein Rezept für eine Katastrophe.

Die Mädchen gehen zum Sofa, als meine Mutter das Zimmer betritt und ihre Handtasche und den Schlüssel an einen Haken an der Tür hängt.

„Entschuldigung, ich bin spät dran. Ich hatte ein paar Besorgungen zu machen.", sagt sie zu mir und zieht Luis aus meinen Armen. Sie streichelt seinen Rücken und macht leise Geräusche, als er sich windet, und im Handumdrehen ist er wieder fest eingeschlafen. „Wir sind oben, aber ihr Kinder habt Spaß." Sie winkt meinen neuen Freunden zu, die Erschöpfung zerrt an ihren Gesichtszügen. Normalerweise würde sie ein paar Minuten bleiben und plaudern, doch ich weiß, dass sie lange gearbeitet hat. Sie hilft Miguel bei einigen Arbeiten in seinem Büro, nachdem sie selbst einen vollen Arbeitstag hinter sich gebracht hat.

„Danke", sage ich und sehe zu, wie sie die Treppe hochgeht.

„Wo ist das Baby hin?" Allie jammert, ein falscher Schmollmund auf den Lippen. „Ich wollte ihn halten."

„So wie du und Roman ständig wie die Karnickel ficken, wirst du bald selbst eins haben", bemerkt Kasey.

Allie gibt ihr einen Klaps auf den Arm, aber da ist ein Lächeln auf ihrem Gesicht, das mir sagt, dass sie die Idee nicht hasst.

„Tut mir leid. Komm das nächste Mal früher vorbei, dann kannst du ihn halten. Versprochen.", sage ich und bin insgeheim begeistert, dass sie nicht nur mit der Tatsache, dass ich ein Kind habe, völlig einverstanden zu sein scheinen, sondern auch wirklich an ihm interessiert sind.

„Urgh, gut. Aber wenn er aufwacht, beanspruche ich das Babykuscheln für mich. Er ist so verdammt süß."

Mein Herz erwärmt sich und ich zögere, die eine Frage zu stellen, die mir im Kopf herumschwirrt, seit wir Pläne für unser Treffen gemacht haben. „Also ... es ist dir egal, dass ich ein Kind habe?" Ich habe nicht viele Freunde in Richland gefunden. Ich war nicht sehr lange dort. Aber die Freundschaften, die ich fand, als wir umzogen, hielten nicht lange, nachdem ich Luis bekommen hatte. Sie wollten immer, dass ich ihn bei meiner Mutter lasse. Sie dachten, es sei lästig, ihn in der Nähe zu haben, selbst wenn wir nur Hausaufgaben machten oder ins Einkaufszentrum gingen. Es war, gelinde gesagt, entmutigend. Und es ist nicht so, dass er Probleme gemacht hätte. Er war zu der Zeit ein Neugeborenes. Alles, was er tat, war essen, schlafen und kacken.

„Warum sollten wir?", fragt Kasey. „Er ist süß. Er gehört dir. Ich sehe nicht, was daran so schlimm ist."

„Ihr habt wirklich keine Ahnung, wie erleichtert ich bin, das zu hören. Ich war so nervös, es euch zu sagen."

Monique wirft mir einen „Ich habe es dir ja gesagt"-Blick zu, als Aaron vortritt und eine Hand auf meinen unteren Rücken legt. „Er ist ein süßer Junge. Und niemand, der etwas auf sich hält, wird dich anders behandeln, weil du ihn hast."

„Aww", gurrt Allie. „Siehst du, deshalb haben wir dich so gern um uns."

Er schnaubt. „Und ich dachte, es wäre wegen meines guten Aussehens."

„Widerlich." Erwidert Kasey.

Aaron rollt mit den Augen. „Wie auch immer, kleines Schwesterchen." Mit einem Achselzucken wendet er sich wieder mir zu. „Ein Baby zu haben ist nichts, wofür man sich schämen muss, und Freunde wenden sich nicht voneinander ab wegen Dingen, die sie nicht kontrollieren können." Sein Kiefer krampft sich beim letzten Satz zusammen, sein Gesichtsausdruck ist steinern, bevor er ihn wegwischt und seine Hand fallen lässt, um sich neben Allie zu setzen.

Ich schenke ihm ein dankbares Lächeln. „Danke, ihr beiden. An euch alle. Wirklich."

„Lasst euch von dem süßen Babylächeln nicht täuschen", sagt Monique. „Er kann ein kleiner Teufel sein, wenn er es will." Mein Herz klopft in meiner Brust bei ihrer Wortwahl, doch zum Glück scheint es keiner zu bemerken. Oder zumindest glaube ich, dass es niemand tut. Aber dann fragt Kasey: „Also, was läuft da zwischen dir und Emilio?" Und ich erstarre wie ein Reh, das im Scheinwerferlicht steht.

Mein Blick wandert zu Monique, die einen verwirrten Gesichtsausdruck macht, weil ich eine schreckliche Freundin bin und ihr immer noch nicht gesagt habe, wer genau Luis' Vater ist. Oder dass ich nach dem Mittagessen mit ihm in einem Klassenzimmer rumgemacht habe.

„Ja. Hattet ihr vorher wirklich was miteinander? Ich wusste gar nicht, dass ihr euch kennt.", fügt Allie hinzu.

„Auch sehr gut", wirft Aaron ein. „Ich bin mir ziemlich sicher, dass Emilio bei dem Orgasmus, den er dir verschafft hat, nicht gelogen hat, wenn man dein Gesicht bedenkt, als er es der ganzen Klasse verkündet hat."

Meine Wangen erhitzen sich und mein Blick findet erneut Moniques. Ihre Augen weiten sich, plötzliches Verständnis dämmert herauf, und ich flehe sie mit den Augen an, nichts zu sagen.

„Orgasmus? Du und ...", sie kann sich gerade noch davon abhalten, mit dir und Luis' Vater herauszuplatzen, schafft es aber glücklicherweise, sich selbst zu fangen. „Du und Emilio Chavez habt gefickt?", fragt sie stattdessen, da sie genau weiß, wer er ist, da er einer von Dominiques besten Freunden ist. „Wann? Ich bin deine beste Freundin. Wie konnte ich das nicht wissen? Und ... Emilio ist einer von Dominiques besten Freunden. Er ist wie ein älterer Bruder für mich." Sie zittert sichtbar.

Ich vergrabe den Kopf in meinen Händen. „Können wir das bitte nicht zu einer Sache machen, und wir hatten keinen Sex. Da war kein ..." Ich schüttele den Kopf. „Einfach nein. Lass uns so tun, als wäre nie etwas passiert. Okay? Ja, okay. Ich bin froh, dass wir das geklärt haben."

Allie schnaubt. „Du hast vielleicht nicht gebumst, aber er hat dir während der Schulzeit einen O gegeben." Sie zuckt mit den Schultern. „Ich kann das nicht verurteilen. Roman hat mich auch das eine oder andere Mal überrumpelt." Ein verschmitztes

Lächeln umspielt ihre Lippen. „Doch Emilio macht normalerweise nicht auf dem Campus rum, und er hält sich bei der ganzen Sache sehr bedeckt, was ungewöhnlich für ihn ist. Das macht mich wahnsinnig. Also ein klares Nein. Wir werden es definitiv nicht fallen lassen. Ich will alle Details!"

Kasey keucht. „Du meinst, weil er sonst mit seinen Eroberungen von den Dächern prahlt, nachdem er die Nacht bei ihnen verbracht hat?"

Mir dreht sich der Magen um, und Allie wirft ein Sofakissen nach ihr. „Tut er nicht. Er hat nur ..." Sie schnaubt und schüttelt den Kopf. „Emilio ist ein toller Typ. Ein bisschen wie eine männliche Hure, aber ein toller Kerl."

Jetzt ist es Aaron, der schnaubt, obwohl er beide Hände kapitulierend hebt, als Allie in seine Richtung starrt. „Dem Teil mit dem tollen Kerl habe ich nicht widersprochen", beeilt er sich, zu sagen. „Nur dem Teil, dass er wie eine männliche Hure ist."

„Ignoriere ihn. Die Jungs hatten einen Streit und er ist immer noch ein bisschen sauer. Emilio ist nicht so schlimm."

Das Gesicht, das Kasey macht, sagt, dass sie nicht zustimmt. „Stimmt! Er ist so toll, dass er mit Bibiana rumgemacht hat und seitdem jedes Senior- und Junior-Mädchen anbaggert."

Ich schlucke hart und hasse es, dass sie recht hat.

„Bitte sag mir, dass du klug genug bist, dich nicht auf mehr als das einzulassen, was ihr beide jetzt seid? Wenn du mit ihm herummachen willst, dann tu's. Mach es schmutzig. Nur ... lass dich nicht auf ihn ein", warnt sie.

„Es ist wirklich kein Ding. Ich habe einen dummen Fehler gemacht. Einen, den ich nicht vorhabe zu wiederholen. Lass uns ... über etwas anderes reden. Irgendwas anderes."

„Auf keinen Fall", sagt Allie. „Es wurde erwähnt, dass ihr euch getroffen habt, bevor ihr umgezogen seid. Ist das wahr? Komm schon, bitte. Emilio ist so wortkarg und aus Roman etwas darüber herauszubekommen, ist, wie Zähne ziehen. Ich brauche die pikanten Details. Ich verspreche, nachdem du mir alles erzählt hast, werde ich dich nicht mehr nerven."

„So versüßt man sich den Deal", mischt sich Monique ein. „Aber ich stimme Allie zu. Gib uns Einzelheiten." Das ist nicht hilfreich.

Bei der Erwähnung unserer Verabredung wirft Aaron mir einen nachdenklichen Blick zu. Einen, der mich in meinem Sitz zappeln lässt.

„Da gibt es nicht viel zu erzählen. Wir hatten mal was miteinander."

„Bevor du umgezogen bist, richtig?"

„Ja. Ich habe mein ganzes Leben in Sun Valley gelebt, also", zucke ich mit den Schultern. „Es war klar, dass wir uns über den Weg laufen würden, aber es war keine große Sache. Wirklich. Eine Begegnung. Das war es schon."

„War es gut?", fragt Kasey. „Ich habe mich immer gefragt, warum sich die Mädels ihm an den Hals werfen. Ich nehme an, er ist zumindest anständig im Bett. Bist du deshalb auf ihn hereingefallen und hast in der Schule mit ihm rumgemacht?"

„Wirklich?" Aaron ermahnt seine Schwester.

„Was? Das ist eine berechtigte Frage."

Ich wische mir mit den Händen über das Gesicht. „Es war gut. Ja. Aber wie ich schon sagte, es war eine einmalige Sache."

„Also, das Klassenzimmer war ..."

„Ein Fehler. Und kein Sex. Er hat nur ..." Ich schaue weg und schlucke.

„Ach, du magst ihn!", singt Allie, und jetzt bin ich es, die ein Kissen nach ihr wirft.

„Ich hole mir was zu essen." Ich springe auf und eile los, um ein paar Coxinha zu holen, die ich vorhin gemacht habe.

Das sind diese kleinen frittierten mit würzigem Hühnchen gefüllten Teigtaschen in typischer Tropfenform, die meine Mutter früher für meinen Vater gemacht hat. Sie macht sie nicht mehr, aber ich mache sie immer noch von Zeit zu Zeit, und mit dem

Essen im Mund werden sie hoffentlich das Emilio-Thema vergessen, und wir können mit unserem Abend weitermachen.

„Oh, was sind das für welche?", fragt Kasey und steckt sich einen in den Mund, als ich zurückkomme. Sie schließt ihre Augen und stöhnt. „Oh mein Gott", sagt mit vollem Mund, denn eigentlich sind Coxinha nicht klein genug, um in einem Bissen gegessen zu werden. „Soooo gut."

Ich lache, als ich mir selbst eine nehme. „Danke. Ich dachte mir, da ich die Baby-Bombe bei dir abgeworfen habe, sollte ich dich füttern. Du weißt schon, für den Fall, dass ein Kind zu haben ein Deal Breaker wäre oder so, würde ich dich mit meinen kulinarischen Künsten bestechen."

„Du kannst so viele Bomben werfen, wie du willst", sagt sie und isst noch eine. „Solange du die machst, schwöre ich, dass ich dir nie etwas übelnehmen werde."

„Abgemacht."

Wir sehen uns Five Feet Apart an, bei dem wir Mädels am Ende alle Tränen in den Augen haben, und dann erbarmen wir uns für Aaron und legen Enola Holmes ein. Es ist wahrscheinlich auch nicht sein Ding, doch er beschwert sich nicht, was ich ihm hoch anrechne. Ich bin mir sicher, dass das Abhängen mit vier Mädchen, von denen eine seine kleine Schwester ist, bestimmt nicht das Highlight seiner Woche ist. Aber er nimmt es mit Fassung und er scheint Allie ziemlich nahezustehen, also was weiß ich schon? Vielleicht ist dies, wie er gerne seine Freitagabende verbringt.

„Ich werde Popcorn machen", sage ich, springe von meinem Platz auf und gehe in die Küche, als die Brüder auftauchen. Ich habe diesen Film schon mindestens ein Dutzend Mal gesehen und kenne das Drehbuch fast auswendig.

„Ich helfe dir", sagt Aaron und steht auf, um mir zu folgen.

„Sie braucht auf jeden Fall Hilfe", spottet Kasey, und er wirft ein Kissen nach ihr, ohne sich die Mühe zu machen, darauf einzugehen.

„Willst du einen Drink oder so?", frage ich, als wir in der Küche sind. Ich werfe eine Tüte Popcorn in die Mikrowelle und hole zwei Gläser aus dem Schrank, fülle beide mit Wasser und reiche Aaron eines, während wir darauf warten, dass das Popcorn aufgeht.

„Danke." Er nimmt das Glas an und lehnt sich dann mit ernstem Gesichtsausdruck gegen die Kücheninsel. „Also, äh, ich wollte dich etwas fragen."

„Okay. Was gibt's?"

Er reibt sich in einer nervösen Geste den Nacken. Bereitet er sich darauf vor, mich um ein Date zu bitten oder so? Nein. Das kann nicht richtig sein. Aaron hat nicht den Hauch von Interesses an mir gezeigt, mehr als nur ein Freund zu sein, und selbst das steht noch zur Debatte. Im Moment toleriert er mich nur wegen Allie, genau wie der Rest der Devils. Ich habe also keine Ahnung, warum er auf einmal so nervös wirkt.

„Du hast gesagt, Luis ist neun Monate alt, richtig?"

Ich nicke, nicht wirklich sicher, worauf er damit hinauswill.

„Und du hast dich vor zwei Sommern mit Emilio eingelassen?"

Mein Körper schaltet auf höchste Alarmstufe. Oh, Scheiße. Scheiße! Scheiße! Scheiße. Scheiße. Ich nicke wieder. Was soll ich denn sonst tun?

„Kasey hat recht. Er sieht dir nicht wirklich ähnlich."

Ich runzle die Stirn. „Äh, okay."

„Aber er sieht Emilio verdammt ähnlich, vor allem, wenn du, wie ich seine Babyfotos gesehen hast."

Mir bleibt der Mund offenstehen. Die Mikrowelle klingelt und ich drehe mich um, um die Tüte zu holen. „Ich weiß nicht, was du ..."

Er lässt mir keine Gelegenheit, zu Ende zu reden. „Ich kenne Emilio schon fast mein ganzes Leben. Ich habe die Bilder von ihm gesehen, die seine Wände schmücken. Die Zeitachse passt. Du bist vor achtzehn Monaten umgezogen. Du hast dich mit Emilio getroffen, bevor du gegangen bist. Sag mir, dass ich falschliege."

Ich stehe immer noch mit dem Rücken zu ihm, während ich meine Augen zusammenkneife. So sollte es niemand herausfinden. Was, wenn er es Emilio erzählt? Was, wenn ...

„Du musst es ihm sagen. Er wird es wissen wollen. Er wird ein Teil des Lebens dieses kleinen Jungen sein wollen.“

Ich balle meine zitternden Hände zu Fäusten und zwinge mich, mich umzudrehen und ihm ins Gesicht zu sehen, wobei ich mich auf eine Weise entblöße, wie ich es noch nie tun musste. „Und was, wenn er es nicht tut?“, frage ich und spreche damit meine größte Angst aus. Die Sache, die mich nachts wachhält, weil mein Verstand sich weigert, ruhig zu werden. „Was, wenn er die Verantwortung für ein Kind nicht will? Aaron ...“ Ich zwinge mich, langsam zu machen und tief einzuatmen. „Wir hatten einen One-Night-Stand. Es sollte nie zu mehr führen. Dafür hat er sich nicht gemeldet.“ Ich fuchtle mit den Händen herum.

„Du dich auch nicht“, sagt er. Seine Worte sind sanft gesprochen, kein Hauch von Wut oder Verurteilung darin. „Bibiana, ich kann mir vorstellen, dass es nicht einfach ist, eine alleinerziehende Mutter in der Highschool zu sein.“

Ich schüttle den Kopf, denn nein, das ist es nicht.

„Du hast dich auch nicht dafür gemeldet, aber würdest du es ändern? Würdest du ihn aufgeben?“

Ich schüttele vehement den Kopf. „Niemals. Ich liebe ihn. Luis ist alles für mich.“

Aaron nickt, als würde er verstehen, aber seine nächsten Worte stechen wie ein Messer in meine Brust. „Glaubst du nicht, dass Emilio es verdient, ihn auch zu lieben?“

Tränen schießen mir in die Augen und ich wische sie hastig weg. „Ich wollte es ihm erzählen. Ich werde es ihm sagen.“ Ich atme tief ein. „Es gibt einfach nie einen guten Zeitpunkt, und wann immer ich versuche, ihn allein zu erwischen oder ein richtiges Gespräch mit ihm zu führen ...“

„Er lässt sich darauf ein, dich anzumachen?“, sagt Aaron mit einem traurigen Lächeln. Ich mache mir nicht die Mühe, ihn zu korrigieren, denn nein, Emilio ist nicht mehr an mir interessiert. Er ist hinter jedem anderen Mädchen mit Titten her. „Ich kann verstehen, dass das ein Problem sein könnte, aber ...", er zögert und stößt dann einen lauten Seufzer aus, „du musst es ihm sagen. Und zwar bald. Je länger du wartest, desto schlimmer wird es sein. Du hast bereits eineinhalb Jahre gewartet."

Nicht mit Absicht. „Ich wusste nicht, wer er ist." Er muss denken, dass ich ein schrecklicher Mensch bin. „Wir haben keine Nummern ausgetauscht. Nicht einmal Namen. Ich hatte keine Möglichkeit, ihm nachträglich mitzuteilen, dass ich schwanger war", erkläre ich hastig. Ich will nicht, dass er denkt, ich hätte Emilio absichtlich von seinem Sohn ferngehalten. Das war nie das Ziel hier.

„Aber du wusstest es vom ersten Tag an, als du auf die Sun Valley High kamst?", hakt er nach.

Ich nicke. „Ja. Ich habe ihn sofort erkannt."

Er betrachtet mich und tippt mit dem Zeigefinger gegen sein Kinn. „Es ist schon eine Woche her. Ich gebe dir noch eine, um einen Weg zu finden, es ihm zu beichten. Es wäre besser, er erfährt es von dir. Doch wenn du es nicht schaffst, muss ich es ihm sagen. Er verdient es, es zu erfahren."

Ich schlucke hart und öffne den Mund, um nach mehr Zeit zu fragen, aber die Haustür öffnet sich und Miguel kommt herein und zieht unserer beider Aufmerksamkeit auf sich.

„Hey, Bibi. Ist deine Mutter oben?", fragt Miguel, sobald er mich sieht. „Oh. Ich wusste nicht, dass du einen Freund hier hast." Er schaut finster drein, während er Aaron abschätzig anguckt. „Ist Jae auch hier?", fügt er hinzu, und in seiner Stimme liegt eine gewisse Schärfe. Ich verkneife es mir, mit den Augen zu rollen, denn natürlich nimmt er an, dass Aaron Jae Konkurrenz macht. Es interessiert keinen, dass ich Jae und Miguel und auch meiner Mutter gesagt habe, dass ich keine Lust habe, mit jemandem auszugehen.

Ich will mich nur auf den Abschluss konzentrieren. Ist das zu viel verlangt?

„Wer ist Jae?", fragte Aaron und schluckte Miguels Köder. Urgh.

„Er ist Bibis ..."

„Freund." Ich unterbreche ihn. „Wir sind Freunde und nein, er ist nicht hier. Ich habe ihn seit heute Morgen nicht mehr gesehen." Und nur, weil er immer noch darauf besteht, mich jeden Tag zur Schule zu fahren. „Und ja, Mama ist oben bei Luis. Sie ist früh ins Bett gegangen. Sie sah müde aus."

Miguel nickt und holt sich ein Bier aus dem Kühlschrank. „Ja, sie hat mir bei der Buchhaltung geholfen", sagt er, während er die Flasche öffnet und die Hälfte des Inhalts in einem Zug hinunterkippt. Aus dem Wohnzimmer sind Stimmen zu hören, und Miguel legt den Kopf schief und deutet mit dem Bier in Richtung Flur. „Wer ist noch hier?"

„Ein paar Freunde. Wir hängen nur rum. Schauen Filme."

„Übernachten?", fragt er mit einem Glitzern in den Augen, das mich nervös macht. Er ist in letzter Zeit so seltsam. Ich meine, er war schon immer ein wenig seltsam. Aber er ist seltsamer als sonst. Miguel war immer nett zu mir. Manchmal übertrieben nett und ich beachte es meistens nicht. Doch im Moment hat Miguel einen ausgeprägten Gruselfaktor, bei dem ich mich unwohl fühle.

Gerade dann kommen alle drei Mädchen in den Raum. „Hey, was dauert denn da so lange?", fragt Monique schwungvoll.

„Ja, ich habe mich schon gefragt, ob du mit meinem Bruder rummachst", scherzt Kasey und lässt ihren Blick zwischen uns hin und her gleiten, bevor sie sich auf Miguel konzentriert. „Aber ich sehe, dass das nicht der Fall ist. Hast du das Popcorn gemacht?"

„Hier, lass mich dir dabei helfen.", sagt Miguel, nimmt die Tüte Popcorn von der Theke und schüttet es in eine Schüssel. „Was habt ihr Mädels heute Abend vor? Hoffentlich keinen Ärger machen", fragt er grinsend, und wieder springt das Grusel-Meter nach oben.

Niemand antwortet ihm. Monique und Kasey schenken ihm beide ein höfliches, aber misstrauisches Lächeln, während Allie inzwischen blass wie ein Geist geworden ist.

„Bist du okay?", frage ich sie, doch sie sieht mich nicht an. Ihre Augen sind auf Miguel gerichtet, ihr Brustkorb hebt und senkt sich in einem schnellen Tempo.

Er wendet seine Aufmerksamkeit ihr zu. „Ach, leck mich doch.", sagt er, und Erkennen blitzt in seinen Augen auf.

EMILIO

„Was geht nur in deinem Kopf vor?", fragt Dominique in der Umkleidekabine. Wir haben gerade das Training beendet und ich bin verdammt sauer. Ich lasse den Football-Helm und die Pads neben meinem Spind fallen, während ich mir das schweißnasse Shirt über den Kopf ziehe und mir dabei den Bauch reibe. Ich bin am Verhungern.

„Nichts, Mann. Mir geht es gut."

„Lügner", sagt Roman, als er in den Raum kommt und seine Sachen neben meinen abstellt.

„Was ist los mit dir und Allies neuer Freundin?", fragt er. „Was auch immer an dir nagt, hat mit ihr zu tun."

Ich schüttle den Kopf. „Ich weiß nicht, wovon du redest. Nichts nagt an mir. Mir geht es gut."

„Stimmt." Dominique klopft mir auf die Schulter. „So gut, dass du nicht aufhören kannst, das Mädchen anzustarren, sobald sie einen Raum betritt."

„Hör auf", knurre ich leise vor mich hin. „Sie ist unwichtig."

Dom schnaubt. „Und dass du überall hinpinkelst, um die

Leute von ihr fernzuhalten, als würde sie dir gehören, unterstützt diese Aussage vollkommen."

Ich presse meinen Kiefer zusammen und glühe. „Ich pisse auf gar nichts."

„Mentiroso", sagt Roman. Lügner.

Ich ignoriere sie und gehe zu den Duschen, aber natürlich folgen mir die Wichser. „Bruder, du hast sie erobert. Die ganze verdammte Schule weiß es. Du hast Carson Bailey beim Training vermöbelt, weil er sagte, sie hätte einen schönen Vorbau. Was sie übrigens auch hat", fügt Dominique hinzu und meine Hände ballen sich an meinen Seiten.

„Siehst du, genau das da. Das ist der Punkt." Er deutet auf meine geballten Fäuste, und ich zwinge mich, sie zu entspannen, öffne und schließe sie, um den Kreislauf wieder in Gang zu bringen. „Ich bin einer deiner besten Freunde, und du willst auf mich einschlagen. Was soll der Scheiß, Mann?"

„Carson hat es verdient, und du bist ein Arsch." Ich stecke den Kopf unter das fließende Wasser und versuche, die Stimmen meiner Freunde auszublenden, die das Gleiche tun. Dieser verdammte Carson Bailey. Er wollte sie in dieser Nacht damals und der Idiot ließ verlauten, dass er immer noch interessiert sei. Das ist scheiße, er kommt nicht in die Nähe von Bibiana. Da habe ich ein Mitspracherecht.

„E ...", schnauzt Roman.

Ich wische mir das Wasser aus den Augen, nehme die Seife und schäume sie in meinen Händen auf, um mich zu waschen. „Wir haben es miteinander getrieben. Was ist so verdammt schlimm daran?"

„Hast du noch was mit Sarah?", fragt er. Ich spanne meinen Kiefer an und spüle den letzten Rest der Seife ab, bevor ich nach meinem Handtuch greife und es mir um die Taille schlinge.

„Nein.", antworte ich mit nur einem Wort, weil ich weiß, dass der Wichser mehr hineininterpretieren wird, als er sollte. Ich treffe mich mit niemandem sonst, und das ist eine verdammte

Charade, denn ich müsste es tun. Sarah, Kathleen, Kaitlyn, ich habe eine ganze Reihe von Mädchen, die bereit sind, aber keine von ihnen ist sie.

Weder Dom noch Roman sagen etwas, als wir uns alle abtrocknen und anziehen, bevor wir zum Ausgang gehen. „Was ist der Plan für heute Abend?", frage ich auf dem Weg zum Schulparkplatz. Es ist Freitagabend und der Coach lässt uns während der Playoffs zweimal am Tag laufen, da er ein sadistischer Bastard ist. Ich bin bereit für das Wochenende und brauche die Zeit, um mich zu erholen und einen klaren Kopf zu bekommen.

Antonio ist dieses Wochenende zu Hause. Schockierend. Mein älterer Bruder bemüht sich normalerweise, überall zu sein, nur nicht zu Hause. Er erklärte sich bereit, auf unsere kleine Schwester Sofia aufzupassen, um mir eine dringend benötigte Pause zu verschaffen. Sofia ist alt genug, um allein zu Hause zu sein, aber Raul, ich weigere mich, diese Platzverschwendung „Dad" zu nennen, hat sich mehr als sonst herumgetrieben, und keiner von uns traut ihm, wenn es um sie geht.

Ich verstehe, dass der Mann, der die Hälfte deiner DNA beigesteuert hat, zu Hause ist, ist wahrscheinlich normal für die meisten Familien, doch nicht für uns. Nicht, seit Mom weg ist. Er verbringt die meisten seiner Nächte in der Bar. Die Tage haust er in einem schäbigen Motel mit seiner Lieblingstochter. Es ist besser so. Sicherer für Sofia. Für alle von uns. Aber er bleibt nie für lange weg. Zumindest nicht so lange, wie er sollte. Er kommt fast wöchentlich zum Haus, und dann ist er normalerweise betrunken und wütend. Niemals eine gute Kombination.

In letzter Zeit hatten wir Glück und Sofia war bei einem Freund oder bei Roman und seiner Mutter, wenn Raul vorbeikam. Aber ich habe das Gefühl, dass uns das Glück irgendwann verlässt, deshalb ist einer von uns immer bei Sofia. Und wenn wir das nicht können, wegen meinem Training oder Antonios Arbeit, dann sorgen wir dafür, dass sie bei einem Freund übernachtet, oder sie verbringt Zeit mit Maria. Romans Mutter ist die Mutter, die wir nie hatten, und Gott sei Dank liebt sie meine Schwester, als ob sie ihre eigene Tochter wäre.

Roberto sollte hier sein, um für ihre Sicherheit zu sorgen, doch er verpisste sich an dem Tag, an dem er achtzehn wurde. Es war beschissen, als er ging, aber ich kann es ihm nicht verübeln.

„Keine Ahnung. Allie treibt es bei Bibiana mit den Babys und Henderson."

„Die Babys?", frage ich.

Er grinst. „Ja. Die kleinen Schwestern von Dom und Henderson. Die Babys."

Dominique wischt sich mit der Hand über das Gesicht. „Dass die beiden sich treffen, wird böse und mir in den Arsch beißen."

„Da liegst du nicht falsch, Mann." Ich fasse seine Schulter und grinse. „Und ich kann es kaum erwarten, deinen Untergang zu sehen."

Er lässt mich abblitzen, als wir Romans El Camino und Doms Escalade erreichen. Ich fahre selten selbst. Warum sollte ich mir die Mühe machen, wenn die beiden Kontrollfreaks sind und darauf bestehen, zu fahren. In neun von zehn Fällen sind wir zum selben Ort unterwegs. Wir brauchen keine drei Autos, um dorthin zu kommen. „Zu mir?", fragt Roman und Dominique nickt. Ich öffne die Beifahrertür zu Romans Wagen, als ein Handy klingelt. Ich schaue in meine Tasche, aber es ist nicht meins. Dominique holt seins heraus und starrt mit finsterer Miene auf das Display. „Warum zur Hölle ruft Kasey mich an?", stößt er hervor und lässt es auf die Voicemail gehen. Kaum hat er es zurück in die Tasche gesteckt, fängt es wieder an zu klingeln.

„Sieht so aus, als würden dich die Dinge schneller in den Arsch beißen, als du dachtest."

Er zeigt mir einen Vogel, geht ans Telefon und meldet sich mit einem knappen „Was?"

Am anderen Ende wird geschrien, und ich erstarre, versuche, zu verstehen, was sie sagt.

„Adresse?" Dom hakt nach. „Schließt euch in einem verdammten Badezimmer ein, wenn ihr müsst, verstanden?"

Er schüttelt den Kopf. „Verdammt. Warum kannst du nicht … Scheiße. Hol Aaron ans Telefon."

Noch mehr Gebrüll.

Sie muss Aaron das Telefon gegeben haben, denn jetzt hört Dom zu, mit dunklen Augen, während er mit den Händen über sein dicht geflochtenes Haar fährt, die Finger krümmen sich, als würde er sie am liebsten herausreißen. „Wir sind auf dem Weg." Dominique beendet das Telefonat und wendet sich mit Wut in den Augen an Roman. „Folge mir und rufe unterwegs deinen Paps an. Ich schicke Emilio die Adresse, damit er sie an dich weitergeben kann."

„Was ist hier los?"

Sein Kiefer kribbelt. „Allie denkt, sie hat ihren Vergewaltiger gefunden, und Aaron verprügelt ihn in diesem Moment. Wir müssen los."

Das ist alles, was es braucht, um Roman in Eile zu setzen. Wir rasen vom Schulparkplatz und biegen so schnell um die Ecke, dass ich mich festhalten muss, aber ich sage Roman nicht, dass er langsamer fahren soll. Sein Mädchen ist in Schwierigkeiten und es gibt keinen Berg auf diesem Planeten, den er nicht versuchen würde, für sie zu bewegen. Er wählt die Nummer seines Vaters, um die Situation zu erklären, und ich gebe die Adresse weiter, die Dominique mir geschickt hat.

Es ist eine fünfzehnminütige Fahrt, aber wir schaffen es in knapp fünf Minuten, und bevor das Auto überhaupt anhält, springt Roman vom Vordersitz und stürmt direkt auf die Haustür zu, Dominique und ich dicht hinter ihm. Wir sind eine Familie. Und keiner von uns kämpft allein.

BIBIANA

Irgendetwas läuft hier ernsthaft falsch und es hat alles mit Miguel zu tun. „Ähm ... wir gehen jetzt zurück zu unserem Film." Ich ergreife Allies Arm und ziehe sie halb in Richtung Flur, in der Hoffnung, dass die anderen folgen werden. Sobald wir allein sind, frage ich sie, was los ist. Ihre Haut ist so blass, dass sie fast durchsichtig ist. Ich habe Angst, sie könnte ohnmächtig werden.

Plötzlich stoppt sie und zieht ihren Arm von mir weg, ihre Wirbelsäule richtet sich auf. „Du bist es", sagt sie, aber ihre Stimme ist so leise, dass Miguel sie nicht hört. Er hat sich bereits wieder seinem Bier zugewandt, und ein Teil von mir denkt sich, dass es nicht das Erste ist, das er heute Abend getrunken hat. „Du warst es", wiederholt sie, diesmal lauter und er reißt den Kopf zu ihr herum.

„Ich bin nicht sicher, ob ich weiß, wovon du sprichst", sagt er zu ihr, aber selbst ich merke, dass es eine Lüge ist. Er macht sich nicht die Mühe, sein Lächeln oder den erhitzten Blick zu verbergen, während er sie wie ein Stück Fleisch von oben bis unten mustert. Was ist nur los mit ihm? Er muss doch wissen, dass sie erst siebzehn ist.

„Was ist hier los?" frage ich, aber Monique sieht genauso verwirrt aus wie ich.

„Allie?", fragt Aaron, tritt näher an sie heran und legt einen Arm schützend um ihre Taille. „Was ist denn los?"

Tränen fließen leise über ihr Gesicht und sie zeigt auf Miguel, ihre Aufmerksamkeit ist immer noch ganz auf ihn gerichtet. „Du warst es. Du warst einer der Männer, die ...", verschluckt sie sich an ihren Worten. „Du warst es." Aaron versteift sich neben ihr und dreht sich fast in Zeitlupe zu Miguel um. Er zieht Allie hinter seinen Rücken und stellt sich dem Freund meiner Mutter gegenüber, ein wütender Gesichtsausdruck huscht über sein Gesicht. „Kasey, ruf Roman an."

„Wa ..."

„Jetzt. Sag ihm, er soll seinen Vater anrufen und herkommen. Sofort, Kasey", schnauzt er.

Kasey holt ihr Telefon heraus und beginnt zu wählen, aber es meldet sich die Mailbox, also versucht sie es noch einmal. Und noch mal.

„Du kranker Hurensohn", knurrt Aaron und macht einen Schritt nach vorne.

Miguel versucht nicht einmal, zu leugnen, was auch immer sie ihm vorwerfen. Er streckt einen Arm aus und schwenkt sein Bier in der anderen Hand. „Hey, Mann, du würdest sie auch stechen, wenn du eine Chance hättest." Mein Magen dreht sich bei seinen Worten. Ist er ... mit Allie zusammen? Nein. Auf keinen Fall. Auf keinen verdammten Fall.

Aaron stürzt sich auf Miguel, und die beiden knallen auf den Boden.

„Oh, mein Gott", keucht Monique neben mir.

Ich mache einen Schritt nach vorne, habe aber keine Ahnung, was ich tun kann. Soll ich eingreifen? Aaron liegt auf Miguel, die Fäuste fliegen, als er einen rechten Haken an dessen Kiefer landet, bevor Miguel trifft und es schafft, Aaron von sich zu werfen. Ich schiebe den Rest der Mädchen zurück, während beide

Männer auf die Beine kommen. Aarons Brust hebt sich, aber er sieht nicht so aus, als wäre er in schlechter Verfassung. Blut rinnt aus Miguels Nase und seinem Mundwinkel. Dennoch lächelt er, die Augen sind blutunterlaufen und er hat einen manischen Gesichtsausdruck. Er spuckt Blut auf den Boden und winkt Aaron zu, als wolle er sagen, komm schon. Aaron stürzt sich wieder nach vorne. Die beiden wälzen sich über den Boden und ich kann ihre Bewegungen nur schwer verfolgen. In der einen Sekunde ist Miguel oben und in der nächsten ist es Aaron. Gliedmaßen fliegen überall herum, Fäuste krachen in jedes Körperteil, dass sie finden können. Eine Pflanze wird umgeworfen und verteilt Dreck auf den Fliesen, der sich mit ihrem Blut vermischt und Schlieren in grauenhaften braunen und roten Streifen hinterlässt.

Aaron scheint im Vorteil zu sein, obwohl Miguel der größere der beiden ist. Er ist jünger und in besserer Form, und er nutzt das gut aus. Die beiden schaffen es, sich zu trennen, aber nur für ein paar Sekunden, bevor die Eingangstür auffliegt und alle Augen sich darauf richten. Allie entspannt sich sichtlich neben mir, als sie Roman, Dominique und Emilio erblickt.

Ein Ruck der Angst durchfährt mich. Emilio ist hier. Er kann nicht hier sein. Nicht in diesem Moment. Nicht auf diese Weise.

Roman begutachtet die Szene in Sekundenschnelle, ehe er sich in den Kampf stürzt, die Fäuste fliegen, er wirft Miguel zurück auf den Boden.

Miguel hat null Zeit zu reagieren, bevor Roman sein Gesicht auf den Fliesenboden schlägt, mit einem mörderischen Blick in seinen Augen.

Ein Keuchen lässt mich aufblicken, um meine Mutter am oberen Ende der Treppe stehen zu sehen, Luis in den Armen, während sie die Szene unten beobachtet. „Was machst du da? Runter von ihm!", schreit sie, und ich stürze mich auf sie, weil sie die Treppe hinunterrennt und direkt auf Roman und Miguel zusteuert. Ich nehme ihr Luis ab und konzentriere mich nur auf die Sicherheit meines Sohnes, gerade als Emilio auf meine Mutter zugeht und mit leiser Stimme sagt: „Er hat die Prügel verdient für das, was er unserer Freundin angetan hat."

Meine Mutter versucht, sich an ihm vorbeizuschieben, doch Emilio weicht ihr aus und versperrt ihr den Weg. Sie drückt gegen seine Schultern, aber er weigert sich, sich zu bewegen. „Das könnt ihr nicht machen. Du hast kein Recht ..."

„Er hat ein siebzehnjähriges Mädchen vergewaltigt.", fügt Dominique mit steinerner Miene hinzu. Er hat sich nicht bewegt, seit er hereingekommen ist, und obwohl seine Worte an meine Mutter gerichtet sind, liegt sein Blick auf dem Kampf vor uns, fast so, als würde er auf etwas warten.

„Miguel würde das nie tun. Was immer du glaubst zu wissen, ist eine Lüge. Er ..."

„Gib es zu, Mom", sage ich flüsternd und flehe sie mit meinen Augen an. Meine Sicht verschwimmt, aber ich weigere mich, auch nur eine einzige Träne fallen zu lassen.

Sie zuckt zurück, als hätte ich sie geschlagen. „Achte auf deine Worte, minha filha." Meine Tochter. „Du kennst nicht die Wahrheit. Miguel würde nie tun, was man ihm vorwirft. Ich rufe die Polizei an."

„Sie sind schon auf dem Weg", sagt Dominique, und kaum sind die Worte über seine Lippen gekommen, hören wir alle die Sirenen in der Ferne.

„Die Zeit läuft ab", sagt Emilio, seine Worte sind an Roman gerichtet, aber der hört ihn nicht. Roman liegt auf Miguel, der sich kaum noch bewegt, seine Arme können sich nicht mehr gegen Romans Fäuste wehren. „Roman!" Immer noch keine Reaktion.

Emilios Kiefer krampft sich zusammen, ehe er Aarons Blick auf der anderen Seite des Raumes begegnet. Eine stumme Kommunikation geht findet zwischen ihnen statt, bevor sie nach vorne treten und Roman von Miguels Körper reißen. Roman gibt nicht kampflos auf, und es braucht beide Jungs, die ihn zurückhalten, um ihn davon abzuhalten, sich wieder auf Miguel zu stürzen, der sich ohnehin kaum noch auf dem Boden bewegt. Roman sieht wütend aus, seine Augen stehen in Flammen und seine Lippen sind zu einem Fauchen verzogen. „Ich werde dich verdammt nochmal töten", schreit er. „Du bist ein toter Mann."

Allie eilt an Romans Seite und schlingt ihre Arme um seine Taille. Seine Nasenflügel blähen sich auf, aber er schafft es, sich so weit zusammenzureißen, dass er sie umarmt und sie fest an seine Brust drückt.

Meine Mutter eilt an Miguels Seite, zieht seinen Kopf in ihren Schoß, während sie schluchzend über ihm weint, und ich stehe einfach nur da, halte meinen kleinen Jungen und meine Welt bricht um mich herum zusammen.

Zwei Beamte kommen durch die Tür und einer beginnt sofort, Befehle zu bellen.

„Roman, nimm Allie und verschwinde von hier. Ich werde später eure Aussagen aufnehmen." Roman nickt und führt Allie durch die offene Tür nach draußen. Das Geräusch eines Autos ist zu hören, das anspringt und aus der Einfahrt fährt, was uns wissen lässt, dass sie weg sind. Der Officer wirft einen Blick auf Miguel, der immer noch auf dem Boden liegt, aber es geschafft hat, sich in eine sitzende Position zu bringen, und sagt: „Sie sind verhaftet wegen Angriffs und Vergewaltigung von Allie Ramirez. Alles, was Sie sagen, kann und ..."

Danach mache ich mir nicht mehr die Mühe zuzuhören. Ich stolpere rückwärts, bis ich mit dem Rücken an die Wand stoße, und lasse meinen Körper nach unten gleiten, bis mein Hintern auf dem Boden aufschlägt, Luis sicher in meinen Armen umklammert. Monique ist im Nu neben mir, aber dann auch Dominique. „Geh und warte im Auto", sagt er.

Sie schüttelt den Kopf. „Ich werde nicht gehen ..."

„Jetzt, Monique. Zwing mich nicht, Mama anzurufen."

Monique krampft ihren Kiefer zusammen und schaut mich entschuldigend an.

„Es ist in Ordnung. Wir sprechen uns morgen.", sage ich ihr. Auf keinen Fall darf sie in das verwickelt werden, was auch immer das alles ist. Ihre Familie würde sie niemals mehr das Tageslicht sehen lassen, sollten sie herausfinden, was passiert ist. Sie würden sie nie wieder mit mir rumhängen lassen, wenn sie wüssten, was dem Freund meiner Mutter vorgeworfen wird. Dominique hat das Recht, sie hier rauszuholen, bevor noch mehr Polizisten auftauchen oder die beiden, die schon hier sind, beschließen, von jedem eine Aussage aufzunehmen und Namen zu Protokoll zu geben.

„Ruf mich dann an und sag mir, dass es dir gut geht", sagt sie, und ich nicke.

Dominique begleitet sie raus, nur Sekunden später ist er wieder da und geht direkt auf Kasey zu. Sie streiten sich, aber ich kann nicht verstehen, was gesagt wird, und das Nächste, was ich mitbekomme, ist, dass er sie über seine Schulter wirft und aus dem Raum stürmt, während sie ihn anschreit, er solle sie runterlassen. Aaron sieht sich das Ganze mit einem resignierten Gesichtsausdruck an, bevor er Dominique zur Tür hinaus folgt, vermutlich um seine Schwester nach Hause zu bringen.

Die Beamten ziehen Miguel auf die Beine und beginnen, ihn aus der Tür zu führen, meine Mutter direkt hinter ihnen. „Mom", rufe ich ihr hinterher und sie dreht sich zu mir um. „Wo gehst du hin?"

„Es tut mir leid, minha filha. Aber ich liebe ihn." Tränen laufen ihr über die Wangen, ihr Blick ist zerrissen.

Ich runzle die Stirn. Was sagte sie gerade? „Mama?"

Sie sagt nichts weiter. Sie schüttelt nur den Kopf und folgt den Beamten nach draußen. Ich stehe immer noch da und starre auf die leere Tür, durch die sie gegangen ist, als Emilio neben mir erscheint. „Bist du okay?"

Ich zucke bei seinen Worten zusammen und schaffe es dabei, Luis zu erschrecken und zu wecken. Wie er es geschafft hat, bei all dem Lärm zu schlafen, ist mir ein Rätsel, und ich wünschte, er hätte noch ein bisschen länger geschlafen, denn jetzt sieht Emilio ihn mit offener Neugierde an. „Ist er deiner?"

Ich schlucke schwer, nicke aber und drücke mich wieder auf die Beine.

Er blickt zwischen mir und Luis hin und her. Er öffnet seinen Mund. Schließt ihn. Öffnet ihn wieder. Ich kann den Moment sehen, in dem er zwei und zwei zusammenzählt. Sein Mund wird schmal, die Augenbrauen sind zusammengezogen, die Augen kleben an dem Jungen in meinen Armen.

„Komm schon", ruft Dominique und duckt sich wieder. „Aaron ist in seinem Auto mit den Mädchen. Er wird sie absetzen und dann zu Roman und Allie kommen, damit wir alle unseren Scheiß klären können. Nachdem Romans Dad Miguel am Revier abgesetzt hat, wird er auch dorthin fahren. Wir müssen unsere Geschichten zusammenbringen."

Emilio bewegt sich nicht.

„E, komm schon." Dominique packt seinen Arm, aber Emilio reißt sich los und stößt ihn weg. Sein Brustkorb hebt und senkt sich in rasantem Tempo, seine Nasenlöcher flammen auf.

„Du hast einen Sohn?" Schmerz huscht über sein Gesicht und ein Muskel bebt in seinem Kiefer, während er sichtlich darum kämpft, sich zusammenzureißen. Als ich nicht antworte, macht er einen Schritt zurück und schreit: „Ich habe einen Sohn?" Es ist, als ob das ganze Haus durch die Kraft seiner Stimme erzittert.

Ich weiß nicht, was ich tun oder sagen soll. Also stehe ich einfach wie erstarrt da. Dominique schaut zwischen uns hin und her, sieht den kleinen Jungen in meinen Armen und seine Miene verfestigt sich. „Emilio, jetzt ist nicht der ..."

„Nee. Auf keinen Fall, Mann. Auf gar keinen Fall." Er schüttelt den Kopf. „Muss ich überhaupt fragen?", sagt er zu mir, und Luis fängt an zu weinen. Ich stütze ihn auf meine Hüfte und mache beruhigende Geräusche im Angesicht von Emilios Wut. Er ist wütend. Wenn es möglich wäre, dass ihm Dampf aus den Ohren kommt, dann wäre es so. Sein Gesicht ist rot und die Adern an seinem Hals treten deutlich hervor. Alles, was ich wegen seiner Wut tun kann, ist, schwer zu schlucken und Luis ein wenig fester an mich zu drücken.

Emilio fällt die Bewegung auf und seine Augen werden schmal. „Willst du mich verarschen?", bellt er. „Denkst du, ich würde ihm wehtun? Meinem eigenen Kind?" Seine Augen sind nur noch Schlitze. „Denn das ist er doch, oder? Meins."

Ich zögere.

„Antworte mir!", brüllt er.

Dominique tritt vor und legt Emilio eine Hand auf die Schulter. „Hey, warum machen wir nicht ..."

„Vergiss es. Sag mir die Wahrheit. Ist. Er. Mein?" Ich nicke, und Emilio zuckt wieder mit den Schultern, seine Bewegungen sind scharf, während er zu laufen beginnt. „Sie hat mir mein Kind vorenthalten. Meinen Sohn." Er schlägt sich eine Hand auf die Brust. „Meinen Sohn." Sein Kiefer krampft sich zusammen. „Was zum Teufel, Bibiana? Was habe ich dir je angetan, um das zu rechtfertigen? Hm? Bin ich nicht gut genug?" Seine Stimme wird mit jedem Wort lauter, bis er mich praktisch anbrüllt, und ich kann nur dastehen, weil ich weiß, dass ich seine Wut verdiene. Luis' Weinen wird bei Emilios harschem Ton noch stärker, und eine stille Träne schleicht sich an meiner Abwehr vorbei und wandert über meine Wange. Ich wollte nicht, dass das hier so läuft. Nichts davon wollte ich

„Emilio ..." Dominique versucht es wieder. Er wirft mir einen Blick zu. „Vielleicht solltest Du ..."

„Nein." Er schüttelt den Kopf, die Wut ist in jede Faser seines Körpers gebrannt. „Gib mir meinen Sohn." Emilio streckt seine Arme aus, doch ich mache unwillkürlich einen Schritt zurück.

Seine Augen lodern. „Lass mich meinen Sohn halten, Bibiana", spuckt er meinen Namen mit so viel Gift aus, dass ich sichtlich erschaudere, es aber schaffe, mich zu behaupten und den Kopf zu schütteln.

„Du bist wütend."

„Das wärst du auch", schnauzt er.

Ich wiege Luis in meinen Armen und streiche ihm mit der Hand beruhigend über den Hinterkopf, während ich versuche, ruhig zu bleiben. „Ich weiß. Ich sage nicht, dass du es nicht sein sollst. Aber du bist wütend und im Moment bist du beängstigend." Wirklich verdammt beängstigend. Ich glaube nicht, dass Emilio mir oder Luis etwas antun würde, aber ihn so zu sehen, ist gelinde gesagt unheimlich. „Es tut mir leid. Aber ich übergebe ihn dir nicht. Nicht so."

Ich wiege meinen Körper hin und her und Luis' Schreie hören endlich auf. Er schnieft ein paar Mal, bevor sein Kopf an meiner Schulter ruht. Die Erschöpfung macht sich breit. Als sich seine Augen schließen, stoße ich einen kleinen Seufzer der Erleichterung aus und wende mich wieder dem wütenden Jungen vor mir zu. Emilios ganzer Körper ist angespannt wie eine Bogensehne. Ich merke, dass er streiten will, aber stattdessen nickt er mir nur steif zu. Er geht zum Sofa und setzt sich hin, neigt den Kopf und fährt sich mit den Händen durch sein dunkelbraunes Haar. Seine Schultern sacken zusammen, und so viele Gefühle durchströmen mich. Kummer. Schmerz. Bedauern. Ich riskiere einen Blick in Dominiques Richtung, aber anstatt Wut oder Abscheu zu finden, wie ich es erwartet hätte, sehe ich Resignation. Ich bin mir nicht sicher, ob das besser ist.

„Ich wollte nicht, dass du es so erfährst", sage ich die Worte kaum mehr als im Flüsterton. „Ich bin sicher, du hattest deine Gründe, es ihm nicht zu sagen.", mischt Dominique sich ein, ohne sich die Mühe zu machen, seine Stimme zu senken, um sicherzustellen, dass Emilio seine Worte hört. „Ich kann mir nicht vorstellen, dass es einfach ist, eine alleinerziehende Mutter zu sein. Du musstest einige schwere Entscheidungen treffen. Manchmal sind es gute Entscheidungen. Andere Male sind sie es vielleicht nicht."

Ich nicke und beiße mir auf die Unterlippe. Das war offensichtlich keine meiner Besseren.

„Aber ich kann sehen, dass du den kleinen Jungen liebst." Er neigt sein Kinn in Richtung seines Freundes. „Tu das Richtige für ihn und gib Emilio eine Chance, ihn auch zu lieben."

Das ist alles, was ich je tun wollte. Ich wollte Luis nicht verheimlichen. Ich wollte es ihm sagen. Es schien nur nie der richtige Zeitpunkt zu sein. Ich bin so wütend auf mich, dass ich das zugelassen habe. Dass es so herausgekommen ist.

Dominique wirft seine Schlüssel neben Emilio und geht zur Tür. „Ich fahre mit Aaron mit. Ruf mich an, wenn du etwas brauchst. Wir klären dich später auf, wenn du Zeit hast." Emilio antwortet nicht, und Dominique wartet auch nicht darauf, dass er es tut.

Als sich die Tür hinter ihm schließt, stehe ich ein paar Augenblicke lang da, fast ängstlich, mich zu bewegen, bevor ich den Mut aufbringe zu sagen: „Ich lege ihn in sein Bettchen. Wenn ..." Ich nehme einen tiefen Atemzug. „Falls du noch hier bist, wenn ich zurückkomme, und du reden willst, können wir das tun."

Er antwortet nicht, also gehe ich nach oben und lege Luis sanft in sein Bettchen, bevor ich ins Bad schlüpfe. Meine Wangen sind rot und fleckig, mein Eyeliner unter den Augen verschmiert und der kleine Flügel in den Ecken längst weggewischt. Ich wasche mir die Emotionen des heutigen Tages weg und gehe wieder runter, wo ich fast überrascht bin, Emilio an genau demselben Platz zu finden, an dem ich ihn zurückgelassen habe.

Ein Teil von mir war sich sicher, dass er gegangen ist. Ich weiß nicht, ob ich erleichtert sein sollte, dass er sich entschieden hat zu bleiben.

Als er mich den Raum betreten hört, hebt er den Kopf und ich erstarre. Der Kummer steht ihm deutlich ins Gesicht geschrieben, und es zerreißt mich innerlich, ihn so zu sehen.

Ich lasse mich auf die unterste Stufe der Treppe sinken und schlinge die Arme um meine Knie. Ich weiß nicht, was ich sagen soll. Oder ob ich überhaupt etwas sagen soll. Also warte ich. Die Sekunden vergehen, werden zu Minuten, während wir uns gegenseitig anstarren. Ich hoffe, er kann sehen, wie leid es mir tut. Dass meine Augen vermitteln können, was meine Worte ihm nicht geben konnten.

Als volle fünf Minuten vergangen sind, schüttelt er den Kopf und steht auf, aber er geht nirgendwo hin. Er ... steht einfach nur da. Die Wut ist aus seinem Körper gewichen und hat einen Jungen zurückgelassen, der verloren und allein aussieht. Zerbrochen. Und ich bin dafür verantwortlich.

„Es tut mir leid, dass ich dir nicht schon früher von ihm erzählt habe", sage ich flüsternd.

„Hättest du es mir je erzählt?", fragt er. „Hättest du es mir jemals gesagt, wenn ich es heute nicht herausgefunden hätte?" Seine Worte sind ebenso leise, als ob er Angst vor der Antwort hat.

Ich stehe auf und gehe näher an ihn heran. „Ich wollte es dir schon am ersten Tag sagen, als ich dich sah. Ich hatte die feste Absicht, es dir sofort zu erzählen, aber ..." Ich beiße mir auf die Lippe, und Emilio neigt den Kopf zurück und starrt an die Decke. Sein Adamsapfel wackelt, als er schluckt.

„Aber du hast von meinem Ruf gehört." Ich stoße einen rauen Atemzug aus. „Und dann habe ich dich in einem Klassenzimmer mit dem Finger gefickt. Fuck."

Er streckt die Hand aus und zieht mich ruckartig zu sich, schlingt seine Arme in einer heftigen Umarmung um meine Schultern. „Ich bin so verdammt sauer auf dich, dass du ihn mir vorenthalten hast", sagt er in mein Haar, und ich schlinge zaghaft meine Arme um seine Taille. Ich habe keine Ahnung, warum er mich so festhält, aber es ist mir auch egal. Ich brauche das. Ich brauche den Kontakt. Ich muss das Gefühl haben, dass alles in Ordnung sein wird. Dass er mich nicht für immer hassen wird.

„Du hättest es mir sagen sollen. Alles andere ist mir scheißegal. Du hättest es mir sofort sagen sollen."

„Es ist erst ..." Er unterbricht mich, sein Körper zittert unter meinem Griff.

„Eine Woche, Bibiana. Es ist eine Woche her, seit du hier bist. Das ist eine Woche, die ich nicht zurückbekomme. Eine Woche, in der ich nicht wusste, dass ich einen Sohn habe, und in der er mich nicht kannte."

„Es tut mir leid", sage ich, weil er Recht hat. Wären die Rollen vertauscht, würde ich mich genauso fühlen.

„Ich möchte dich hassen", flüstert er fast zu leise, als dass ich es hören könnte, aber ich tue es, und mein Herz sinkt mir bis auf die Fußsohlen. „Und wenn mein Kopf aufhört, sich zu drehen, werde ich es vielleicht tun. Ich weiß nicht, ob ich jemals darüber hinwegkommen werde, dass du ihn mir vorenthalten hast. Ich habe so verdammt viel verpasst." Er löst seine Umarmung und geht zwei Schritte zurück.

Der Verlust des Kontakts lässt mich frösteln und ich schlinge die Arme um mich.

„Ich ..." Ich weiß nicht, was ich dazu sagen soll.

„Ich will ihn kennenlernen", sagt er mit fester Stimme. „Ich will Besuchsrecht und ich will es schriftlich."

Seine letzte Aussage überrascht mich, und ich schlucke schwer, als ein Rinnsal von Angst sich seinen Weg durch mich bahnt, bevor die Vernunft mich dazu bringt, die Emotion wegzusperren. Das ist es, was ich wollte. Ich möchte, dass mein Sohn seinen Vater hat. Ich möchte, dass er sich gewollt fühlt, und Emilio, der ein Besuchsrecht fordert, zeigt damit, dass er an Luis' Leben teilhaben will. Ich atme tief ein und zwinge mich, meine nächsten Worte zu sagen.

„Das würde ich auch gerne."

Seine Augen weiten sich, bevor er nickt. „Okay. Gut." Er schiebt die Hände in die Hosentaschen. „Wann kann ich ihn haben?"

Ich runzle die Stirn. „Ähm ..."

„Kann ich ihn morgen abholen?"

„Du willst ihn abholen?", frage ich und lecke mir über die Lippen. „Und ihn wohin bringen?"

„Ich weiß es nicht. In den Park. Vielleicht zu Roman." Er zuckt mit den Schultern.

Es ist mitten im Winter. Was glaubt er, was sie im Park machen werden? Luis kann noch nicht mal allein laufen. „Hast du schon mal auf ein Baby aufgepasst?", frage ich so sanft wie möglich, denn ich will mich nicht mit ihm darüber streiten. „Luis ist erst neun Monate alt. Er ... ähm ..." Ich kann sehen, dass Emilio zu argumentieren beginnt, also bringe ich meine nächsten Worte schnell heraus. „Und wenn du stattdessen hierherkommst? Du könntest dir ein paar Tage Zeit nehmen, um ihn kennenzulernen. Sicherstellen, dass er sich bei dir wohlfühlt, und es gibt dir die Möglichkeit, zu lernen, ähm ... wie man sich um ein Kleinkind kümmert?" Das klingt viel herablassender, als ich es meine.

Er denkt darüber nach und das Schweigen dehnt sich zwischen uns aus. „Gut."

Ich lasse einen Atemzug entweichen, von dem ich gar nicht gemerkt hatte, dass ich ihn angehalten hatte. „Okay. Gut."

Wir starren uns einen Moment lang an. „Sein Name ist Luis?", fragt er. Sein Blick wandert immer wieder zur Treppe, und ich weiß, dass er ihn wiedersehen will.

„Ja. Luis Afonso Sousa."

Ein Muskel kribbelt in seinem Kiefer.

Als er mich nicht anschnauzt oder anbrüllt, gehe ich näher und greife zaghaft nach seinem Arm. „Komm", sage ich und führe ihn die Treppe hinauf in mein Zimmer. Draußen vor der Tür zögert er nur eine Minute, bevor er mir in den Raum folgt. Die Lichter sind aus, aber es gibt ein kleines Nachtlicht und eine Spieluhr neben Luis' Bettchen, die seine schlafende Gestalt beleuchtet. Vorsichtig, um ihn nicht zu wecken, winke ich in Richtung meines Bettes und deute Emilio an, sich zu setzen. Seine Augen kleben an unserem Sohn und ein leichtes Lächeln umspielt seine Mundwinkel, als er sich hinsetzt und sich nach vorne lehnt, um ihn besser sehen zu können.

„Er ist perfekt", flüstert er, und ich kann nicht anders, als sein Lächeln zu erwidern.

„Er hat deine Augen und deinen Mund", antworte ich und setze mich neben ihn.

„Hat er?"

Ich nicke.

Wir sitzen schweigend da und sehen unserem kleinen Jungen beim Schlafen zu, und obwohl der heutige Tag ein komplettes Desaster epischen Ausmaßes war, ist ein winziger Teil von mir hoffnungsvoll. Emilio will an Luis' Leben teilhaben, und das allein ist mehr, als ich mir erhoffen konnte.

ZWÖLF

Ich bleibe bis kurz nach Mitternacht bei Bibiana und schaue meinem Jungen beim Schlafen zu. Das stetige Auf und Ab seines winzigen Körpers tut etwas, um den wütenden Teufel in mir zu beruhigen. Ich habe ein Kind. Einen Sohn. Einen, den sie die ganze Zeit vor mir geheim gehalten hat. Verdammt. Ich wische mir mit den Händen über das Gesicht und schaue auf sie hinunter. Sie ist vor fast einer Stunde eingeschlafen, ihr kleiner Körper hat sich neben mir auf der Bettdecke zusammengerollt. Die Erschöpfung steht ihr ins Gesicht geschrieben, und ein Teil von mir bedauert das, aber der größere Teil von mir, das alles verzehrende Arschloch tief in mir, ist wütend auf sie. Ich muss mich wirklich anstrengen, um nicht zu explodieren.

Was zum Teufel?

Ich stehe auf, lehne mich über das Bettgitter und werfe Luis einen letzten Blick zu. „Ich komme später wieder, kleiner Mann.", sage ich und streiche ihm mit einem Finger über die Wange. Er ist so winzig. Zerbrechlich. Wenn ich ihn ansehe, wird mir klar, dass meine ganze Welt gerade dabei ist, auf den Kopf gestellt zu werden.

Ich gehe zur Tür und lasse Bibiana ungestört in ihrem Bett

zurück. Sie sagte, ich könnte ihn morgen sehen. Nun, technisch gesehen heute. Aber ich brauche ein paar Stunden Schlaf und eine Dusche, bevor ich überhaupt in der Lage bin, meinen kleinen Jungen zu treffen.

Ich jogge die Treppe hinunter, schnappe mir Dominiques Schlüssel und mache mich auf den Weg zu meiner Wohnung. In meinem Kopf brodelt es und mein Magen ist wie verknotet. Ich will Roman anrufen, aber ich weiß, dass er gerade alle Hände voll mit Allies Scheiß zu tun hat, und sie braucht ihn mehr als ich. Und ist das nicht ein verdammter Mist. Bibianas was? Stiefvater, oder was auch immer er für sie ist, ist einer der Hurensöhne, die Allie vergewaltigt haben.

Mein Blut kocht, während eine ganz andere Art von Wut durch meine Adern pulsiert. Ich muss etwas tun. Etwas oder jemanden verprügeln. Ich schlage mit der Handfläche gegen das Lenkrad und schreie meinen Frust heraus. Was zum Teufel soll ich nur tun?

Bibiana scheint damit einverstanden zu sein, dass ich in seinem Leben bin, aber das könnte auch das Adrenalin der nächtlichen Ereignisse sein. Es ist eine Menge passiert. Was ist, wenn sie am Morgen aufwacht und ihre Meinung ändert? Was, wenn sie entscheidet, dass ich nicht gut genug bin? Oder, schlimmer, was, wenn sie wieder verschwindet? Das könnte sie. Sie hat es schon mal getan und das mit ihrer Mutter auf der Seite dieses Arschlochs. Was, wenn ...

Was, wenn ... Scheiße. Ich habe immer noch nicht die verdammte Nummer von dem Mädchen.

Ich will mich gerade umdrehen und zurückgehen, als mein Telefon mit dem Klang einer eingehenden Textnachricht piept.

Allie: Bist du okay?

Ich fahre an den Straßenrand und starre auf den beleuchteten Bildschirm hinab.

Ich: Das sollte ich dich fragen. Bist du okay, Vanilla?

Ich atme tief durch die Nase ein und laut durch den Mund

aus, während ich auf ihre Antwort warte. Ich kann mir nicht einmal vorstellen, was sie gerade durchmacht, und die Tatsache, dass sie sich immer noch Sorgen um mich macht ... Ich lasse den Kopf hängen. Sie ist zu viel. Zu gut. Deshalb mochten wir sie alle, als sie hierhergezogen ist. Sie ist nicht wie andere Frauen. Sie ist nicht egoistisch. Sie ist da, wenn man sie braucht. Das Mädchen ist die stärkste Person, die ich kenne.

Mir geht es gut. Dom hat mir erzählt, was passiert ist. Ich wusste es nicht.

Selbst wenn könnte ich nie sauer auf sie sein. Allie ist ... Ich weiß es nicht. Sie ist meine Freundin. Doch sie ist mehr. Wie eine Schwester, nur anders. Ich weiß nicht, wie ich es beschreiben soll. Was ich weiß, ist, dass sie niemals aufgibt. Sie stellt die Bedürfnisse aller anderen vor ihre eigenen. Nur dieses Mal muss sie sich selbst an die erste Stelle setzen. Sie braucht meinen Scheiß nicht. Ich liebe sie dafür. Aber ich werde es schaffen. Ich will nicht, dass sie sich um mich sorgt, wenn sie ihr eigenes Chaos zu bewältigen hat.

Ich: Nicht deine Schuld. Leg dich hin. Wir können später darüber reden. Du hast schon genug um die Ohren.

Allie: Es wird alles wieder gut. Ich liebe dich, E.

Ich: Ich dich auch, Vanilla.

Ich fahre zurück auf die Straße und direkt nach Hause. In der Einfahrt halte ich inne, als ich Rauls verbeulten Civic sehe. Verdammt. Ich habe jetzt keine Zeit für so etwas. Ich klettere aus dem Auto und gehe zur Tür, erst dann bemerke ich, dass sie leicht angelehnt ist. So ein Mist.

Ich atme tief durch und stoße die Tür auf. Eine zerbrochene Flasche liegt weggeworfen im Eingangsbereich. Ich lausche, aber ich höre nichts. Keine Stimmen. Keine Schritte. Ich schleiche durch das Haus und achte darauf, dass meine Schritte leise sind. Wo zum Teufel ist Antonio? Wo ist Sofia?

Eine meiner Fragen wird beantwortet, als ich meinen Bruder ohnmächtig auf dem Wohnzimmerboden finde, getrocknetes Blut unter seiner Nase und seinem Mund. Mist. Ich gehe in die Knie und prüfe seinen Puls. Er ist ok. Er ist nur ohnmächtig. Ich rüttle ihn an den Schultern und er schreckt auf.

„Was zum…"

„Wo ist Sofia?" Mein Herz rast, als ich den Raum nach unserer kleinen Schwester absuche.

Er stöhnt, und ich weiß, dass sein Kopf ihn umbringen muss. Ich helfe ihm aufzustehen. „Der Bastard hat mich überrumpelt."

Ich presse meinen Kiefer zusammen, weil er das immer tut. Man weiß nie, wann oder ob er ausholen wird. Es gibt keine Möglichkeit, Raul zu lesen. In der einen Sekunde geht es ihm gut und in der nächsten ist er in einem manischen Wutanfall und versucht, seine eigenen Kinder zu töten.

„Sofia", frage ich, als mein Bruder nichts weiter sagt.

„Shit." Er steht mühsam auf. „Wie viel Uhr ist es?"

„Vielleicht null Uhr dreißig. Wo ist sie, Antonio?"

Seine Schultern entspannen sich und er geht auf den Flur zu, der zu unseren Zimmern führt. Hier gibt es noch mehr Glasscherben und ein paar Blutspritzer auf dem Boden. Ich nehme an, dass diese zu Raul gehören, denn sie führen alle zu seinem Zimmer ganz am Ende des Flurs.

Antonio hebt seinen Finger an die Lippen als Zeichen, still zu sein, während er langsam die Tür zu meinem Schlafzimmer öffnet. Wir treten ein und er geht direkt zu meinem Kleiderschrank. Sofia schläft darin, ihr winziger Körper hat sich in der Fötusstellung zusammengerollt. Wir starren beide auf sie hinab, Erleichterung macht sich in mir breit, als ich mit eigenen Augen sehe, dass es ihr gut geht.

Ich beuge mich hinunter, um sie hochzuheben, und achte darauf, sie nicht zu wecken, während ich sie auf mein Bett lege und die Decken um sie schlage. Als ich sie hingelegt habe, folge ich Antonio zurück in den Flur und schließe die Tür hinter mir. Sie lässt sich nur von innen verschließen, so dass sie sich selbst herauslassen kann, wenn sie aufwacht. Bis dahin kann ich nicht wieder reinkommen, zumindest nicht, ohne sie zu wecken. Aber so ist es besser. Ich muss mit meinem Bruder reden und herausfinden, was zur Hölle passiert ist, und ich kann das nicht tun, und mich darum sorgen, dass der Bastard am Ende des Flurs an meine kleine Schwester herankommt.

„Was zum Teufel war hier los?", frage ich, mit leiser Stimme, als wir in sicherer Entfernung sind.

Er dreht den Nacken und fährt sich mit der Handfläche über das Gesicht, zuckt vor Schmerz zusammen, als er über seine geprellte Wange streicht. „Was immer passiert. Er ist vielleicht vor einer Stunde aufgetaucht." Antonio schüttelt den Kopf. „Ich hörte sein Auto vorfahren und habe Sofia versteckt, bevor er durch die Vordertür kam. Ich ließ sie versprechen, nicht herauszukommen und still zu sein."

Ich nicke. Das machen wir normalerweise auch, wenn Raul vorbeikommt. Sie sieht unserer Mutter immer ähnlicher, je älter sie wird, und allein ihr Anblick hat ihn bei den wenigen Besuchen in letzter Zeit schon aufgeregt.

„Bist du okay?"

Antonio nickt. „Ja. Mir geht es gut. Ich erinnere mich nicht mehr an viel nach dem zweiten Schlag, aber ich habe mich nicht gewehrt, also muss es ihm langweilig geworden sein."

„Du solltest zum ..."

„Ich sagte, mir geht's gut", faucht er. Antonio lässt den Kopf hängen, die Hände zu Fäusten an den Seiten geballt. „Ich hasse das, verdammt." Er geht weiter den Flur hinunter in die Küche und holt eine Tüte mit gefrorenem Mais heraus, bevor er sich an den Tisch setzt. Er hält sie sich ans Gesicht und murmelt ein paar treffende Worte.

Ich hole zwei Biere aus dem Kühlschrank, öffne beide und reiche ihm eines über den Tisch, bevor ich mich setze. „Was ist der Plan?", frage ich, in der Hoffnung, dass er sich etwas ausgedacht hat. Raul geht es immer schlechter, und wir haben alle viel Scheiße am Hals. Wir tun unser Bestes, um Sofia zu beschützen, aber eines Tages wird er allein auf sie losgehen, und keiner von uns weiß, was an diesem Tag passieren wird.

„Keine Ahnung, man." Er kämpft gegen die Erschöpfung an. Scheiße. Das sind wir beide. Zu viel ist heute passiert. Zu viele Dinge zu verarbeiten. Zu versuchen, es zu verstehen.

„Was machst du so spät zu Hause? Ich dachte, du wärst früher hier gewesen, oder später, wenn du bei Roman gepennt hast."

Ich überlege, ob ich ihm von Luis erzählen soll, aber bevor ich mich entscheiden kann, beweist mein Bruder mit seinen nächsten Worten, wie gut er mich kennt. „Was ist passiert?"

„Das kann warten."

Antonio schüttelt den Kopf. „Nein. Mach das nicht. Ich weiß, du hast deine Jungs, aber du hast auch mich. Komm schon, Emilio. Was ist los?"

Ich knirsche mit den Zähnen, während die Frustration durch jede Zelle meines Körpers strömt. Ich will es ihm sagen. Ich will seine Unterstützung, aber Antonio ist nicht gut drauf, wenn er zu viel zu tun hat. Er ist wie Roberto. Er haut lieber ab, als sich damit auseinanderzusetzen. Vielleicht geht es ihm besser als unserem ältesten Bruder, als es ihm zu viel wurde, meldete er sich beim Militär und hat nie zurückgeblickt. Antonio ist wenigstens nach seinem 18. Geburtstag geblieben, aber er verschwindet immer noch manchmal für eine Woche oder länger am Stück.

„E?"

„Wage es ja nicht, abzuhauen, hast du mich verstanden?"

Seine Augen weiten sich, aber er nickt. „Ich werde nicht verschwinden."

„Ich meine es ernst, Antonio. Ich kann mich im Moment nicht um Raul und meinen eigenen Scheiß kümmern. Nicht allein."

Er nickt, sein Gesicht verzieht sich zu einem ernsten Ausdruck. „Ich werde nicht verschwinden."

„Okay." Ich zögere und muss an dem Kloß in meinem Hals vorbei schlucken. „Ich habe ein Kind."

Seine Augen weiten sich auf die Größe von Untertassen. „Du hast ein Mädchen geschwängert?"

„Ja", ich reibe mir den Nacken. „Vor eineinhalb Jahren. Ich habe es erst heute Abend erfahren."

Er flucht und stützt den Kopf in die Hände. „Shit. Bist du sicher, dass es deins ist?"

Ich nicke. „Ich bin mir sicher. Das Timing stimmt und er sieht genauso aus wie ich. Fast identisch mit meinen Babyfotos in diesem Alter."

„Du solltest einen Vaterschaftstest machen", schlägt er vor.

„Ich brauche keinen. Er ist meiner. Ich hege null Zweifel. Du wirst dasselbe fühlen, wenn du ihn triffst."

Ihm gefällt meine Antwort nicht, aber zum Glück widerspricht er auch nicht. „Wir müssen Roberto anrufen."

„Was?" Ich stoße mich vom Tisch ab. „Warum zum Teufel sollten wir ihn anrufen? Er ist doch weg!" Ich zische, aber Antonio schüttelt nur den Kopf.

„Fällt dir eine bessere Möglichkeit ein? Raul ist ein Problem. Ein großes. Und jetzt hast du ein Kind. Was wirst du tun, wenn du ihn hier hast und Raul auftaucht? Hm? Hast du überhaupt soweit gedacht?"

Mein Blut wird zu Eis, als ich seine Worte verdaue, denn nein, soweit hatte ich nicht gedacht. Ich beschäftige mich immer noch mit der Tatsache, dass ich Vater bin. Dass Luis mein Sohn ist. Ich hatte nicht einmal bedacht, wie verletzlich er ist. Wie gefährlich es für ihn sein könnte, ihn bei mir zu haben. Oh, Scheiße. Wenn Bibiana herausfindet, womit ich zu tun habe, würde sie mich nie in sein Leben lassen. Fuck! Scheiße. Scheiße. Scheiße. Scheiße.

„Er hat keinen Urlaub in Aussicht. Es gibt nichts, was er tun kann..."

„Er wird Urlaub bekommen."

„Aber ..."

„Lass mich das machen, okay? Scheiße. Junge oder Mädchen?"

Hm. Es dauert eine Sekunde, bis ich seine Fragen verstehe. „Oh. Junge.“

„Wie heißt er?“

„Luis“, antworte ich.

Antonio nickt kurz vor sich hin, bevor ein breites Grinsen sein Gesicht ziert. „Also bin ich Onkel.“

Ich dämpfe mein Lachen mit meiner Faust. „Ja, Arschloch. Du bist Onkel.“

Schweigen breitet sich zwischen uns aus, wir denken beide an all die Dinge, die schief gelaufen sind und an all die möglichen Dinge, die noch passieren können. Es sind Zeiten wie diese, in denen ich nicht atmen kann. Wenn sich der Druck zu sehr aufbaut und ich einen Ausweg finden muss. Ich bin versucht, irgendjemanden anzurufen. Es wäre einfacher, wenn ich Sarah anrufen würde, um meinen Frust abzulassen, während Antonio hier ist, aber das ist keine Lösung. Sie zu vögeln hat für mich keinerlei Reiz. Ich weiß nicht, was mit mir los ist. Vielleicht ist es nur sie. Unser letzter Fick war furchtbar. Aber ... wie auch immer. Ich kann Antonio und Sofia nicht mit Raul allein lassen, wenn er aufwacht.

Meine Familie mag im Arsch sein, doch wir tun, was wir können, solange wir können. Hoffen wir, dass wir alle noch genug Kampfgeist in uns haben, um mit dem umzugehen, was auch immer als Nächstes kommt.

DREIZEHN

Ich wache von Luis' undeutlichem Babygebrabbel auf und drehe mich um, um den Platz neben mir leer vorzufinden. Ich werfe einen Blick auf die Uhr. Es ist kurz nach neun. Emilio muss irgendwann gegangen sein, nachdem ich eingeschlafen war. Fast wie auf Autopilot hebe ich meinen Luis auf und gehe unsere übliche Morgenroutine durch.

Stillen. Frische Windel. Neue Kleidung. Als er fertig ist, lege ich ihn mit ein paar seiner Spielsachen auf den Boden und mache mich fertig. Ich dusche fünf Minuten lang bei offener Tür, um zu versuchen, die Strapazen der letzten Nacht abzuwaschen.

Sauber und munter räume ich das kleine Chaos auf, das Luis angerichtet hat, bevor wir nach unten gehen. Auf dem Weg dorthin komme ich am Zimmer meiner Mutter vorbei, ihre Tür ist offen und das Bett leer. Ich frage mich, ob sie letzte Nacht überhaupt nach Hause gekommen ist. Ich muss mit ihr reden. Aber ich bin mir nicht sicher, was ich sagen soll.

Der Eingangsbereich und die Küche sind eine Katastrophe. Eine Lampe liegt auf der Seite, Glasscherben liegen verstreut in der Gegend herum. Der Boden ist mit Blut verschmiert. Umgestürzte Stühle und Dreck von einer Topfpflanze liegen auf dem Boden.

Ich seufze und weiß bereits, dass ich es nicht so lassen kann. Ich lege Luis mit ein paar seiner Lieblingsspielzeuge auf den Teppich im Wohnzimmer und schalte ein paar Zeichentrickfilme ein. „Mami ist gleich wieder da."

Ich schnappe mir einen Müllsack und den Besen, wische den ganzen Schmutz und das Glas auf und werfe alles weg, was nicht mehr zu retten ist. Luis krabbelt ein paar Mal in die Küche, so dass der Aufräumprozess etwas länger dauert. Ich trage ihn immer sofort zurück ins Wohnzimmer und bleibe kurz bei ihm, um ein paar Minuten mit ihm zu spielen, bevor er genug abgelenkt ist, damit ich verschwinden und meine Aufgabe beenden kann.

Das Blut hat die cremefarbenen Kacheln verschmutzt und sie rosa gefärbt, aber ich schrubbe schon seit fast einer halben Stunde, besser wird es nicht werden. Ich will gerade das blutige Wasser auskippen, als es an der Tür klopft.

Ich trockne meine Hände an meiner Hose ab und gehe hinüber, um zu öffnen, und bin überrascht, als ich Jae auf meiner Türschwelle stehen sehe. „Hey", sage ich und öffne die Tür weiter, damit er hereinkommen kann.

Sein Haar ist zerzaust. Anstatt wie üblich zu einem Dutt zusammengebunden zu sein, hängen sie über eine Seite seines Kopfes, und ein paar Haarsträhnen bedecken seine Kieferpartie. „Hey. Tut mir leid. Ich wäre schon früher gekommen, aber ich wollte dich nicht wecken."

„Ist alles in Ordnung?"

Luis wählt diesen Augenblick, um in die Küche zu krabbeln. Seine Augen leuchten, als er Jae sieht und er streckt seine kleinen Arme in die Luft. Seine Art, zu verlangen, dass man ihn auf den Arm nimmt. Jae kommt dem Wunsch nach und wiegt Luis für einen Moment in seinen Armen. „Hey, kleiner Mann", gurrt er, und ich kann mir ein Lächeln nicht verkneifen. Jae konnte schon immer gut mit Luis umgehen. Deshalb kam ich mir immer wie ein Idiot vor, weil ich dem Kerl nie eine Chance gegeben habe.

„Also, was führt dich her?"

Er dreht sich zu mir um, und sein Ausdruck versteinert sich. „Ich war die ganze Nacht auf dem Revier. Ich weiß, dass Miguel verhaftet wurde."

„Oh. Das." Ich bin mir nicht sicher, was ich noch sagen soll. Er arbeitet für Miguel. Sie waren so etwas wie Freunde, trotz des Altersunterschieds zwischen ihnen. Ich weiß, dass Jae zu ihm aufschaute, fast wie zu einem Mentor. „Hast du meine Mutter gesehen?"

Er schüttelt den Kopf. „Nein. Sie war mit Miguel im Krankenhaus. Sie rief mich um Hilfe, aber dann fand ich heraus, was ihm vorgeworfen wurde ..." Er lässt den Kopf hängen. „Hat er ..."

„Nein. Ich war es nicht. Das hat er nicht." Ich schüttele den Kopf. „Nicht mich..."

Er atmet erleichtert aus. „Deine Mutter scheint zu denken ..."

„Er hat es getan. Er hat es fast vor mir zugegeben. Er ist nicht unschuldig."

Sein Kiefer verkrampft sich. „Dachte ich mir irgendwie."

„Hast du?", frage ich erstaunt. Er und Miguel schienen sich immer nahe zu stehen, fast so, als würde er zu ihm aufschauen.

„Ja. Miguel steckt in irgendeiner zwielichtigen Scheiße. Die Art, wie er manchmal redet, wenn nur die Jungs da sind", ein Achselzucken. „Ich tat es als bloßes Gerede ab, aber jetzt ..."

Ich lege eine Hand auf seinen Arm. „Nicht deine Schuld. Du hättest es nicht wissen können. Keiner von uns wusste, dass er zu so etwas fähig ist."

„Ich weiß. Aber, ich ... Es tut mir leid, Bibi. Ich habe deiner Mutter gesagt, dass ich nicht helfen kann. Würde ich nicht. Ist er schuldig, werde ich nicht die Verbindungen der Firma nutzen, um ihn freizubekommen. Sie werden die Dinge selbst regeln müssen."

„Gut." Von mir aus kann Miguel verrotten.

„Es ist nur ...", er zögert. „Es sieht so aus, als würde deine

Mutter ihm in dieser Sache beistehen. Er ist im Krankenhaus. Sobald seine Verletzungen es zulassen, wird er aufs Revier gebracht, aber ...", er schweift ab.

Feuchtigkeit sammelt sich in meinen Augenwinkeln und ich blinzle sie weg. Ich sollte nicht überrascht sein. Das hatte sie gestern schon gesagt.

„Also ...", ich stocke, unsicher, was ich genau fragen will.

Jae streckt einen Arm aus, während der andere Luis' hält. Ich begebe mich in seine Umarmung und genieße die Sicherheit, einfach gehalten zu werden. „Ich bin für dich da. Ich mache mir Sorgen um dich", sagt er mit ehrlicher Stimme.

Ich ziehe mich langsam zurück und starre in seine Augen, eine grimmige Entschlossenheit auf seinem Gesicht. „Wir sind nicht dein Problem", sage ich ihm, und sein Kiefer spannt sich an.

„Du bist meine Freundin. Das ist Grund genug, mich um dein Wohlergehen zu kümmern."

Na gut. „Ich bin mir nicht sicher, ob es wirklich etwas gibt, was du ..."

„Zieh bei mir ein", sagt er und seine Worte überraschen mich. „Was?"

Er gibt mir Luis zurück, schiebt die Hände in die Hosentaschen und strafft die Schultern. „Zieh bei mir ein."

Ich höre ihn wohl nicht richtig.

„Miguel hat ein ganzes Team von Anwälten, die für ihn arbeiten. Selbst wenn er nicht freikommt, wird er auf Kaution rauskommen. Sie setzen bereits den Papierkram für seine Freilassung auf. Du bist hier nicht sicher. Und Luis auch nicht. Ich denke, du solltest bei mir einziehen."

Bevor er zu Ende gesprochen hat, schüttele ich den Kopf. „I- ich kann nicht bei dir wohnen.", sage ich. Doch welche Wahl habe ich, falls das, was er sagt, wahr ist? Sollte Miguel rauskommen, ist das sein Haus. Sein Zuhause. Ich kann nicht hierbleiben, wenn er hier ist. Und Mom ... ich weiß nicht mal, was sie tun wird. Wir haben nicht mehr miteinander geredet, seit sie ihm nachgelaufen ist. Ich muss sie anrufen. Herausfinden, was sie vorhat. Sie davon überzeugen, dass er niemand ist, der es wert ist, verteidigt zu werden.

„Bibi ...“

Ich hebe eine Hand, um ihn zu unterbrechen. „Ich werde darüber nachdenken“, sage ich. Und das werde ich. „Aber er ist bis jetzt nicht hier. Er ist noch im Krankenhaus und es ist Wochenende. Im besten Fall kommt er Montag raus.“ Mit ein wenig Glück später. „Warten wir einfach ein bisschen ab und sehen, was passiert.“

Er sieht nicht glücklich aus, nickt aber. „Okay. Wenn du etwas brauchst ...“

„Ich weiß. Und ich danke dir. Du hast keine Ahnung, wie sehr ich das zu schätzen weiß.“ Ich habe Freunde in der Schule gefunden, doch sie sind neu. Zarte Bande, mehr nicht. Es ist nicht so, dass ich Allie oder Kasey anrufen und fragen kann, ob ich bei ihnen einziehen darf und obwohl Monique helfen würde, würde ihre Familie das auf keinen Fall gutheißen. Ich bin dankbar, dass ich wenigstens Jae habe.

Er sieht sich im Raum um, entdeckt den Müllsack und den Eimer mit blutigem Wasser. „Ich weiß, dass er verhaftet wurde und beschuldigt wird, eine Schülerin der Sun Valley High vergewaltigt zu haben. Willst du mich über den Rest aufklären?“

Aus welchem Grund auch immer, ich lade alle Ereignisse der letzten Nacht komplett bei Jae ab. Von der Sekunde, als alle ankamen, bis zu Emilio, der herausfand, dass er Luis' Vater ist. Ich brauche zwanzig Minuten, um ihm alle Details zu erzählen, und als ich endlich fertig bin, schaut er mich mit großen Augen fassungslos an.

„Scheiße. Das ist eine Menge zu verarbeiten.“

„Ohne Mist.“

„Weißt du, was du jetzt tun wirst? Was er ...“

Ein Türklopfen unterbricht seine nächsten Worte. „Ich mache auf“, sagt er und macht sich auf den Weg, um die Tür zu öffnen.

Emilio steht davor, frisch geduscht, sein Haar noch nass. Seine Augen sind zusammengekniffen und auf Jae gerichtet, aber sie werden weicher, als er Luis in meinen Armen hinter sich entdeckt.

„Hey, kann ich reinkommen?" Er nimmt Jae kaum zur Kenntnis.

Ich nicke und muss an der Rückseite von Jaes Hemd zupfen, als er nicht zur Seite tritt, um Emilio hereinzulassen.

„Ja. Komm mit. Wir können ins Wohnzimmer gehen."

Ich führe ihn durch das Haus, wo immer noch Luis' Zeichentrickfilme laufen. Jae nimmt auf dem Sofa Platz und mustert Emilio mit einem misstrauischen Gesichtsausdruck. Ich bin mir nicht sicher, wonach er sucht, aber was es auch ist, er findet es nicht, denn seine Miene scheint sich im Laufe von Sekunden nur noch zu verdüstern.

„Das ist mein Freund, Jae. Jae, das ist Emilio. Luis sein ..."

„Bio-Papa. Verstanden", sagt er.

Ich schaue ihn finster an, nicht sicher, woher seine Feindseligkeit kommt, aber ich habe auch nicht die Energie, mich jetzt damit zu beschäftigen. „Meinst du, wir können uns später treffen?", frage ich. „Emilio und ich ..." Ich mache eine Pause. Was genau müssen wir tun? Reden, nehme ich an. Ich bin sicher, er möchte Luis kennenlernen. Vielleicht mit ihm spielen.

„Ich kann bleiben, wenn du willst", schlägt Jae vor, aber mir entgeht nicht, wie sich Emilios Augen verengen. „Es wäre bestimmt gut zu ..."

„Es ist okay." Ich unterbreche ihn. „Das ist wahrscheinlich etwas, das ich allein machen sollte."

Sein Kiefer krampft sich zusammen, aber er nickt und erhebt sich. „Okay." Er küsst mich auf den Scheitel, bevor er dasselbe mit Luis macht. „Wir sehen uns später, kleiner Mann. Und Bibi", ich warte. „Denk darüber nach, was ich gesagt habe. Okay?"

„Ich werde darüber nachdenken", sage ich und schaue ihm

nach, als er geht. Ich warte, bis sich die Haustür hinter ihm schließt, bevor ich mich umdrehe und Emilio ansehe.

„Gibt es etwas, das ich wissen sollte?", fragt er.

Ich schüttle den Kopf. Ein Teil von mir weiß, dass er ein Problem damit hätte, falls ich mit Jae zusammenleben würde, und das ist nichts, worüber ich jetzt streiten möchte. Nicht, wenn wir uns auf Luis konzentrieren sollten. „Nein. Es ist nichts."

Ich setze mich auf den Boden, Luis auf meinen Schoß und reiche ihm ein paar Bauklötze zum Spielen. „Er braucht ein paar Minuten, um mit Fremden warm zu werden", sage ich und bereue sofort meine Wortwahl. „Aber wenn du ihm etwas Zeit gibst, sich einzugewöhnen, wird er von selbst zu dir rüberkommen und dir Klötze oder Autos reichen, mit denen er spielen kann."

Mit steifen Schultern nickt Emilio und lässt sich gegenüber von mir auf den Boden sinken. Er streift seinen Mantel ab und legt ihn hinter sich auf das Sofa. Sein Hemd spannt sich über seine breiten Schultern, der Stoff schmiegt sich an seine muskulöse Gestalt. Ich befeuchte meine Lippen und ringe die Hände in meinem Schoß.

Luis fesselt seine ganze Aufmerksamkeit, sein Blick wandert nie von unserem Jungen weg. Ich bemerke die Emotionen, die über Emilios Gesicht gleiten. Neugierde, Verwunderung, Freude. Er ist bereits in ihn verliebt und eine Faust drückt mein Herz in meiner Brust zusammen, wenn ich die offene Zuneigung sehe, die er jetzt schon für ihn empfindet.

Wir beobachten beide, wie unser Sohn durch das Zimmer watschelt. In der einen Sekunde krabbelt er und in der nächsten hangelt er sich an den Möbeln entlang er. Er sammelt seine Spielsachen auf einen Haufen, bevor er sie, soweit er kann, was gar nicht so weit ist, eine nach der anderen quer durch das Zimmer wirft und lacht, als sie auf dem Hartholzboden aufschlagen.

„Er ist ein ziemlicher Quälgeist, nicht wahr?", fragt Emilio mit deutlicher Zuneigung in seiner Stimme.

Ich lächle. „Ja. Er mag das Geräusch, das die Klötze machen, wenn sie auf dem Boden aufschlagen. Das ist im Moment seine Lieblingsbeschäftigung." Ein Klotz landet besonders nah bei Emilio, und Luis krabbelt zu ihm, um ihn zu holen. Emilio erstarrt, als Luis sich auf die Knie setzt, die braunen Augen neugierig, als er den Klotz in der Hand hält, damit Emilio ihn nehmen kann.

„Ist das für mich?", fragt er. Sein Gesicht ist das sanfteste, das ich je gesehen habe, so wie er auf unseren Sohn hinunterschaut und ihm vorsichtig das Spielzeug aus seinen winzigen Fingern nimmt. „Danke." Luis starrt ihn einen Moment länger an, bevor er auf Emilios Schoß krabbelt und sich auf die Seite dreht, um es sich bequem zu machen. Er greift nach dem Klotz in Emilios Hand und der gibt ihn ihm, beide Arme um Luis' kleinen Körper geschlungen und mit einem bewundernden Ausdruck im Gesicht.

Luis lässt sich nicht lange von Emilio festhalten, bevor er sich in seinen Armen windet, um wieder auf den Boden zu kommen und zu spielen, und Emilio lässt ihn widerwillig los.

„Also ..." Beginne ich, denn es gibt eine Menge Dinge, über die wir wahrscheinlich sprechen müssen. „Wir sollten darüber reden, ähm, was es ist, das du willst." Gott, selbst in meinen eigenen Ohren klang das lahm.

Sein dunkelbrauner Blick findet meinen, und Wut blitzt für den Bruchteil einer Sekunde auf, bevor er einmal nickt und sich den Nacken reibt. „Ja. Ich dachte mir, dass es ziemlich offensichtlich ist." Er sieht zu Luis und sein Kiefer krampft sich zusammen. „Ich will in seinem Leben sein. Ich will sein Vater sein."

„Okay. Das klingt gut und so, aber ..."

„Und ich will regelmäßige Besuche."

Ich schlucke schwer und zwinge mich, trotz des schnell schlagenden Herzens langsamer zu atmen. Was er verlangt, ist nicht unvernünftig.

„Und ich will es schriftlich haben, Bibiana. Ich möchte in seine Geburtsurkunde eingetragen werden. Ich will unseren Besuchsplan schriftlich und unterschrieben oder notariell beglaubigt oder was auch immer es sein muss, damit es offiziell ist. Ich will wissen, dass du nicht wieder verschwinden und ihn mir wegnehmen wirst."

Mein Atem stockt und Besorgnis gleitet unter meine Haut. „Ich wollte nie ..."

„Es spielt keine Rolle. Du hast es getan. Ich riskiere das nicht noch einmal, also sind das meine Bedingungen. Ich zahle Kindesunterhalt oder was auch immer. Wir finden eine Lösung und ich leiste meinen Teil, aber ich möchte alles schriftlich, damit es keinen Zweifel gibt, dass er mir gehört und ich Rechte habe."

Ich lecke mir über die Lippen. „Und wenn ich nicht alles schriftlich festhalten will?" Ich frage, weil da ein Funken Angst ist, der mir sagt, dass, wenn ich ihm gebe, was er verlangt, es ihm umso leichter fallen wird, mir Luis eines Tages wegzunehmen. Ich sage nicht, dass er das tun würde. Nur ... es ist eine Möglichkeit. Ich kenne Emilio nicht. Nicht wirklich. Was ist, wenn wir uns streiten? Was ist, wenn er mit Luis aus der Stadt fährt oder einen entfernten Verwandten besucht und dann nie wieder zurückkommt. Ich weiß, das sind „was wäre, wenn", aber der kleine Junge ist meine ganze Welt. Der Gedanke, ihn zu verlieren ...

„Dann schalten wir die Gerichte ein. Das will ich nicht tun, Bibiana. Ich möchte nicht, dass die Dinge noch hässlicher werden, als sie ohnehin schon sind, Aber ..." Er bricht ab, schüttelt den Kopf und wendet seinen Blick Luis zu. „Ich werde nicht riskieren, ihn zu verlieren."

Die Erwähnung dieses Wortes Gericht lässt mir den Mund trocken werden. Er könnte mich vor Gericht bringen, Forderungen stellen, sogar mehr verlangen, als er jetzt verlangt, und es besteht eine gute Chance, dass er es bekommt. Ich weiß, dass die Leute davon ausgehen, dass der Richter immer die Mutter bevorzugt, aber wird das noch gelten, sollten sie erfahren, dass ich ihm seinen Sohn vorenthalten habe? Dass er wegen mir die ersten neun Monate seines Lebens verpasst hat? Nein. Ich glaube nicht, dass es das würde. Wenn er mich vor Gericht bringt, könnte ich alles verlieren.

Ich lasse den Kopf sinken, schließe die Augen und atme tief ein. „Okay", flüstere ich, mein Herz schmerzt in meiner Brust und ich hebe meinen Blick zu ihm. „Wir werden es schriftlich festhalten."

Er nickt einmal.

„Aber ..."

Er runzelt die Stirn.

„Den Rest machen wir auf meine Art. Ich bin seine Mutter. Er kennt dich noch nicht, und du bist ein siebzehnjähriger Kerl, der keine Ahnung hat, wie man sich um ein Baby kümmert. Ich werde ihn nicht einfach nach einer Vorstellung mit dir losschicken."

Sein Kiefer verkrampft sich, seine Nasenlöcher blähen sich auf. „Ich werde nicht zulassen, dass du ihn mir vorenthältst, Bibiana."

„Ich will es nicht. Ich will nur ..." Ich stoße einen lauten Atemzug aus. „Er ist erst neun Monate alt. Er wird noch gestillt."

Sein Blick fällt auf meine Brust, und ein dunkler Ausdruck zieht über sein Gesicht, bevor er ihn weg blinzelt.

„Ich denke, du solltest für Besuche hierherkommen, zumindest am Anfang", sage ich, und als es so aussieht, als wolle er widersprechen, füge ich eilig hinzu: „Lass ihn dich kennenlernen. Lass ... lass mich dich kennenlernen, damit ich nicht ausflippe, wenn du mit der wichtigsten Person in meinem Universum aus der Tür gehst. Bitte."

Der Muskel in seinem Kiefer zuckt. „Gut" schafft er zu sagen, und ich atme aus.

„Danke."

VIERZEHN

Dieser Moment ist surreal, zu sehen, wie mein Kind mit seinen Spielsachen spielt und sie mir bringt, als würde er mich kennen. Als ob wir das schon sein ganzes Leben lang machen würden.

Mein Kind.

Verdammt. Ich kann es immer noch nicht fassen, dass ich Vater bin.

Luis stolpert über den Boden, seine winzigen Beine wackeln, und mit jedem Schritt, den er macht, verkrampfe ich mich, warte auf den Moment, in dem er das Gleichgewicht verliert und ich ihn auffangen muss. Irgendwie schafft er es, auf den Beinen zu bleiben, die Arme ausgestreckt und mit einem sabbernden Grinsen im Gesicht.

Wir sehen ihm eine halbe Stunde lang beim Spielen zu. Plötzlich wird er wütend auf eines seiner Autos, schreit es brabbelnd an, als hätte es ihn irgendwie beleidigt, bevor er zu Bibiana krabbelt und seine kleine Hand vorne in ihr Hemd schiebt.

„Tut mir leid." Ihre Wangen werden rosa. „Ich glaube, er ist hungrig..." Sie steht vom Boden auf, möchte den Raum verlassen, und mir wird klar, dass ich das nicht möchte. Es wäre eine weitere Sache, in die ich nicht involviert werden kann.

„Füttere ihn hier." Es kommt wie ein Befehl heraus. Sie blickt finster drein und will gerade widersprechen, als ich hinzufüge: „Bitte."

Sie nickt einmal, und ihre Wangen färben sich in ein noch helleres Rosa.

Ich bemühe mich, nicht zu starren, als sie ihn hochhebt und sich auf dem Sofa positioniert, meinen Jungen im Arm. Sie schnappt sich eine Decke von der Lehne des Sofas und versucht, sich zu bedecken, während sie ihr Hemd gerade so weit hochzieht, dass Luis ihre Brust erreichen kann, aber das lässt er nicht zu. Anstatt sein Gesicht in ihren Brüsten zu vergraben, was, ich will nicht lügen, verlockend klingt, weil sie großartige Titten hat, kämpft er mit ihr, schreit und fuchtelt mit seinen winzigen Händen in der Luft herum, um die Decke wegzubekommen.

Ich bin sicher, dass sie gerne ein paar Minuten Privatsphäre hätte, aber ich kann mich nicht dazu durchringen, sie ihr zu geben.

Bibiana schnauft, gibt schließlich auf und lässt die Decke zur Seite fallen. Ihre ganze Brust liegt frei, bis auf den Hinterkopf von Luis, der mir den Blick auf ihre Brustwarze versperrt.

Sie schluckt sichtlich und erwidert meinen Blick nicht. Es ist verdammt liebenswert. Nicht, dass mir der Gedanke durch den Kopf gehen sollte. Ich habe mich seit gestern Abend etwas abgekühlt. Aber ich werde das Gefühl nicht los, dass es Absicht war. Dass sie dachte, ich wäre nicht gut genug für unseren Sohn. Ich hasse das.

„Alles klar?", frage ich. Nicht, dass es mich interessieren sollte, aber zu sehen, wie sie unseren Sohn füttert und sich um ihn kümmert, weckt etwas Ursprüngliches in mir. Feuer brennt in meiner Kehle, als sie ihren Kopf dreht und meinem Blick direkt begegnet, und Verlangen flackert in den Tiefen meines Verstandes auf. Was zur Hölle ist los mit mir?

„Ja. Ich ... wollte nur nicht, dass du dich unwohl fühlst." Sie zuckt mit den Schultern.

Ein Lächeln umspielt meine Lippen. „Du kannst die jederzeit rausholen, wenn du willst. Vertrau mir, ich bin weit davon entfernt, mich unwohl zu fühlen."

Ihre Wangen werden von Rosa zu Scharlachrot. Ich mag es. Ich mag es, dass sie sich ungut fühlt. Unsicher.

Was sie tut, ist nicht sexuell. Weit davon entfernt, in der Tat. Aber ... Ich atme scharf aus. Ohne darüber nachzudenken, was ich da tue, stehe ich vom Boden auf und setze mich neben sie. Sie schaut zu mir hoch, eine Furche zwischen den Brauen, doch ich habe meine Aufmerksamkeit bereits auf Luis gerichtet. Seine kleinen Fäuste sind an ihrer Brust geballt, seine Augen sind geschlossen und sein Gesichtsausdruck ist entspannt.

Die Emotionen drohen mich zu überwältigen und ich erkenne fast nicht den Klang meiner Stimme, als ich meine nächsten Worte ausspreche. „Heirate mich", sage ich und überrasche mich selbst, aber ich versuche nicht, die Worte zurückzunehmen. Eigentlich macht es Sinn, jetzt, wo sie offen ausgesprochen wurden. Zu heiraten, meine ich. Das würde alle unsere Probleme lösen. Wir müssten uns nicht um das Sorgerecht oder Besuchsrecht kümmern. Es gäbe keine Sorgen oder Unbekannten. Wir wären eine Familie, für Luis.

Ihr Kopf schnappt hoch. „Was? Ist das dein Ernst?"

„Todernst."

„Nein."

Ich beiße die Zähne zusammen und versuche, mich von ihrer Antwort nicht beleidigen zu lassen, auch wenn meine Brust die ganze Luft aus meinen Lungen presst. „Warum nicht?" Es kommt wütender heraus, als ich beabsichtigt habe, und ihre Augen verengen sich. Ich hatte recht, sagt mir eine Stimme in meinem Hinterkopf. Ich bin nicht gut genug.

„Weil ich dich nicht kenne. Und du kennst mich nicht. Wir

können nicht losziehen und heiraten, nur weil wir ein gemeinsames Kind haben."

„Doch, können wir", stoße ich hervor. Es würde die Dinge auch einfacher machen. Wir würden eine Familie sein. Das ist es, was Luis verdient. Warum sollte sie das nicht wollen? „Luis verdient beide Elternteile ..."

„Und er wird sie haben. Aber ich werde niemanden heiraten, den ich nicht mal kenne, der mich nicht mal mag, nur weil wir ein gemeinsames Kind haben."

Mein Kiefer spannt sich an. Ich mag Teile von ihr ganz gut. Ihren Arsch. Ihre Titten. Ihre enge Muschi. Es gibt viele Dinge, die ich an Bibiana mag, aber ich mache mir nicht die Mühe, sie laut auszusprechen, weil ich schon weiß, dass sie das nicht meint.

Ich starre sie an, als ob mein Blick allein sie umstimmen könnte, doch sie weicht nicht zurück. Wenn überhaupt, dann hebt sich ihr Kinn höher in die Luft.

Okay, also keine Heirat. Im Moment. Wir verschieben dieses Gespräch auf einen anderen Tag, denn ich gebe es ganz sicher nicht auf. Mein Sohn verdient alles, was ich nie hatte und mehr. „Gut."

Sie atmet tief aus.

„Wir daten uns zuerst." Ich kann vernünftig sein. Kompromissbereitschaft ist wichtig in einer Beziehung.

Ihre blauen Augen weiten sich und sie schüttelt den Kopf mit einem entschiedenen Nein.

Ich versuche, mir meine Verärgerung nicht anmerken zu lassen. Aber, warum ist sie so schwierig? Ich weiß, dass sie sich zu mir hingezogen fühlt. Die Chemie zwischen uns stimmt einfach total. Das ist eine Win-Win-Situation.

„Lass mich raten, du hast auch Gründe, warum du nicht mit mir ausgehen willst? Wir haben schon gefickt. Ist ein Date hier wirklich so ein großer Sprung?"

Ihre Lippen pressen sich zusammen und sie wendet ihre Aufmerksamkeit wieder Luis zu, der in ihren Armen eingeschlafen ist, mit offenem Mund und ihrer glitzernden Brustwarze in voller Pracht. Sie deckt sich zu und achtet darauf, Luis nicht zu stören, bevor sie sich erhebt. Mein Schwanz zuckt in meiner Jeans und ich starre auf meinen Schritt hinunter. Jetzt ist verdammt noch mal nicht der richtige Zeitpunkt.

„Ich lege ihn in sein Bettchen. Ich bin gleich wieder da."

Ich sauge an meinen Zähnen, als ich sie dabei beobachte, wie sie aus dem Zimmer rennt, ohne meine Fragen zu beantworten.

Ein paar Minuten später kommt sie zurück und ich beschließe, ihr nicht so einfach aus dem Weg zu gehen, wie sie es offensichtlich will. „Geh mit mir aus", sage ich noch einmal und ignoriere meinen halb steifen Schwanz. Ich schwöre, mein Glied wird schon erregt, wenn sie den Raum betritt.

Sie beansprucht einen Platz auf dem Sofa gegenüber von mir, statt wie zuvor neben mir zu sitzen. „Nein."

Ein Muskel kribbelt in meinem Kiefer.

„Emilio ..." Ihre Stimme ist sanft und ich kann die vorsichtige Enttäuschung spüren, die sie gleich auslösen wird, und ich will sie verdammt noch mal nicht. „Ich kenne dich nicht."

„Dann lerne mich kennen." Dafür sind Verabredungen doch da, oder? Ich habe die ganze exklusive Sache noch nie gemacht, aber ich weiß, wie es funktioniert. Man verabredet sich, bevor man sich zum Heiraten entscheidet. Ich übersehe hier keinen Schritt. Zumindest glaube ich, dass ich das nicht tue.

„Bist du nicht mit jemandem zusammen? Sarah oder Kaitlyn oder", sie rollt die Augen und lacht gezwungen, „ich weiß nicht, die Hälfte der Abschlussklasse? Zumindest alle Mädchen."

Ist es das, worum es hier geht? Um meinen Ruf? Ich treibe mich herum, stimmt. Aber das heißt nicht, dass ich es muss. Ich war mit niemandem zusammen, seit sie zurückkam. Ich gehöre ganz sicher niemand anderem. Ich war noch nie exklusiv mit einem Mädchen zusammen. Bibiana wäre die Erste. Die Einzige.

„Nein", sage ich tonlos. „Ich treffe mich mit keiner. Ich würde dich gerne sehen. Die Mutter meines gottverdammten Kindes."

Warum ist das so ein schwieriges Konzept für sie? Ich weiß, unsere Kulturen sind verschieden, aber wir sind beide Hispanics oder Latinos oder wie auch immer man das nennen will. Ich bin Honduraner. Sie ist Brasilianerin. Unsere Erziehung kann nicht so unterschiedlich gewesen sein, dass sie nicht wenigstens den Reiz darin sehen würde, unseren Sohn gemeinsam großzuziehen. Ich versuche hier, das Richtige zu tun. Warum macht sie mir das so schwer?

„Ich kenne dich nicht", wiederholt sie. Wieder.

„Du kennst mich gut genug, um mich dich in einem Klassenzimmer mit dem Finger ficken zu lassen."

Ihre Augen verengen sich zu Schlitzen.

Ich fahre mir mit den Händen durch die Haare und versuche, meinen Frust zu zügeln. „Wirst du mich nun kennenlernen? Ich denke, unser Sohn hat zumindest so viel von uns verdient."

„Für Luis?"

Scheiße, ja. Na schön. „Für Luis", stimme ich zu.

Sie nickt. „Okay. Ich werde dich kennenlernen."

Das ist immer noch keine Zusage für ein Date.

Verdammt nochmal.

———

Wir verbringen die nächsten drei Tage damit, uns kennenzulernen. Den ganzen Samstag und Sonntag, und dann tauche ich direkt nach dem Footballtraining am Montagabend auf. Wir haben vereinbart, dass mein nächster Besuch am Mittwoch stattfindet, aber Bibiana war heute nicht in der Schule und sie hat auf keine meiner SMS geantwortet. Da ist eine irrationale Angst in mir, die mir sagt, dass sie mit meinem Jungen durchgebrannt ist, doch als ich unangemeldet auf ihrer Veranda auftauche, lässt sie mich ohne Frage herein und zum ersten Mal greift Luis nach mir.

Sie hat dunkle Ringe unter den Augen und ihre Haare sind

oben auf dem Kopf willkürlich zu einem Dutt hochgesteckt. „Du siehst", ich halte inne und wähle meine Worte sorgfältig, „müde aus. Ist alles in Ordnung?"

Sie seufzt. „Ja. Luis zahnt, deshalb haben wir letzte Nacht nicht viel Schlaf bekommen."

Oh. „Warst du deshalb heute nicht in der Schule?" Das ergibt Sinn. Ich nehme Luis aus ihren Armen und folge ihr ins Haus.

Trotz ihres übergroßen Shirts kann ich erkennen, dass ihre Wirbelsäule steif ist, als sie hastig Luis' Spielsachen vom Boden aufhebt. „Ähm ... nein. Meine Mutter passt normalerweise auf Luis auf, während ich in der Schule bin, aber sie hat heute mit Miguel zu tun, also ...", sie stockt und fügt dann hastig hinzu: „Ich habe das mit meinen Lehrern geklärt. Es ist keine große Sache."

Ich runzle die Stirn. Irgendetwas in ihrer Stimme widerspricht ihren Worten, doch ich beschließe, es dabei zu belassen, da ich weiß, dass es nicht meine Sache ist. „Cool. Ist es in Ordnung, wenn ich ein bisschen mit Luis abhänge?"

Sie nickt. „Ja, das wäre sogar super. Macht es dir was aus, wenn ich dusche und ein paar Hausaufgaben nachhole? Dann kannst du ein bisschen Zeit mit ihm allein verbringen?"

Mein Lächeln wird breiter und ich wende mich Luis zu. „Was meinst du, kleiner Mann. Willst du es mit Papa krachen lassen?"

Er gluckst und fuchtelt mit der Faust in der Luft, was ich als „hell yeah" deute, also drehe ich mich grinsend zu Bibiana um. „Klingt gut. Ab unter die Dusche." Ich versuche, nicht an sie nackt und nass in besagter Dusche zu denken, aber mein Verstand will dorthin gehen, wo er nicht hinsollte. Es war schön in den letzten Tagen, mehr, als ich erwartet hatte.

Am Anfang war es erschreckend. Es gibt so viel, was ich nicht weiß, und wenn Luis müde oder hungrig ist, kann er es mir nicht sagen. Ich kenne seine Signale nicht, aber ich habe sehr schnell gelernt, dass mein Junge ein gewisses Temperament hat. Wenn ich zu lange brauche, um herauszufinden, was er will, rastet mein Mann aus. Wer hätte gedacht, dass etwas so Kleines so explosiv sein kann? Und das Windelwechseln, mein Gott. Nichts so Süßes sollte so schlecht riechen.

Die Unsicherheit ist jetzt größtenteils verflogen. Ich weiß immer noch nicht alles, was es zu wissen gibt, aber ich lerne, und Bibiana war gut darin, mich aufzuklären, wenn sie denkt, dass er versucht, mir etwas zu sagen. Sie muss es mir nicht leicht machen. Sie muss mir nicht dabei helfen, herauszufinden, wie ich ein Vater sein kann. Doch sie hat es getan. Unterstützend, meine ich. Und obwohl es das Mindeste ist, nachdem sie ihn mir vorenthalten hat, schätze ich, ich weiß nicht, ich weiß es zu schätzen. Verdammt, ich bin dankbar, wirklich. Nicht, dass ich ihr das sagen würde.

Wir haben noch nicht wieder über die ganze Datingsache gesprochen, aber ich glaube, ich gewinne sie für mich. Es geht nur langsam voran, aber ich kann geduldig sein.

Sie geht nach oben und ich gehe mit Luis ins Wohnzimmer und finde den Korb mit Bauklötzen und Autos, den sie für ihn dort aufbewahrt. Wir spielen eine Weile auf dem Boden, bevor wir uns einen Snack aus der Küche holen, einen dieser Essensbeutel, die er zu mögen scheint.

Sobald er damit fertig ist, gähnt er und ich weiß, dass er bereit für ein Nickerchen ist, aber ich habe seine Routine dafür noch nicht ganz herausgefunden. Nach dem, was ich bisher gesehen habe, schläft er normalerweise einfach nach dem Stillen ein und na ja, ich habe keine Titten, damit mein kleiner Mann bekommt, was er braucht. Aber ich will auch nicht Bibiana deswegen rufen.

„Wie läuft's denn so?", fragt sie und steckt ihren Kopf ins Zimmer, als hätte mein Gedanke an sie sie irgendwie hierher gezaubert. Ihr nasses Haar hängt in weichen Locken um ihr ungeschminktes Gesicht. Ich bin einen Moment lang fassungslos von ihrem Anblick. Sie ist wunderschön.

Sie trägt ein armeegrünes Tank-Top, das sich an Brust und Taille wie eine zweite Haut anschmiegt und jeden Zentimeter ihrer köstlichen Kurven zur Geltung bringt. Verdammt noch mal.

Ich habe sie seit dem Abend, an dem wir uns kennengelernt haben, in nichts Passendem mehr gesehen. Sie sieht gut genug aus, um sie zu vernaschen. Mir läuft das Wasser im Mund zusammen und ich frage mich, wie sie wohl schmecken mag.

„Alles in Ordnung", sage ich und hoffe, dass meine Stimme mich nicht verrät.

„Brauchst du mich, um ..."

Ich schüttle den Kopf. „Nee. Ich mach das schon." Ich zwinkere ihr zu. „Geh. Du hast doch Hausaufgaben, oder?"

Ihr Blick ist unschlüssig, aber sie nickt und verlässt den Raum mit einem gemurmelten „Ruf mich, wenn du mich brauchst." Aber ich werde es herausfinden. Er hat gegessen. Er hat gespielt. Ich kontrolliere seine Windel und auch da ist alles in Ordnung.

Ich wiege Luis in meinen Armen und verändere seine Position ein paar Mal, bis wir eine Lage gefunden haben, die für ihn bequem ist. Er zappelt ein wenig, aber ich schaffe es, ihn die meiste Zeit ruhig zu halten. Ich will nicht, dass Bibiana denkt, dass ich damit nicht umgehen kann. Ich möchte ihn zu meiner Schwester bringen, was bedeutet, dass sie mir genug vertrauen muss, um mich Luis allein nehmen zu lassen. Wir waren uns einig, dass wir es auf ihre Art machen, und ich will nicht drängen, aber meine kleine Schwester ist aus dem Häuschen, seit ich ihr gesagt habe, dass sie Tante ist. Ich weiß, Antonio will ihn auch kennenlernen. Verdammt, Allie hat mich heute in der Schule sogar gefragt, wann ich ihn vorbeibringe, trotz der ganzen Scheiße, mit der sie gerade zu kämpfen hat.

Und nichts davon kann geschehen, wenn die Mutter meines Kindes mich kaum mit ihm allein lässt.

„Wir haben das im Griff, nicht wahr, kleiner Mann?" Ich flüstere und massiere Kreise auf seinem Rücken, bis sein Kopf an meiner Schulter ruht. Ihn in meinen Armen zu halten, erinnert mich daran, wie zerbrechlich er ist. Wie leicht er sich verletzen könnte, und ich muss gegen den Drang ankämpfen, ihn fester an mich zu drücken.

Miguel ist der Freund von Bibianas Mutter und er hat Allie verletzt. Er hat sie geschlagen und dann hat der Wichser sie vergewaltigt. Ich habe es noch nicht mit ihr besprochen, weil ich keinen Streit anfangen möchte, aber ich bin nervös, was passieren wird, wenn der Bastard freigelassen wird. Ich will nicht, dass er in die Nähe meines Kindes kommt.

Romans Vater kann keine Anklage für die Vergewaltigung vorbringen. Es gibt nicht genügend Beweise und Allie hat es nicht gemeldet, als es passiert ist, aber er tut sein Bestes, um das Arschloch für etwas anderes einzusperren. Sie graben sich in seine Finanzen und suchen nach allen Leichen, die er vielleicht in seinem Schrank versteckt. Allie wurde wegen etwas angegriffen, was ihr Vater getan hat. Irgendein schief gelaufener Geschäftsdeal, in den Miguel verwickelt war.

Wenn die Leute, mit denen du arbeitest, so zwielichtig sind, dass sie deine Tochter vergewaltigen, weil du sie verärgert hast, ist der Scheiß wahrscheinlich nicht in Ordnung. Mit etwas Glück findet Chief Valdez etwas, womit er den Wichser festnageln kann. Dann muss ich das Thema bei Bibiana gar nicht erst ansprechen.

Luis schläft ein und ich ergreife die Chance, lasse mich langsam auf das Sofa fallen und halte ihn an meiner Brust. Als er sich nicht rührt, seufze ich erleichtert und schaue auf den dunkelbraunen Haarschopf auf seinem Kopf hinunter, drücke meine Lippen an seine Schläfe.

Ich stütze meine Füße auf dem Couchtisch ab, lehne mich zurück und schließe die Augen, während ich dem gleichmäßigen Ein- und Ausatmen seiner Atemzüge lausche.

Ich bin völlig zufrieden, hier zu sitzen, bis er aufwacht. Es gibt keinen anderen Ort, an dem ich lieber wäre.

FÜNFZEHN

Die Dusche ist der Himmel. Ich war schon länger nicht mehr in der Lage, eine Dusche zu nehmen, die nicht überstürzt war. Ich fühle mich fast schuldig, weil ich mir die Zeit genommen habe, meine Beine zu rasieren und meine Haare zu pflegen, was sie dringend nötig hatten.

Als Emilio auf der Veranda auftauchte, wurde mir klar, dass ich ihn gerne hier habe. In gewisser Weise hilft es. Sicher, ich hatte immer meine Mutter, aber sie hat sich nie wirklich um die Kindererziehung gekümmert. Falls Luis hungrig war, habe ich ihn gefüttert. Wenn er ein Nickerchen brauchte, war ich diejenige, die ihn ins Bett brachte. Wenn er einen harten Tag hatte und darauf bestand, rund um die Uhr gehalten zu werden, war ich es, die ihn hielt. Meine Mutter hilft mir aus, weil ich wegen der Schule nicht da sein kann, aber sobald ich zu Hause bin, liegt die Verantwortung für Luis direkt auf meinen Schultern. So sollte es auch sein. Ich beschwere mich nicht.

Aber mit Emilio in der Nähe gibt es jemanden, der mir hilft, diese Last zu tragen, selbst wenn alles, was er tut, ist, mit ihm auf dem Boden zu spielen, während ich dusche oder etwas zu essen mache. Ich habe nie bemerkt, wie viel leichter es ist, einfache Aufgaben zu erledigen, ohne ein Baby mit mir herumzutragen.

Ich trockne mein Haar mit dem Handtuch und nachdem ich mich vergewissert habe, dass es Emilio mit Luis gut geht, schalte ich den Laptop ein und schaue nach, ob einer meiner Lehrer mir eine E-Mail geschickt hat. Ich habe sie gestern Abend alle wissen lassen, nachdem ich mit Mom telefoniert hatte, dass ich nicht da sein würde. Ich habe eine Ausrede benutzt, dass Luis krank war, und zum Glück scheint keiner von ihnen verärgert darüber zu sein. Sie sind wahrscheinlich alle verheiratet und haben ihre eigenen Kinder, und obwohl Luis nicht wirklich krank ist, konnte ich nicht einfach sagen: „Der Freund meiner Mutter ist in Haft und sie weigert sich, von seiner Seite zu weichen, also habe ich keine Kinderbetreuung." Nun, ich schätze, ich könnte. Aber ich will nicht unsere ganze schmutzige Wäsche auspacken, wenn ich es nicht muss.

Miguel ist im Krankenhaus nach den Schlägen, die er eingesteckt hat. Er steht immer noch unter Arrest. Mit Handschellen an sein Krankenhausbett gefesselt, laut Mom. Aber da er nicht im Gefängnis ist, wo sie ihn nicht sehen kann, beharrt sie darauf, dass er sie braucht und dass sie bei ihm bleiben muss, während er sich erholt. Ich bin mir nicht sicher, was sie sich erhofft. Er hat ein jugendliches Mädchen vergewaltigt. Jemanden, der zufällig im gleichen Alter wie ihre Tochter ist. Dass sie überhaupt mit dem Mann spricht, ist mir unbegreiflich, aber das kann ich ihr ja schlecht am Telefon sagen.

Das könnte eines der Dinge sein, die sie für sich selbst klären muss, und mit etwas Glück wird sie das tun, sobald Miguel ins Gefängnis gebracht wurde. Ich glaube nicht, dass die Realität der Situation sie schon erreicht hat. Sie versucht immer noch, alles zu verarbeiten, und klammert sich an die Hoffnung, dass das alles ein schreckliches Missverständnis ist.

Das ist es aber nicht. Ich habe seit Freitagabend ein paar Mal mit Allie telefoniert und sie ist sich sicher, dass er derjenige ist, der sie angegriffen hat. Und nachdem ich seine Reaktion auf sie mit meinen eigenen Augen gesehen habe, glaube ich ihr.

Ich lade die Aufgaben herunter, die meine Lehrer geschickt haben, und mache mich daran, den Rückstand aufzuholen. Mom hat gesagt, dass sie zumindest lange genug nach Hause kommt, damit ich morgen zur Schule gehen kann. Also werde ich mit etwas Glück nicht zu weit zurückfallen, nur weiß ich nicht, was als Nächstes passiert, und ich hasse es, nicht planen zu können.

Die kommende Stunde verbringe ich damit, meine Lektüre und Aufgaben nachzuholen. Am Freitag steht eine Prüfung im Wirtschaftskurs an und ich will sichergehen, dass ich gut abschneide. Als ich damit fertig bin, gehe ich wieder nach unten und erstarre beim Anblick von Luis, der auf Emilios Brust einge-schlafen ist.

Wow. Ich würde das, was ich gerade fühle, gerne auf meine Hormone schieben, aber ich habe das Gefühl, an den Anblick dieses arroganten Playboys, der mit unserem Sohn im Arm schläft, werde ich mich nie gewöhnen.

Er muss nicht allzu tief geschlafen haben, denn in der nächsten Sekunde schlägt Emilio ein Augenlid auf und lächelt in meine Richtung.

„Hey, Momma." Seine Stimme ist rau vom Schlaf. Warum lassen diese Worte meine Zehen kribbeln? Visionen von Rio aus Good Girls kommen mir in den Sinn, und ich muss mich zwingen, weiter ins Zimmer zu gehen, statt sprachlos dazustehen. Muss Emilio denn so heiß sein? Es wäre so viel einfacher, wenn er, ich weiß nicht, durchschnittlich wäre und all die falschen Dinge sagen würde, anstatt mich allein mit seinen Worten und seiner Stimme zu verführen.

„Wie war dein Nickerchen?"

Sein Lächeln wird unfassbar breit. „Fan-fucking-tastic. Stimmt's, kleiner Mann?", flüstert er und küsst Luis auf den Kopf. Ich schwöre, meine Eierstöcke sind in diesem Moment auf Hochtouren.

„Wie lange schläft er schon?" Er reckt den Hals zur Wanduhr, sein Adamsapfel wippt, bevor er sagt: „Vielleicht zwanzig Minuten."

„Sein Abendschlaf dauert normalerweise ein oder zwei Stunden. Soll ich ihn in sein Bettchen legen, dann kannst du dich bewegen?"

Er schüttelt den Kopf und strahlt mich an. „Nee. Wir sind okay."

Der Anblick seines Lächelns zerrt an meinen Gefühlen. Emilio ist mehr, als ich erwartet habe. „Du bist ziemlich gut in diesem Vater-Kram, was?"

„Vom Meister gelernt", sagt er und tätschelt den Platz neben sich.

Ich nehme Platz, beuge mich vor und streiche Luis eine Haar-strähne aus der Stirn.

„Wir haben ein großartiges Kind gemacht", flüstert er, und wenn es nicht so wäre, dass ich gerade sitze, würde ich hier auf dem Boden zu einer Pfütze aus Glibber zerfließen. „Das hast du gut gemacht, Momma."

Ein Kloß bildet sich in meiner Kehle. „Danke."

Fast ehrfürchtig reibt er Luis Rücken mit einem Arm, den anderen hat er über die Rückenlehne des Sofas geworfen, und seine Finger streichen gedankenverloren über meine nackte Schulter. Ich bin mir nicht sicher, ob er überhaupt bemerkt, dass er mich berührt, aber ich mache mir nicht die Mühe, ihn darauf hinzuweisen.

„Kann ich morgen wiederkommen?", fragt Emilio, seine Stimme zögernd. „Ich weiß, wir haben Mittwoch gesagt, und ich weiß, dass ich heute nicht hier sein sollte, aber ... ich habe schon so viel verpasst, und ich schwöre, der Junge verändert sich jeden Tag. Ich möchte keine einzige Sekunde seines Lebens verpassen."

„I ..." Sorge bahnt sich einen Weg in mich, bevor ich es beisei-teschiebe. Das ist großartig. Dass Emilio mehr Zeit mit Luis verbringen will, ist eine gute Sache. Ich muss die irrationale Angst überwinden, dass er mehr Zeit mit Luis verbringt, was bedeutet, dass ich weniger Zeit haben werde. Das ist kein Wettbewerb, und im Moment ist mehr Zeit nicht nur gut für Emilio, sondern auch für Luis, und das ist das Wichtigste. „Das wäre großartig."

„Wirklich?" Sein Arm fällt von der Rückenlehne des Sofas herunter und er drückt mich in einer seitlichen Umarmung an sich.

„Ja. Wirklich."

Er küsst mich auf die Schläfe, was mich sehr überrascht. „Danke."

Ich lache seine Worte und seine Berührung mit einem Rollen der Augen weg. „Danke mir noch nicht. Eines Tages wird Luis dir mit einem Auto ins Gesicht schlagen und dann werden wir sehen, wie du dich wirklich fühlst."

„Ich freue mich schon darauf."

Ich ignoriere die Tatsache, dass sein Arm immer noch um mich gelegt ist, dass ich immer noch an seine Seite geschmiegt bin, und beschließe, es einfach zu genießen. Ich lehne meinen Kopf an seine Schulter und lege die andere Hand auf unseren Sohn, zufrieden, diesen Moment mit dem Mann zu teilen, mit dem ich diesen kleinen Menschen geschaffen habe.

SECHZEHN

„Wie läuft das Vatersein?", fragt Dominique, als ich in der vierten Stunde neben ihm Platz nehme.

„Großartig" antworte ich und ziehe mein Handy heraus, um ihm die Bilder zu zeigen, die ich Anfang der Woche von Luis geschossen habe. Es ist Donnerstag und ich war jeden Tag bei Bibiana, sobald das Footballtraining zu Ende war. Antonio hält sich an sein Wort. Er passt auf Sofia auf, bringt sie zur Schule und holt sie ab, und sorgt dafür, dass sie nicht allein ist, wenn ich bei Luis bin.

Raul ist seit letzter Woche nicht mehr hier gewesen, und ich hoffe, dass unser Glück noch ein bisschen länger anhält.

„Bibiana ist ziemlich oft auf den Bildern zu sehen", sagt er und zieht eine Augenbraue hoch.

„Sie ist seine Mutter und immer dabei. Interpretier nicht zu viel hinein." Ich habe keinem von ihnen gesagt, dass ich sie gebeten habe, mich zu heiraten. Und ich werde ganz sicher nicht erwähnen, dass sie mich abgewiesen hat.

„Nicht zu viel hineininterpretieren in was?", fragt Allie und sie und Roman setzen sich.

„Tatsache ist, dass die meisten Bilder, die Emilio von Luis auf seinem Handy hat, auch Aufnahmen von Bibiana sind."

„Oh, lass mal sehen", sagt Allie, und ohne darauf zu warten, dass ich es ihr reiche, schnappt sie sich mein Handy und beginnt zu scrollen. „Oh, mein Gott, er ist so verdammt süß." Sie zeigt Roman ein paar der Bilder und er nickt anerkennend. Arschloch. Trotzdem muss ich mich bemühen, bei seiner Reaktion nicht aufzuplustern. Roman ist der Kopf unseres kleinen Trios, ähm, Vierers. Sind wir das jetzt, wo Allie dabei ist?

Warte mal. Zählen Kasey und Aaron? Und wenn sie zählen, was ist mit Bibiana? Sie ist die Mutter meines Kindes, deshalb sollte sie dazugehören, oder?

Ich reibe mir den Nacken. Ich werde jetzt nicht versuchen, das alles herauszufinden, aber egal wie groß wir sind, Roman ist unser furchtloser, idiotischer Anführer. Also ja, dass er sich für mich freut, gibt mir diese warmen und flauschigen Gefühle, die ich nicht laut zugeben will. Ich bin Vater. Ein Teenager-Vater, was sicher mit dem gleichen Stigma behaftet ist, wie eine Teenager-Mutter zu sein, aber keiner meiner Freunde hat sich darüber aufgeregt. Niemand macht mir was vor. Ich bin dankbar. Roman und Dominique, sie sind meine Familie. Genauso, wie Roberto, Antonio und Sofia es sind. Ich möchte, dass sie ein Teil von Luis' Leben sind, und dass sie so offensichtlich an meinem Jungen interessiert sind, ist eine Erleichterung.

„Meine Mutter will, dass du ihn vorbeibringst. Sie hat gesagt, sie kann nicht mehr warten, bis sie ihr erstes Enkelkind sieht, bevor sie kommt und dich jagt", fügt Roman schroff hinzu.

Ich grinse daraufhin. „Aww, du bist verbittert, dass ich Mama Valdez zuerst ein Baby geschenkt habe?"

Er schnaubt. „Nein. Ich hoffe, da du ihr ein Baby geschenkt hast, hält sie sich mit ihren Fragen zurück, wann Allie und ich heiraten und wann wir ein paar Enkelkinder für sie in die Welt setzen werden."

„Viel Glück dabei."

Allie lacht. „Wir haben Zeit. Im Moment geht es nur darum, wann wirst du heiraten und aufhören, in Sünde zu leben?"

Roman schnaubt. „Mach dir keine Illusionen. Mama Valdez will Babys. Ich stimme dafür, dass wir das Emilio auferlegen."

Ich rolle mit den Augen, aber ich werde von einer Antwort abgehalten, als unser Lehrer seine Lektion beginnt. Den größten Teil der Stunde habe ich nicht aufgepasst. All das fühlt sich an wie eine Auffrischung nach den Winterferien und meine Noten sind besser als die meisten, also lasse ich die Gedanken zu meiner Zukunft schweifen, jetzt wo Luis dabei ist.

Ich habe ein volles Stipendium für die Suncrest U nach dem Abschluss, genau wie Roman und Dom, aber im Gegensatz zu ihnen ist Football nicht alles, was ich in Betracht ziehe.

Für Roman ging es schon immer um Football. Sein Vater will, dass er auf die Akademie geht. Einen Polizeichef als Vater zu haben, setzt ihn zusätzlich unter Druck, was für Roman ok ist. Er möchte Profi werden.

Dominique will ebenfalls Profi werden, und mit einem Arm wie dem seinen ist der Wichser gut genug, wenn man mich fragt, aber er hat auch Geld. Er könnte auf jedes College im Land gehen und seine Eltern würden ihm den Weg ebnen. Zur Hölle, sie würden es wahrscheinlich bevorzugen, dass er woanders hingeht. Suncrest U ist ein staatliches College, doch sie haben das Top-Football-Team der Nation, weshalb wir alle dorthin gehen werden.

Aber Doms Eltern sind stinkreich und sie haben Pläne, dass er irgendwann das Familienimperium übernimmt. Nur die Zeit wird zeigen, ob er es schafft, zu spielen, bevor sie seinen Arsch vom Feld zerren.

Ich spiele Cornerback für die Sun Valley Devils. Und ich bin gut. Wirklich gut. Aber ich habe auch Angebote für Bildungsstipendien. Es hilft, 1340 Punkte bei den SATs und einen Notendurchschnitt von 3,9 zu haben, nicht, dass ich mit dem Scheiß Werbung mache. Ich könnte die 4.0 rocken, wenn ich wollte, aber ich habe einen Kurs zu viel geschwänzt und seien wir ehrlich, niemand mag einen Streber.

Football war immer der Plan für mich. Einen Abschluss in Ingenieurwesen zu machen, ist nur ein Ersatzplan. Aber wie passt das mit Luis und dem Vatersein zusammen? Nächstes Jahr habe ich Unterricht, Training, meine Freizeit wird knapp bemessen sein. Wenn ich stattdessen ein Ausbildungsstipendium nehmen würde, das Ballspielen aufgeben würde, hätte ich mehr Zeit am Tag.

Ein Stein bildet sich in meiner Magengrube. Nein. Ich lasse mir was einfallen. Ich muss nicht die College-Szene machen. Das war sowieso nie der Plan. Scheiß auf die Partys und den Schnaps. Ich gehe aufs College mit einem Ziel vor Augen, also habe ich genug Zeit, wenn ich den Plan im Auge behalte. Luis, Football, Schule. Das war's. Ich kann meinen Stundenplan so organisieren, dass er straff ist. Unterricht am Stück mit einer Pause dazwischen und Training, damit ich meinen Jungen sehen kann.

Ich muss keinen mörderischen Notendurchschnitt im College erreichen. Ich will nur gut genug bestehen, um mein Stipendium zu behalten. Keiner kümmert sich um die Noten, solange du deinen Abschluss machst. Und wenn ich eingezogen werde, sind die Zensuren auch scheißegal.

Ich kann das hinbekommen.

Ich muss es schaffen.

Die Schulklingel geht los und reißt mich aus meinen Gedanken. Ich schaue auf und sehe Allies Blick mir ruhen. „Alles in Ordnung?", fragt sie.

„Ja, Vanilla. Alles ist gut."

Roman schaut finster drein, aber ich rolle mit den Augen. Er ist nicht der Einzige, der sie so nennen darf. Er holt sein Handy heraus und liest eine eingehende SMS. „Das Training fällt aus", teilt er uns mit.

„Friday funday, fuckers."

„Für dich vielleicht", beschwert sich Allie. „Ich habe Schicht im Diner."

„Kommt ihr beide mit rüber?", fragt Roman Dominique und mich, als wir uns auf den Weg aus dem Klassenzimmer machen. „Ich setze Allie bei der Arbeit ab und dann bin ich bei mir zu Hause. Wir können Spiele durchgehen. Ein paar Aufnahmen ansehen."

Ich schüttele den Kopf. „Geht nicht. Ich bin auf dem Weg zu Bibiana."

„Hat sie erwähnt, wann sie zurückkommt?", fragt Allie, und ich höre die Sorge in ihrer Stimme.

„Nein, eigentlich nicht. Es ist nicht zur Sprache gekommen. Aber sie hat gesagt, dass sie es mit ihren Lehrern geregelt hat." Ich zucke mit den Schultern.

Allie sieht nicht glücklich über meine Antwort aus. „Ich mache mir Sorgen um sie. Sie kann es sich nicht leisten, so viel Schule zu verpassen. Sie hatte ohnehin schon Probleme, die Anforderungen für den Abschluss zu erfüllen."

Ich ziehe die Brauen zusammen. „Wovon redest du?" Sie hat mir gegenüber nichts davon erwähnt.

Allie seufzt. „Es ist nicht wirklich mein Pla ...“

„Komm schon, Vanilla. Hilf einem Mann aus. Bitte."

Ihre Augen werden weich. „Gut." Sie fährt sich mit der Hand durchs Haar, während wir uns alle einen Weg über den Parkplatz zu unseren Autos bahnen, und ich zwinge mich, meine Schritte zu verlangsamen, damit sie ihr Tempo nicht erhöhen muss, um Schritt zu halten. Sie ist fast so klein wie Bibiana. „Ihre Mutter kommt erst nach Hause, wenn ihr Loser-Freund entweder entlassen wird oder im Gefängnis ist, also hat sie keine Kinderbetreuung."

Ich bleibe stehen. „Was?"

„Das sollte jeden Tag so weit sein. Romans Vater hat genug, um Anklage zu erheben, und seine Verletzungen sind größtenteils verheilt, seit Aaron und Roman ihm die Scheiße aus dem Leib geprügelt haben." Roman grinst darüber und ich werde nicht lügen, Aarons Anteil an all dem macht es definitiv schwieriger, ihn weiter zu hassen.

Wenn man vom Teufel spricht. „Hey", ruft Aaron und wir drehen uns alle um, um ihn ein paar Autolängen entfernt mit Kasey neben sich zu sehen. „Ich bin auf dem Weg zum Diner, willst du mitfahren?" Seine Worte sind an Allie gerichtet, aber es ist Roman, der ihm antwortet.

„Nein. Ich kann sie mitnehmen."

Aaron kommt näher, während Kasey mit den Augen rollt und in seinen Subaru WXR klettert. „Sei kein Arsch, Roman. Ich arbeite mit ihr. Ich kann sie zur Arbeit bringen und du kannst sie vor Schichtende abholen."

„Klingt nach einem Plan", sagt Allie und lässt Roman nicht widersprechen, während sie ihm einen Kuss auf die Wange gibt und sich zum Gehen wendet.

„Warte mal. Was verpasse ich alles bei Bibiana?"

Sie hält neben Aaron inne. „Ihre Mutter passt nicht auf Luis auf, bis die Sache mit ihrem Freund geklärt ist." Sie kräuselt angewidert die Lippen. „Ich weiß nicht, was mit ihr los ist. Sie tut so, als wäre ihr Freund kein vergewaltigendes Arschloch. Wenn er Bibi das antun könnte, was er mir angetan hat." Sie zittert. „Es ist nicht mein Problem, aber ich fühle mich schlecht wegen Bibi und dem, was sie gerade durchmacht. Es ist hart zu wissen, dass deine Mutter zu so jemandem steht."

Mein Kiefer spannt sich an. Mist. Das wusste ich nicht.

„Romans Vater sagte, dass sie heute Anklage gegen ihn erheben werden. Sobald sie das tun, kann er Kaution beantragen, also werden sie es mit dem Wochenende timen und ihn so lange wie möglich festhalten. Bibiana wird nächste Woche zurück sein, falls alles klappt. Mit diesem Widerling im Gefängnis sollte ihre Mutter in der Nähe sein, aber, sie schüttelt den Kopf, „ich weiß es nicht. Sie kann es sich nicht leisten, noch viel mehr Schule zu verpassen. Selbst wenn sie es schafft, die Aufgaben zu erledigen, gibt es Anwesenheitspflichten, die sie nicht erfüllen wird. Wir haben gestern darüber gesprochen. Ich kenne die Einzelheiten nicht. Aber ich weiß, dass sie gerade so über die Runden kommt."

„Scheiße." Ich fahre mir mit den Händen durch die Haare. „Das hat sie mir nicht gesagt. Sie sagte, sie hätte es im Griff."

Der Ausdruck in Aarons Gesicht sagt alles. Ich bin ein Idiot.

„Ich habe nicht darüber nachgedacht ..."

„Darüber, wie es ist, eine alleinerziehende Mutter zu sein, die ein Kind allein großzieht, während man sich noch um die Schule und so einen Scheiß kümmern muss?" Aaron beendet es für mich. Allie gibt ihm einen Klaps auf die Brust, aber er hat nicht unrecht.

„Nein. Das habe ich nicht." Verdammt. „Ich muss los. Ich treffe euch später." Ich werde mit Bibiana reden. Es klären, denn sie soll ihren Abschluss schaffen. Luis ist auch mein Kind. Sie braucht das nicht mehr allein machen. Was ist daraus geworden, ein Team zu sein? Co-parenting? Das heißt, ich tue meinen Teil, aber das geht nicht, wenn sie mich nicht auf dem Laufenden hält.

SIEBZEHN

Sie öffnet die Tür wie an jedem anderen Tag in dieser Woche, nur ist Luis diesmal nicht in Sicht. „Hey", sagt sie und tritt zur Seite, um mich reinzulassen. „Du bist aber früh da."

„Ja. Das Training wurde heute abgesagt", antworte ich.

Sie nickt und ich überlege, wie ich vorgehen soll. Bibiana ist stolz. Sie wird nicht wollen, dass ich mich in ihr Leben einmische. Nicht in ihrem Sinne. Ich habe in dieser Woche bemerkt, dass es ihr nichts ausmacht, wenn ich anbiete, etwas für Luis zu tun, aber immer, wenn ich versuche, ihr zu helfen, stößt sie mich beiseite.

„Das ist sicher nett", sagt sie. „Das gibt dir die Chance, dich vor dem Spiel nächste Woche auszuruhen." Ich bin überrascht, dass sie unseren Spielplan kennt. Sie war noch nie bei einem unserer Spiele. Nicht dass ich sie eingeladen hätte oder so. Ich bin mir nicht sicher, ob sie kommen will. Wir sind nicht zusammen, und mir beim Spielen zuzusehen, fühlt sich an wie eine Freundin.

„Ja. Ich bin immer für eine Auszeit zu haben." Der Coach hat uns hart rangenommen. Wir haben es durch die Playoffs geschafft und uns den regionalen Meistertitel verdient. Man sollte meinen, das würde uns eine Pause gönnen, aber wenn überhaupt, dann hat es die Dinge nur noch zermürbender gemacht. Der Coach wird nicht lockerlassen, bis wir nächste Woche die Staatsmeisterschaft gewinnen, und dann können wir alle ein wenig aufatmen.

Die Sun Valley High hat die letzten drei Jahre in Folge die Staatsmeisterschaft gewonnen. Wenn wir dieses Jahr siegen, wird es unser vierter Erfolg sein. Ich glaube, der Coach macht sich Sorgen, dass es auch sein Letzter sein wird, da alle drei Devils dieses Jahr ihren Abschluss machen. Er hat die Jüngeren im Team dazu gedrängt, sich zu steigern, und hat uns gebeten, mehr Zeit mit ihnen zu verbringen, damit er nächstes Jahr etwas Anständiges zum Arbeiten hat. Haben wir aber nicht. Nun, Roman und ich zumindest nicht. Sich unter die neuen Rekruten zu mischen, tun wir nicht, aber Dom ist der Quarterback der Schule, also kümmert er sich um die Geschäfte, gibt dem Rest des Teams Tipps und bringt ihre Ärsche auf Linie.

„Wo ist mein kleiner Mann?"

Sie streicht sich ein lose paar Haarsträhnen aus dem Gesicht. „Ich habe ihn gerade zu einem Nickerchen hingelegt. Es tut mir leid."

Ich zucke mit den Schultern. „Keine Sorge. Stört es dich, wenn ich hier abhänge, bis er aufwacht?"

„Ähm ... sicher. Ich schätze schon. Ich meine, ja. Das ist in Ordnung." Sie ist nervös, aber sie hat keinen Grund, es zu sein. Bibiana führt mich durch das Haus und in die Küche und hält hinter einem der Barhocker an der Kücheninsel inne, wo sie anscheinend ihre Schularbeiten erledigt hat.

„Kommst du zurecht?", frage ich und nicke zu ihren aufgeschlagenen Schulbüchern.

Sie seufzt. „Ja. Ich habe es im Griff."

Ich trete näher an sie heran und neige ihr Kinn zu mir. „Es ist okay, manchmal um Hilfe zu

bitten", sage ich ihr.

Sie zieht ihr Kinn weg. „Es ist nicht deine Aufgabe, mir zu helfen. Ich habe das im Griff.

Außerdem sollte Mom nächste Woche zurück sein."

Ich presse meinen Kiefer zusammen. „Das hast du schon mal gesagt, und es ist schon eine Woche her. Kannst du es dir leisten, weiter die Schule zu verpassen?"

Ihre Miene wird starr. „Ich bin nicht dein Problem, Emilio."

Ich schwöre, dieses Mädchen wird noch mein Tod sein.

ch bin nicht dein Problem", sage ich ihm.

„Und wenn ich will, dass du es bist?", fragt er. Braune Augen suchen die meinen ab, versuchen zu verstehen, was mir durch den Kopf geht. Aber wenn ich ehrlich bin, habe ich keine Ahnung. Diese Woche war ... anders. Nicht schlecht anders, obwohl ich mir nicht sicher bin, ob es gut ist. Es ist einfach, anders. Ich fühle mich, als würde ich ein ausgeklügeltes Spiel spielen, in dem jeder von uns eine Rolle und einen Charakter hat, den er verkörpern soll, und ich habe schreckliche Angst, meine Rolle falsch zu spielen.

Ich verlasse mich jetzt schon auf ihn und es ist erst eine Woche her. Abends spielt er mit Luis, während ich Schule aufhole. Er hilft beim Zubettgehen und macht das Leben als alleinerziehende Mutter so viel einfacher, als es jemals zuvor war.

Ich hänge an ihm, obwohl ich es nicht tun sollte. Ich will nicht alles kaputt machen. Emilios einzige Sorge sollte Luis sein. Ich bin nicht seine Verantwortung. Wir brauchen Regeln. Grenzen.

Aber ... seine Worte von Anfang der Woche kommen mir in den Sinn.

Geh mit mir aus.

Wäre das so eine schlechte Sache?

Emilios Augen verdunkeln sich, als ich immer noch nicht antworte, und sein Daumen fährt an meiner Kieferpartie entlang. „Mariposa?"

So hat er mich nicht mehr genannt, seit ...

„Warum hast du mich so genannt?", frage ich und ja, ich weiche seiner Frage aus. Ich bin Frau genug, um es zuzugeben. Das heißt aber nicht, dass ich mich deswegen schlecht fühle.

Seine Mundwinkel zucken nach oben. „Weil du, in der Nacht, in der wir uns trafen, hast du beschlossen, deine Flügel auszubreiten und zu fliegen. Du hast dich von einem schüchternen Prep-School-Mädchen in eine sexy Füchsin verwandelt. *Mi mariposa*." Mein Schmetterling.

Mein Atem stockt. „Eine Motte", korrigiere ich ohne wirklichen Grund. Ich weiß, dass mariposa auf Spanisch Schmetterling bedeutet, aber ich muss diesen Moment verdrängen.

Emilio neigt seinen Kopf zu mir, sein warmer Atem streicht über meine Wange.

„Gut. Du kannst die schönste Motte sein, wenn du das möchtest."

Ich schlucke schwer. Wie schafft er es, das sexy zu machen?

„Erinnerst du dich an diese Nacht? Wie gut wir zusammen waren?"

Ich stöhne auf, als er sich noch näher an mich herantastet und seine Bartstoppeln über meine Haut kratzen. Hitze steigt zwischen meinen Beinen auf, meine Schenkel verkrampfen sich und die Erinnerungen fallen über mich her. Diese Nacht war so viel mehr, als ich erwartet hatte.

Ein starker Arm legt sich um meine Taille und zieht mich an seine Brust, und seine freie Hand umschließt meinen Kiefer, kurz ehe sich seine Lippen auf meine pressen. Mein Herz klopft in meiner Brust, als sein Mund meinen eigenen neckt. Ich hole tief Luft und ziehe mich zurück, bevor der Kuss tiefer gehen kann.

„Emilio?"

Seine Augen sind verschleiert und glasig vor Verlangen. „Nicht. Nicht zu viel darüber nachdenken. Ich will dich. Und ich bin mir ziemlich sicher, dass du mich auch willst."

Ich atme hastig aus, als Emilios Hände ihren Weg zu meinem Hinterkopf finden und sich in meinen Haaren verfangen. Er zieht mich wieder zu sich heran, seine Lippen sind eine offene Einladung, der ich mich nicht entziehen kann. Mir war nicht klar, wie sehr ich mich nach ihm sehne. Wie viel tiefer mein Bedürfnis nach ihm in den letzten paar Tagen gewachsen ist.

Ich lasse mich gegen ihn fallen, lasse zu, dass sich der Kuss intensiviert. Das Nächste, was ich weiß, ist, dass er mich auf den Küchentisch hebt und sich zwischen meine Schenkel klemmt, die Höhe reicht gerade aus, um unsere Körper perfekt auszurichten. Er verschlingt mich, als wäre er ausgehungert, seine Küsse sind intensiv und hungrig. Seine Zunge durchdringt meine Abwehr, der Geschmack von süßen Orangen und Chili ist ein süchtig machendes Aroma, von dem ich nicht genug bekommen kann.

Eine Sekunde überlege ich, ihn wegzuschieben, aber dann stöhnt er in meinen Mund, seine harte Länge drückt gegen meine Mitte, und jeder Gedanke, dem ein Ende zu setzen, entweicht mir.

„Emilio", hauche ich. „Gott, du fühlst dich so gut an." Oh mein Gott, habe ich das gerade laut gesagt?

„Fuck", stöhnt er. „Ich kann nicht genug von dir bekommen." Seine Finger schlüpfen unter den Saum meines Sweatshirts und im nächsten Moment hat er es mir über den Kopf gezogen. Ich stöhne auf, als kühle Luft auf meine überhitzte Haut trifft, und meine Arme winden sich sofort um meine Mitte, um mich zu bedecken.

Er zieht sich zurück, eine Furche zwischen den Brauen, als ich meinen Blick von ihm abwende und meine Schultern in einem vergeblichen Versuch zusammenziehe, meinen Körper zu verbergen. Das war ein Fehler.

„Hey."

Ich drehe mich um, meine Augen suchen den Raum nach meinem Pullover ab, aber er hat ihn hinter sich auf den Boden geworfen und ist außer Reichweite.

„Bibiana?"

„Ich brauche meinen Pullover", sage ich, in der Hoffnung, dass er ihn sich schnappt und ihn mir zurückgibt. Das tut er nicht. Stattdessen geht er zwei Schritte zurück, verschränkt die Arme vor der Brust und starrt mich an. Mein Still-BH ist nicht sexy. Er ist einfach. Ein schwarzer, voll abdeckender BH, der hinten mit Haken versehen ist und über jedem Körbchen Druckknöpfe hat, damit man ihn leichtöffnen kann, falls Luis Hunger bekommt. Es ist nicht das, was ich gewählt hätte, wenn ich gewusst hätte, dass ihn jemand anderes sehen würde, aber es ist auch nicht der schlechteste BH, den ich tragen könnte. Wenigstens hat dieser eine Form und ist nicht einer dieser Einheits-BHs, die ich zufällig in meinen Schubladen vergraben habe.

Was mich mehr beunruhigt, ist, dass ich kein Hemd unter meinem Pullover anhatte, so dass nicht nur mein BH voll zur Geltung kommt, sondern auch der Rest meines Körpers und das ist nicht schön. Es ist nicht ... wie er es gewohnt ist. Der Körper, den er schon gesehen hat.

Meine Wangen erhitzen sich auf die denkbar schlechteste Art und Weise, und ich blinzle meine völlige und totale Demütigung zurück, weil ich mich weigere, wegen so etwas zu weinen. Blöde Hormone. Komm schon, Bibi. Reiß dich zusammen.

„Was ist gerade passiert?"

„Nichts, ich will nur meinen Pulli zurück. Kannst du ihn mir geben? Bitte." Ich strecke meine Hand aus, aber er bewegt sich nicht.

Meine Sicht verschwimmt. Verdammt. Es sollte mir egal sein. Es ist ja nicht so, dass ich ihn beeindrucken will. Was er von meinem Körper denkt, dürfte keine Rolle spielen. Doch das tut es. Ich lasse nicht zu, dass man mich so sieht und verhülle mich.

Ich trage weite Kleidung und verstecke die Veränderungen, die das Baby an meinem Körper verursacht hat. Ich will nicht, dass er mich ansieht. Seine Abscheu.

„Hey ..." Seine Stimme wird weicher. „Rede mit mir. Was ist gerade passiert? Wir waren okay und dann ist es, als ob ein Schalter umgelegt wurde, sobald ich ..." Seine Brauen ziehen sich zusammen. „Willst du deinen Pulli?", fragt er, als ob das nicht genau das wäre, was ich die ganze Zeit über wollte.

„Ja. Jetzt, bitte."

Er hebt ihn vom Boden auf, reicht ihn mir aber nicht. Ich stoße einen verärgerten Atemzug aus. „Emilio. Gib ihn mir." Ich bedecke immer noch meinen Bauch, sonst würde ich selbst danach greifen.

„Warum?"

„Weil ich ihn zurückhaben will.", schnauze ich. Ich sollte ihm das nicht erklären müssen.

Seine Augen wandern über meinen Körper.

Ich beiße die Zähne zusammen und mache mich auf den Blick der Abscheu gefasst, der sicher kommen wird, wenn er merkt, was ich verberge.

Er kommt näher, und ich greife fast nach dem Pullover, aber er weicht zur Seite aus und hält ihn knapp außerhalb meiner Reichweite. „Ich will dich sehen."

Die erste Träne fällt. „Nein. Und wir sollten nicht ..."

Er gibt mir nicht die Chance, zu Ende zu sprechen. Seine Lippen prallen auf meine und mein Mund öffnet sich zu einem Stöhnen. Seine Zunge streckt sich und schickt Wellen des Verlangens direkt in mein Innerstes. Seine Hände lockern den Halt, den ich um mich habe, als er meine Arme um seinen Hals legt und unsere Körper unglaublich nah aneinanderpresst, sodass mein Bauch an seinem liegt.

Er lässt meine Lippen los und küsst meinen Hals, saugt und knabbert sanft an meiner Haut. Schockwellen durchzucken mich, als seine Hand meine Mitte berührt und seine Handfläche durch den Stoff meiner Jeans fest gegen meinen Kitzler drückt.

„Du bist so gottverdammt schön", sagt er. Ich wünschte, ich könnte ihm glauben, aber ...

Seine Zunge fährt wieder an meinem Kiefer hoch und zu meinem Mund, bevor er sich gerade so weit zurückzieht, dass er mir in die Augen sehen kann. „Du bist wunderschön. Dieser Körper ist Perfektion. Verstehst du mich?"

Ich schlucke an dem Kloß in meinem Hals vorbei. „Aber ..."

Er schüttelt den Kopf. „Kein Aber. Du bist perfekt. Versteck dich nie vor mir." Er küsst mich wieder. „Ich will alles von dir sehen. Jeden Zentimeter, damit ich deinen Körper so verehren kann, wie ich es mir erträumt habe."

Seine Worte machen mich locker und ich zwinge mich, mich zu entspannen. Wenn er sich von meinem Körper abgestoßen fühlt, werde ich es noch früh genug herausfinden.

Mein Bauch ist weich. Meine Dehnungsstreifen sind sichtbar. Das wird nie wieder weggehen. Und wenn es ein Deal-Breaker sein wird, kann ich es genauso gut jetzt herausfinden, bevor ich mein Herz aufs Spiel setze.

Seine Handfläche gleitet an meiner Seite hinunter, über meine Hüfte und bis zum Knopf meiner Jeans. Er öffnet sie, während ich am Stoff seines Hemdes ziehe, es ausziehe und seine breite Brust und muskulösen Bauchmuskeln freilege. Mein Blick bleibt an der Tätowierung hängen, die sich über seine Brust ausbreitet. Das Porträt einer Gothic-Frau, deren Haare um sie herumfliegen, während Raben an den Strähnen zerren.

Ich zeichne die verschlungene Tinte nach. Sie war nicht da, als wir uns das erste Mal trafen. Es ist erstaunlich. „Ist das neu?" frage ich, und es liegt ein Hauch von Verwunderung in meiner Stimme. Es sieht so lebensecht aus, die Frau kommt mir fast bekannt vor.

„Ich habe sie an meinem achtzehnten Geburtstag Anfang des Jahres bekommen", erzählt er mir.

„Sie ist …"

„Du."

Ich rucke meine Hand der Tätowierung weg. „Was?"

Er grinst. „Ich wusste, was ich wollte, und ich brauchte eine Beschreibung für das Mädchen, also habe ich, als ich die Tätowierung bekam, dich beschrieben."

Meine Augen weiten sich. „Warum solltest du das tun?"

Ein Achselzucken. „Weil du das schönste Mädchen warst, das ich je gesehen habe. Und du bist es immer noch", fügt er mit einem verschmitzten Lächeln hinzu. „In dieser Nacht mit dir zusammen zu sein, war eine Erinnerung, die ich nicht vergessen wollte. Auch wenn du mich danach verlassen hast."

Meine Brust spannt sich an. „Emilio, ich …"

Er legt einen Finger gegen meine Lippen, um mich zu stoppen. „Wir haben eine Vergangenheit. Wir haben ein Kind. Ich will sehen, wohin das führt. Wo wir hingehen können. Willst du das nicht auch?"

Gott, ja. Aber … so viele Dinge könnten schief gehen. Was, wenn uns das um die Ohren fliegt?

Er fasst mein Zögern als Zustimmung auf und küsst mich, und ich bin zu weit gegangen, um ihn aufzuhalten. Seine Finger krallen sich in den Bund meiner Hose, und ich beschließe, zum Teufel damit. Ich werde das Mädchen sein, das ich war, als wir uns das erste Mal trafen. Rücksichtslos und frei. Ich werde meine Flügel ausbreiten und mit Emilio an meiner Seite schweben.

Wir atmen schwer, als er meine Jeans und Unterwäsche über meine Hüften zieht und ich mich ein paar Zentimeter anhebe, damit er sie an meinem Po vorbei und meine Beine hinunter bekommt. Ich zische, als mein nackter Hintern auf den Tisch trifft und er kichert. „Kalt, Baby?"

Ich beiße ihm auf die Unterlippe.

Er stöhnt. „Warum lässt du mich dich nicht aufwärmen?" Seine Fingerspitzen hinterlassen eine feurige Spur auf meiner Haut, während er sich meinem Zentrum nähert. Ich winde mich ein Bein um seine Hüfte gelegt. Ich ziehe an seiner Jeans, will, dass er genauso nackt und entblößt ist wie ich. Ich war noch mit keinem anderen zusammen. Man hat nicht viel Zeit, seine Sexualität zu erkunden, wenn man schwanger ist, und noch weniger, wenn man ein Neugeborenes hat. Ich will unbedingt seine Haut auf meiner eigenen spüren.

Ich öffne seinen Gürtel, schiebe seine Jeans und Boxershorts auf den Boden und sein beeindruckender Schwanz springt hervor. Ich schlucke hart. Ich erinnere mich, dass er groß war, aber ... ist er gewachsen?

„Alles okay?", fragt er, als er einen Finger in meine feuchte Hitze versenkt.

Mein Rücken wölbt sich ihm entgegen und ich wimmere, weil ich mehr will.

„Fuck, du bist so eng." Er stößt in mich hinein und wieder heraus, bevor er einen weiteren Finger einführt, und ich schreie auf und schließe die Beine um ihn. Er umfasst meinen Nacken und verschlingt meinen Mund, während geschickte Finger mich an den Rand des Orgasmus bringen. Meine Finger krallen sich in seinen Bizeps, die Muskeln spannen sich unter meiner Berührung an.

„Ich habe davon geträumt, dich zu ficken, seit du gegangen bist. Ich habe dein Stöhnen jede Nacht in meinem Kopf wiederholt, seit du zurückgekommen bist."

„Ich bin nicht weggegangen, ich ..."

„Du bist gegangen", knurrt er. „Ich lasse dich nicht wieder gehen." Er fügt einen dritten Finger hinzu und streichelt mit dem Daumen meine Klitoris, und ich explodiere, mein Körper spannt sich um ihn, während Schockwellen ihn durchlaufen.

Ich zittere, als er seine Finger zurückzieht, und das zufriedene Lächeln in seinem Gesicht ist absolut wild. Er holt ein Kondom aus seiner Jeanstasche und rollt es über seine harte Länge, bevor er sich auf meine Mitte ausrichtet und meinem Blick begegnet.

Seine Augen sind hart, aber seine Stimme ist sanft, als er fragt: „Bist du bereit für mich, Baby?"

Mein Brustkorb hebt und senkt sich, während ich darum ringe, Luft zu bekommen. „Mmm hmm." Ich bin an diesem Punkt jenseits aller Worte.

Er umkreist mit seinem Schwanz meine Öffnung und reizt jedes meiner empfindlichen Nervenenden, bevor er sich mit einem einzigen harten Stoß in mir versenkt. Ich stöhne seinen Namen, als er sich zurückzieht, nur um wieder einzutauchen, härter als zuvor.

Ich stemme meine Hüften nach oben und er erhöht sein Tempo. Der Triumph steht ihm ins Gesicht geschrieben, als er sich in mir vergräbt, seine Stöße werden schneller und drängender. Mein Körper reagiert darauf, wölbt sich ihm entgegen und lässt mich atemlos zurück. Es fühlt sich so gut an. Ich kann nicht anders, als ihn zu beobachten, wie er sich über mich erhebt. Seine Muskeln spannen sich an. Sein Kiefer wird fester. Schärfer. Er ist wunderschön, so erfüllt von Verlangen.

Er zieht das Körbchen des BHs, den ich trage, nach unten und entblößt eine Brust. Ehe ich ihm sagen kann, dass er aufhören soll, hat er meine Brust in seiner Handfläche gepresst, bevor er meine Brustwarze kneift und mir ein Stöhnen entlockt. Empfindungen durchströmen mich und Feuchtigkeit überzieht meine Brust, aber das scheint ihn nicht zu kümmern. Er verteilt meine Milch auf meiner Brust befreit die andere, lässt ihr eine ähnliche Behandlung zukommen. er knetet und quetscht das zarte Fleisch.

„Fuck", flucht er, bevor er sich nach vorne beugt und seine Zähne an meiner empfindlichen Brustwarze reibt. Ein zweiter Orgasmus schießt in mich hinein, und ich merke, dass sein Orgasmus kurz darauffolgt. Er stößt in mich, sein ganzer Körper zittert. Seine Kontrolle beginnt zu entgleiten. Seine Bewegungen werden unberechenbar, als er noch dreimal tief in mich rammt, bevor sein Schwanz in mir pulsiert. Er zischt ein scharfes „Fuck", als er seine eigene Erlösung findet und gegen mich sackt, seine schweißnasse Haut heiß an meine schmiegt.

Ich schlinge meine Arme um seine Schultern und klammere mich an ihn, als mich die Schwere dessen, was wir getan haben, überkommt. Milch tropft von meinen Brüsten auf seine Brust und ich ziehe mich zurück, suche nach etwas, mit dem ich mich reinigen kann, bevor er mich aufhält.

„Da versteckst du dich schon wieder vor mir", flüstert er. Ein Finger wandert über meinen Bauch und ich merke, dass er einen besonders dunklen und dicken Dehnungsstreifen nachfährt.

Ich schiebe seine Hand weg. „Ich laufe aus", gestehe ich, völlig beschämt.

Sein Mund lächelt gegen meinen eigenen, während seine Hand meine Brust umfasst und sein Daumen über meine immer noch empfindliche und tropfende Brustwarze streicht. „Soll mich das stören?"

Ich beiße mir auf die Unterlippe. Ich meine ... sollte es das nicht?

„Weil es das nicht tut. Wie ich schon sagte, alles an dir ist perfekt."

Luis' Schrei zerreißt den Moment, und als stünden wir beide in Flammen, stoßen wir uns voneinander ab, greifen nach unseren Kleidern und rennen die Treppe hinauf. Ich schaffe es, Emilios Hemd zu packen und es mir über den Kopf zu werfen, gerade als ich die Tür erreiche und sie weit aufstoße.

Luis steht in seinem Kinderbettchen, die Augen rot und zornig, aber er bleibt mit Schluckauf stehen, als er mich sieht.

„Hey, Benzinho", gurre ich. Mein Baby. „Komm her." Emilio steht direkt hinter mir. Er hat es geschafft, in seine Jeans zu schlüpfen, und steht barfuß da, seine nackte Brust gegen meinen Rücken gepresst.

„He, kleiner Mann."

Luis dreht sich zu Emilio und ein Lächeln breitet sich auf seinem Gesicht aus. Er gluckst und brabbelt und was auch immer ihn aufgeregt hat, ist jetzt, wo er seinen Vater sieht, Geschichte. „Willst du zu mir kommen?" fragt Emilio und streckt seine Hände aus, und Luis greift nach ihm.

„Warum machst du dich nicht frisch, und der kleine Mann und ich warten im Wohnzimmer auf dich?" Er drückt mir einen Kuss auf die Schläfe und wiegt Luis in seinen Armen. „Mach dir keine Sorgen, Momma. Ich schaffe das schon."

Das Wochenende vergeht und ich schaffe es irgendwie, mich nicht jedes Mal auf Emilio zu stürzen, wenn er vorbeikommt, trotz der starken Spannung zwischen uns. Meine Gedanken sind ein einziges Durcheinander. Ich weiß nicht, was es bedeutet, dass wir beide miteinander schlafen, und das macht mich wahnsinnig.

Wir haben noch nicht darüber geredet, was das ist. Ich bin mir nicht mal sicher, was es bedeuten soll.

Wir haben uns geküsst. Haben uns berührt. Doch wir hatten keinen Sex mehr. Mein Körper will ihn. Sehnt sich nach ihm. Aber mein Verstand sagt mir, dass ich es langsamer angehen muss. Es steht zu viel auf dem Spiel, um das zu überstürzen, was auch immer daraus wird. Ich möchte glauben, dass wir eine große, glückliche Familie sein können. Welches Mädchen möchte nicht ihre Aschenputtel-Geschichte? Aber es scheint alles zu schön, um wahr zu sein.

Emilio hat es nicht so mit Verpflichtungen. Ich habe genug Geschichten gehört. Gerüchte. Der Gedanke, dass er es leid ist, Familie zu spielen, ist ein Gefühl, das ich nicht abschütteln kann.

Außerdem habe ich es aufgegeben, dass meine Mutter für Luis

da ist. Ich muss die Dinge in meine eigenen Hände nehmen. Zumindest bin ich zuversichtlich, dass ich das hinbekomme.

Ich gehe mit Luis an der Hüfte in meine erste Unterrichtsstunde. Die Glocke wird in ein paar Minuten läuten, also muss ich mich kurzhalten. Die Vergewaltigungsvorwürfe gegen Miguel wurden fallen gelassen, aber er wurde zusätzlich zur Erpressung auch wegen Wertpapierbetrugs und Geldwäsche angeklagt. Ich habe keine Ahnung, was sie alles gefunden haben, doch die kombinierten Anklagen können zusammen bis zu zwanzig Jahre hinter Gittern und über fünfhunderttausend Dollar an Strafen und Bußgeldern bedeuten.

Er ist jetzt im Gefängnis, aber seine Kautionsanhörung ist für Mittwochnachmittag angesetzt, und Mom versucht verzweifelt, das Geld für seine Freilassung aufzutreiben. Wir haben es nicht. Miguel hat es auch nicht irgendwo versteckt, soweit ich weiß. Was eine Erleichterung ist.

Es ist Wahnsinn, wie ignorant sie sich verhält. Aber die Tatsache, dass die Vergewaltigungsanklage fallen gelassen wurde, bestätigt in ihrem Kopf, dass er es nicht getan hat. Er hat sie davon überzeugt, dass der Rest falsch ist. Missverständnisse oder Fehler, die seine Mitarbeiter gemacht haben. Sie ist völlig blind für dafür, dass er ein Krimineller und ein Vergewaltiger ist.

Versteht mich nicht falsch, ich würde es begrüßen, wenn Miguel unschuldig wäre. Meine Mom liebt ihn. Wahrhaftig und vollkommen liebt sie ihn, aber sie sah nicht den Ausdruck in seinem Gesicht, als er Allie in der Küche gegenüberstand. Sie hat sein Schuldeingeständnis nicht gehört. Und das war es. Ein Eingeständnis. Er weiß, was er getan hat, und die Tatsache, dass er für sein Verbrechen nicht angeklagt wird, ist falsch.

Ich hatte nie eine tolle Beziehung zu Miguel, aber ich hatte auch nie Probleme mit ihm. Er war einfach immer … da. Es macht mir eine Heidenangst zu wissen, dass ich die ganze Zeit mit einem Vergewaltiger zusammengelebt habe. Würde er mir das antun, was er Allie angetan hat, falls er genug Zeit und Gelegenheit dazu hätte? Was, wenn er versucht, Luis zu verletzen? Er ist nur ein Baby, nicht in der Lage, mir zu sagen, wenn jemand versucht, ihn zu verletzen.

Ich zittere schon beim Gedanken daran. Es hält mich nachts wach. Zu wissen, dass er da war. Ich bin froh, dass ich Luis nie mit ihm allein gelassen habe. Ich vertraute ihm nie genug, um auf meinen Jungen aufzupassen.

Ich gehe auf Mr. Alberts Schreibtisch zu und überlege, was ich sagen soll, als er seinen Kopf von einem Stapel Aufgaben hebt, die er gerade benotet, dem roten Stift in seiner Hand nach zu urteilen.

„Ms. Sousa." Er wirft Luis einen neugierigen Blick zu. „Kann ich Ihnen bei etwas helfen?"

Ich verlagere Luis' Gewicht auf meine andere Seite und nicke. „Ja. Tut mir leid. Ich werde heute nicht im Unterricht sein. Eigentlich werde ich es wahrscheinlich die ganze Woche nicht schaffen. Schon wieder." Ich atme einen Seufzer aus. „Ich hatte gehofft, Sie würden mich die Aufgaben dieser Woche irgendwie nachholen lassen, und alle Tests, die vielleicht anstehen, weil ich die Prüfung am Freitag verpasst habe?"

Seine Lippen schürzen sich und er schaut sich den kleinen Jungen in meinen Armen etwas genauer an. „Ist er Ihrer?"

Ich nicke und schenke ihm ein kleines Lächeln. „Ja, er ist meiner."

Er nickt vor sich hin. „Okay. Als Sie sich zum ersten Mal anmeldeten, wurden wir darüber informiert, dass Sie ein Kind haben. Ich wusste nicht, dass er so jung ist. Wir kriegen das schon hin."

„Ich danke Ihnen vielmals. Ich weiß das zu schätzen. Sie haben ja keine Ahnung. Ich verspreche, dass ich mich um alles kümmern werde. Ich kann sogar täglich meine Aufgaben abgeben, wenn die Schule aus ist. Was immer Sie ..."

„Ms. Sousa, ich glaube, Sie missverstehen mich."

Mein Magen drückt. Was? Ich dachte ...

„Ich meinte nicht, dass ich Sie mit Selbstlernaufgaben nach Hause schicken würde. Ich meinte, dass Sie weiterhin zum Unterricht kommen und Ihren Sohn mitbringen können."

„Zum Unterricht?" Auf keinen Fall höre ich ihn richtig. Welcher Highschool-Lehrer hat ein 9 Monate altes Kind in seinem Klassenzimmer?

„Ja. Und bevor Sie gehen, werde ich Sie die Namen Ihrer anderen Lehrer aufschreiben lassen und die Dinge mit ihnen klären. Wenn sie Sie nicht im Klassenzimmer haben wollen, können Sie das Lehrerzimmer benutzen, um die Aufgaben abseits der anderen Schüler zu erledigen, oder vielleicht die Bibliothek, wenn Sie sich dort wohler fühlen."

Emotionen verstopfen meine Kehle. „Warum?" Das einzelne Wort kommt flüsternd über meine Lippen, und ich atme zitternd ein, während ich um meine Fassung ringe. „Warum wollen Sie mir auf diese Weise helfen?" Weil es genau das ist, was er tut. Er muss sich keine Mühe für mich machen. Mir Aufgaben per E-Mail zu schicken und mich Tests wiederholen zu lassen, ist schon viel, aber das ... mich mein letztes Schuljahr als Studentin abschließen zu lassen. Das ist so viel mehr.

Mr. Albert steht von seinem Stuhl auf und geht um seinen Schreibtisch herum. Er streckt zaghaft die Hand aus, und Luis krallt sich an seinem Finger fest, winkt mit dem Arm und plappert mit einem sabbernden Grinsen im Gesicht vor sich hin.

„Miss Sousa, Sie sind eine der klügsten Schülerinnen, die ich je das Vergnügen hatte zu unterrichten. Sie sind fleißig. Lernbegierig. Sie denken über den Tellerrand hinaus und Ihre Kreativität im Denken kennt keine Grenzen. Sie können etwas aus sich machen, falls Sie sich dafür entscheiden. Ein Kind zu haben, bedeutet nicht, dass Sie Ihre Möglichkeiten opfern müssen. Wenn überhaupt, bedeutet es, dass Sie ein wenig ... kreativ werden müssen, wie Sie Ihre Ziele erreichen."

Ich schniefe und blinzle meine Tränen weg. „Ich weiß das

wirklich zu schätzen. Sie haben ja keine Ahnung. Aber ich bin mir nicht so sicher, ob die Schule mich ..."

„Das überlassen Sie mir, okay?"

Ich nicke gerade, als es läutet und die erste Stunde beginnt.

„Müssen Sie heute fehlen oder haben Sie Ihre Materialien und alles, was Sie für Ihren Sohn brauchen, dabei?"

„Ich muss nur zu meinem Spind laufen. Aber ich habe alle meine Sachen dabei. Das ist einer der Gründe, warum ich mich entschlossen habe, persönlich zu kommen. Um ein paar meiner Bücher abzuholen, die ich beim letzten Mal in der Schule vergessen hatte."

„Gut. Tun Sie das und seien Sie schnell zurück. Wir behandeln die verheerenden Auswirkungen europäischer Krankheiten auf die einheimische Bevölkerung. Ich möchte nicht, dass Sie etwas davon verpassen."

Ich lächle und schnappe mir schnell meine Bücher. Die erschrockenen Blicke meiner Mitschüler ignoriere ich, während ich durch den Flur zu meinem Spind eile. Ich schiebe Luis' Wickeltasche hinein, nehme sein Lieblingsspielzeug und eine Flasche heraus und packe sie in meinen Rucksack, bevor ich mir das Geschichtsbuch nehme und zurück in die Klasse gehe.

Ich bin fast da, als ich Dominique vor der Tür des Klassenzimmers neben meinem sehe. „Alles in Ordnung?" Die Glocke läutet gerade, als sich der Flur leert. „Ich dachte, ich hätte dich und diesen kleinen Kerl gesehen, wollte aber sichergehen." Er fährt sich mit der Hand über sein dicht geflochtenes Haar.

„Ja, Mr. Albert kümmert sich darum, dass ich weiterhin mit Luis am Unterricht teilnehmen kann."

Er nickt, als würde das alles für ihn einen Sinn ergeben. „Was hast du als Zweites?"

„Englisch."

„Da habe ich eine Freistunde. Ich kann ihn nehmen und in der Bibliothek chillen, wenn das für dich in Ordnung ist?"

Meine Augenbrauen ziehen sich zusammen und ich knabbere

an meiner Unterlippe. „Du willst für mich babysitten?", frage ich und vergewissere mich, dass ich ihn richtig verstanden habe, denn Dominique scheint nicht der Typ zu sein, der mit einem Baby abhängen will.

Er zuckt mit den Schultern. „Warum nicht? Er ist von Emilio, also ist er von mir. Wundere Dich nicht, wenn Roman Dich auch um etwas Zeit mit ihm bittet. Dieser kleine Mann hat eine Menge Leute, die ihn lieben."

Ich kämpfe eine Welle unerwarteter Emotionen zurück. „Oh. Ich meine, ja. Das wäre cool."

Er nickt und geht rückwärts in Richtung seiner Klasse. „In Ordnung. Ich treffe dich hier draußen nach der Stunde." Und dann schlüpft er hinein und lässt mich dasselbe tun.

Der Unterricht ist ereignislos. Ich ernte ein paar interessierte Blicke, als ich das erste Mal reinkomme, aber irgendwann ignorieren die Leute, dass ich dort sitze, Luis auf meinem Knie schaukele und dabei Notizen mache. Gegen Ende wird Luis etwas unruhig, doch bevor ich überhaupt versuchen kann, ihn zu beruhigen, kommt Mr. Albert, nimmt ihn aus meinen Armen und unterrichtet weiter, während er meinen Jungen in seinen Armen wiegt. Ich bin mir nicht sicher, ob ich mich in meinem ganzen Leben jemals so dankbar gefühlt habe.

Wie versprochen wartet Dominique nach der Stunde vor der Tür auf mich.

„Hast du alles, was ich brauche?", fragt er.

„Wir holen noch seine Wickeltasche aus meinem Spind, dann bist du fertig."

Emilio wartet neben meinem Spind, ein breites Grinsen im Gesicht, sobald er uns sieht. Ich habe ihm vorhin eine SMS geschickt, dass ich hier sein würde, aber er hat nicht geantwortet, also nehme ich an, dass er meine Nachricht bekommen hat.

„Hey, Momma." Er zieht mich an sich und küsst mich, ohne Rücksicht darauf, wer es sieht. Als er mich loslässt, bin ich ein wenig atemlos, und Luis plappert vor sich hin und buhlt um die Aufmerksamkeit seines Vaters.

„Da ist mein Junge", sagt Emilio, hebt ihn aus meinen Armen und wirft ihn vorsichtig in die Luft, bevor er ihn auffängt und an seine Brust drückt. Es gibt ein paar interessierte Blicke in unsere Richtung, und ich tue mein Bestes, sie zu ignorieren. Ich weiß nicht, wie Emilio es findet, dass alle wissen, dass er Vater ist. Wir haben nie darüber gesprochen, ob wir es geheim halten wollen oder ...

„Ah! Du hast ihn mitgebracht", ruft Allie, und alle Köpfe drehen sich in ihre Richtung. „Bibi, dein und Emilios kleiner Junge ist verdammt niedlich." Und damit ist diese Frage beantwortet. Am Ende des Tages wird jeder wissen, dass Luis zu uns gehört, und ein Teil von mir ist überraschend froh darüber, obwohl mir die intensiven Blicke einiger Mädchen, die an uns vorbeigehen, nicht entgehen.

„Was soll ich sagen, ich mache süße Kinder", scherzt Emilio. „Wohin gehen wir, Mama?", fragt er, und ich kann nicht anders, als zu ihm hochzulächeln.

„Zum Unterricht. Dominique war so nett und hat mir angeboten, während seiner Freistunde zu babysitten."

Emilio hebt eine Augenbraue. „Onkel Dom, schon auf dem Weg zum Lieblingsonkel?"

Dominique nimmt mir die Wickeltasche von der Schulter und zieht Luis aus Emilios Armen, gerade als Roman sich hinter Allie heranschleicht und seine Arme um ihre Taille schlingt.

„Ich werde mich nicht sehr anstrengen müssen. Zwischen mir und diesem Wichser habe ich den Lieblingsonkel im Sack."

Emilio schnauft. „Sag das Antonio. Er wird mit dir um den Titel kämpfen."

Alle lachen. „Wer ist Antonio?", frage ich, da mir der Name nicht bekannt ist.

„Mein älterer Bruder", erklärt er mir. „Ich habe zwei. Und auch eine kleine Schwester. Du wirst sie bald kennenlernen." Er zieht mich an seine Seite und führt mich in Richtung der zweiten Unterrichtsstunde. „Der kleine Mann hat eine ganze Reihe von Leuten, die um seine Aufmerksamkeit konkurrieren werden."

Der Gedanke lässt Wärme in meiner Brust aufsteigen. Das ist es, was ich wollte. Eine Familie. Menschen, die Luis so sehr lieben werden wie ich.

„Bist du sicher, dass du mit ihm zurechtkommst?", frage ich Dominique ein letztes Mal.

Er nickt und grinst auf meinen kleinen Jungen herab. „Ja, bin ich. Wir sehen uns dann beim Mittagessen."

ZWANZIG

Die zweite Stunde ist nervenaufreibend, weil Dominique Luis hat. Es ist nicht so, dass ich ihm nicht traue. Ich weiß, dass er Luis nicht wehtun würde. Aber er ist auch ein Teenager. Was, wenn Luis hungrig oder müde wird? Was, wenn er einen Anfall bekommt und Dominique nicht weiß, wie er ihn beruhigen kann? Wird er mich dann holen? Emilio holen? Das war nicht meine beste Idee. Ich weiß die Hilfe zu schätzen, aber ich hätte nein sagen sollen.

Ich verschränke die Hände im Schoß und beobachte, wie jede Sekunde auf der Uhr über der Tür verstreicht. „Also, ist es wahr?", flüstert eine Stimme hinter mir.

Ich drehe mich auf meinem Platz um.

„Ist was wahr?", frage ich das Mädchen, das sich bisher noch nie die Mühe gemacht hat, mit mir zu reden. Normalerweise sitzt sie nur hinten in der Klasse und feilt sich die Nägel oder textet auf ihrem Handy.

„Stimmt es, dass du und Emilio Chavez zusammen seid? Dass dein Kind sein Kind ist?" Ihre Augenbrauen sind hochgezogen in offener Neugierde. Neuigkeiten verbreiten sich sichtlich schnell, obwohl ich nicht sicher bin, was ich erwartet habe. Emilio ist ein

Teufel. Ich bezweifle, dass er niesen könnte, ohne dass jemand davon erfährt.

„Ja." Ich zucke mit den Schultern. „Wir haben einen gemeinsamen Sohn ..." Ich flüstere die Worte über meine Schulter und wende mich wieder dem vorderen Teil der Klasse zu. Ich passe vielleicht nicht auf, aber ich will auch keinen Ärger bekommen. Mrs. Jennings ist nicht dafür bekannt, dass sie Störungen in ihrem Klassenzimmer toleriert.

„Kein Wunder, dass du immer in Schlabberklamotten rumläufst."

Ich schaue finster drein und drehe mich wieder um. „Wie bitte?"

Sie grinst und wirft ihr platinblondes Haar über ihre Schulter. „Ich meine, das Kind hat dich wahrscheinlich zerstört, oder? Ich verstehe schon. Ich würde das auch verbergen wollen." Ihre Mundwinkel verziehen sich in einem Anflug von Mitleid, bevor sie hinzufügt: „Meine Schwester hat vor zwei Jahren ein Baby bekommen. Das hat sie total fertig gemacht. Die Dehnungsstreifen, die schlaffe Haut." Sie schüttelt sich. „Ich werde nie Kinder haben. Nein, danke."

Ich beiße die Zähne zusammen, um sie nicht anzuschnauzen. Mein Körper ist kein Wrack. Er ist anders, sicher. Aber er ist nicht ... urgh.

Nein, Bibi. Geh nicht diesen Weg entlang. Lass sie nicht an dich ran. Sie ist deine Zeit nicht wert.

Ich drehe mich wieder zurück. Dieser Kurs kann nicht früh genug enden. Ich bin dankbar, hier zu sein. Aber ich habe schon so viel um die Ohren. Ich brauche keine oberflächliches Gerede dazu.

„Also, du und Emilio?", flüstert sie hinter mir, und Mrs. Jennings ruckt mit ihrem allgegenwärtigen Stirnrunzeln den Kopf in unsere Richtung.

„Ms. Crisp?"

„Ja?", zwitschert das Mädchen.

„Gibt es einen Grund, warum Sie reden, anstatt im Unterricht aufzupassen?"

Ich brauche ihren Gesichtsausdruck nicht zu sehen, um zu wissen, dass sie sich keinen Deut um die Rüge schert. „Nö."

Mrs. Jennings' finsterer Blick vertieft sich. „Dann halte dich bitte zurück. Oder du bleibst nach dem Unterricht hier und holst alles nach, was du absichtlich verpasst hast."

Unsere Lehrerin kehrt an die Tafel zurück, und ich lasse mich auf meinen Platz sinken, aber Kaitlyn Crisp, das Mädchen, das hinter mir sitzt, hält immer noch nicht die Klappe.

„Wirst du antworten oder nicht?", zischt sie mir ins Ohr. Meine Nasenflügel blähen sich und meine Lippen pressen sich zu einer dünnen Linie zusammen.

„Halt die Klappe", antworte ich. „Du bringst mich noch in Schwierigkeiten."

„Das deute ich dann mal als Nein", sagt sie mit Genugtuung.

Ich ignoriere es. Ich will nichts bestätigen oder dementieren, was ich selbst nicht weiß. Emilio hat mich gebeten, ihn zu heiraten. Oh Gott. Was hat er sich nur dabei gedacht? Und dann schlägt er vor, dass wir uns verabreden, als ob der Antrag keine große Sache wäre. Es ist eine verdammt große Sache. Wie kann er nur so leichtfertig mit dem Heiraten umgehen? Aber jetzt weiß ich nicht, was das ist.

Sind wir zusammen? Sind wir einfach Freunde mit Zusatzleistungen? Ich habe keinen blassen Schimmer. Muss ich ja sagen? Zu dem Dating-Teil, meine ich. Oder wird davon ausgegangen, dass wir ein Paar sind, weil er mich technisch gesehen gefragt hat, auch wenn ich anfangs nicht ja gesagt habe.

Das ist alles so ein Durcheinander.

Er hat mich aber im Flur geküsst. Er behandelt mich nicht wie ein schmutziges kleines Geheimnis. Andererseits hat er noch nie eine seiner Beziehungen geheim gehalten, wenn man sie überhaupt so nennen kann.

Wir sind in dieser seltsamen „Mit dem Strom schwimmen" Phase und ich bin mir nicht sicher, wie ich mich dabei fühlen soll.

Die Schulklingel läutet und ich beeile mich, meine Bücher in die Tasche zu stopfen und meinen Hintern in Richtung Cafeteria zu schleppen. Wir müssen reden. Ich mag die Ungewissheit nicht, wo wir stehen, und ich bin mir bewusst genug, um zu wissen, dass ich mir Herzschmerz zufüge, wenn ich nicht rede. Ich entwickle bereits Gefühle für Emilio, und ich will nicht verletzt werden.

Auf halbem Weg treffe ich Dominique und bin erleichtert, einen lächelnden Luis in seinen Armen zu sehen.

„Wie war er?" frage ich und greife nach meinem Jungen.

Er grunzt, aber es liegt Zuneigung in seiner Stimme. „Ein Schrecken."

„Was hat er getan?"

Seine Mundwinkel verziehen sich zu einem Lächeln. „Er kroch durch fast alle Reihen in der Bibliothek und riss jedes Buch, das er erreichen konnte, auf den Boden." Er gibt Luis einen zärtlichen Klaps. „Unsere Bibliothekarin ist vielleicht nicht sein größter Fan, aber wir haben die Sauerei aufgeräumt, und er hat sich gut unterhalten."

„Hat er etwas gegessen?", frage ich und hoffe, dass er die Flasche getrunken hat, die ich ihm vorhin gegeben habe. Ich weiß nicht mehr, ob ich Dominique gegenüber genaue Anweisungen gemacht hatte.

Er nickt. „Er hat alles getrunken und ich habe seine Windel gewechselt. Gern geschehen."

„Danke!", antworte ich und meine es ernst. Wir gehen im Gleichschritt nebeneinander auf die Cafeteria zu, als Emilio in Sichtweite kommt und eine hübsche Blondine dicht neben ihm steht. Ich schaue sie mir genauer an und erkenne, dass es Kaitlyn ist, das Mädchen, das in der zweiten Stunde hinter mir saß.

Meine Schritte stocken. Sie stehen direkt neben den Türen der Cafeteria, also muss ich an ihnen vorbei, wenn ich hineingehen will. Ich zögere, weil ich annehme, dass er sie nach einem

Moment entlassen wird, nur tut er das nicht. Er lacht über etwas, das sie sagt, und sie zwirbelt eine Haarsträhne, mit einem verlegenen Ausdruck im Gesicht.

Dominique sieht, was ich sehe, und zieht die Brauen nach oben. „Ich dachte, er wäre ..." Er schüttelt den Kopf. „Wie auch immer. Komm schon."

Mein Herz purzelt in die Tiefe meines Magens. Ist sie ... sind sie ... nein. Ich greife mir selbst vor. Soweit ich weiß, fragt sie nur nach seinen Notizen oder etwas aus dem Unterricht. Es ist ein harmloses Flirten. Richtig?

Ich zwinge mich, weiterzugehen und Dominique zu folgen, als ich sehe, wie sie ihre Hand gegen seine Brust drückt und sich auf die Zehenspitzen stellt, um ihm einen keuschen Kuss auf die Wange zu geben. Er schüttelt den Kopf und sagt etwas zu ihr, das ich nicht hören kann, bevor er sich umdreht und durch die offene Doppeltür geht, sie zurücklässt, mich aber immer noch nicht bemerkt.

Ich schlucke schwer.

Es ist nichts, sage ich mir.

Als ich zum Tisch komme, sind schon alle da. Roman, Allie, Aaron, Kasey, und Dominique.

„Hey, Mama", sagt Emilio mit einem breiten Grinsen im Gesicht und rückt zur Seite, um mir mehr Platz zu machen. Ich nehme den Platz an und er nimmt Luis aus meinen Armen und reicht ihm eine Pommes von seinem Tablett. „Wie war deine Zeit mit Onkel Dom?", fragt Emilio ihn, woraufhin Luis gluckst und grinst. „So gut?" Er wendet sich an Roman. „Sieht so aus, als hättest du viel zu tun", sagt er zu ihm.

Roman rollt mit den Augen, aber es ist Aaron, der uns überrascht, als er seine Arme ausstreckt und Luis sofort nach ihm greift. „Hey, was ist das?", fragt Emilio scheinbar beleidigt. Luis packt Aaron an den Wangen und gibt ihm einen Kuss mit offenem Mund, während er fast versucht, seine Nase zu essen.

„Was hast du gesagt, wer sein Liebling ist?", fragt Aaron, und wir drei Mädchen lachen über den verblüfften Gesichtsausdruck der Jungs.

„Er war zum Mädelsabend da", erinnere ich alle und zucke dann zusammen. „Tut mir leid."

„Muss es nicht", sagt Allie und stupst meinen Fuß mit ihrem eigenen unter dem Tisch an. „Der Mädelsabend war gut. Außerdem brauchte ich den Abschluss, weißt du?"

Ich nicke, immer noch nicht überzeugt, aber ich will auch nicht weiter auf das Thema eingehen.

Mein Handy summt in meiner Tasche und ich ziehe es heraus, um eine SMS über den Bildschirm huschen zu sehen.

Jae: Er hat die Kaution hinterlegt. Sie werden ihn heute freilassen.

Ich zucke zusammen. Was? Das ist zu früh.

„Was ist los?", fragt Emilio. Ich drehe mich mit großen Augen zu ihm um, will nichts sagen, aber alle Augen sind auf mich gerichtet und warten.

Ich lecke mir über die Lippen und riskiere einen verstohlenen Blick auf Allie. „Miguel hat die Kaution gestellt."

Sie schluckt sichtlich und nickt. Roman drückt sie an seine Seite, sein Kiefer ist angespannt und seine Hand liegt mit der Faust auf dem Tisch.

„Ich werde meinen Vater anrufen. Wir werden herausfinden …"

Ich blocke den Rest seiner Worte ab, während meine Finger über die Tastatur fliegen.

Ich: Wann?

Jae: Heute Nachmittag. Bibi…

Ich warte.

Jae: Lass mich dich holen kommen. Ich helfe dir packen. Du kannst dort nicht bleiben.

Emilio stupst mich an der Schulter an und neigt sein Kinn zu meinem Telefon. „Was ist los, Mama?"

Ich zögere nur eine Sekunde lang, bevor ich mich zu einem

Lächeln zwinge. „Nichts. Nur Jae, der mich darüber informiert, was los ist."

„Jae?" Emilio kratzt mit den Zähnen über seine Unterlippe. Ein Muskel zuckt in seinem Kiefer, aber was auch immer ihn stört, er beschließt, es für sich zu behalten.

Ich: Gibst du mir bis zum Ende des Tages Zeit, darüber nachzudenken?

Jae: Kann ich wenigstens zu dir nach Hause gehen und ein paar deiner Sachen holen? Für den Fall, dass er da ist, wenn du aus der Schule kommst.

Ich: Ja. Das wäre toll. Danke.

Ich schiebe mein Handy zurück in die Tasche und versuche, den Rest des Mittagessens zu genießen, aber die Stimmung am Tisch hat sich drastisch verändert. Das ist nicht nur für mich eine schlechte Nachricht. Es ist für uns alle erschütternd, und ich bin mir nicht sicher, wie jeder von uns mit dem umgehen wird, was als Nächstes passiert.

EINUNDZWANZIG

Die Gerüchteküche läuft auf Hochtouren. Ich kann sehen, wie es an Bibiana nagt. Sie ist nicht an all die Aufmerksamkeit gewöhnt. Ich persönlich scheiße darauf, was die Leute hier denken. Sollen sie doch schauen und tuscheln. Ich bin stolz, Vater zu sein. Und sie ist stolz, Mutter zu sein. Die Art, wie sie mit Luis umgeht, hat einfach etwas an sich, das mein Herz schneller schlagen lässt, meine Brust fester zusammenpresst.

Ich will das nicht vermasseln.

Alle tun so, als wäre das eine große Sache. Ist es aber nicht. Luis gehört mir. Ende der Diskussion. Ich muss mich nicht rechtfertigen. Sie wollen wissen, warum sie noch nie von ihm gehört haben. Wieso wir ihn so lange geheim hielten. Doch das ist nicht mein Problem.

Es ist nicht mein Job, diese Wichser zu informieren, und ich werde ganz sicher nicht mein Mädchen vor den Bus werfen und allen erzählen, dass ich nichts von ihm wusste.

Mein Mädchen. Das hört sich gut an.

Ich bin vielleicht neu in dieser Beziehungsscheiße, aber ich weiß, dass das nicht der richtige Weg ist, um anzufangen.

Die Leute hier sollten inzwischen wissen, dass die Devils sich nicht erklären. Ein paar Worte in der Halle lassen die meisten Jungs verstummen, und das Team weiß es besser, als einen von uns in Frage zu stellen. Aber die Mädchen, verdammt, die sind das Schlimmste.

Mein Handy ist auf lautlos gestellt und ich schwöre, es vibriert jede zweite Minute in meiner Gesäßtasche. Ich habe die ersten drei heute Morgen gelesen, bevor ich beschlossen habe, es für den Rest des Tages zu ignorieren. Ich habe keine Zeit für diesen Scheiß. Ich dachte, wenn ich sie nicht beachte, würden sie irgendwann aufhören, aber diejenigen, die so dreist sind wie Kaitlyn Crisp, haben es auf sich genommen, mich einfach persönlich danach zu fragen.

Sie dachte, sie sei subtil und fragte, wie es läuft. Ob ich es mag, Vater zu sein. Sagte mir, wie süß mein Junge ist und deutete dann an, dass es so schwer sein muss, ein alleinerziehender Vater zu sein. Puh. Sie will herausfinden, ob Bibiana und ich ein Paar sind. Alleinerziehender Vater. Ich rolle mit den Augen.

Ich werde mir eine Scheibe von Dom abschneiden und das grüblerische, unzugängliche Arschloch sein, damit ich mich nicht mit den Leuten und ihrem Schwachsinn befassen muss. Die Glocke läutet und wir werfen unsere Tabletts in den Papierkorb. Aaron gibt Luis widerwillig an Bibiana zurück und ich bringe sie zu ihrer nächsten Klasse.

„Siehst du, es hat alles geklappt", sage ich und lege meine Hand auf ihren unteren Rücken. Sie schenkt mir ein zögerliches Lächeln und verlagert Luis' Gewicht auf ihre andere Seite.

„Für jetzt. Was passiert, falls Luis krank ist oder einen Anfall hat?"

Ich presse die Lippen an ihre Schläfe. „Wir werden damit fertig. Wenn er krank ist, bleibe ich mit ihm zu Hause. Wir gucken Cartoons und chillen in meinem Zimmer. Und einen Anfall ...", zucke ich mit den Schultern. „Kinder machen das. Wir werden diese Brücke überqueren, wenn es so weit ist."

Sie sieht nicht überzeugt aus, aber sie nickt. „Okay."

„Willst du, dass ich ihn zur dritten Stunde nehme?"

Sie schüttelt den Kopf. „Nein. Das schaffe ich schon."

Ich streiche ihr eine Haarsträhne hinters Ohr und sehe sie an, als wir die Tür zu ihrem Klassenzimmer erreichen. „Ich weiß, dass du es schaffst, aber wir sind ein Team, schon vergessen? Luis ist auch meine Verantwortung. Fifty-fifty. Wenn du eine Pause brauchst, sag es mir."

Sie nickt. „Das werde ich."

Ich mustere sie auf der Suche nach einer Lüge, aber sie scheint aufrichtig zu sein, also belasse ich es dabei. „Ich sehe dich in der Vierten." Ich fahre mit meiner Hand über Luis' Kopf. „Bis bald, kleiner Mann."

„Soll ich dich mitnehmen?", fragt Emilio, als die letzte Glocke läutet und wir alle nach draußen gehen. Der Schultag ist offiziell vorbei. Am Anfang war es stressig, aber am Ende des Tages fühlte es sich ... normal an, Luis bei mir zu haben. Ich schaffe das auf jeden Fall. Vor allem, weil alle anderen mithelfen.

Dominique hat sich freiwillig bereit erklärt, Luis jeden Tag in der zweiten Stunde zu nehmen, da er da keine Stunden hat. Ich habe heute herausgefunden, dass Aaron in der dritten TA ist und er hat angeboten, da den Babysitter zu machen. Wir sind alle zusammen in der vierten Klasse, also sind es viele Hände an Deck, falls ich sie brauche. Das ist absolut machbar, und es gibt dieses Schwindelgefühl in mir bei dem Wissen, dass nicht nur jeder bereit ist zu helfen, sondern dass sie es auch wollen. Sie wollen diese persönliche Zeit mit Luis. Ich weiß, dass die Leute sagen, dass man ein Dorf braucht, aber bis jetzt habe ich die wahre Bedeutung dieser Worte nie erkannt.

Sobald wir draußen sind, sehe ich Jae's Acura TLX. Er hat mir angeboten, mich heute abzuholen, doch mir war nicht klar, wie sehr er auffallen würde. Er parkt in der Mitte und lehnt sich an die Motorhaube, die Arme hinter sich verschränkt. Mehrere Mädchen halten an und werfen ihm anerkennende Blicke zu, ein paar sind mutig genug, sich vorzustellen, aber er blickt kaum in ihre Richtung, seine Augen sind auf mich gerichtet und ein echtes Lächeln liegt auf seinem Gesicht.

„Was macht er denn hier?" fragt Emilio, dunkle Schatten ziehen über sein Gesicht.

„Er ist meine Mitfahrgelegenheit", sage ich achselzuckend. Aus welchem Grund auch immer, die beiden haben entschieden, sich nicht zu mögen. Zu schade, dass sie das alles hinter sich lassen müssen, besonders wenn ich mit Jae zusammenziehe, was immer wahrscheinlicher wird. Okay, es ist so gut wie beschlossene Sache. Ich habe heute den ganzen Tag über sein Angebot nachgedacht und um ehrlich zu sein, ist es nicht so, als hätte ich eine andere Option. Ich weiß nicht, was das zwischen Emilio und mir ist, aber ich weiß, dass es zu neu für uns ist, um zusammenzuziehen. Ich habe Monique während des Unterrichts eine SMS geschrieben, als meine Lehrer abgelenkt waren, um eine Meinung von außen zu bekommen, und sie scheint mir zuzustimmen. Wenn ich will, dass die Sache mit Emilio funktioniert, müssen wir es langsam angehen.

Außerdem ist Jae mein Freund. Er war immer für mich da und ich weiß es zu schätzen, dass er auch jetzt für mich da ist. Ohne ihn, wüsste ich nicht, was ich tun würde. Ich müsste wahrscheinlich die Schule abbrechen. Ich bräuchte einen Job, um für mich und Luis zu sorgen, und ich wäre immer noch in der Klemme, wenn es um die Kinderbetreuung geht.

Emilios Arm schlingt sich um meine Taille, sein Griff ist besitzergreifend und seine Stimme voller Ärger, als er sagt: „Warum? Allie oder Aaron können dich auf ihrem Weg zur Arbeit nach Hause bringen. Deine Wohnung liegt auf dem Weg zur Sun Valley Station. Zur Hölle, ich sage dem Coach gleich Bescheid, dass ich ein paar Minuten zu spät zum Training komme, dann kann ich dich mitnehmen. Es ist keine große

Sache." Seine Finger krallen sich in meine Hüfte und ich zucke zusammen.

Wenn es keine große Sache ist, warum versucht er dann, es zu einer zu machen? „Jae ist mein Freund. Er hat es angeboten. Ich habe angenommen. Er hat mich buchstäblich schon das ganze Quartal zur Schule gefahren, also ist das nichts Neues. Mach kein Drama aus nichts", flehe ich.

Wenn überhaupt, dann verfinstert sich sein Gesicht nur. „Ich kenne ihn nicht", stößt er hervor.

„Und er kennt dich nicht. Warum vertragt ihr euch nicht und werdet Freunde?" Das würde mein Leben verdammt noch mal einfacher machen.

Er schnaubt. „Daraus wird nichts."

Ich reibe mir die Schläfen und erinnere mich daran, dass jetzt nicht die Zeit ist, sich zu streiten. Vor allem nicht über so etwas Dummes wie die Frage, wer mich nach Hause fährt. Ich merke jetzt schon, dass das Zusammenziehen mit Jae ein Problem werden wird. Eines, mit dem Emilio einfach fertig werden muss.

„Ich werde nach Hause fahren. Geh zum Training, bevor du zu spät kommst."

Emilios Nasenlöcher blähen sich auf, und im nächsten Moment reißt er mich an sich. Luis liegt immer noch in meinen Armen, aber das hält ihn nicht davon ab, seinen Mund auf meinen zu pressen. Eine seiner Hände verheddert sich in meinen Haaren und hält mich fest, während die andere unseren Jungen stützt, damit keiner von uns ihn fallen lässt. Der Kuss ist aggressiv. Seine Zähne beißen in meine Unterlippe, bis ich mich für ihn öffne, und dann verschlingt er meinen Mund, als wäre ich seine letzte Mahlzeit.

Er endet fast so schnell, wie er begonnen hat, und ich bleibe auf zitternden Beinen stehen, als er weggeht.

„Nur eine Fahrt?", fragt er, als wäre ich die Unzuverlässige. Ich zwinge meine Verärgerung nieder und nicke ihm zu.

„Ja, Mann. Ich nehme sie nur mit", sagt Jae, nachdem er näher herangekommen ist. Seine Worte sind unschuldig genug, aber da ist der Hauch einer Andeutung in seinem Ton und Emilio entgeht das nicht. „Bist du bereit?", fragt Jae und ignoriert die Spannung, die sich zwischen ihnen aufbaut. Er legt seine Hand auf meine Schulter und Emilios Augen werden auf die Berührung fokussiert, seine Hände sind jetzt zu Fäusten an seinen Seiten geballt. Dominique und Roman machen beide einen Schritt nach vorne und flankieren ihren besten Freund in einer aggressiven Show der Unterstützung.

Das kann nicht wahr sein. Die können doch unmöglich denken, dass es okay ist, sich so zu verhalten.

„Wirklich? Wollt ihr jetzt den Macho raushängen lassen? Wagt es nicht, auch nur daran zu denken, etwas anzufangen. Jae ist mein Freund. Was denkt ihr euch dabei?" Roman und Dominique sagen nichts. Blöde Teufel.

Allie zerrt an Romans Arm und er lässt sich nur widerwillig von ihr wegziehen, aber nicht ehe er Jae einen warnenden Blick zuwirft, der schreit: Ich kann und werde dir wehtun. Ich rolle mit den Augen, bevor ich Aaron einen flehenden Blick zuwerfe und meinen Kopf in Dominiques Richtung neige, gerade als Kasey zu unserer Gruppe stößt. Er schüttelt mit dem Kopf. So viel dazu, eines der Mädchen zu sein. Na, dann ist ja gut. Keine Hilfe von ihm. Ich versuche es als Nächstes bei Kasey und ich kann erkennen, dass sie es in Betracht zieht. Ihre Augen huschen zwischen Dominique und Emilio hin und her, ihre Lippen sind zusammengepresst. Ich sehe einen Funken Schalk in ihrem Blick, aber auch Zögern.

„Bitte", sage ich.

Jae reißt Luis aus meinen Armen und aus Gewohnheit lasse ich ihn gewähren. Sofort weiß ich, dass es ein Fehler ist. Das wird nur bestätigt, als ich Emilio sagen höre: „Ich will ihn nicht in der Nähe meines Kindes haben", während er einen Schritt näherkommt. Ich weiche aus, um ihn abzufangen.

„Wie bitte?" Woher kommt dieser besitzergreifende Arschloch-Scheiß?

„Einer von uns wird dich zur Schule und wieder zurückbringen. Du brauchst ihn dafür nicht, und ich will ihn nicht in Luis' Nähe haben. Ich kenne ihn nicht und ich vertraue ihm ganz sicher nicht meinen Sohn an."

Ich reibe mir mit den Fingern die Schläfen, die Kopfschmerzen machen sich bereits bemerkbar. Jae sagt nichts, wofür ich ihm dankbar bin. Seine Augen verengen sich zu Schlitzen, aber er tut das Richtige und hält den Mund und überlässt es mir, mit Emilios plötzlicher Feindseligkeit umzugehen. Luis greift nach seinen Wangen, verzieht das Gesicht und versucht, Himbeeren gegen seine Haut zu pusten. Das ist reizend, macht Emilio aber nur noch wütender.

„Kannst du ihn in seinem Autositz anschnallen?" Frage ich Jae, und er nickt und dreht sich um, um Luis ins Auto zu setzen. Bevor Emilio widersprechen kann, nehme ich seine Hand und ziehe ihn näher zum Gebäude, weg von der wachsenden Menschenmenge, die sich nur allzu sehr dafür interessiert, in was sich einer der Devils der Schule verwickelt. Manchmal hasse ich die Highschool wirklich.

„Du hast mir nicht zu diktieren, mit wem ich meine Zeit verbringe", erinnere ich ihn, sobald wir in sicherer Entfernung sind. „Und du kannst mir nicht vorschreiben, wen ich in Luis' Leben haben darf."

„Ich bin sein Vater ..."

„Und ich bin seine Mutter. Dass Jae mich mitnimmt und in Luis' Leben ist, ändert daran genauso wenig, wie dass Dominique oder Roman in seinem Leben sind."

Die Muskeln seines Kiefers spannen sich an. „Du weißt, dass er etwas für dich übrighat."

Ich antworte nicht, denn ja, das weiß ich. Und das jetzt zuzugeben, würde mir keinen Gefallen tun.

„Jae war immer für mich da. Als Freund", beeile ich mich,

hinzuzufügen, als Emilio den Mund aufmacht. „Ich werde ihn nicht plötzlich aus unserem Leben ausschließen, nur weil du das sagst."

Emilios Blick durchbohrt mich und er macht einen Schritt nach vorne, bis wir kaum mehr als einen Zentimeter voneinander entfernt sind. Seine Hand wandert nach oben und legt sich um meine Kehle, sein Griff ist besitzergreifend. Er fährt mit dem Daumen über meinen Kiefer und langsam über meine Unterlippe. Ich bleibe die ganze Zeit still und warte darauf, was dieser schöne Junge tun wird, wenn seine Wut ihn so reitet.

„Du und Luis, ihr gehört mir."

Ich ziehe eine Braue hoch.

Feuer belebt seinen Blick, während seine Zähne über seine Unterlippe kratzen. „Sag es."

„Sag was?"

Sein Griff wird fester, gerade fest genug, um eine Warnung zu sein. „Du gehörst mir."

„Was ist aus dem gegenseitigen Kennenlernen geworden?", frage ich. „Die Dinge langsam angehen."

Er drückt mich mit dem Rücken gegen die Wand und presst seinen Körper an meinen. Ich kann spüren, wie sich sein Schwanz in meinen Bauch gräbt, er ist bereits hart. „Du hast gesagt, du wolltest es langsam angehen. Ich habe nie zugestimmt." Er fängt meine Lippen in einem betäubenden Kuss ein. Wie schafft er es, mich auf diese Weise zu erweichen? Seine Hand wandert von meiner Kehle hinunter zu meiner Brust. Er drückt eine Brust, bevor er meinen Körper hinunterwandert und sich auf meine Hüften legt.

„Die Leute schauen zu", keuche ich und reiße meinen Mund von seinem.

„Denkst du, das kümmert mich?"

Ich drücke gegen seine Brust. Wenn ihn es nicht kümmert, mich schon. Sein Mund küsst meinen Hals und er presst sein Becken an mich, lässt mich jeden Zentimeter von sich spüren.

Meine Muschi krampft sich zusammen und ich zwinge mich, nicht in seiner Berührung zu zerfließen.

„Emilio ...“

„Bibiana ...“ In Emilios Stimme liegt eine Warnung und er beißt in die Verbindung zwischen meinem Hals und meiner Schulter. Ich zische und bevor ich noch mehr tun kann, weicht er zurück. Ich reibe den leichten Stich und werfe ihm einen anklagenden Blick zu.

„War das wirklich nötig?“, frage ich.

Er zuckt mit den Schultern. „Ich habe nur markiert, was mir gehört.“

„Ich gehöre dir nicht“, erinnere ich ihn.

„Rede dir weiter ein, was auch immer du hören willst.“

Ich schüttle den Kopf und gehe an ihm vorbei, während Jae bereits auf dem Fahrersitz seines Wagens sitzt.

Ich schaue nach Luis, um sicherzugehen, dass er richtig angeschnallt ist und dass sein Brustgurt dort sitzt, wo er soll, bevor ich auf den Beifahrersitz klettere. Ich begegne Emilios Blick durch die Windschutzscheibe, sein Gesicht ist immer noch angespannt und seine Augen sind starr.

Jae drückt zur Beruhigung mein Knie. „Alles gut?“

Ich nicke. „Ja. Los geht's.“

Er legt den Acura in den Fahrmodus und Emilio tritt hinter dem Auto hervor und sieht uns beim Wegfahren zu. Ich seufze und habe das Gefühl, dass er die Nachricht, dass ich mit Jae zusammenziehe, nicht besonders gut aufnehmen wird. Deshalb werde ich es ihm auch nicht sagen. Zumindest nicht in nächster Zeit, wenn ich es vermeiden kann. Jetzt muss ich mir nur noch überlegen, wie ich verhindere, dass er es herausfindet. Leichter gesagt als getan.

DREIUNDZWANZIG

Ich soll meinen Receiver verteidigen, aber ich nutze jede Gelegenheit, um meine Teamkameraden während des Trainings anzugreifen. Scheiß auf die Spielzüge. Ich gehe in die Offensive. Da ist ein verdammtes Monster, das unter der Oberfläche meiner Haut brodelt, und ich brauche eine Erlösung. Helme zertrümmern wird da nicht helfen.

Was hat der Typ überhaupt hier gemacht? Jae. Pfft. Und warum zum Teufel sollte sie ihn anrufen? Heute ist ihr erster Tag, nach dem Ausfall. Ich sagte ihr, ich würde da sein, dass ich helfen würde. Meinen Beitrag leisten. Ich dachte, wir hätten das alles bei ihr zu Hause besprochen. Ich sagte ihr, dass ich auch für sie verantwortlich bin, ich will mich um sie und Luis kümmern, aber sie gibt mir nicht mal die Chance dazu.

Dominique wirft den Ball weit, zielt auf Roman, der in Richtung Endzone eilt, seine Stollenschuhe fliegen über das Feld, als der Ball direkt auf ihn zukommt. Wir spielen in Blau, die andere Hälfte des Teams trägt Rot. Ich sehe einen der Jungs in Rot auf mich zukommen und gehe in die Knie, winkle meine Schulter an, um ihn direkt in den Bauch zu treffen. Mein Lächeln ist wild, als sich unsere Körper berühren, und ich höre, wie die Luft aus ihm herausströmt, weil er die volle Wucht meiner Aggression abbekommt. Meine Füße rutschen über das nasse Gras zurück, aber ich schaffe es, oben zu bleiben, während er zurückstolpert und flach auf den Rücken fällt.

„Fuck!", schreit er, seine Brust hebt und senkt sich und seine Fäuste schlagen neben ihm auf den Boden. Er steht nicht auf, und ich höre den Pfiff des Trainers, der das Spiel beendet. Ich gehe zu meinem Teamkollegen hinüber, sehe seine Nummer und weiß sofort, dass es der verdammte Carson Bailey ist. „Musstest du mich so umlegen?", knurrt er und versucht erfolglos, sich mit den Händen hochzustemmen. Er sackt zurück, sein Helm prallt auf den Boden und ich zucke mit den Schultern.

„Ja, das musste ich."

Der Coach kommt neben mir an und klopft mir auf die Schulter, doch ich spüre es kaum. „Behalte das Feuer für das Spiel am Wochenende. Wir brauchen es", sagt er, während er nach unten greift, um Carson hochzuziehen. „Aber lass deine Mannschaftskameraden in Ruhe." Er hält inne. „Zumindest meine Stammspieler."

Ich kichere. „Klar doch, Coach."

Carson reißt seinen Helm vom Kopf und verpasst mir eine Ohrfeige, sobald der Trainer sich abwendet. „Fick dich, Chavez. Ich dachte, wir wären cool?"

Ich nehme meinen Helm ab und gehe an ihm vorbei, wobei ich darauf achte, ihm einen Schulterblick zu verpassen. „Ich bin mir nicht sicher, wie du auf die Idee kommst."

Er flucht. „Ich habe nicht mal mit ihr geredet, Mann."

Ich mache mir nicht die Mühe, mich umzudrehen. Er hat meine Wut nicht verdient, aber es ist scheiße für ihn, weil er sie bekommen wird. „Stellt euch auf!", ruft Dominique und alle drängeln sich zurück in die Reihe.

„Ich bin beim nächsten Spielzug nicht dabei", sage ich und nicke in Richtung eines der Junioren auf der Bank. „Du bist dran."

Er schreckt auf und rennt aufs Feld, während Dominique ihm

schon zuruft, er solle sich beeilen. Ich schleiche zur Umkleide und lasse meinen Helm auf die Bank fallen. Ich muss einen klaren Kopf bekommen, aber ich kriege das Bild von ihr, wie sie mit ihm zusammensitzt, nicht aus dem Kopf, mein Kind auf dem Rücksitz. Sie sahen aus wie die perfekte Scheißfamilie. Hat sie deshalb abgelehnt, mich zu heiraten? Verdammt. Mich nicht zu Daten. Weil sie ihre Augen bereits auf jemand anderen gerichtet hat?

Ich fahre mit der Hand über mein Gesicht und trete gegen den Spind. Ich brauche Antworten. Ich drehe die Kombination für mein Schloss ein, reiße den Spind auf und krame in meiner Tasche nach meinem Handy, aber bevor ich überhaupt die Chance habe, den Bildschirm zu entsperren, geht ein Anruf ein.

Antonios Name blinkt über das Display und mein Magen sackt in sich zusammen. Mist. Meine Finger zittern, als ich den Anruf entgegennehme und das Telefon an mein Ohr halte, während mir das Herz im Hals stecken bleibt. Ist unsere kleine Schwester okay? Hat Raul etwas getan?

„Was ist los?", frage ich, sobald der Anruf durchgestellt ist.

„Wo bist du?", Seine Stimme ist fest, und meine Panik verzehnfacht sich.

„In der Schule. Football-Training", sage ich.

„Kannst du verschwinden? Irgendwohin, wo du allein sein kannst?"

Ich runzle die Stirn. Er klingt nicht verärgert, nur … angespannt.

„Bin ich schon. Ich bin in der Umkleidekabine. Ich brauchte eine Verschnaufpause. Was ist hier los?"

„Setz dich hin."

„Bro …" Ich überdecke meine Besorgnis mit einem Lachen. „Komm zur Sache. Wer ist gestorben?", scherze ich, denn wenn Sofia etwas zugestoßen wäre, hätte er es mir schon längst gesagt.

„Raul."

Was? Ich stolpere zurück auf die Bank und presse das Telefon an mein Herz, beuge mich vor, während ich auf den Boden starre.

Es klingelt in meinen Ohren. Antonio spricht immer noch, aber ich kann seine Worte nicht begreifen. Ich verstehe nur Bruchstücke von dem, was er sagt, doch nichts davon ergibt einen Sinn. „Vermisst. Gefunden bei … betrunken. Erstickt an seinem eigenen …"

Ich schüttele den Kopf, um ihn zu fragen. „Er ist tot. Du verarschst mich doch jetzt nicht?"

Es herrscht einen Moment lang Schweigen. „Dad ist tot."

Raul hat nicht mehr „Dad" gesagt, seit Mom weg ist, und aus irgendeinem gottverfluchten Grund verdreht sich mein Inneres, wenn ich das höre, zu einem Knoten. Es tut weh. Ein körperlicher Schmerz, den ich nicht beschreiben kann, und alles nur, weil ein Arschloch, das sterben sollte, es endlich getan hat.

„Nenn ihn nicht so. Wir hatten seit Jahren keinen Vater mehr. Wenn Raul gestorben ist …, was mich betrifft, sind wir ihn los."

„Gut. Wir überspringen die Tränen und die herzzerreißende Reise in die Vergangenheit. Aber wir haben ein Problem."

Ich schnaube. „Nein. Wir haben gerade eine Lösung für unser Problem. Und zwar eine verdammt große." Es klingt, als würde er in einen anderen Raum gehen.

„Wir haben Sofia", erinnert er mich.

„Was ist mit ihr? Sie ist jetzt in Sicherheit. Wir müssen uns keine Sorgen mehr machen, dass dieser Wichser ihr etwas antut." Ich reibe mir die Brust und versuche, den Schmerz zu lindern. Vielleicht habe ich auf dem Spielfeld einen Schlag abbekommen und den Schmerz nicht bemerkt. Mir fällt kein anderer Grund ein, warum ich mich auf einmal so fühle.

„Nein. Jetzt müssen wir uns Sorgen machen, dass der Sozialdienst sie mitnimmt."

Warte mal kurz. „Das kann nicht dein Ernst sein." Sie ist unsere Schwester. Unser Blut. Wir sind eine Familie. Man nimmt einem nicht die Familie weg. Der Sozialdienst hat sich einen Dreck um uns geschert, als Raul blaue Flecken hinterließ. Warum zum Teufel sollten sie sich jetzt einmischen?

„Ich habe bereits einen Anruf erhalten. Als die Polizei gerufen wurde, nachdem ein Zimmermädchen im Hotel seine Leiche gefunden hatte, haben sie seine Daten überprüft. Sie wissen, dass er Kinder hat, und sie wissen, dass Sofia minderjährig ist."

„Sie hat uns. Es ist nicht so, dass sie allein ist. Du und ich sind beide über achtzehn. Wir haben das im Griff."

Er stößt einen rauen Atemzug aus. „Du bist ein achtzehnjähriger Highschool-Schüler", erinnert er mich, und ich kann den Hauch von Panik in seiner Stimme hören. Er meint es ernst. Sofia kann uns allen weggenommen werden, weil der Versager von Vater ins Gras gebissen hat. Wird dieser Mann nie aufhören, unser Leben zu ruinieren? Muss er es sogar aus dem gottverdammten Grab heraustun?

„Du bist es nicht. Du hast einen Job. Du kannst ihr gesetzlicher Vormund sein." Ich verstehe immer noch nicht, wo das Problem liegt.

„Ich habe eine Vorstrafe, E."

Das ganze Blut fließt aus meinem Gesicht. „Das war vor drei Jahren. Die können nicht ..."

„Doch, können sie. Es war Körperverletzung mit ..."

„Du hast dich gewehrt!" Ich brülle und schlage mit der Faust gegen den Spind. „Du hast uns verteidigt." Antonio tat, was er tun musste, um uns zu beschützen, nur unser Arschloch von einem Vater erhob Anklage, obwohl er derjenige war, der zuerst zugeschlagen hat.

„Ich weiß. Aber das spielt keine Rolle. So sehen sie es nicht."

„Scheiße." Ich fange an zu laufen. „Was sollen wir tun? Wie bringen wir das in Ordnung?" Es muss einen Weg geben. Sofia dem Sozialdienst zu überlassen, ist keine Option. Ich fliehe mit ihr, wenn es sein muss. Ich weiß, Antonio wird das ebenfalls tun. Meine Gedanken schweifen zu Bibiana und Luis. Verdammt! Ich kann meine Schwester nicht mitnehmen und weglaufen. Ich muss auch an mein eigenes Kind denken. Verdammte Scheiße. Was für ein Schlamassel.

Würde Bibiana mit uns gehen? Ich könnte sie überzeugen, wenn ich müsste, oder?

„Roberto ist auf dem Weg. Ich rief ihn an, bevor ich dich anrief. Er stellte einen Urlaubsantrag, als ich ihm von Luis erzählte. Er wurde genehmigt.“

„Aber für wie lange? Wir können uns nicht darauf verlassen, dass er ...“

„Wir finden eine Lösung, ok? Das müssen wir...“

Ich beiße die Zähne zusammen und nicke, obwohl er es nicht sehen kann. Ich habe nicht viel Vertrauen in unseren ältesten Bruder, aber wenn er lange genug durchhält, damit wir diesen Scheiß herausfinden, wird das reichen. Dann kann er zurück in die Wüste kriechen und so tun, als würde seine Familie nicht existieren.

„Also, was machen wir in der Zwischenzeit?“

„Du bewegst deinen Arsch nach Hause. Wir müssen dem Sachbearbeiter zeigen, dass wir eine stabile, liebende Familie sind. Dass wir die Art von Umgebung bieten können, die Sofia braucht, um aufzuwachsen. Sie werden morgen hier sein, um uns zu befragen. Ich muss ...“

„Ich werde da sein.“

Er atmet erleichtert aus. „Ich danke dir.“

Ich schnaufe. „Du brauchst mir nicht zu danken. Sie ist auch meine kleine Schwester.“

„Ich weiß.“ Er seufzt. „Aber du hast jetzt dein eigenes Kind und ...“

„Und nichts. Ich lasse Bibiana wissen, dass ich eine Weile beschäftigt sein werde. Sie bringt Luis jetzt mit zur Schule, also werde ich ihn trotzdem jeden Tag sehen können. Wir werden uns schon was einfallen lassen.“

„Du musst ihn trotzdem irgendwann mal nach Hause bringen. Ich will meinen Neffen kennenlernen.“

„Ich weiß, ich werde ...“

„Aber vielleicht erst, wenn wir das alles geklärt haben.“

Klingt gut für mich.

Das Geräusch von sich nähernden Stimmen, lässt mich wissen, dass die Jungs mit dem Training fertig sind. „Ich muss los, aber ich bin in einer halben Stunde zu Hause. Maximal eine Stunde. Okay?"

„Okay. Bis gleich."

Ich lege auf und schiebe das Handy zurück in meine Tasche, ehe ich mich aus den Pads schäle. Ich will schnell duschen, bevor der Rest des Teams das ganze heiße Wasser verbraucht, und dann muss ich meinen Arsch nach Hause schleppen. Ob ich Bibiana anrufen soll, um ihr zu erzählen, was passiert ist? Aber ich habe ihr gar nicht erst von Raul erzählt. Es ist besser, es auf sich beruhen zu lassen. Ich sage ihr einfach, dass ich diese Woche wegen des Trainings nicht vorbeikommen kann. Sie wird es verstehen. Sie weiß, dass wir dieses Wochenende die Staatsmeisterschaft haben, also wird es keine große Sache sein.

Oder?

VIERUNDZWANZIG

Als Jae sagte, er würde ein paar meiner Sachen von meiner Mutter holen, war mir nicht klar, dass er alle meine Sachen meinte. Mein Zimmer zu Hause war nicht besonders groß, also hatte ich nicht viel Zeug, aber alle meine Klamotten hängen im Schrank im Gästezimmer und an einer Wand stehen sechs große Kartons mit Luis' Kleidung und Spielzeug. Er hat sogar meine Bücher und Dekosachen eingepackt.

Neben dem Bett ist ein Laufstall aufgebaut, und auf dem Nachttisch liegen mein Make-up und meine Zahnbürste. Ich kann nicht glauben, dass er daran gedacht hat, sie aus dem Badezimmer zu holen.

„Hast du etwas vergessen?", frage ich scherzhaft, aber auch ein wenig ernst, denn so fühlt sich der Umzug dauerhaft an, und das kann nicht sein, was er im Sinn hat. Oder? Ich meine, nein. Natürlich ist das nur vorübergehend. Einige Wochen. Vielleicht höchstens ein paar Monate.

Er reibt sich verlegen den Nacken. „Ich meine, ich habe das Bett nicht mitgebracht. Oder das Kinderbett. Aber wir können es holen, wenn du willst."

„Nein. Hier ist es gut. Großartig sogar." Der Laufstall ist neu. Den hatte ich vorher definitiv nicht, obwohl Luis gerne neben mir schläft. Die Hälfte der Zeit liegt er in meinem Bett.

Ich setze Luis ab und lege eine Hand auf Jae's Unterarm. „Du hättest dir nicht so viel Mühe machen müssen. Ich werde mir bald etwas überlegen. Ich verspreche es." Vielleicht habe ich Glück und kann Miguels Prozess abwarten, aber wie es sich anhört, könnte das Monate dauern, und ich habe keine Monate.

„Tu es nicht." Er seufzt. „Ich meine, du brauchst es nicht und es war keine Mühe. Allein zu leben wird überbewertet. Ich habe die ganze Wohnung für mich allein. Es könnte etwas Leben darin gebrauchen, denkst du nicht?"

„Bist du dir sicher? Denn wenn du es nicht bist ..."

„Ich will dich hier haben. Dich und Luis." Seine Augen flehen mich an, zu bleiben, und da ich keine Alternative habe, gebe ich nach.

„Ok. Ich danke dir. Ich verspreche, dass wir dir nicht in die Quere kommen werden."

Er gluckst. „Ich will, dass ihr mir im Weg seid. Das ist der Sinn dahinter, euch hierher zu bringen, also macht es euch bequem. Verteil Luis' Spielzeug im ganzen Haus und nehmt euch, was ihr braucht"

Ich kann mir ein Lächeln nicht verkneifen. „Du weißt, dass du ein ziemlich toller Typ bist, oder?"

Sein Mundwinkel hebt sich zu einem Lächeln. „Ja?"

„Ja. Du wirst eines Tages ein Mädchen wahnsinnig glücklich machen."

Sein Lächeln schwindet und er leckt sich über die Lippen, eine nervöse Geste. „Das bist aber nicht du, oder?"

Ich öffne meinen Mund. Schließe ihn. Schlucke und nehme einen tiefen Atemzug. „Ich glaube, Emilio und ich sind ..." Ich breche ab. Ich bin mir nicht sicher, was wir sind, aber da ist etwas, und ich will nicht, dass Jae einen falschen Eindruck bekommt. Denn selbst wenn Emilio nicht auf der Bildfläche erschienen wäre, es funkt nicht zwischen Jay und mir. Es steht nicht in den Karten für Jae und mich.

Er erzwingt ein Lachen. „Mach dir keine Sorgen. Ich habe es verstanden." Er nimmt Luis in die Arme, reibt seine Nase an seiner und gibt ihm einen Eskimokuss. „Ich hoffe, er weiß, wie glücklich er ist. Und ich hoffe, du weißt, dass ich ihn gern ersetze, wenn er es vermasselt." Er zwinkert.

Ich kann mir das Lachen nicht verkneifen, das aus meiner Brust hervorquillt. „Hör auf. Du wirst für niemanden die zweite Wahl sein."

Er tritt näher und drückt mir einen keuschen Kuss auf die Schläfe. „Ich würde sofort deine zweite Wahl sein, wenn du mich haben willst."

Mein Atem stockt.

„Aber ich werde dich nicht drängen. Ich schätze unsere Freundschaft zu sehr, und ich möchte, dass du dich wohlfühlst, in der Zeit, die ihr hier seid. Warum packst du nicht aus, während Luis und ich einen Snack zu uns nehmen?"

„Ich weiß das wirklich zu schätzen ..."

Er schüttelt den Kopf. „Genug mit all dem. Du und ich, wir sind okay. Es macht mir nichts aus, befreundet zu sein, solange diese Freundschaft alle Stürme übersteht, die aufkommen könnten. Ok? Ich weiß, dass du und Luis' Dad zusammen seid."

Ich runzle die Stirn.

„Oder vielleicht nicht zusammen?", korrigiert er.

„Ich habe keinen Schimmer, um ehrlich zu sein."

„Ja, Jungs sind dumm in seinem Alter." Er zuckt mit den Schultern. „Aber da ist etwas, oder ihr arbeitet zumindest daran, was ihr füreinander seid, und das respektiere ich. Stoße ihn nicht aus deinem Leben, okay? Ich weiß noch, wie ich mit achtzehn war, auch ein Idiot."

„Du bist nicht so viel älter", erinnere ich ihn.

Er grinst. „Alt genug, um aus meiner Idiotenphase herauszuwachsen."

Ich rolle mit den Augen.

„Er wird eifersüchtig sein. Und besitzergreifend. Ich kann es ihm nicht verübeln, aber" - er zögert, und ich kann sehen, dass ihm das wirklich wichtig ist - „halte dich an die Leute, die du in deinem Leben haben willst."

„Das werde ich. Versprochen."

„Ich nehme dich beim Wort."

Die nächste Stunde verbringe ich damit, auszupacken und sicherzustellen, dass ich alles habe, was ich brauche. Ich versuche, Mom anzurufen, aber sie geht nicht ran, also schreibe ich ihr eine SMS und hoffe, dass sie sie irgendwann sieht und antwortet.

Ich: Bleibe für eine Weile bei Jae. Ruf mich an, wenn sich bei Miguel etwas ändert.

Ich bin nicht an Funkstille von ihr gewöhnt. Wir haben uns immer nahegestanden. Besonders nach Dads Tod. Sie redete mit mir. Sagte mir Dinge, die die meisten Mütter ihren Töchtern wohl nicht sagen würden, doch es war okay. Mir gefiel die Veränderung in unserer Beziehung. Ich mochte es zu wissen, dass sie mich brauchte, aber jetzt brauche ich sie.

Ich versuche, die Emotionen, die in mir hochkochen, zurückzudrängen. Ein Krater öffnet sich in meiner Brust und ich reibe mich an dem Schmerz, hasse das hohle Gefühl in mir.

„Du bist kein kleines Kind mehr", erinnere ich mich. Ich schließe die Augen und atme tief ein. Jeder muss irgendwann einmal das Nest verlassen. Jetzt ist zufällig der Zeitpunkt für mich.

Ich lege mein Handy auf den Nachttisch, bevor ich es wieder in die Hand nehme. Ich überlege, ob ich Emilio anrufen soll.

Jeden Tag in dieser Woche ist er nach dem Footballtraining zu uns nach Hause gekommen. Aber heute ist er eindeutig sauer auf mich. Das ist dumm und mehr als unreif. Ich habe das Gefühl, dass er heute nicht vorbeikommt. Wenn, sollte ich es sein, die es ihm sagt. Es wird ihn nur noch wütender machen, falls er bei mir zu Hause auftaucht und meine Mutter diejenige ist, die ihm mitteilt, dass ich bei Jae eingezogen bin. Ich weiß nicht, wie er es aufnehmen wird. Aber ich stelle mir vor, dass es schlimmer sein wird, als wenn ich es ihm selbst sage.

Ich bin unschlüssig, ich will es ihm nicht sagen. Ich möchte so tun, als wäre es keine große Sache. Weil es das nicht ist. Wo ich wohne, sollte keine Rolle in unserer Beziehung spielen, wie auch immer sie sein mag. Und dieser Kuss. Ich presse die Finger an meine Lippen, erinnere mich an seine Berührung. An seinen Geschmack. Er ist immer süß mit einem Hauch von Schärfe, ähnlich wie die Palerindas - ein Lutscher mit Tamarindengeschmack, den ich ihn manchmal essen sehe.

Aber ich weiß, dass es ein Problem zwischen uns sein wird. Es wird zu Streit führen und wenn Mom diejenige ist, die es ihm sagt, wird es nur noch schlimmer. Sie weiß, dass Emilio der Vater von Luis ist. Wir hatten dieses lustige, unangenehme Gespräch und es lief so gut, wie ich erwartet hatte.

Sie denkt, er ist zu jung. Dass ich vorsichtig sein muss. Dass ich Luis gegenüber keinen Millimeter nachgeben soll, weil er sich alles gefallen lassen würde. Es ist, als ob sie glaubt, dass er versucht, mir Luis wegzunehmen oder so.

Es hilft nicht, dass sie schon immer ein Fan der Idee war, dass Jae und ich zusammenkommen. Emilio in der Nähe zu haben, macht ihren Plänen einen Strich durch die Rechnung und zu wissen, dass er dabei war, als Miguel verhaftet wurde, gibt ihm keine Pluspunkte bei ihr. Ich will nicht, dass sich das zu einer größeren Sache ausweitet, als es sein dürfte. Ich liebe meine Mom, aber sie kann im Moment nicht klar denken.

Resigniert mit dem Wissen, dass ich es ihm tatsächlich sagen muss, rufe ich Emilios Nummer auf, drücke auf Wählen und höre, wie es klingelt. Einmal. Zweimal. Fünf Mal. Es meldet sich seine

Mailbox. Erleichterung macht sich in mir breit, als seine Stimme sagt: „Hier ist Emilio. Du weißt, was zu tun ist." Es piept und ich lege auf. Die Mailbox ist nicht der beste Weg, ihm zu eröffnen, dass ich ausgezogen bin, oder? Ich versuche es später noch einmal. Wahrscheinlich. Zumindest kann ich sagen, ich habe es versucht.

Ich schaue auf die Uhr. Das Training sollte schon vorbei sein, aber er könnte sich verspäten, oder er duscht gerade. Soll ich ihm eine SMS schicken? Vielleicht nur, um ihn zu bitten, mich anzurufen, wenn er einen Moment Zeit hat. Bevor ich mich entscheiden kann, vibriert mein Handy in meiner Hand und ich springe auf.

Emilios Name blinkt über das Display und meine Finger fummeln, um die eingehende Nachricht zu öffnen, meine Nerven liegen schon blank.

Emilio: Es kam etwas Familienkram dazwischen. Ich werde die nächsten paar Tage beschäftigt sein.

Oh. Ich lasse die Schultern hängen. Er wird beschäftigt sein? Was soll das denn heißen? Wie, ist er zu ausgelastet für Luis und mich? Ich kaue auf meiner Unterlippe. Ist er wirklich so sauer auf mich, dass er sich eine Geschichte über ein Familienproblem ausdenken würde?

Ich schüttle den Kopf. Nein. Im Zweifelsfall gebe ich ihm recht. Außerdem wollte ich es sowieso hinauszögern, ihm zu sagen, dass ich ausgezogen bin. Das verschafft mir wenigstens etwas Zeit. Ich setze mich auf die Bettkante und starre auf mein Handy.

Das ist gut. Hilfreich, sogar.

Ich atme scharf aus. Warum fühlt es sich so an, als würde mein Magen gerade versuchen, durch meine Füße zu entkommen?

Wenn er mir aus dem Weg gehen möchte, kann ich nichts dagegen tun. Es ist nur echt scheiße zu wissen, dass er es will.

. . .

ICH: OKAY. WIR SEHEN UNS IN DER SCHULE.

ICH DRÜCKE DIE SENDETASTE UND WEIGERE MICH, MIR anmerken zu lassen, wie sehr mich das stört. Zweifel schleichen sich ein und ich frage mich, ob das eine wiederkehrende Sache sein wird. Auf Bibi wütend werden und plötzlich nicht mehr erreichbar sein?

Drei kleine Punkte erscheinen auf dem Bildschirm und ich warte darauf, dass er antwortet, aber nach ein paar Sekunden verblassen die Punkte, die signalisieren, dass er tippt, und es kommen keine neuen Nachrichten. Ich seufze. Wie auch immer. Jungs sind sowieso doof.

FÜNFUNDZWANZIG

Es ist drei Tage her, dass ich von Rauls Tod erfuhr, und das Leben war ein absoluter Alptraum. Ich habe es die letzten zwei Tage nicht mal zum Training geschafft, und Luis sehe ich kaum. Ich meine, ich sehe ihn in der Schule, da Bibiana ihn mitbringt, aber mein Kind für ganze 30 Minuten beim Mittagessen zu halten und ihn dann während der vierten Stunde zu teilen, ist nicht genug. Das wird für mich nicht funktionieren.

Ich erinnere mich daran, dass es nur vorübergehend ist. Sobald wir eine Lösung finden und sicherstellen, dass Sofia nicht ins System kommt, kann ich mehr Zeit mit Luis verbringen. Mit meinem Mädchen. Bibiana hat sich seltsam verhalten. Sogar reserviert. Es ist, als würde sie sich hinter eine Mauer zurückziehen und ich bin nicht sicher, was ich davon halten soll. Ich will sie wissen lassen, was los ist. Aber was, wenn sie ausflippt? Ich will nicht riskieren, dass sie Luis vor mir versteckt. Ich würde gerne glauben, dass wir das hinter uns haben, dass sie ihn mir nie vorenthalten würde. Doch ich werde das Gefühl nicht los, dass sie es tun könnte. Ich meine, welche Mutter wäre nicht besorgt, wenn das Sozialamt herumschnüffelt, oder?

„Danke, Jungs. Ich glaube, das ist alles, was ich im Moment brauche.", sagt die Sozialarbeiterin - eine Miss Patricia Morgen - und steht auf. In der einen Hand hält sie einen Notizblock, die ersten Seiten sind mit Notizen übersät. Worüber, wer weiß das schon. Sie war jetzt zweimal hier in drei Tagen, und es würde mich nicht wundern, wenn ich sie noch einmal sehe.

Es ist klar, dass sie beschlossen hat, dass ihr unsere Situation nicht gefällt. Sie macht ständig Aussagen darüber, wie wichtig es für ein junges Mädchen ist, mit einer Mutter aufzuwachsen. Und ja, ich bin sicher, das ist es. Aber wir haben keine und es ist wichtiger, dass Sofia bei ihrer Familie bleibt, als dass sie zu einem Haufen Fremder abgeschoben wird. Mutter oder nicht, sie braucht uns genauso sehr.

Die Möglichkeit, dass das passiert, macht meiner kleinen Schwester zu schaffen, und das sieht man. Sie ist blass und verhält sich unbeherrscht. Jedes Mal, wenn diese Morgen-Dame ihr eine Frage stellt, weicht sie zurück, als würde sie versuchen, in den Möbeln zu versinken, und sie blinzelt mit den Augen zu mir und Antonio, bevor sie antwortet. Das lässt sie verdammt schuldbewusst aussehen. Wenn ich Patricia Morgen wäre, würde ich mir auch Sorgen machen. Aber sie kennt uns nicht. Bei der ersten Begegnung bei Leuten reinzuplatzen und sie in Angst und Schrecken zu versetzen, ist kein guter Weg, um jemanden zu unterstützen.

Antonio springt auf, um sie hinauszubringen, und ich bleibe auf der Couch und ziehe Sofia in eine Umarmung. Gott weiß, dass sie das braucht. Ihr winziger Körper schmiegt sich zitternd an meinen, und ich lege ihren Kopf unter mein Kinn. „Sie wird mich mitnehmen, nicht wahr?", flüstert sie, die Tränen stecken ihr im Hals.

„Nö. Das ist alles nur Protokoll, kleine Schwester. Niemand wird dich irgendwo hinbringen." Meine Stimme ist fest, aber innerlich fühle ich mich unwohl. Sie dürfen sie uns wegnehmen und es gibt nichts, was wir dagegen tun könnten.

Ein paar Stunden vergehen, und die Stimmung im Haus ist ausgesprochen düster. Sofia hat sich in ihr Zimmer zurückgezogen, um ein Buch für die Schule zu lesen und Antonio und ich sitzen in der Garage. Er trinkt ein Modelo-Bier, während wir beide gedankenverloren auf die Straße starren.

Ein Auto, das ich nicht kenne, fährt vor und ich lehne mich in meinem Sitz nach vorne. Die Beifahrertür öffnet sich, und ein Mann steigt aus. Mein Bruder ist kampfgrau gekleidet und dreht sich zu uns um, einen Militärsack über eine Schulter gehängt. Der Fahrer fährt los, während Roberto dasteht und auf seinen Empfang wartet.

Antonio ist der Erste, der aufsteht. Er trifft unseren Bruder auf halbem Weg durch die Einfahrt und die beiden umarmen sich. Roberto ist fülliger, seit ich ihn das letzte Mal gesehen habe. Er ist sowohl größer als auch breiter geworden und verschlingt Antonio fast in seinen Armen.

Sie trennen sich und kommen gemeinsam zur Garage, Roberto bleibt ein paar Schritte vor mir stehen, mit einem Stirnrunzeln. „Lange her, hermanito." Kleiner Bruder.

Ich nicke und stelle mich hin. „Vier Jahre", erinnere ich ihn. Vier Jahre mit verdammt wenig Kontakt, möchte ich hinzufügen. Aber ich mache mir nicht die Mühe, das laut auszusprechen. Er weiß, wie lange er weg war.

Roberto senkt den Kopf und stößt einen rauen Atemzug aus. „Ich bin jetzt wieder da."

Offensichtlich. Er steht vor mir. Aber die Frage ist, für wie lange?

Er wendet seinen Blick zur Seite, sein Kiefer ist steif, bevor er seinen harten, haselnussbraunen Blick wieder auf meinen richtet.

„Sei nicht so streng mit ihm", bittet Antonio.

Bevor ich antworten kann, fügt Roberto hinzu: „Ich bin jetzt raus."

„Was soll das denn heißen?", frage ich.

Er steht steif da, die Schultern zusammengezogen, und die

Füße stehen fast perfekt auseinander. „Es bedeutet, dass ich wieder einsatzfähig war, als Antonio anrief. Er hat mir von deinem Kind erzählt." Ein Lächeln ziert sein Gesicht, eines, der wenigen echten Lächeln, die ich je auf dem Gesicht meines Bruders gesehen habe. „Ich beschloss, es nicht zu tun. Schon bevor ich das mit Raul wusste." Er zögert, seine Stimme wird leiser. „Ich weiß, dass ich dich verlassen habe. Verlassen wie Mom. Ich nehme es dir nicht übel, dass du sauer auf mich bist. Ich hätte anrufen sollen. Oder schreiben." Er stößt einen Atemzug aus. „Schau. Es tut mir leid. Aber ich bin jetzt hier. Ich will hier sein. Für Sofia. Für dich. Ich will unsere Familie wieder so zusammenbringen, wie sie sein sollte."

Ich bewege meinen Kiefer und gebe ihm ein steifes Nicken. „Okay."

„Okay?", fragt er, als würde er mir nicht glauben. Ich strecke meine Hand aus und er umklammert sie.

„Ja, Mann. Okay." Ich habe meinen Groll schon vor Jahren aufgegeben. Er hat getan, was er tun musste, und ich kann nicht sagen, dass ich an seiner Stelle nicht die gleiche Entscheidung getroffen hätte. Okay ... Lüge. Ich weiß, ich hätte es nicht gemacht, aber trotzdem. Das hier kann ich loslassen. Für die Familie. Für das Blut.

SECHSUNDZWANZIG

„Wir gehen dieses Wochenende auf eine Party", sagt Kasey, sobald ich mich zum Mittagessen setze.

„Äh, du weißt doch, dass ich ein Kind habe, oder?"

Sie nickt, das blonde Haar wippt um ihr Gesicht. „Jep. Ich habe mich schon darum gekümmert." Ich sehe Allie an und sie zuckt mit den Schultern.

„Und wie genau hast du dich um mein Kind gekümmert?", frage ich, als Emilio und der Rest der Jungs zu uns stoßen.

„Was ist das mit unserem Kind?", fragt Emilio und nimmt Luis aus meinen Armen. Er gibt mir einen kurzen Kuss auf die Wange und wendet sich dann unserem Sohn zu, schneidet Grimassen und pustet ihm in den Nacken.

„Ich habe dir einen Babysitter besorgt", fügt Kasey hinzu, und ich runzle die Stirn. Ich werde Luis nicht einfach irgendjemandem überlassen. „Entspann dich, es ist Monique."

Oh. Meine Schultern entspannen sich. „Ich wusste nicht, dass ihr beide miteinander redet."

Dominique grunzt und ein verruchtes Lächeln breitet sich auf Kaseys Gesicht aus. „Die ganze Zeit", sagt sie mit einem spitzen

Blick in Richtung Dominique. „Ich lerne so viel. Das Mädchen ist eine wahre Fundgrube an Informationen."

Ich pruste, unterdrücke aber schnell mein Lachen. Ich kann mir nur vorstellen, was die beiden so treiben. „Okay. Ich bin dabei, da ich Monique vertraue, warum gehen wir dieses Wochenende auf eine Party?"

Bei der Erwähnung von Party begrüßen mich vier finstere Blicke. Emilio, Aaron, Dominique, und Roman.

Kasey ignoriert sie alle. „Die Jungs haben dieses Wochenende das Spiel um die Staatsmeisterschaft."

„Genau" sagt Roman. „Warum zum Teufel sollte einer von uns auf eine Party gehen?"

„Ihr seid nicht eingeladen", antwortet Allie und streicht ihm über die Haare.

„Wenn die Jungs ein Spiel haben, wieso wollen wir da nicht hingehen?"

Emilio schiebt sich neben mich. „Willst du mich spielen sehen?"

Ich zucke mit den Schultern. „Warum nicht?"

Sein Rücken richtet sich auf und seine Mundwinkel verziehen sich zu einem Lächeln. „Ihr solltet zu dem Spiel kommen."

Kasey schüttelt nur den Kopf. „Wir gehen nicht zu Schulspielen, schon vergessen?" Sie wirft einen spitzen Blick in Allies Richtung, und alle am Tisch nicken plötzlich.

„Was verpasse ich?"

Kasey zögert, also ist es Allie, die antwortet. „Als ich ... äh ... angegriffen wurde", sie schluckt schwer, „war das bei einem Footballspiel. Das ist immer noch ein wunder Punkt für mich."

Oh. „Ich bin so ..."

Sie schüttelt den Kopf. „Brauchst du nicht. Aber ich stimme Kasey zu. Lass uns rausgehen. Gehen wir auf eine Party. Ich war auf keiner mehr, seit wir alle in Shadle Creek zusammenkamen. Ich könnte einen lustigen Abend gebrauchen, bei allem, was gerade los ist."

Roman legt seinen Arm um sie und sie lehnt sich an ihn. Ich war so eine beschissene Freundin. Ich habe mich kaum gemeldet, um zu fragen, wie es ihr geht, bei all dem Miguel-Kram, der gerade los ist. Das letzte, was ich von Jae gehört habe, da er alles für mich im Auge behält, ist, dass Miguel ein Deal angeboten wurde, um den anderen Mann, der Allie angegriffen hat, zu verraten.

Es sieht so aus, als würden die jüngsten Anklagen bestehen bleiben und Jae sagte, dass Miguel es in Betracht zieht. Sie boten ihm eine geringere Strafe an. Zehn bis fünfzehn Jahre mit der Chance auf Bewährung bei guter Führung, also könnte er schon nach sieben raus sein, wenn er sich gegen seinen Kumpel wendet. Wir werden sehen, was passiert.

„Kommst du zurecht?"

Sie zuckt mit den Schultern. „So gut, wie es eben geht. Ich will nur, dass es bald vorbei ist, weißt du? Ich möchte das alles endlich hinter mir lassen und mit meinem Leben weitermachen."

Ich greife über den Tisch und drücke ihre Hand. „Also, Mädelsabend?"

Sie nickt. „Mädelsabend."

Ich lächle breit. Ich war auf keiner Party mehr, seit … nun, seit ich mit Luis schwanger war.

„Mir gefällt der Gedanke nicht, dass ihr drei allein ausgeht", sagt Emilio und setzt Luis auf den Tisch, wo er sich prompt windet und versucht, über die Oberfläche zu krabbeln.

„Gib her", sagt Allie und greift nach ihm. „Ich brauche die Babykuscheleinheiten."

„Wir werden nicht allein sein. Wir werden zusammen sein." Ich zucke mit den Schultern.

„Schlechte Idee", fügt Dominique hinzu. Roman und Emilio nicken beide zustimmend. „Shit could happen. Jemand könnte etwas in euren Drink kippen. Ihr könntet verletzt werden."

Kasey schnaubt. „Es ist bei Sarah. Ich wohne buchstäblich direkt nebenan. Wir müssen uns nicht um Mitfahrgelegenheiten oder einen Fahrer kümmern, und keiner von uns ist ein schwerer Trinker. Hör auf, ein Spielverderber zu sein. Wir rufen Aaron an, wenn wir in der Klemme stecken."

Aaron schüttelt den Kopf. „Ich habe schon etwas vor. Ihr drei seid auf euch allein gestellt."

Kasey fährt ihn an. „Pläne? Was für Pläne?"

„Private, von denen meine neugierige kleine Schwester nichts zu wissen braucht."

Ihre Augen verengen sich, aber zu unserer aller Überraschung lässt sie es sein. „Wie auch immer. Es spielt keine Rolle. Wir brauchen nicht ..."

„Nein", sagt Roman tonlos, als ob sein Wort Gesetz wäre, und alle drei Mädchen heben eine Augenbraue.

„Nein?", fragt Allie, legt den Kopf schief und hat ein Funkeln in den Augen. Oh, das wird gut werden.

„Vanilla, du weißt, dass das eine schlechte Idee ist."

„Was ich weiß, ist, dass ich einen dringend benötigten Mädels-abend haben werde. Und ich weiß, dass du ein Football-Spiel hast. Staatsmeisterschaften, die du nicht verpassen darfst. Das ist es, was ich weiß."

Kasey und ich kichern beide.

Roman öffnet den Mund, um zu argumentieren, besinnt sich aber eines Besseren, bevor er flucht und dann Luis von ihr stiehlt. „Ich dachte, ihr beide hasst Sarah."

„Tun wir auch", mischt sich Kasey ein. „Aber das heißt nicht, dass ich kostenlosen Alkohol und eine Nacht auswärts ablehne."

Er presst die Lippen zusammen und Allie grinst triumphie-rend, als Roman anfängt, Babygeräusche zu machen und Luis anzugrinsen. Es ist seltsam, wie schnell seine Stimmung umschlägt.

„Kann ich ihn in der nächsten Stunde behalten?", fragt sie. „Ich möchte etwas Zeit mit meinem Neffen verbringen." Ich liebe es, dass sie ihn bereits als Familie betrachtet. Das tun sie alle.

„Klar. Aber hast du nicht Unterricht?"

Sie nickt und hält Luis einen Finger hin, der versucht, darauf zu beißen. Er zahnt und alles scheint essbar zu sein, oder zumindest kaubar in diesen Tagen.

„Nur Sport, bei dem wir einen Ball herumrollen oder so. Es wird niemanden interessieren."

„Warum nicht?"

Die Glocke läutet und wir erheben uns alle von unseren Plätzen. „Wir sehen uns in der vierten Stunde", ruft sie und nimmt mir meine Wickeltasche ab, während sie mit Roman zum Ausgang geht.

Ich will ihr gerade folgen, als Emilio nach mir greift und meinen Arm festhält. „Eine Party?", fragt er mit leiser Stimme. „Ist das eine gute Idee?"

„Warum sollte es das nicht sein?"

Er zerrt mich dazu, neben ihm in den Schritt zu fallen, und wir stürzen in den überfüllten Korridor. „Weil du das letzte Mal, als du auf einer Party warst ..."

„Hattest du einen One-Night-Stand? Schwanger geworden?" Ich grinse. „Hast du Angst, dass es wieder passieren könnte?"

Er zieht mich in ein leeres Klassenzimmer und schließt die Tür hinter uns, bevor er sich umdreht und mich an die Wand drückt. Mein Atem stockt, als er mit seiner Nase an meinem Kiefer entlangfährt und tief einatmet. „Das passiert besser nicht noch einmal, es sei denn, ich bin derjenige, der ein weiteres Baby in diesen Ofen steckt." Er presst eine Hand gegen meinen Bauch. Meine Augen treffen fragend auf seinen verschleierten Blick.

„Planst du schon wieder, mich zu schwängern?" Ich scherze, aber er lächelt nicht.

„Und wenn es so wäre?"

Ich runzle die Stirn. „Du machst Witze, oder?"

Schweigen.

„Emilio ..."

„Ich war beim ersten Mal nicht dabei. Ich habe das alles verpasst. Vielleicht will ich sehen, wie es ist." Er zuckt mit den

Schultern, als wäre es keine große Sache, aber da ist eine Emotion in seinen Augen, die ich nicht erkenne.

„Wir sind nicht mal ...“

„Doch. Doch, sind wir.“ Er drückt sich an mich, seine Lippen schweben eine Haaresbreite über meinen. „Wir sind ein Paar. Du kannst dir einreden, was du willst, aber das hier, du und ich, das ist nicht nichts. Das ist etwas. Und es ist exklusiv.“

Ich zittere als Antwort. „Emilio Chavez ist fähig zur Monogamie? Wer hätte das gedacht?“ Ich scherze nur halb, denn trotz seiner Worte habe ich Zweifel. Besonders bei der Art, wie er sich in den letzten Tagen verhalten hat.

„Jetzt weißt du es“, sagt er und küsst mich, wobei seine Lippen auf eine Weise über meine eigenen fliegen, die mich dazu bringt, ihm zu folgen. „Und du bist die Einzige, die zählt.“ Er umfasst die Seite meines Gesichts und neigt sich zu mir, bis seine Lippen erneut auf die meinen gepresst sind. Diesmal hält der Kuss einen Moment an und meine Wangen erhitzen sich, als ich den harten Druck von ihm gegen mich spüre.

Die Glocke läutet und reißt mich aus dem Augenblick, und wir lösen uns voneinander, doch nur fast. „Wir sollten zum Unterricht gehen“, murmle ich, mache aber keine Anstalten dazu.

„Das sollten wir“, stimmt er zu, aber auch Emilio bewegt sich nicht.

Mein Brustkorb hebt und senkt sich, während mein Herz in meiner Brust pocht. In seinen Augen liegt ein wildes Glitzern, und auf seinen Lippen ein verruchtes Lächeln. „Oder ...“

„Oder?“ Meine Stimme ist atemlos.

„Wir könnten bleiben.“

Ich schlucke hart und lecke mir über die Lippen. Seine Augen verfolgen die Bewegung, und im nächsten Moment hebt er mich in seine Arme. Meine Beine schlingen sich um seine Taille, und er reibt sich an mir, sein hartes Glied presst sich fest an meine Mitte. „Ich muss in dir sein“, murmelt er gegen meinen Mund.

„Wir ...“ Ich keuche. „Das können wir nicht ... hier...“ Ich kriege keine Luft mehr. Seine Küsse sind betäubend, rauben mir die Luft in der Lunge. Er knabbert an meinem Kinn, meiner Kieferpartie, meinem Hals.

„Ich komme nach dem Training rüber. Die Dinge haben sich mit meinem Bruder in der Stadt beruhigt."

Ich wölbe mich gegen ihn, als seine Worte sich ihren Weg durch den Dunst des Verlangens bahnen. Rüberkommen? Heute? Bruder? Scheiße!

Ich ziehe mich zurück und lasse meine Füße wieder auf den Boden fallen. Emilio schaut finster drein und setzt mich widerwillig ab. „Dein Bruder ist in der Stadt?" Ich durchforste mein Gehirn nach einer früheren Erwähnung von ihm. Ich weiß, dass er zwei hat. Und eine kleine Schwester. Ich habe sie bisher nicht kennengelernt. Ich nahm an, dass sie alle hier leben.

„Ja. Mein Ältester ist gerade aus der Armee entlassen worden. Er ist wieder da, jetzt, wo ..." Er stockt.

„Jetzt, wo was?"

Er holt tief Luft und stählt sich. „Mein Vater ist gestorben."

„Oh, mein Gott." Meine Hand fliegt hoch, um meinen Mund zu bedecken, bevor ich ihn in die Arme nehmen kann. „Es tut mir so leid", murmle ich gegen seine Brust.

Emilio zieht sich zurück und sieht auf mich herab, mit einem seltsamen Ausdruck im Gesicht. „Er war ein Alkoholiker, der seine Kinder gerne geschlagen hat. Es muss dir nicht leidtun, dass er von uns gegangen ist. Mir tut es nicht leid."

Oh. Ich hatte ja keine Ahnung. „Bist du ..."

Er reibt sich den Nacken. „Mir geht's gut. Wirklich. Ich möchte nicht über ihn reden. Was ich will, ist", er küsst mich wieder, „dich zu ficken, am liebsten in einem Bett, aber ein Schreibtisch wäre mir auch recht."

Ich stöhne gegen seinen Mund. „Wir werden keinen Sex in der Schule haben. Jemand könnte reinkommen."

„Gut. Heute Abend bei dir."

Als ich nicht antworte, lehnt sich Emilio zurück und hält mich auf Armeslänge. „Es sei denn, du willst nicht, dass ich komme?"

Ich schüttle den Kopf. „Es ist nicht so ..." Wie soll ich das erklären?

„Was ist es dann?" Da ist ein Biss in seinem Ton.

Ich atme tief ein und entscheide mich, das Pflaster abzureißen. „Ich bin ausgezogen." Da, ich habe es gesagt.

„Wann?"

„Anfang der Woche. Miguel hat eine Kaution hinterlegt, also ..." Ich zucke mit den Schultern.

Er tritt zurück und verschränkt die Arme vor der Brust. „Und du wolltest es mir nicht sagen?"

„Es ist nicht so, dass ich es nicht wollte. Ich meine, ich wusste, dass ich es dir irgendwann sagen musste, nur ..."

Er tippt mit dem Fuß auf.

„Ich bin bei Jae eingezogen?" Es kommt wie eine Frage heraus, obwohl es keine ist. Wie erwartet, rötet sich sein Gesicht und Dampf quillt praktisch aus seinen Ohren.

„Jae? Der Typ, der dich sofort ficken würde, Jae?"

„Wir sind nur Freunde."

Er schüttelt den Kopf und weicht von mir zurück. „Willst du mich jetzt verarschen?"

Ich stürme auf ihn zu. „Nicht so laut. Es ist keine große Sache. Ich brauchte einen Platz zum Pennen, und er hat es mir angeboten. Es ist nichts passiert. Ich schwöre es."

Er zupft an seinen Haarsträhnen, aber anstatt mich weiter anzuschreien, überrascht er mich und stößt mich mit dem Rücken gegen einen der Tische. „Es läuft nichts zwischen euch beiden?", beißt er sich fest.

Ich schüttle den Kopf. „Nichts."

„Aber ich kann nicht rüberkommen und mein Mädchen bei ihm ficken. Ist es das, was du mir sagen willst?"

Wenn er es so sagt, klingt es schlimm, nur trotzdem: „Das wäre komisch. Meinst du nicht?"

Er zieht eine Augenbraue hoch und eine Hand greift nach meinem Kinn. „Du gehörst mir, Bibiana Sousa. Nur mir."

Ich presse die Lippen zusammen, um meine Erwiderung zu unterdrücken.

„Sag die Worte. Du. Bist. Meins."

Ich zögere und er beißt mir auf die Unterlippe. Hart. Au. Mist.

Seine Hand ergreift meinen Hintern und zieht mich fest an sich. „Ich werde dich ficken, bis mir jeder Teil deines Geistes, deines Körpers und deiner Seele gehört", knurrt er.

Meine Muschi krampft sich in Erwartung zusammen.

„Ich werde nicht sanft sein", warnt er. „Du hast mir etwas vorenthalten. Ich dachte, wir waren uns einig, keine Geheimnisse?" In seinen Augen liegt ein wildes Glitzern, doch er wartet, fast so, als würde er mich im Stillen um Erlaubnis bitten. Ich schlucke schwer, schaffe aber ein Nicken. „Okay", sage ich ihm, denn ich weiß, dass er trotz der Wut, die in ihm aufsteigt, hören muss, dass ich mit der Sache einverstanden bin.

Er will mich ... bestrafen, denke ich. Dafür, dass ich ihm nicht von Jae erzählt habe. Wahrscheinlich noch für den Tag, als er mich von der Schule abgeholt hat. Ich sollte mich dagegen wehren, aber ich tue es nicht. Ich habe akzeptiert, dass Emilio nicht wie andere Jungs ist, und ich nehme meine Strafe gerne in Kauf, wenn das bedeutet, dass ich ihn haben kann.

In seinem Innersten ist Emilio ein guter Kerl. Er will mich nicht verletzen. Er braucht nur ...

„Dreh dich um", befiehlt er, seine Stimme ist voll von Lust.

Ich zögere nur eine Sekunde, bevor ich tue, was er mir sagt. Ich drehe mich um und drücke die Hände auf den Tisch vor mir, meine Brust hebt sich und mein Herz rast. Emilio drückt seinen Schwanz gegen mich, während er den Bund meiner Leggings nach unten zieht. Kühle Luft streicht über meine Haut, der dünne Fetzen Satin, der meinen Hintern bedeckt, reicht kaum aus, um die Kälte abzuhalten. „Was, wenn jemand ..."

„Es wird niemand reinkommen. Die Tür ist verschlossen. Du musst einfach nur ... still sein." In seiner Stimme liegt ein Schmunzeln.

Seine Finger wandern an meinen Innenseiten der Oberschenkel entlang, graben sich in mein Fleisch, bevor sie nach oben gleiten, um sich in meinem Höschen einzuhaken. Geübte Finger ziehen sie herunter, aber sie verheddern sich in den Leggings zu meinen Füßen. Meine Finger verkrampfen sich an der Tischkante. Das passiert jetzt wirklich. Ich werde mich von ihm in einem Klassenzimmer ficken lassen.

Meine Muschi pulsiert vor freudiger Erwartung und er tritt zurück. Ich drehe mich um und schaue ihn über meine Schulter an. Seine Augen brennen vor Verlangen. „So hübsch", gurrt er mit dunkler Stimme, aber er sieht nicht in mein Gesicht. Seine Augen sind auf mein nacktes Fleisch gerichtet, während er sich wie der wilde Teufel, der er ist, über die Lippen leckt, um mich zu verschlingen. Er senkt sich zwischen meine Schenkel und drückt sein Gesicht gegen meinen Hintern. Seine Hände wandern an der Innenseite meiner Beine auf und ab, zwingen sie, sich weiter für ihn zu öffnen.

Vorfreude durchströmt mich, als er mit seinen Daumen die Falten meiner Muschi spreizt und mich von vorne bis hinten ableckt, als wäre ich seine Lieblingsnascherei. Ich schreie auf bei den explosiven Empfindungen, doch er fängt gerade erst an.

„Bleib ruhig", mahnt er. Meine Augen schließen sich, aber ich zwinge sie wieder auf und beiße mir auf die Lippe, um mein Stöhnen im Inneren zu halten. Er drückt einen feuchten, heißen Kuss auf meinen Kern und seine Zunge geht an die Arbeit, während er meine Klitoris umkreist und mich in einen Rausch versetzt, bevor er mit seiner Zunge in mich eintaucht. Mein Rücken wölbt sich und ich stoße zurück, jage seinem sündigen Mund hinterher.

„So verdammt süß", sagt er. „Komm für mich, Bibi. Ich will, dass du dich entspannst."

„Oh Gott", keuche ich und schäme mich ein wenig dafür, wie atemlos ich klinge. Wie entblößt ich bin.

„Halt still, Baby. Ich habe gerade erst angefangen."

Ich schreie auf, als er seine Finger einsetzt und einen tief in mich eintaucht, bevor er einen zweiten hinzufügt. Ich schließe mich um ihn, mein Körper sehnt sich so sehr nach Berührung, dass ich spüre, wie meine Erlösung kurz bevorsteht. „Emilio", keuche ich, als der Druck zunimmt. Er stößt mit seinen Fingern in mich hinein, krümmt sie in mir, während sein Mund meinen Kitzler bearbeitet und mein Orgasmus mich durchreißt. Ich stemme mich gegen seinen Mund, mein Körper windet sich, als eine Welle nach der anderen durch mich schießt.

Er saugt weiter an meiner Klitoris, verlängert meinen Orgasmus, bis sich meine Beine wie Gelee anfühlen, mein Körper gesättigt ist und meine Glieder knochenlos. Aber er ist noch nicht fertig. Er erhebt sich hinter mir wie ein Racheengel.

Teufel wäre genauer.

Ich höre, wie er seinen Gürtel lockert und seinen Reißverschluss öffnet. Ich drehe mich um, um ihn zu beobachten, und ziehe mit dem anderen Fuß meine Leggings und mein Höschen aus, damit sie mir nicht im Weg sind. Sein beeindruckender Schwanz ragt heraus und er begegnet meinem Blick, grinst wie der Teufel persönlich, während er ein Kondom über seinen Penis rollt. „Du schmeckst nach Sünde, Bibiana Sousa." Er tritt zurück zu mir und bedeckt meinen Körper mit seinem, während er meinen Kiefer umschließt und mich zwingt, mich zu drehen, bevor er seinen Mund auf meinen presst. Ich schmecke mich selbst auf ihm und irgendetwas daran macht mich an. „Es ist eine gute Sache, dass ich ein Teufel bin." Bevor ich antworten kann, lässt er mich los und zieht meine Hüften zurück gegen seinen Schwanz.

„Jetzt werde ich dich wie einer ficken."

Er stößt in mich hinein und dehnt mich, als ich gezwungen bin, mich seiner Größe anzupassen.

„Fuck", stöhnt Emilio und gräbt seine Finger in meine Hüften, auf eine Art, von der ich weiß, dass sie Spuren hinterlassen wird. „Du bist so verdammt eng." Er spreizt meine Arschbacken, entblößt mich auf eine ganz andere Art und Weise, während er härter und schneller in mich stößt. Er gibt mir null Zeit, mich an seine Größe zu gewöhnen.

Ich klammere mich an den Schreibtisch, als hinge mein Leben von ihm ab, seine Stöße sind so kraftvoll, dass wir bei fast jedem nach vorne rutschen und gezwungen sind, ihm zu folgen, um die Verbindung zu halten. „Das gefällt dir, nicht wahr?" Er knurrt, und mein Körper krampft sich zusammen, jagt meiner Erlösung hinterher.

Ich drücke mein Gesicht an den Schreibtisch, in der Hoffnung, dass es mein Stöhnen dämpft, aber ich weiß, dass es nicht reicht. Es klopft an der Tür und ich keuche, Emilio hört nicht auf. Wenn überhaupt, dann werden seine Stöße härter, hektischer. Wieder und wieder, bis das Klopfen an der Tür fast vergessen ist. Mein Orgasmus zerreißt mich und Sterne explodieren hinter meiner Sicht. Aber Emilio lässt nicht locker. Er verlagert seine Hüften, findet einen neuen Winkel und melkt meinen Orgasmus mit allem, was er kann. Seine Stöße werden mit zunehmender Dringlichkeit schneller und ich stöhne seinen Namen.

Sein Griff wird fester, seine Hände an meinen Hüften tun weh, während er mit wilder Hingabe in mich pumpt. Sein Schwanz stößt an meinen Gebärmutterhals und ich sehe Sterne. Oh. Mein. Gott. Er ist so tief in mir, dass ich ihn in meiner Kehle spüren kann. Und ein weiterer Orgasmus droht, mich zu überschwemmen. „Ich kann nicht ...", keuche ich. Ich kriege die Worte nicht raus.

Es ist zu viel. Zu tief. Zu alles. Aber ich will nicht, dass er aufhört.

Gerade als ich denke, er kommt gleich, überrascht er mich und zieht sich zurück, dreht mich herum und drückt mich nach unten, bis mein Gesicht auf Höhe seines Schafts ist. Er reißt das

Kondom ab, fährt mit den Fingern durch mein Haar und stößt seinen Schwanz zwischen meine geöffneten Lippen.

Ich stöhne auf, als er in meinen Mund fickt, sein Schwanz stößt gegen die Rückseite meiner Kehle und löst meinen Würgereflex aus, aber er hört nicht auf. Er fickt meinen Mund gnadenlos, Schweiß glitzert auf seiner Stirn, während sich seine Augen in meine bohren. „Das ist es, Baby. Lutsch meinen Schwanz", grunzt er die Worte, sein ganzer Körper ist angespannt. „Braves Mädchen."

Oh Gott. Warum macht es mich an, ihn das sagen zu hören? Wenn überhaupt, sollte ich jetzt beleidigt sein. Aber ich bin es nicht. Ich mag das. Verdammt, ich liebe es.

Meine Muschi krampft sich zusammen, als sein Schwanz in meinem Mund pulsiert, und das ist die einzige Warnung, die ich bekomme, bevor sein heißes, salziges Sperma meine Zunge überzieht und meine Kehle hinunterschießt.

Ich nehme alles auf, jeden Tropfen, den er zu bieten hat, und schlucke ihn gierig hinunter. Als er sich zurückzieht, reißt er mich zu sich hoch und presst seinen Mund wieder auf meinen, der Geschmack unserer beider Lust ist eine berauschende Kombination.

„Du gehörst mir", knurrt er die Worte gegen meinen Mund. Mein Herz hämmert laut hinter meinem Brustkorb, während ich darum kämpfe, mein Gehirn neu zu kalibrieren und meine Atmung zu verlangsamen. „Sag die Worte, Bibiana. Ich muss sie hören. Du. Bist. Mein."

Wir starren uns in der Stille an, Elektrizität knistert in der Luft zwischen uns. Sein wildes Grinsen ist wieder fest an seinem Platz und ich wünschte, ich wüsste, was ich ihm antworten sollte. Aber offensichtlich muss ich etwas sagen, denn als sich die Stille weiter ausdehnt, streckt er die Hand aus und packt meinen Kiefer. „Mein", spricht er das Wort aus. „Haben wir eine Abmachung?"

„Bist du mein?", frage ich zurück. Jetzt, wo ich ein paar

Sekunden Zeit hatte, mich zu erholen, schaltet mein Gehirn wieder auf Hochtouren und erinnert mich an all die Zweifel. Die Mädchen, die ich sehe, die sich um ihn scharen. Das Flirten. Aber er tut das Unerwartete und statt mir ein Nein zu sagen, nickt er zustimmend mit dem Kopf. „Ich gehöre dir so sehr, wie du mir gehörst. Das heißt, ganz und gar und unmissverständlich. Wenn du zulässt, dass dich ein anderer Mann berührt, Bibi, dann sorge dafür, dass du ihn hasst, denn er wird nicht mehr gehen können, wenn ich mit ihm fertig bin."

Meine Gedanken sind sofort bei Jae und ich weiß, dass das keine leere Drohung ist. Er packt meinen Hinterkopf, presst seinen Mund auf meinen und lässt mich dann los, alles in der Zeitspanne von ein paar kurzen Sekunden.

„Vergiss das nicht", warnt er, bevor er sich wieder in seine Jeans schiebt. „Ich habe nicht die Absicht, dich oder meinen Sohn mit einem anderen Mann zu teilen." Er greift nach meinen Leggings und meinem Höschen, hebt sie vom Boden auf und reicht sie mir. Etwas von der Anspannung ist von ihm gewichen, als er mit der Hand über meinen Nacken, meine Schulter und dann mit den Fingern über meinen Arm streicht.

Das Klopfen an der Tür erschreckt mich erneut und ich zucke zusammen, aber Emilio lacht nur. Er wartet ein paar Sekunden, in denen ich eilig meine Kleidung wieder anziehe und er sich darum kümmert, das Kondom wegzuwerfen. Ich kämme mir mit den Fingern die Haare, und als er die Tür öffnet, kommt Allie zum Vorschein, die Luis fest schlafend in den Armen hält.

„Schwänzt du wieder die Schule?" Sie nickt und meine Wangen werden heiß, aber Emilio zuckt nur mit den Schultern.

„Nach dem, was ich gehört habe, haben du und Roman schon das eine oder andere Mal ein leeres Klassenzimmer zweckentfremdet."

Ihre Augen weiten sich, bevor sie ihr Entsetzen mit einem Stöhnen überspielt. „Natürlich weißt du das."

Emilio greift vorsichtig nach Luis, nimmt ihn in den Arm und wiegt ihn, um ihn nicht zu wecken.

„Alles in Ordnung?", frage ich und schaue auf meinen Jungen in Emilios Armen hinunter.

Sie nickt. „Ja. Wir hatten kein Fläschchen mehr und er wurde quengelig, da habe ich dich gesucht. Nur wart ihr", sie grinst, „beschäftigt. Also bin ich mit ihm durch den Flur gelaufen, bis er eingeschlafen ist."

„Danke."

Sie lächelt, und die Glocke läutet, die Türen werden aufgestoßen, und die Schüler strömen in die Halle.

„Das wäre unser Stichwort", sagt sie und zerrt mich neben sich. „Am besten schleichen wir uns jetzt raus, bevor alle anderen wissen, was ihr beide getan habt."

Ich bin stinksauer, dass sie bei Jae eingezogen ist und es mir nicht gesagt hat. Dass mein Kind bei dem Typen wohnt. Er fühlt sich sowieso schon wohl bei ihm, aber jetzt, wo er dort lebt ...

Ich lehne mich in der vierten Stunde zurück, Luis schläft an meiner Brust. Ich mag den Gedanken nicht, dass ein anderer Kerl in seiner Nähe ist. Ich möchte nicht, dass es ihn verwirrt. Was, wenn er Jae mehr will als mich? Er ist mein Kind, aber er lernt mich noch kennen. Wie soll das jetzt passieren?

Ich versuche, die Sorgen wegzuschieben. Es gibt nichts, was ich dagegen tun kann. Ich verstehe, warum sie ausgezogen ist. Verdammt, ich bin froh, dass sie es getan hat. Ich wünschte nur, sie wäre nicht dort.

Der Unterricht geht im Schneckentempo voran und ich bin so was von fertig mit diesem ganzen Scheiß. Ich bin bereit, meinen Abschluss zu machen. Mit meinem Leben weiterzumachen. Wir haben noch fünf Monate und ich zähle die Wochen runter. Es wird mit der Zeit immer komplizierter.

Ich schaukle Luis in meinen Armen und lasse mich in meinem Stuhl tiefer sinken, damit er es bequemer hat. Ich hasse es, ihn nicht jeden Tag zu sehen. Ich hasse es, dass ich kein Teil seines täglichen Lebens bin. Wir haben uns auf eine Besuchsvereinbarung geeinigt, haben sie beim Gericht eingereicht und den ganzen Scheiß, doch das ist nicht genug. Bibiana hält ihn nicht von mir fern, aber ich möchte mehr Zeit. Ich will jeden Tag.

Das Zusammenleben mit Jae soll eine vorübergehende Situation sein, was bedeutet, dass ich mich um meinen Scheiß kümmern muss, damit wir eine Wohnung finden können. Ich weiß, dass sie die Dinge langsam angehen will, aber langsam ist bei diesem Mädchen einfach nicht in meinem Wortschatz. Roman und Allie sind zusammengezogen, deshalb wüsste ich nicht, warum wir das nicht können. Wir wollten alle gemeinsam im Wohnheim wohnen, wenn wir aufs College gehen, doch dieser Plan hat sich geändert, seit Roman und Allie zusammen sind, also bleiben nur Dominique und ich. Aber mit Bibiana könnte ich tun, was Roman und Allie tun. Uns eine eigene Wohnung suchen. Irgendwohin, wo es nicht zu weit weg ist.

Ich überlege, was ich tun müsste, damit das funktioniert. Das Einkommen wird unser größtes Hindernis sein. Allie hat einen Job. Und sie bekam einen Treuhandfonds von ihrem Bio-Dad an dem Tag, an dem sie achtzehn wurde, also war Miete nie ein Thema. Ich habe das nicht. Ich brauche einen Job, um meine Familie zu unterstützen, nur woher soll ich die Zeit zwischen Unterricht und Football nehmen? Ich kann vielleicht nachts arbeiten, aber einen Job, die Schule und Trainings- und Spieltage unter einen Hut zu bekommen, wird es noch schwieriger machen, Zeit mit ihnen zu verbringen.

Mist. Egal, wie ich es betrachte, es ist ein verdammtes Chaos. Mein Stipendium deckt Kost und Logis in den Wohnheimen ab, aber die sind nicht für Paare und die Uni wird mich auf keinen Fall mit meinem Mädchen und einem Kind dort rein marschieren lassen. Ich muss mir etwas einfallen lassen. Ich habe keine andere Wahl.

RITUALE AN SPIELTAGEN SIND EIN MUSS. WIR ALLE HABEN unsere und ich halte mich an meine wie eine Religion, nur heute bin ich raus und ich weiß genau warum. Bibiana. Der Coach redet darüber, wieso wir hier sind, aber ich blende das meiste davon aus. Da die Devils die amtierenden Staatsmeister sind, findet das Spiel auf unserem Feld statt. Das sollte eine große Sache sein. Ich habe mir selbst versprochen, dass es dieses Jahr nur um Football gehen würde. Aber alles woran ich denken kann, ist die Tatsache, dass Bibiana auf eine Party geht. Ausgerechnet mit Kasey, was bedeutet, dass diese Mädchen in Schwierigkeiten geraten werden. Selbst wenn Allie dabei ist, werden sie sich auf keinen Fall gut benehmen. Und das letzte Mal, als Bibiana auf eine Party ging - dieses Kleid ...

Dominique knallt die Spindtür neben mir zu und reißt mich aus meinen Gedanken. „Konzentrier dich auf das Spiel, Mann.“

Ich lutsche an meinen Palerindas und schnippe meinen Freund weg, bevor ich mich an Rom wende.

„Wie kommst du damit klar?“, frage ich ihn.

Er macht sich nicht die Mühe, so zu tun, als wüsste er nicht genau, wovon ich rede. „Ich weiß, dass mein Mädchen sich nicht für den Schwanz eines anderen interessiert. Da muss man sich nicht viel Sorgen machen.“ Er zuckt mit den Schultern. „Außerdem würde ich mir mehr Sorgen machen, wenn sie hier wäre.“

Ich nicke, denn ja, Allie und Footballspiele vertragen sich nicht. „Gibt's was Neues?“, frage ich. Ich war nicht auf dem Laufenden und wollte das Thema nicht bei Bibiana ansprechen.

Er nickt. „Die Tage des Wichsers sind gezählt. Er hat eine Kaution hinterlegt, aber er akzeptiert auch den Deal. Er hat bis nächsten Freitag Zeit, sich zu stellen.“

„Wie lange?“ Je länger, desto besser, wenn es nach mir geht.

Roman drückt sich auf die Füße und hält seine Stimme leise,

damit der Coach nicht die Konzentration verliert. Er ist tief in der „Dieses Spiel kann euer Leben verändern, also vermasselt es nicht"-Rolle. Das ist seine Art, uns zu motivieren und den Jüngeren Angst zu machen.

„Er wird mindestens sechs Jahre sitzen, selbst wenn er Bewährung bekommt." Sein Kiefer krampft sich zusammen.

„Du bist offensichtlich nicht glücklich darüber."

„Wärst du das?"

Ich schüttle den Kopf. „Verdammt, nein. Ich wäre erst glücklich, wenn der Wichser zwei Meter unter der Erde wäre, wenn er das mit meinem Mädchen machen würde."

„Stimmt. Aber er hat den anderen Kerl verraten. Er hat drei Jahre vor sich, also hat Allie wenigstens etwas Zeit zum... Fuck. Ich weiß auch nicht. Durchatmen."

„Drei? Das war's?"

Roman nickt. „Vergewaltigungen werden mit der geringsten Strafe belegt. Es ist ein Scheißsystem, wenn du mich fragst, aber mein Paps sagt, es ist das Beste, was wir bekommen können, es sei denn, Allie will vor Gericht gehen."

„Scheiß drauf", bellt Dominique und der Coach dreht sich zu uns um. Wir ziehen uns weiter in den Umkleideraum zurück.

„Ich weiß. Ich werde ihr das nicht antun."

„Ich dachte, die Vergewaltigungsvorwürfe könnten nicht standhalten. Wie kann der Kerl drei Jahre bekommen?"

„Weil er gestanden hat. Sie werden Miguel nicht belangen, da wir keine Beweise haben, aber als sie den anderen Kerl, irgendeinen William Chaiton oder so einen Scheiß, geschnappt haben, haben sie ihm gesagt, dass Miguel ihn verraten hat, und er hat ihnen alles erzählt." Er stößt einen rauen Atemzug aus. „Er hat ihnen jedes gottverdammte, verdrehte Detail erzählt und wir können nichts davon benutzen, um Miguel festzunageln, weil der Deal schon unterschrieben ist."

Ich drücke meinen Lutscher an meine Wange. „Scheiße, Mann. Das ist hart."

Keiner von uns sagt danach etwas. Die Situation ist ein zum Kotzen. Unser System ist kaputt und die Tatsache, dass zwei Vergewaltiger so leicht davonkommen, macht mich krank. Ich bin froh, dass sie Miguel für irgendetwas anderes dran bekommen haben, auch wenn es nicht für die Vergewaltigung war, aber es ist immer noch ein Scheißsystem.

Der Trainer pfeift und wir schnappen uns alle unsere Sachen und gehen zu den Türen. Dominique klopft mir auf die Schulter, seine Stimme ist grimmig, als er sagt: „Konzentriert euch darauf, das Spiel zu überstehen, ihnen in den Arsch zu treten, und dann holen wir uns auf der Party, was uns gehört."

Ich hebe eine Augenbraue in stiller Frage. Unseres. Echt jetzt? Machen wir jetzt Geständnisse?

Doms Kiefer ist wie zugeschnürt, er nickt steif und sagt nichts mehr, während wir auf das Spielfeld laufen. Na, ist das nicht interessant?

Allie holte mich ab und wir geben Luis bei Monique ab, bevor wir zu Kasey gehen, um uns fertig zu machen.

Ich beobachte das Kleid, das Kasey für mich ausgesucht hat, und denke an die Nacht, in der ich Emilio zum ersten Mal traf. „Nein." Ich schüttle den Kopf und werfe ihr das Kleid zurück.

„Warum nicht?"

Allie lässt sich auf das Bett plumpsen und macht es sich gemütlich, fertig angezogen und bereit in einem roten Body-Con-Kleid mit langen Ärmeln und kurzem Saum.

„Weil mein Körper nicht wie dein Körper ist und ich nicht jedes Grübchen und jede Wölbung zur Schau stellen werde."

Kasey rollt mit den Augen. „Du hast recht. Dein Körper ist nicht wie meiner", sagt sie und meine Schultern sacken in sich zusammen. Autsch. Ich meine, es ist wahr, doch trotzdem. „Er ist besser. Weil du Kurven hast, für die ich töten würde, aber noch ein paar Jahre davon entfernt bin, sie zu bekommen. Und du hast einen Vorbau, für den die meisten Mädchen sterben würden. Also, zieh das verdammte Kleid an."

Ich ziehe die Brauen zusammen. „Äh, danke. Aber trotzdem nein.“

„Komm schon, Bibi. probiere es einfach an“, fleht Allie.

„Ich meine es ernst, wenn ich sage, dass es furchtbar aussehen wird. Und es ist rückenfrei. Ich kann nicht ohne Büstenhalter gehen. Ich werde buchstäblich überall auslaufen.“

Kaseys Gesicht verzieht sich. „Okay. Da hast du mich überzeugt.“ Sie kehrt zu ihrem Kleiderschrank zurück und blättert durch die Bügel, bevor sie ein schwarzes Spitzenkleid mit hautfarbenem Futter herauszieht. „Probiere das hier.“ Sie wirft mir das Kleid zu, und Allie stellt sich neben mich und fasst die Spitze an.

„Das ist verdammt hübsch“, sagt sie, und ich kann ihr nur zustimmen.

„Okay. Gib mir eine Minute. “

Ich benutze Kaseys angeschlossenes Bad, um in das Kleid zu schlüpfen. Der Reißverschluss ist an der Seite, so dass ich leicht selbst hineinschlüpfen kann. Ich streiche mit meinen Händen über die Vorderseite und glätte alle Falten, während ich mich im Spiegel betrachte.

„Woah. “

Die Tür öffnet sich hinter mir und Kasey und Allie treten ein.

„Verdammt“ sagt Allie.

„Ich habe es dir gesagt.“ Kaseys Mundwinkel verziehen sich zu einem Grinsen. „Kurven an genau den richtigen Stellen. “

„Zu schade, dass Emilio dich nicht so sehen kann. “

Kasey holt ihr Handy heraus, ihre Finger fliegen über die Tastatur. „Oh, das wird er“, sagt sie, bevor sie ein Foto schießt und es ihm schickt.

Ich stöhne auf. „Ich bin mir ziemlich sicher, dass es ihn nicht glücklich machen wird, zu wissen, dass ich heute Abend so ausgehen werde“, entgegne ich.

Sie grinst. „Ich weiß. Und genau deshalb schicke ich es. Die Jungs hatten schon geplant, nach dem Spiel rüberzukommen, also wird das Emilio einen kleinen zusätzlichen Ansporn geben, seinen Arsch zu bewegen. "

Allie und ich lachen beide. „Gott. Die Jungs haben nicht Unrecht. Du magst es wirklich, die Gemüter zu erregen. "

Sie grinst. „Du. Hi, ich bin Kasey. Kennen wir uns?"

———

ES SIND ZU VIELE LEUTE HIER. ES IST LAUT UND DAS Stroboskoplicht in der Ecke des Raumes bereitet mir Kopfschmerzen. Ich dachte, dass ich viele Partys verpasst habe, seit ich Luis habe. Aber jetzt, denke ich, dass ich nicht viel verpasst habe.

Ich checke mein Telefon zum hundertsten Mal, damit ich weiß, dass es Luis gut geht. Monique hat mich auf dem Laufenden gehalten. Es ist nur, dass dies seine erste Nacht ohne mich ist, und das macht mich unruhig. Ich musste schon einmal zu Kasey zurücklaufen, um abzupumpen, was mir ein schlechtes Gewissen bereitet, während ich mein flüssiges Gold in den Abfluss schütte. Normalerweise würde ich es mir aufheben, aber wir trinken gerade. Oder zumindest tun Kasey und ich das. Sie hat mich überredet, einen Schnaps mit ihr zu trinken, bevor wir losgefahren sind, und nachdem ich daran erinnert wurde, in wessen Haus wir gehen, dachte ich mir, dass es notwendig sei. Jetzt, wo wir hier sind, weiß ich, dass ich recht hatte.

Kasey geht hier durch die Räume, als würde es ihr gehören, und steuert direkt auf die Bar zu, die mit Schnaps gefüllt ist. „Was magst du? ", fragt sie mich, und ich überlege. Ich trinke nicht. Ich hatte den Shot in ihrem Haus - der übrigens ekelhaft war - und ich hatte einen Mimosa. Darüber hinaus ist mein Wissen über Alkohol gleich null.

„Ich bin kein großer Trinker", sage ich ihr mit einem Achselzucken.

Sie rollt mit den Augen. „Nun, heute Abend bist du es. Ich will mich amüsieren! ", schreit sie über die Musik hinweg. Ich schaue zu Allie, die mich erwartungsvoll ansieht.

„Keiner wird dich zum Alkohol zwingen, wenn du nicht möchtest, aber wie viele Gelegenheiten bekommt man schon, sich ein bisschen auszutoben? "

Ich schließe meine Lippen. „Okay. Ein Drink." Kasey springt auf und ab, bevor sie sich dem Teenager zuwendet, der die Bar bedient. Er ist mir bekannt. Aus unserer Schule, aber niemand, mit dem ich vorher gesprochen habe. Sie sagt ihm, was sie will, und er stellt in Windeseile drei rote Becher auf, füllt sie mit verschiedenen Spirituosen und schiebt ihr alle drei zu. Sie nimmt sie und gibt jedem von uns einen, bevor sie sich ihren Eigenen holt.

„Was ist das?", frage ich und schaue auf das leuchtend blaue Gebräu hinunter.

„Blue Hawaiian. Du wirst es lieben."

Ich nehme einen zaghaften Schluck. Oh. Lecker. „Das ist wirklich gut." Ich nehme noch einen Schluck und beschließe, dass diese ganze Alkohol-Sache vielleicht doch nicht so schlecht ist. Shots allerdings, die muss ich nicht noch einmal probieren.

Wir folgen dem Klang der Musik zu einer behelfsmäßigen Tanzfläche in der Mitte des Wohnzimmers und beginnen, die Becher in der Hand, zu einem älteren Reggae Song zu tanzen. Meine Hüften wiegen sich im Takt und ich entspanne mich ein wenig.

„Also, was läuft da zwischen dir und Emilio? Seid ihr jetzt offiziell zusammen?", fragt Kasey und Allie klopft ihr auf den Arm.

Ich nehme noch einen Schluck und denke über ihre Worte nach. „Ich meine, ich bin mir nicht sicher. Er macht diese ganze Höhlenmenschen-Sache und sagt, ich sei seine, aber ich glaube nicht, dass wir eine Beziehung haben oder so. Er hat mich nie als seine Freundin bezeichnet."

„Willst du es denn sein?", fragt Allie und winkt einen Jungen weg, der versucht, mit ihr zu tanzen.

Ich zucke mit den Schultern und trinke noch ein bisschen. „Ich will nichts überstürzen. Ich möchte die Dinge nicht vermasseln. Verstehst du? "

Sie nickt. „Yeah. Du hast Luis, an den du denken musst. "

Ganz genau.

„Dir ist schon klar, dass du die ganze Freundinnen-Sache hinter dir hast, oder?", sagt Kasey. Ich starre sie an und sie stößt einen Atemzug aus. „Du hast ein Kind. Du kannst dich nicht wirklich verabreden wie normale Teenager, also hast du diesen Teil im Grunde übersprungen, aber das ist kein Ding. Und du bist definitiv über den Ganzen, das ist mein Freund-Freundin-Teil hinweg. "

„Meinst du?" Ich frage, aufrichtig neugierig, denn wenn ich nicht herausfinden kann, was wir genau sind, kann Kasey vielleicht etwas Licht in die Sache bringen.

„Auf jeden Fall. "

Wir drei trinken schnell unsere Drinks aus, und nach einem zweiten Abstecher an die Bar für einen weiteren blauen Drink fühle ich mich großartig. Das Licht bereitet mir keine Kopfschmerzen mehr und mein Körper kribbelt, meine Wangen sind leicht taub.

„Du bist angeheitert", sagt Kasey und zieht Allie und mich zurück auf die Tanzfläche, und ich streite es nicht ab. Ich war noch nie berauscht, aber jetzt verstehe ich definitiv den Reiz. Das ist ziemlich fantastisch.

NEUNUNDZWANZIG

„Sie versucht, dich zu provozieren", sagt Dominique, während ich auf mein Handy starre und meinen Kiefer festhalte.

„Es gelingt ihr", sage ich mit einem Kopfschütteln. Wieso muss Kasey immer diese Scheiße abziehen? Und verdammt, warum muss Bibiana so gut aussehen? Ich liebe dieses Kleid an ihr, aber ich würde es noch mehr lieben, wenn niemand außer mir sie darin sehen würde. Und ich würde es wirklich mögen, wenn es auf dem Boden läge und sie jetzt nackt neben mir wäre.

Ich speichere das Bild in meinen Alben, weil ich das später noch brauchen werde, und dann schiebe ich meinen Kram in den Spind. „Lass uns losfahren", sage ich zu ihm und er nickt schnell.

„Ich bin bereit." Dominique schiebt seine Sachen in den Spind und zieht sich ein sauberes Hemd an.

„Duschen?", fragt Roman mit einem Stirnrunzeln.

Ich schicke Kasey eine SMS. Es ist vielleicht eine Stunde her, seit sie das erste Bild geschickt hat, aber wie ich Kasey kenne, wird sie ihr Handy dabeihaben und sofort antworten.

Ich: Schicke Roman Allie.

Sie antwortet fast augenblicklich mit einem zwinkernden Emoji.

Sekunden später summt Romans Handy und er schaut auf den Bildschirm. Ein Schalter legt sich um und er ist nicht mehr müde und erschöpft von unserem Spiel - das wir übrigens gewonnen haben -, sondern angespannt und bereit, die Flinte ins Korn zu werfen. „Was zum Teufel haben die sich dabei gedacht?", stößt er hervor und ich grinse. Er ist nicht besonders scharf auf diese Dusche, oder?

„Wirklich? Dachtest du, sie würden in Jogginghosen auf eine Party gehen? Estúpido." Dumm. Ich schüttle den Kopf. „Tu nicht so überrascht. Aber hey, wenn du dir die Zeit nehmen willst, zu duschen ..." Ich breche ab, als seine Nasenlöcher aufflackern. „Ich meine, wir könnten warten. Stimmt's, Dom? "

„Vergiss es. Holen wir unsere Mädels", sagt Rome und beißt zu.

Wie ich es mir dachte.

Wir rollen in Dominiques Escalade los. Roman sitzt auf dem Beifahrersitz, während ich mich auf dem Rücksitz ausstrecke. Kasey gibt mir einen verdammten Überblick über den Abend mit einer Reihe von Fotos, jetzt, da sie weiß, dass sie unsere Aufmerksamkeit hat, und es ist leicht, zu sehen, dass Bibiana Spaß hat. Ihr Lächeln ist strahlend, als Kasey sie dabei erwischt, wie sie neben Allie tanzt, einen roten Becher in der Hand. Oh, Scheiße. Sie trinkt. Macht sie das? Zur Hölle, wenn ich das wüsste. Was, wenn sie ihren Alkohol nicht verträgt? Was, wenn irgendein Arschloch versucht, sie auszunutzen?

„Sollen wir Aaron anrufen, um seine Schwester zu holen?", frage ich mit gespielter Unschuld, neugierig, was Dominique von der Idee hält.

Er grunzt, sagt aber nichts. Das ist cool, der Wichser muss das nicht. Mir entgeht nicht, wie sich seine Hände um das Lenkrad verkrampfen, und ich schwöre, wenn er nicht schwarz wäre, hätte er weiße Knöchel, so, wie er zupackt. Er macht niemandem etwas vor. Ich weiß nicht, warum er so tut, als würde er Baby Henderson nicht ficken wollen. Er hat es schon einmal zugegeben, also gibt es keinen Grund, jetzt desinteressiert zu tun. Wenn überhaupt, sollte er sich beeilen, bevor er 18 wird, denn dann kann die Scheiße kompliziert werden.

Nur um ihn zu ärgern, wähle ich Aarons Nummer und stelle ihn auf Lautsprecher, damit Dominique und Roman ihn hören können.

„Was?", sagt er, sobald der Anruf verbunden ist.

„War auch schön, mit dir zu reden", sage ich tonlos. Cabrón. Als ob er sich nicht freuen würde, mit mir zu sprechen. Wir wissen doch alle, dass ich der Liebenswerteste im ganzen Haufen bin.

Er atmet tief ein und aus. „Ich bin beschäftigt", sagt er, und ich höre eine Bewegung im Hintergrund.

„Wer ist es?", fragt eine weibliche Stimme.

Ooh. Verdammt. Da ist jemand beschäftigt.

„Keiner. Geh zurück ins Schlafzimmer", murmelt er.

„Yo. Henderson bekommt etwas Action, Jungs. "

„OH! Au. Au!" Dominique und Roman heulen von vorne und für eine Sekunde ist es wie in alten Zeiten, bevor der Riss zwischen uns allen entstand. Wo wir uns gegenseitig verarschen und Aaron nur aus Spaß an der Freude veräppeln. Es gab eine Zeit, in der ich ihn genauso sehr als Familie betrachtete wie die beiden Wichser, die vor mir sitzen. Ich reibe mir an der Brust und erinnere mich daran, dass wir nicht mehr so cool sind, aber vielleicht ... vielleicht hat Roman Recht damit. Vielleicht ist es an der Zeit, die Scheiße loszulassen.

Aaron stöhnt, aber es mischt sich auch ein Lachen dazwischen. „Was wollt ihr Wichser? "Ich kann das Lächeln in seiner Stimme hören und mache mir nicht die Mühe, mein Grinsen zu bekämpfen.

„Wir sind dabei, eine Party zu stürmen, aber ich sehe, dass du unpässlich bist, also mach dir keine Gedanken. Wir werden dafür sorgen, dass Kasey gut versorgt ist", scherze ich.

„Bleib verdammt nochmal mit deinem Schwanz von meiner Schwester weg, Chavez. "

„Woah, woah. Ich habe ein Mädchen. Ich bin es nicht, wegen dem du beunruhigt sein musst."

Er bellt ein Lachen heraus. „Ich hoffe, ich muss mir um keinen von euch Arschlöchern Sorgen machen. "

Ich begegne Dominiques Blick im Rückspiegel und es macht klick. Er ist nicht wegen Aaron hinter Kasey her. Interessant. „In Ordnung. Also gut. Du holst deine. Ich bin dabei, meine zu holen. Wir reden später, cabrón. "

Ich lege den Anruf auf, als wir gerade vor Sarahs Haus vorfahren. Der Rasen ist voll mit Leuten, die Straßen sind mit Autos gesäumt.

„Scheiße, das wird ein Albtraum", stöhne ich. Wie zum Teufel sollen wir in diesem Chaos die Mädchen finden?

Als wir reinkommen, werden wir sofort von dem Gedränge an Körpern, lauter dröhnender Musik und dem starken Geruch von Marihuana überwältigt. „Ich überprüfe das Wohnzimmer und den Flur. „Sieh in der Küche nach und wir treffen uns in zehn Minuten unten an der Treppe", grunzt Roman über den Lärm hinweg.

„Ich übernehme die Rückseite", fügt Dominique hinzu, und wir trennen uns, um zu sehen, wer unsere Beute zuerst finden kann.

Ich nicke, begierig darauf, es hinter mich zu bringen. Kerle und Mädchen reiben sich aneinander. Ein anderes Pärchen vögelt fast vor allen Augen an der Wand, der Mann hat die Hände in der Hose des Mädchens, und man braucht nicht viel Fantasie, um zu wissen, was er da tut.

Ich scanne die Köpfe um mich herum und halte Ausschau nach Bibianas rabenschwarzen Haar, als ich meinen Namen höre.

„Emilio!" quiekt Sarah und stürzt sich auf mich. Ich stolpere einen Schritt zurück, bevor ich mich stabilisiere und ihre Arme um meinen Hals löse. Ihr Lächeln schwankt bei meinem Gesichtsausdruck. „Bist du gekommen, um mich zu sehen?", fragt sie mit einem Hauch von Hoffnung in der Stimme.

Ich seufze und schüttle den Kopf. „Du weißt, dass ich mit Bibiana zusammen bin. "

Sie räuspert sich. „Warum bist du dann hier?" Sarah streicht sich das Haar über die Schulter, bevor sie die Arme vor der Brust verschränkt, eine Bewegung, von der ich weiß, dass sie sie macht, um die Aufmerksamkeit auf ihre Brust zu lenken. Pech für sie, dass ich nicht einmal in Versuchung komme, einen Blick darauf zu werfen. Mein Mädchen hat die einzigen Titten, an denen ich interessiert bin.

„Ich bin auf der Suche nach Bibiana, Kasey und Allie. Hast du sie gesehen? "

Sie runzelt die Stirn. „Vielleicht." Sie zögert.

„Sarah ..." Ihr entgeht nicht die Warnung in meiner Stimme. Ich bin nicht hier, um Spielchen zu spielen.

„Urgh, gut. Ich glaube, ich habe sie vorhin gesehen, wie sie sich einen Drink geholt haben. Komm schon." Sie dreht sich um und lässt mir keine andere Wahl, als ihr zu folgen, und wir machen uns auf den Weg in die überfüllte Küche. „Willst du etwas? ", fragt sie, greift nach einem roten Becher und lässt ihn sich von dem Kerl, der das Fass bedient, füllen.

„Nein", stoße ich hervor. „Ich bin nicht zum Feiern hier. Ich schnappe mir die Mädchen und gehe dann. "

Ihre Lippen pressen sich zu einer engen Linie. „Es ist nur ein Drink", sagt sie und hält mir den Becher hin. Ein Kerl kracht ihr in den Rücken und sie stolpert nach vorne, wobei ihr Getränk über meine Stirn schwappt. Sonova. Meine Nasenflügel blähen sich auf, als ich auf mein jetzt biergetränktes Hemd hinunterstarre.

„Es tut mir so leid", beeilt sie sich, zu sagen. Sarah stellt ihren nun leeren Becher ab und reicht mir ein Bündel Papiertücher. Ich tupfe auf die Sauerei, aber es macht keinen Unterschied. Der ganze verdammte Inhalt hat mich erwischt.

„Na toll. Ich werde den Rest der Nacht nach Bier stinken." Vielleicht kann ich Bibiana überreden, mit mir zu duschen. Ich weiß, dass Monique Luis für die Nacht behält und dass sie bei Allie übernachten wollte, aber eventuell können wir das ändern.

Sarahs Augen leuchten auf. „Ich glaube, ich habe eins von deinen Hemden." Sie schaut achselzuckend weg. „Ich meine, wenn du es zurückhaben willst."

Meine Augenbrauen ziehen sich zusammen, und ich neige den Kopf zur Seite, nicht sicher, ob ich ihr glaube oder ob das ein Spiel ist, das sie spielt. Ich kann mich nicht daran erinnern, Kleidung hiergelassen zu haben, aber ich meine, ich könnte einen Pullover oder Hoodie oder so etwas vergessen haben.

Sie rollt mit den Augen. „Tu nicht so misstrauisch. Ich bin mir sicher, dass du einen von einer der Nächte, in denen du hier übernachtet hast, hiergelassen hast. Es ist oben." Sie geht auf die Treppe zu, und wieder einmal bin ich gezwungen, ihr zu folgen. Nur, ganz ehrlich, welche Wahl habe ich denn? Die Aussicht, Bibiana davon zu überzeugen, mit mir zu duschen, ist vielversprechend. Aber ich möchte nicht die folgenden dreißig Minuten oder wie lange es auch immer dauert, bis ich sie gefunden habe und dann nach Hause komme, nach diesem Zeug stinken.

Wir machen uns auf den Weg nach oben und ich stehe mitten in ihrem Zimmer, während sie ihre Schubladen durchwühlt. „Zieh dein Shirt aus, du kannst es da reinwerfen, wenn du willst." Sie deutet auf einen Wäschekorb in der Ecke. „Ich wasche es und bringe es am Montag in die Schule. "

Ich zögere und sie stößt einen Atemzug aus. „Emilio, du bist dumm. Ich habe es verstanden. Du triffst Dich mit jemandem. "

Also gut. Ich ziehe das Hemd aus und werfe es in den Wäschekorb, bevor ich an ihr vorbeigehe und durch die offene Badezimmertür trete. Ich mache einen Lappen nass und fahre damit über meine Brust und Bauchmuskeln, um etwas von dem Bier abzubekommen, bevor ich zurück in ihr Zimmer gehe.

„Shirt?", frage ich.

Sie hält ein schwarzes Hemd hoch, das ich vage erkenne, und schlendert in meine Richtung, mit ein bisschen mehr Schwung im Schritt. Und los geht's. Sie drückt mir das Hemd in die Hand, aber eine Sekunde, nachdem ich es angenommen habe, schlingt sie ihre Arme um meinen Hals und starrt mich mit sehnsüchtigem Blick an. Scheiße. Ihre Augen haben auch diesen glasigen Blick, der sagt, dass sie wahrscheinlich selbst einen Drink zu viel gehabt hat und kurz davor ist, etwas Dummes zu tun.

„Sarah ...", warne ich.

„Komm schon, Emilio. Waren wir nicht gut zusammen?", haucht sie. Was für ein Möchtegern-Pornostar-Scheiß und ich bin nicht in der Stimmung. „Warum treiben wir es nicht eine letzte Runde zusammen? Um der alten Zeiten willen", säuselt sie. „Ich werde es gut für dich machen."

„Ich treffe mich mit jemandem", erinnere ich sie und knirsche mit den Zähnen. Ich halte mich zurück, sie von mir zu stoßen, was genau das ist, was ich tun möchte, und greife stattdessen mit fast quälender Kraft ihre Arme, um sie davon abzuhalten, meinen Körper zu erklimmen, als wäre ich ein gottverdammter Baum. Das Gefühl ihrer Hände auf meiner Brust lässt mich erschaudern, und das nicht auf eine gute Art. Ich hasse es, wie sich ihr Körper an meinen presst. Es ist einfach ... falsch.

Obwohl ich sie festhalte, lehnt sie sich auf die Zehenspitzen und drückt ihre Lippen auf meinen Hals, ihre Zähne streifen mein Schlüsselbein. „Es macht mir nichts mehr aus, zu teilen", flüstert sie. „Ich vermisse dich."

Mir reicht's. Scheiß auf das Shirt. Scheiß auf diesen Mist. Ich will nicht, dass sie oder irgendjemand anderes mich anfasst, außer meinem Mädchen.

„Sarah ... "; knurre ich, aber das Knarren der Tür hält mich davon ab, den Satz zu beenden, als meine Augen auf zwei Seen aus gequältem Blau treffen. „Hey ma …"

Sie wartet nicht, bis ich fertig bin. Sie stürmt aus dem Flur, ihre schlanken Beine rennen davon, während ich mich an Sarah vorbeischiebe und ihr hinterherjage. „Bibiana, warte!", rufe ich ihr hinterher, aber sie bleibt nicht stehen. Mist.

Ich verliere ihr rabenschwarzes Haar in dem Meer von Menschen aus den Augen, als wir den Hauptteil des Hauses erreichen. Oh, Scheiße. Wo ist sie nur?

Ich scanne die Menge und rufe ihren Namen. Mehrere Köpfe drehen sich in meine Richtung - keiner davon ist sie -, aber es ist mir scheißegal, was die Leute denken. Ich muss mein Mädchen finden. Was sie denkt, ist nicht passiert, und ich will nicht, dass sie sich auch nur eine Sekunde länger Sorgen macht. Allie ist diejenige, die gefahren ist, also kann sie allein nicht weit kommen. Das ist die eine Sache, die ich für mich nutzen muss.

Ich ziehe mein Handy heraus, feuere eine schnelle SMS ab und bete, dass sie sich die Zeit nimmt, sie zu lesen.

Ich: Es ist nicht so, wie es aussah. Lass es mich erklären.

Ich starre einige Sekunden lang auf den Bildschirm und hoffe, dass sie antwortet.

Sie tut es nicht. Das Shirt immer noch in der Hand, werfe ich es mir über den Kopf und scanne erneut den Raum und entdecke Baby Henderson, umgeben von einem Kreis von Senioren. Verdammte Scheiße. Was denkt sie sich nur? Ich mache mich auf den Weg zu ihr und versuche, sie von ihren Bewunderern wegzuziehen. Einer von ihnen tritt vor, um Einspruch zu erheben - irgendein Arschloch, das ich aus dem Basketballteam der Schule kenne -, aber es dauert nur eine Sekunde, bis er erkennt, wer zum Teufel ich bin, und er zieht sich sofort zurück. „Sorry, Mann. Ich wusste nicht, dass Kasey Eigentum der Teufel ist. "

„Ist sie nicht." Kasey versucht, sich wegzureißen, doch ich ziehe meinen Griff fester an. „Aber sie ist die kleine Schwester meines Freundes und sie ist vierzehn, lüge ich ihn an. Damit ist sie viel zu jung für dich, um deinen Schwanz nass zu machen." Er lässt den Kopf sinken, mit einem verlegenen Gesichtsausdruck. Gut so. Diese Wichser müssen aufhören, verdammte Wiegen auszurauben.

„Emilio, hör auf damit", schnauzt sie.

Ich ignoriere sie und schiebe sie mit meiner Hand in der Mitte ihres Rückens in Richtung Eingangstür. „Ich habe keine Zeit für deinen Scheiß, Kasey. Du musst mir helfen, Bibiana zu finden. "

Sie hört auf zu zappeln und wirbelt herum, um mich anzusehen. „Was hast du getan?", fragt sie, die Hände in die Hüften gestemmt.

„Nichts." Ich beuge mich vor. „Sarah hat sich auf mich gestürzt, aber es ist nichts passiert. Bibiana weiß nicht, was sie gesehen hat."

Ihre Augen verengen sich. „Ich schwöre bei Gott, wenn du ..."

„Ich habe einen Scheiß getan", schreie ich sie an, aber sie sieht nicht überzeugt aus, und verdammt noch mal, wenn sie mir nicht glaubt, wie zum Teufel soll ich dann Bibiana überzeugen?

„Yo", ich drehe mich um und finde Dominique und Roman ein paar Meter entfernt. Allie steht neben ihnen.

„Hat einer von euch Bibiana gesehen?" Alle drei schütteln den Kopf, als sie näherkommen. Dominique schiebt sich an Kaseys Seite und nimmt eine schützende Haltung neben ihr ein, während sein Gesichtsausdruck jedem Kerl in Reichweite zuruft, er solle sich verdammt noch mal zurückhalten.

„Nein. Sie hat die Toilette gesucht, bevor Roman mich gefunden hat. Das ist aber schon ziemlich lange her", sagt Allie, und ich reibe mir den Nacken.

„Wäre sie dann zu dir gegangen?", frage ich Kasey. Verzweiflung schwingt in meiner Stimme mit. Wo ist sie?

Sie schüttelt den Kopf. „Ich glaube nicht."

„Scheiße."

„Hey"; sagt Allie und tritt näher. „Was ist denn hier los? Was ist passiert? "

Ich fahre mir mit den Händen durch die Haare. „Nichts, aber Bibiana denkt, dass etwas passiert ist. Ich muss sie nur finden."

Sie streckt eine Hand aus und legt sie auf meinen Arm. „Atme durch. Das werden wir. Lass mich sie anrufen. "

Ich nicke, wobei mein Blick immer noch den Raum absucht, falls ich sie erblicke. Allie wählt ihre Nummer, nimmt dann aber das Telefon vom Ohr weg und blickt stirnrunzelnd auf den Bildschirm. „Was ... "

„Eine Sekunde. Sie hat mir eine SMS geschickt. "

Ich bewege mich, um ihr über die Schulter zu schauen, während sie sie laut vorliest.

BIBI: ICH FAHRE NACH HAUSE. TUT MIR LEID. ICH erkläre es später.

ICH STÜRME ZUR VORDERTÜR HINAUS. MIT WEM ZUR HÖLLE sollte sie mitgefahren sein? Jeder, der vertrauenswürdig ist, ist hier bei mir. Ich will nicht, dass irgendein Arschloch versucht, sie auszunutzen. Aber wenn sie geht, muss sie irgendwo draußen sein. Ich frage ein paar der Schüler, die ich erkenne, ob sie sie gesehen haben, als ich ihr lockiges Haar in der Dunkelheit entdecke, wie sie sich ihren Weg durch die Menge bahnt. Erleichterung durchströmt mich. Ich mache einen Schritt nach vorne und bemerke dann, dass sie direkt auf das leuchtend rote Auto zusteuert, das in Kaseys Einfahrt steht. Eines, von dem ich weiß, dass es keinem der Hendersons gehört.

Ich blinzle. „Du willst mich wohl verarschen", fluche ich und gehe auf sie zu, als der Fahrer in Sicht kommt. Er ist jemand, den ich sofort erkenne und den ich im Moment nicht in der Nähe von Bibiana haben möchte. Nicht, wenn sie stinksauer ist. Wahrscheinlich verletzt über das, was sie glaubt, gesehen zu haben. Verdammter Jae. Kann dieser Kerl nicht einfach verschwinden oder so?

„Bibiana!" Ich rufe ihren Namen und sie dreht sich um, ihr Gesicht ist rot und fleckig im Mondlicht, feuchte Spuren laufen ihr über die Wangen, sie stolpert ein wenig, bevor sie wieder auf die Beine kommt. Meine Brust spannt sich an. Shit. Ich habe das getan. „Mariposa, bitte. Sprich mit mir." Der Kosename rollt mir von der Zunge, doch sobald sie ihn hört, zuckt sie wie vom Blitz getroffen zusammen.

Ich bin fast bei ihr, aber sie schafft es, die Autotür aufzuschwingen, hineinzuklettern und sie schnell hinter sich zu schließen. Ich schlage mit der Handfläche gegen die Scheibe und hebe den Türgriff an, doch er ist verschlossen. „Mama, mach die Tür auf." Sie sieht mich nicht an. An der Bewegung ihrer Münder erkenne ich, dass sie sich mit dem Arschloch da drinnen über irgendetwas streitet, aber ich kann ihre Worte nicht hören. Ich kann fühlen, wie sie mir durch die Finger gleitet. Wenn sie jetzt geht, ohne mit mir zu reden, ohne mich anzuhören, weiß ich tief in meinem Bauch, dass es mit uns vorbei ist. Ich weiß nicht, woher ich die Gewissheit nehme, aber es ist ein Gefühl, das ich nicht abschütteln kann.

Ich will, dass sie die Tür öffnet. Und zwar sofort.

E ine Textnachricht blinkt über meinen Bildschirm.

ALLIE: BLEIB. ICH BRINGE DICH NACH HAUSE, WENN DU **Emilio nicht sehen willst, aber du solltest ihn anhören. Ich glaube nicht, dass er das getan hat, was du denkst.**

MEINE FINGER FLIEGEN ÜBER DEN BELEUCHTETEN BILDSCHIRM, während mir die Tränen über das Gesicht laufen. Natürlich würde sie auf seiner Seite stehen.

ICH: ICH WEISS, WAS ICH GESEHEN HABE.

ER HATTE SEIN HEMD AUSGEZOGEN, SEINE HÄNDE HIELTEN SIE fest, während sie an seinem Hals saugte wie ein gottverdammter

Vampir. Also, nein. Ich will ihn nicht ausreden lassen. Ich möchte nie wieder mit ihm reden. Urgh! Ich presse die Handrücken an meine Augen.

Nichts kann entschuldigen, was er getan hat. Was er im Begriff war zu tun. Gott, ich bin so dumm. Ich dachte, ich bedeute ihm mehr. Ich dachte, dass das Flirten und was auch immer in der Schule ungewollt war. Als ob er nicht gemerkt hätte, wie es aussah. Ich habe versucht, es zu verdrängen, aber das hier, das kann ich nicht ignorieren, und Gott tut das weh. Ich dachte, ich dachte, dass er vielleicht ein Leben mit mir aufbauen wollte. Dass wir eine Familie sein könnten - er, ich und Luis. Doch ich lag falsch und jetzt ist mir schlecht. Übelkeit dreht und wendet sich in meinem Bauch, während ich mich anschnalle.

„Können wir los?", frage ich Jae und ignoriere den besorgten Blick in seinem Gesicht.

Emilio hat sich nie für mich interessiert. Ich war bequem. Einfach. Ein schweres Gewicht drückt auf meine Brust, als mir klar wird, wie unbedeutend ich für ihn bin. War das alles nur ein Trick, um mich zu verletzen? War irgendetwas in den letzten Wochen echt?

Ich schüttle den Kopf, der Alkohol macht mich wirr im Kopf.

„Bibi ... "

Ich stöhne und drücke meinen Kopf gegen meinen Sitz. „Ich weine. Ich bin betrunken. Und mein Freund oder Baby-Daddy oder was auch immer er sein soll, war mit einem anderen Mädchen zusammen, also können wir um Himmels willen bitte gehen!" Meine Stimme ist schrill und es ist mir egal. Ich kann nicht - meine Brust hebt sich und ich beginne zu hyperventilieren.

„Bist du okay? "

Nein. Mir geht es nicht gut. Ich bin mir sicher, dass es offensichtlich ist.

„Mach die Tür auf", schreit Emilio, klopft ans Fenster und

erschreckt mich, als er versucht, die Tür mit roher Gewalt aufzustemmen. Viel Glück dabei. „Mariposa, bitte. Sprich mit mir."

Meine Oberlippe kräuselt sich bei diesem einen Wort. Ich bin nicht sein Schmetterling. Ich bin nicht sein Alles. Ich drehe mich zu ihm um und sauge einen bebenden Atem ein. „Lass mich in Ruhe!" Ich schreie laut genug, dass er mich hören kann.

Seine Hand hält immer noch den Türgriff fest, als könne er die Abfahrt des Autos verhindern. Seine Nasenflügel blähen sich auf, und er schüttelt einmal kräftig den Kopf. „Wir müssen reden. Du kannst nicht einfach abhauen … "

„Fick dich, Emilio!" Ich reiße ihn von mir. Es ist mir egal, dass es kindisch ist. Er hat es verdient. „Lass mich verdammt nochmal in Ruhe." Wütende Tränen laufen mir über die Wangen und ich hasse mich dafür. Ich hasse mich dafür, dass ich meine Emotionen im Moment nicht unter Verschluss halten kann. „Warum kann ich nicht aufhören, zu weinen?", beschwere ich mich laut, und Jae drückt mein Knie.

„Es ist okay", sagt er.

Emilio schreit: „Verdammt, Bibiana. Es ist nichts passiert! "

Ich möchte ihm glauben. Glauben, dass er nie wegwerfen würde, was wir haben, aber ich weiß, was ich gesehen habe, und ich weigere mich, mich von ihm zum Narren halten zu lassen. Wie lange geht das schon so? Hat er je aufgehört, sie zu treffen? Hat er die ganze Zeit hinter meinem Rücken mit ihr herumgealbert?

„Fahr Jae."

„Bist du sicher? Wenn du mit ihm reden musst …"

„Fahr einfach!"

Sein Gesicht ist angespannt vor Sorge, aber er nickt und legt den Rückwärtsgang ein, um rückwärts aus Kaseys Einfahrt zu fahren.

„Bibi, bitte …" Emilios Stimme bricht.

Ich kann ihn nicht angucken. Nicht, wenn ich das Gefühl habe, dass meine ganze Welt um mich herum zusammenbricht.

Man sagt, wenn man den verliert, den man liebt, bricht einem das Herz. Aber es ist nicht nur mein Herz, das schmerzt. Meine Brust tut weh, meine Atemzüge sind rau und flach. Mir war vorher nicht klar, wie viel er mir bedeutet. Aber das Gewicht meiner Gefühle prallt auf mich ein wie ein Truck und ich habe das Gefühl, eine Panikattacke zu bekommen, wenn ich ihn auch nur eine Sekunde länger ansehen muss.

Ist es das, was er wollte? Dass er mich verletzt? Zu sehen, wie ich zusammenbreche? Zu wissen, dass ihm mein Herz gehört und es dann wegzuwerfen?

Emilio jagt uns aus der Einfahrt hinterher, die Panik steht ihm ins Gesicht geschrieben. „Tu das nicht! Es ist ein Missverständnis. Ein verdammtes Missverständnis", schreit er. Aber ich höre nicht mehr hin.

Jae schält sich um die parkenden Autos die Straße hinunter und schafft endlich den dringend benötigten Abstand zwischen uns. Im Rückspiegel sehe ich, wie Emilio zum Stehen kommt, die Arme an den Seiten und mit einem hoffnungslosen Gesichtsausdruck. Ich starre ihn an, während seine Gestalt kleiner und kleiner wird. Das Loch in meiner Brust wird größer und größer.

Wir biegen um eine Ecke, und sobald er außer Sichtweite ist, kommen die Tränen schneller. Wütende, verletzte, verwirrte Schluchzer durchzucken meinen Körper, lassen meine Brust heben und meine Schultern zittern.

Ich vergrabe mein Gesicht in den Händen, ein klagendes Geräusch entweicht meinen Lippen. Jae hält am Straßenrand an und ich höre, wie er unsere beiden Sicherheitsgurte löst, bevor er seinen Sitz so weit wie möglich zurückschiebt und mich auf seinen Schoß zerrt. Seine Arme schlingen sich um mich und er hält mich fest in einer heftigen Umarmung. „Es wird alles gut", sagt er mir, aber ich habe keinen Grund, ihm zu glauben. Nichts von dem, was heute Abend passiert ist, fühlt sich an, als würde es jemals gut werden.

„Du hast getrunken, B. Morgen früh sieht es vielleicht anders aus", flüstert er.

Ich mache mir nicht die Mühe, darauf zu antworten. Er war nicht dabei. Er weiß gar nichts.

Keine Ahnung, wie lange wir dort am Straßenrand sitzen, aber schließlich versiegt mein Schluchzen und hinterlässt ein klaffendes Loch in meiner Brust. „Es tut mir leid", sage ich ihm, als ich wieder Worte bilden kann. „Ich wollte dich da nicht mit reinziehen. Ich wollte nur ... "

„Du brauchst dich nicht zu entschuldigen. Ich bin für dich da. Für alles, was du brauchst. Ich werde immer hier sein, okay? "

Ich nicke gegen seine Brust und nehme mir ein paar kostbare Sekunden, um mich zusammenzureißen, bevor ich meinen Kopf von seiner Brust hebe und über die Mittelkonsole klettere, um wieder Platz zu nehmen. Ich wische mir die Tränen aus dem Gesicht und atme zitternd ein. Reiß dich zusammen, sage ich mir und beschließe hier und jetzt, dass es mir gut gehen wird. Ich habe schon viel durchgemacht. Ich bin stark. Ich bin unabhängig. Und ich kann das allein schaffen. Das habe ich bereits bewiesen. Ich brauche Emilio nicht, um ganz zu sein. Stein für Stein werde ich mich wieder zusammensetzen. Ich werde nicht wie meine Mutter werden. Ich werde mich nicht mit einem Mann zufriedengeben, der mich nicht wirklich liebt.

Sie nimmt meine Anrufe nicht entgegen. Ich weiß, dass sie bei Jae eingezogen ist, aber ich weiß nicht, wo zum Teufel das überhaupt ist. Sie hat Luis heute Morgen abgeholt. Dominique rief an, um mich wissen zu lassen, dass sie bei ihm aufgetaucht ist, doch ich konnte nicht schnell genug da sein, um sie abzufangen, und Monique weigerte sich, ihm zu sagen, wann sie kommt, damit ich vorausplanen konnte. Mist. Ich hätte einfach um 7 Uhr heute Morgen auftauchen und warten sollen. Das wäre das Klügste gewesen.

Die Mädels sind sehr verschlossen. Sogar Allie ist vage und schreibt nur Mist. Sie sagt mir, dass ich Bibiana Freiraum geben muss. Dass sie Zeit zum Nachdenken benötigt.

Nein, braucht sie verdammt nochmal nicht, weil sie nur über Scheiße nachdenkt, die nie passiert ist. Ihr jetzt Zeit und Freiraum zu geben, wird mir nicht im Geringsten helfen. Es wird die Scheiße nur noch schlimmer machen.

„Atme mal durch", sagt Allie und reicht mir eine Tasse mit etwas Warmem. Kakao, so wie der Becher aussieht. Ich nehme das Getränk an und probiere einen Schluck, erkenne sofort den würzigen Geschmack von Abuelas heißer Schokolade, aber ich schmecke ihn kaum. Alles fühlt sich für meine Sinne fade an, meine Welt ist ein farbloser Schleier aus Grau.

Ich trinke noch einen Schluck, in der Hoffnung, dass die Wärme in meine Knochen sickert und mich beruhigt, aber es hilft mir nicht. Mein Bein hört nicht auf zu zappeln. Mein Verstand rast eine Meile pro Minute und versucht, sich einen Weg auszudenken, wie ich mein Mädchen zurückgewinnen kann. Wenn ich nur mit ihr reden könnte ...

„Emilio? "

Ich schaue von meiner Tasse auf.

„Was auch immer du denkst, hör auf. So schlimm ist es nicht.", sagt Allie, lässt sich in Romans Schoß fallen und lehnt sich an ihn. Wir sitzen alle in ihrem Wohnzimmer - Dominique, Roman, Allie und ich - und ich versuche, mir einen Plan auszudenken, aber bis jetzt habe ich nichts.

Ich ziehe meine Unterlippe durch die Zähne und schüttle den Kopf. „Das weißt du doch gar nicht. Du hast ihren Gesichtsausdruck nicht gesehen, als sie gegangen ist ... "

„Sie denkt, dass du sie betrogen hast. Dass das wahrscheinlich nicht das erste Mal ist", gibt Allie zu, als ob ich das nicht schon wüsste, aber es laut zu hören, macht mich verdammt wütend.

„Ich habe nichts getan!", schnauze ich sie an und schiebe mich auf die Beine. „Ich habe sie nie betrogen. Nicht ein einziges Mal. "

Roman funkelt mich an. „Beruhige dich verdammt noch mal und schrei sie nicht an", geht er mich an.

Dominiques Hand auf meiner Schulter hält mich davon ab, näher zu treten, und stattdessen setze ich mich wieder hin, wobei meine Schultern in der Niederlage zusammensacken. „Ich habe nicht geschummelt. Ich habe euch erzählt, was passiert ist. Ich würde nicht ... "

„Wir wissen es", sagt Allie. „Und wir glauben dir. Gebt ihr einfach etwas Zeit. Im Moment ist sie verletzt und ..."

„Das muss sie nicht sein. Wenn sie nur mit mir reden würde.

Es mich erklären lassen würde. Ich könnte das in Ordnung bringen."

Allie nickt, ein ernster Blick in ihren dunkelbraunen Augen. „Ich weiß. Aber sie hat um etwas Freiraum gebeten. Den musst du ihr geben. Lass sie ihren Fehler zu ihren eigenen Bedingungen erkennen. Dränge sie nicht, sonst stößt du sie am Ende noch weg. Du hast doch morgen einen Besuch bei Luis, oder? Es wird dich nicht umbringen, noch einen Tag zu warten, um sie zu sehen."

Ich spanne meinen Kiefer an. Das könnte es.

Ich hasse es, dass ich den Besuch benutzen muss. Ich will meinen Jungen sehen. Ich habe das Recht dazu. Aber ich werde nicht lügen. Ich nutze das hundertprozentig gegen sie aus, um sie zu überzeugen, mich anzuhören. Die einzige Kommunikation, die ich seit gestern Abend mit Bibiana hatte, ist eine SMS, in der sie mir die Adresse von Jae geschickt hat, dass ich Luis morgen eine Stunde vor meiner geplanten Zeit abholen kann. Das war's. Das sollte nicht mal unser erstes persönliches Treffen werden. Ich wollte mit ihr abhängen. Mit ihnen. Aber ich schätze, sie ist sauer genug, um den Zeitplan zu überdenken. Ich muss glücklich darüber sein. Ich bekomme meinen Jungen. Aber, verdammt. Ich will sie auch.

Sie lässt ihr Handy nicht mal lange genug an, damit ich ihr antworten kann. Ich kann sie nicht verlieren. Allein der Gedanke lässt mich wie gelähmt sein. Hilflos. Da ist dieser Schmerz in meiner Brust, der nicht verschwinden will. Ich will nicht ohne sie sein. Sie ist ... sie ist alles. Ich will sie nicht verlieren. Nicht wegen etwas wie dem hier.

———

MEINE HANDFLÄCHEN SIND SCHWEISSNASS. ICH HOLE MEIN Kind aus dem Haus eines anderen Kerls ab. Einer, der es sicher genießt, mit dem zu spielen, was mir gehört.

„Emilio, du musst dich beruhigen", sagt Dominique, die

Stimme der Vernunft, neben mir auf dem Beifahrersitz. Roman und Aaron sitzen auf dem Rücksitz, die drei haben gemeinsam beschlossen, dass man mir nicht zutrauen kann, die Sache allein zu regeln. „Wenn Bibiana dich so sieht, wird sie dich auf keinen Fall mit Luis gehen lassen."

Meine Lippen kräuseln sich, und ich schaue ihn finster an, während ich den Blinker setze und am Stoppschild links abbiege. „Er ist mein Kind", erinnere ich sie.

Dom schnaubt. „Als ob das verdammt noch mal wichtig wäre. Bibi wird dich sehen und voll auf Mama Bär machen. Weißt du noch, was in der Nacht passierte, als du erfuhrst, dass Luis von dir ist? Sie hat dir damals nicht nachgegeben und wird es auch jetzt nicht tun. Atme mal durch. Beruhige dich."

Ich tue, was er mir sagt, aber die Anspannung hält mich steif. Sie weicht meinen Anrufen aus. Geht mir aus dem Weg. Und jetzt, wo ich mein Kind abhole, passt mir das alles nicht. Wir fahren zu der Adresse, die sie mir gegeben hat, und ich sehe sofort Jaes Auto. Ich dachte mir, dass er hier sein würde. Es ist schließlich sein Haus, aber sie hätte ihn wenigstens - ich weiß nicht - bitten können, für eine Weile zu gehen.

Ich halte mich kurz am Lenkrad fest, bevor ich mich dazu zwinge, die Tür zu öffnen und auszusteigen. „Atme", sagt Aaron zu mir. „Du schaffst das schon." Der Gang zur Veranda fühlt sich an, als würde ich zu einer Beerdigung gehen, aber ich habe einen Plan. Ich muss nur mein Ziel im Auge behalten. Ich richte mich auf, als würde ich gleich auf das Spielfeld treten. Ich habe das im Griff.

Alles, was ich tun muss, ist zu erklären, was in der letzten Nacht wirklich passiert ist. Sie zum Zuhören bringen. Wenn sie es weiß, wird sie es verstehen. Ich verstehe, warum sie verletzt ist. Wütend. Wenn ich denken würde, dass sie mich betrogen hat, wäre ich auch sauer. Aber das ist nichts. Wir können es überwinden. Da bin ich mir sicher. Ich nehme einen tiefen Atemzug. Halte mich an den Plan.

Ich klopfe dreimal an die Tür, bevor sie aufschwingt und es Jaes Gesicht ist, das mich begrüßt.

„Hey", sagt er zur Begrüßung und öffnet die Tür weiter, was mich überrascht. Ich dachte, er würde sich aufspielen oder so einen Scheiß. Versuchen, mich ein paar Nummern kleiner zu machen. Er hat sie von der Party abgeholt. Er hat gesehen, wie durcheinander sie war. Ich bin sicher, sie hat ihm gesagt, was ihrer Meinung nach passiert ist, also habe ich Wut von ihm erwartet. Oder vielleicht Genugtuung. Aber ich bekomme nichts davon. Nur milde Resignation.

Trotz der Begrüßung schüttle ich den Kopf. Ich will nicht hinein gehen. Ich will nicht in der Nähe dieses Arschlochs sein, denn ich bin kurz davor ihm die Faust ins Gesicht zu schlagen. Atmen, erinnere ich mich. Er kann herunterspielen, was er will, aber ich weiß, dass er mein Mädchen möchte, und ich bin sicher, dass er diese Situation zu seinem Vorteil nutzen wird. Wenn ich an seiner Stelle wäre, würde ich das tun.

Meine Sorge von letzter Nacht hat sich in Wut verwandelt. Ich brauche jemanden, an dem ich es auslassen kann und unglücklicherweise für mich, kann das nicht er sein.

„Wo ist Bibiana? "

Er seufzt und verschwindet im Flur und lässt die Tür offen, damit ich ihm folgen kann. Das tue ich nicht. Aber ich kann mich nicht davon abhalten, mich umzusehen, mein Blick fällt auf die verstreuten Spielsachen und Bibianas Rucksack neben der Tür. Sie hat es sich gleich gemütlich gemacht.

Ein paar Sekunden später taucht sie auf, Luis auf dem Arm und eine Wickeltasche über der Schulter. Meine Brust zieht sich zusammen, als ich sie sehe. Ihr Haar ist zu einem Pferdeschwanz hochgesteckt, ihr Gesicht ist fahl und zeigt die dunklen Ringe unter ihren Augen. Sie ist wunderschön, aber diese Anzeichen von Erschöpfung machen mir Sorgen.

„Können wir reden?", frage ich, es juckt mich, nach ihr zu

greifen, aber stattdessen schiebe ich meine Hände in die Taschen und warte.

„Geht es um Luis?", fragt sie und weicht der Frage mit einer eigenen aus.

Ich schüttle den Kopf. „Nein. Es geht um uns."

„Es gibt kein „uns" mehr, Emilio. Ich denke, es wäre das Beste, wenn wir unsere Kommunikation auf unseren Sohn konzentrieren würden." Ihr Ton ist schroff, ohne eine Spur von Emotion, aber mir entgeht nicht, wie sich ihr Kiefer zusammenpresst.

Ich beiße mir auf die Innenseite meiner Wange und schaue zu Jae, der ein paar Schritte entfernt schwebt. Ich möchte dieses Gespräch nicht führen, wenn er zusieht. Aber ich kann ihm auch nicht sagen, dass er gehen soll. Und trotz allem, was sie will, werden wir uns unterhalten.

Ich richte meinen Blick wieder auf Bibiana und achte darauf, dass mein Tonfall ruhig, ja sogar beruhigend bleibt. Ich will sie nicht verärgern und ich möchte keine Szene vor Luis machen. Ich weiß, er ist klein. Er versteht nicht, was wir die ganze Zeit sagen. Aber ich erinnere mich daran, wie sich meine Eltern vor mir stritten, als ich ein Kind war. Das ist nichts, was ich jemals vor meinem Sohn tun möchte. „Es ist nicht so, wie du denkst. Ich habe nicht ... "

„Ich weiß." Immer noch meinen Blick festhaltend, schüttelt sie den Kopf. „Ich weiß, was passiert ist. Ich weiß, dass du mich nicht betrogen hast."

„Das weißt du?" Erleichterung macht sich in mir breit, und meine Schultern entspannen sich. Ich mache einen Schritt nach vorn und will nach ihr greifen, als sie sich wegdreht. Meine Arme fallen zurück an meine Seiten. Wenn sie es weiß, warum verhält sie sich dann so? Mein Herz drückt sich in meiner Brust zusammen. Was verpasse ich nur?

„Ich habe mit Allie gesprochen. Und Kasey. Und Aaron." Sie seufzt. „Ich hatte keine große Wahl, da sie einfach immer wieder anriefen, aber ja, ich habe von dem Bier gehört. Dem Shirt. Dass du Sarah weggestoßen hast. Ich weiß das alles. "

Wenn das alles wahr ist, dann ...

„Aber", sie holt tief Luft, „ich kann trotzdem nicht mit dir zusammen sein. Nicht auf diese Weise."

Warte mal. Was? Was? „Warum zum Teufel nicht?" Ich beiße die Zähne zusammen, um den Rest meiner Worte zurückzubeißen, weil ich weiß, dass ich etwas sagen werde, das ich bereuen werde.

Feuchtigkeit sammelt sich in ihren Augenwinkeln, aber sie blinzelt sie weg, bevor sie ihre Arme ausstreckt, um mir Luis zu reichen, ihre Bewegungen sind steif, fast roboterhaft. Ich nehme ihn und stütze sein Gewicht vorsichtig, während sie mir seine Wickeltasche reicht. „Weil die letzte Nacht mir ein paar Dinge bewusst gemacht hat, über die ich nicht nachgedacht habe."

Ich lasse meinen Blick zwischen ihr und Luis hin- und her schweifen und warte. Er lächelt und zeigt dabei seine beiden unteren Zähne, und ich nehme mir eine Sekunde Zeit, um ihn richtig zu begrüßen. „Bist du bereit, den Tag mit deinem alten Herrn zu verbringen?" Er gluckst und plappert, schwingt die Arme und strampelt mit den Füßen.

Bibiana bleibt still, also beschließe ich, weiterzumachen.

„Wie denn?"

„Ich vertraue dir nicht."

Autsch. So viel war schon durch ihre Reaktion klar, aber es laut zu hören, ist trotzdem wie ein Messerstich in die Eingeweide.

„Aber ... "

Sie hebt eine Hand. „Lass mich ausreden."

Ich nicke ihr steif zu und klammere mich an meinen Sohn wie an eine Rettungsleine.

Bibianas Brust hebt und senkt sich mit ihren Atemzügen und sie dreht sich kurz zu Jae um. Er nickt ihr aufmunternd zu und allein das lässt meine Nackenhaare hochgehen. Zu was genau ermutigt er sie hier?

„Luis muss an erster Stelle kommen, immer."

„Das tut er."

„Aber das wird er nicht, wenn wir uns streiten. Ich will nicht riskieren, Brücken zu dir abzubrechen. Wir sind beide jung. Eine Beziehung zwischen uns hätte nie funktioniert. Nicht langfristig."

„Das weißt du doch gar nicht", beiße ich mich durch. Sie hat sich geweigert, der Sache eine echte Chance zu geben, hat sich bei jedem Schritt gegen mich gewehrt. Sie wollte nicht heiraten. Wollte sich verdammt nochmal nicht verabreden. Ich weiß nicht, was es war, was wir gemacht haben. Aber selbst das war nur halbherzig von ihr.

Doch bevor ich etwas davon sagen kann, fährt sie fort: „Dich neulich mit Sarah zu sehen, hat mich dazu gebracht, dich zu hassen. Ich wollte dir wehtun, und der beste Weg, das zu tun, ist mit ihm." Sie nickt in Richtung Luis. „Ich will nicht diese Person sein. Ich will ihn nie gegen dich benutzen oder ihn gegen mich benutzen lassen. Er ist kein Druckmittel, und ich hasse mich dafür, dass ich es überhaupt in Erwägung gezogen habe."

Die Luft gefriert in meinen Lungen, als ihre Worte ins Schwarze treffen, und meine Augen verengen sich. Sie verschränkt die Arme vor der Brust und schaut weg. Eine einzelne Träne rutscht an ihrer Abwehr vorbei und sie wischt sie hastig weg.

„Wir können es uns nicht leisten, uns gegenseitig an die Kehle zu gehen. Wir können nicht streiten. Das darf nicht chaotisch werden. Wir haben ein gemeinsames Kind und das ist schon kompliziert genug. Zu versuchen, sich zu verabreden, zu sein, was immer du willst, macht eine ohnehin schon komplizierte Situation nur noch schlimmer. Ich denke, um unser beider willen müssen wir uns darauf konzentrieren, Eltern zu sein. Nicht mehr."

Ich stehe da und bin fassungslos. Ich habe ihre Wut erwartet. Sogar ihre Wut und ihren Hass. Ich war bereit, für sie zu kämpfen. Um sie von meiner Unschuld zu überzeugen. Jetzt weiß ich nicht, was ich tun soll. Mein Verstand ist verwirrt. Sie weiß, dass ich sie nicht betrogen habe. Aber sie will mich trotzdem nicht. Ich bin die Mühe nicht wert, denke ich. Nicht ihre Zeit wert. Und dass sie überhaupt in Erwägung zog, mir Luis vorzuenthalten ...

Ich beiße fester auf die Innenseite meiner Wange, bis sich Blut in meinem Mund sammelt, der metallische Geschmack erdet mich.

Sie räuspert sich. „Alles, was du brauchst, sollte in der Tasche sein. Wenn nicht, rufe an. "

Ich nicke.

„Er hat vor etwa dreißig Minuten gegessen, also wird es ihm noch mindestens eine Stunde lang gut gehen. "

Ich nicke wieder.

„Oh, und er ist jetzt glücklich und wach, aber normalerweise macht er seinen zweiten Mittagsschlaf gegen zwei, also wirst du merken, dass er anfängt, mürrisch zu werden. Sein Chupeta, der Schnuller, ist in der rechten Seitentasche und seine Decke ist in dem großen Fach. Ohne beides wird er nicht schlafen."

Ich weiß das alles schon, weil ich das meiste davon während unserer gemeinsamen Zeit aufgeschnappt habe, aber ich lasse sie ihre Liste durchgehen, bevor sie sich von Luis verabschiedet.

„In Ordnung. Ich denke, wir machen uns auf den Weg."

„Okay."

Fuck. Na schön. So hatte ich mir den Scheiß nicht vorgestellt. Ich drehe mich um und gehe zwei Schritte auf den SUV zu, als Bibi ruft: „Warte", und ich erstarre bei dem Gedanken, dass sie es sich vielleicht anders überlegt hat. Vielleicht ...

Sie eilt zu mir, gibt Luis einen schnellen Kuss auf die Wange und streicht ihm liebevoll mit der Hand übers Haar. „Okay." Sie scheint sich zu sammeln. „Habt eine tolle Zeit zusammen. Und wenn du etwas brauchst ... "

„Bibi ... "

Sie hält inne. „Ich weiß. Ich weiß. Es tut mir leid. Ich werde meine Meinung nicht ändern. Es ist dein Tag mit ihm." Sie schluckt sichtlich. „Ich weiß, dass er bei dir sicher ist. Ignoriere mich einfach."

„Ich bringe ihn um sieben zurück. "

Wieder ein Nicken. „Okay. Danke." Sie schenkt mir ein gezwungenes Lächeln, und als ich mich zum Gehen wende, hält sie mich diesmal nicht auf.

Verdammt. Ich wünschte, sie würde es tun.

Emilio mit Luis weggehen zu sehen, ist eine Qual. Nicht nur, weil es mir das Herz bricht oder weil es schwer ist, Luis zu teilen, sondern auch, weil jeder Gedanke, den ich hatte, dass wir drei eine Familie sind, eine richtige Familie, zerstört wurde.

Hoffnung - dieses eine Wort bedeutet so viel, und ich habe jetzt nichts davon.

Wir sind kein Paar mehr. Ich weiß nicht, ob wir das jemals wirklich waren. Was wir sind, sind Eltern. Zwei Menschen, die die Erziehung unseres Kindes verantwortungsvoll als Einheit bewältigen müssen.

Ich habe mir Videos angesehen. Ich habe Bücher gelesen. Hörte mir Podcasts über effektive Co-Elternschaft an. Alles, was ich am Wochenende in die Finger kriegen konnte, habe ich verschlungen. Und die größte Erkenntnis aus all dem war, wie kompliziert es ist, eine Liebesbeziehung mit dem anderen Elternteil zu haben. Wie schädlich es für das Wohlbefinden des Kindes sein kann, wenn es nicht klappt. Wie es am sichersten und oft auch am besten ist, jede Idee einer Romanze zu verwerfen, und sich auf die Bedürfnisse Ihres Kindes zu konzentrieren. Das werde ich also tun.

Luis muss an erster Stelle kommen. Immer.

Ich werde nicht lügen, ich bin erleichtert, dass Emilio mich nicht betrogen hat. Erleichtert, dass er sich nicht hinter meinem Rücken mit Sarah Draven oder einer anderen getroffen hat. Ehrlich, das bin ich. Aber, das ist das Beste, obwohl es scheiße ist. Auch wenn es sich anfühlt, als würden mir die Eingeweide herausgerissen werden. Der Schmerz wird irgendwann vergehen, oder? Ich meine, das muss er. Sagt man das nicht so? Alles wird mit der Zeit besser? Das ist alles, was ich brauche. Mehr Zeit.

Die Schule ist seltsam in der folgenden Woche. Allie ist immer noch meine Freundin. Kasey und Aaron sind es auch, aber die Dinge sind merklich anders. Ich komme wie immer pünktlich zur Schule und nehme Luis mit zur ersten Stunde. Wie an den anderen Tagen zuvor begrüßt mich Dominique, sobald die Glocke läutet, und nimmt Luis zur zweiten Stunde mit, da er keinen Unterricht hat.

„Alles gut? ", fragt er. Und obwohl es unschuldig genug ist, fühlt es sich wie eine geladene Frage an.

Ich zwinge ein Lächeln über meine Lippen. „Yeah. Super."

Seine dunkelbraunen Augen bohren sich in mich, und ich kann sehen, wie das Wort Lügner zwischen uns in der Luft hängt. Zum Glück behält er es für sich.

„Ich sehe dich beim Mittagessen. "

Ich schlucke schwer und nicke, wobei ich mich frage, ob ich Luis vielleicht einfach behalten sollte. Das ist, gelinde gesagt, peinlich. Ich will nicht, dass er sich verpflichtet fühlt, mir zu helfen, besonders jetzt, wo zwischen Emilio und mir nichts mehr läuft.

„Ich ... ähm ... du hast nicht ... "

Er schüttelt den Kopf. „Was mit dir und E. los ist, geht nur euch beide etwas an. Es hat keinen Einfluss darauf, dass ich helfe. "

Ich lasse die Schultern hängen. „Bist du sicher?“

Er nickt und ohne ein weiteres Wort dreht er sich um und geht in Richtung Bibliothek, Luis sicher und behaglich in seinen Armen.

Auf dem Weg zu meiner nächsten Klasse kommt Kasey auf mich zu, ihr Gesichtsausdruck ist weniger fröhlich als sonst. „Geht es dir gut?“, fragt sie und verschränkt ihren Arm mit meinem. Ich wünschte, die Leute würden aufhören, mich das zu fragen.

„So gut, wie man erwarten kann“, sage ich ihr, was die Wahrheit ist.

„Weißt du, du musst nicht ... “

Ich unterbreche sie. „Doch, habe ich. Du weißt, dass ich das habe.“

Ihre Lippen verengen sich zu einer festen Linie.

„Kasey, du weißt doch, wie er bei Mädchen ist. Sie werfen sich ihm bei jeder Gelegenheit an den Hals.“ Und diese Angst, diese Zweifel, die kann ich nicht wegzaubern. Sie wird an meinem Selbstvertrauen nagen. Es wird an den Fäden jeder Beziehung reißen, die wir versuchen. Ich bin unsicher und ich weiß es. Ich sehe mir diese Mädchen mit ihrem perfekten Aussehen und Körper an und weiß, dass ich nicht vergleichbar bin. Nicht, wenn mein Bauch weich ist, meine Haut locker und Dehnungsstreifen über meine Haut ziehen. Sie sind in ihrer Blütezeit und ich bin, nun ja, ich bin es nicht.

Ihr Ausdruck ist angespannt, doch sie nickt. „Ich weiß, und ich weiß, ich habe ihm immer die Hölle heiß gemacht, weil er ein Aufreißer ist, aber“ - sie zögert - „er war dieses Wochenende bei mir zu Hause.“

Ich runzle die Stirn. „Wozu?“ Ich weiß, dass er und Aaron Freunde sind, aber sie kommen mir nicht wie enge Freunde vor. Die Beziehung zwischen Aaron und den anderen Jungs scheint hauptsächlich wegen Allies Einfluss und vielleicht Romans Akzeptanz zu bestehen, obwohl ich nie direkt gefragt habe.

Ein Achselzucken. „Ich weiß es nicht wirklich, um ehrlich zu sein. Alle Devils sind rübergekommen und haben ein bisschen rumgehangen, bevor sie Luis von dir abgeholt haben." Sie beißt sich auf die Unterlippe. „Ich sollte nicht lauschen, aber ..."

Sie hält inne und meine Brust spannt sich an, fast so, als würde sich mein Körper auf ihre nächsten Worte vorbereiten. Der Drang, sie zu schütteln und sie dazu zu bringen, mir alles zu erzählen, wirbelt wie ein Sturm durch mich, aber ich zwinge mich, einzuatmen, tief einzuatmen, auszuatmen. Lass es raus. Es spielt keine Rolle, was gesagt wurde. Es spielt keine Rolle, ob er verärgert oder erleichtert ist oder sonst was. Ich habe meine Entscheidung getroffen. Es ist das Beste.

Ich drücke ihren Arm. „Es ist okay. Du musst es mir nicht sagen." Mein Lächeln ist gezwungen, doch ich behalte den Ausdruck bei, bis wir die Tür zu meiner nächsten Klasse erreichen. „Ich muss los, aber wir reden später weiter."

„Oh." Sie rümpft die Nase. „Bist du sicher? "

„Jep. Mach dir keine Sorgen."

Ich winke und gehe in die Klasse, während ich meine Schritte zähle. Das ist das Beste, sage ich mir zum gefühlt hundertsten Mal. Das muss es sein.

———

DIE MITTAGSPAUSE IST SELTSAM, ABER WAS HABE ICH ERWARTET? Emilio nimmt Luis mit, sobald Dominique eintrifft, und ich lasse ihn. So haben wir es abgemacht. Er kommt nicht mehr jeden Tag vorbei, also haben wir vereinbart, dass er Luis beim Mittagessen und während der vierten Stunde haben kann. Er holt ihn auch zweimal die Woche ab, dienstags und donnerstags. Wir haben noch nicht bis zu den Übernachtungen geplant und ich bin dankbar dafür. Ich weiß nicht, wann oder ob ich in nächster Zeit zu diesem Schritt bereit sein werde, und wie wir vereinbart hatten, bevor sich alles entwickelte, überlässt er mir das Tempo.

Ich treffe die wichtigen Entscheidungen und er verlangt nicht mehr, als ich ihm geben kann, wenn es um Luis geht.

Dominique, Roman und Emilio sitzen auf der einen Seite des Mittagstisches. Kasey und ich auf der anderen. Mit Aaron und Allie in der Mitte, die als Teiler zwischen unseren beiden Gruppen fungieren. Die Trennung bleibt nicht unbemerkt, und schon fangen die Leute an zu schauen und zu tuscheln.

„Also, diesen Donnerstag", platzt Kasey raus, „bist du sicher, dass du ..."

„Ja!", sage ich und hoffe, sie zu unterbrechen, bevor die Jungs uns belauschen. Ich senke meine Stimme, um unser Gespräch privat zu halten. „Ich brauche den Job, und ich bin wirklich dankbar, dass du bereit warst, für mich mit deiner Tante zu reden."

Sie lächelt und nickt, die blonden Locken hüpfen bei der Bewegung.

Kaseys Tante betreibt die Sun Valley Station, ein lokales Diner, in dem Allie arbeitet und in dem Kasey manchmal aushilft. Kasey braucht keinen Job, und sie will auch keinen, also war sie mehr als glücklich, ein gutes Wort für mich einzulegen, wenn es bedeutete, dass sie die freien Schichten nicht übernehmen muss. Es sind nur zwei Tage in der Woche - donnerstags, wenn Luis bei Emilio ist, und dann am Sonntag. Monique hat mir angeboten, immer auf ihn aufzupassen, falls ich die Hilfe brauche, und ich habe dankbar angenommen, aber ich weiß, dass ich Emilio zuerst die Möglichkeit geben muss. Wenn die Rollen vertauscht wären, würde ich die Möglichkeit haben wollen, mehr Zeit mit meinem Sohn zu verbringen, bevor ich ihn einem Babysitter überlasse, selbst wenn es ein Freund ist. Co-parenting auf die richtige Art. richtig?

„Okay, dann schätze ich, dass du einfach pünktlich auftauchst, und alles ist gut. Allie arbeitet diese Woche, also kann sie dir zeigen, wo es lang geht."

„Klingt gut."

Ein Mädchen kommt an unseren Tisch, mit einem entschlossenen Gesichtsausdruck. Sie hat ein bisschen mehr Schwung im Schritt und ihr ganzer Fokus ist auf Emilio gerichtet. Sie erreicht ihn und sagt etwas, doch ich kann die Worte nicht verstehen. Sie lacht. Ich schaue weg, verfolge aber immer noch ihre Bewegungen in meiner Peripherie. Emilio dreht seinen Kopf und sieht mich an. Ich kann sein Gesicht nicht erkennen, doch da Kasey in der Nähe ist, muss ich das auch nicht.

„Ich glaube, er taxiert deine Reaktion", flüstert sie so leise, dass nur ich es hören kann.

Ich seufze schwer und zucke mit den Schultern. „Ich weiß nicht, warum. Er kann machen, was er will. Er muss sich keine Sorgen um meine Gefühle machen." Ich zwinge mich zu einem Lächeln und stehe auf. „Danke noch mal für das Gespräch mit deiner Tante."

„Dank mir noch nicht. Ich habe schon öfter ausgeholfen, und es ist kein Zuckerschlecken. Die Hälfte der Kundschaft sind Studenten, und die sind meistens Arschlöcher, also, versuch einfach, nichts an dich rankommen zu lassen. Okay?"

Ungeachtet dessen werfe ich einen Blick zurück auf Emilio. Das Mädchen ist weg, aber er starrt mit ernster Miene auf ein kleines Stück Papier in seinen Händen. Eine Telefonnummer. Das passt.

„Keine Sorge. Ich bin ein Meister darin, mich von Dingen nicht unterkriegen zu lassen."

Wir sind jetzt seit drei Wochen „Co-Eltern", wie Bibiana es gerne nennt. Folter ist ein treffenderer Begriff, wenn man mich fragt. Die Footballsaison ist jetzt offiziell vorbei. Also habe ich nichts, womit ich meine Freizeit verbringen kann. Ich habe überlegt, mir einen Job zu suchen, aber meine Brüder haben mir diese Idee sehr schnell ausgeredet. Sie wollen, dass ich mich auf die Schule und Luis konzentriere. Als ich mich dagegen wehrte - denn wir haben Rechnungen und ich will verdammt sein, wenn ich nicht helfe, sie zu bezahlen - sagten sie mir, Raul hätte eine Lebensversicherung. Überraschung, Überraschung. Schätze, als Kassierer war er doch für irgendwas gut. Ich vermute, er und unsere Mutter haben etwas abgeschlossen, als es noch gut zwischen ihnen lief, und Roberto hat darauf geachtet, die monatlichen Prämien zu zahlen. Das war vorausschauend.

Es gab einen anständigen Batzen Geld, den wir vier durch fünf teilen wollten. Ein Teil ging an die Lebenshaltungskosten. Damit wurde das Haus abbezahlt und die Nebenkosten werden zumindest für die nächsten Monate gedeckt. Den Rest hat jeder von uns auf sein eigenes Konto überwiesen, um es später zu verwenden.

Ich habe keine Ahnung, was Roberto oder Antonio mit ihrem Geld machen werden. Ich weiß immer noch nicht, was Roberto für Pläne hat, jetzt wo er wieder in den Staaten ist. Aber Sofia sagt, sie spart fürs College. Kluges Mädchen. Und ich gab das meiste von meinem an Bibiana.

Sie sträubte sich zuerst dagegen. Wollte es nicht annehmen. Sie meinte, es wäre zu viel. Doch ich finde, die zehn Riesen waren nicht genug. Ich musste sie daran erinnern, dass wir vereinbart hatten, dass ich Unterhalt zahle. Ich war die ersten Monate nicht da und ich hatte nicht viel zu geben, als sie zurückkam. Das war das Mindeste, was ich tun konnte, um sicherzustellen, dass für sie und meinen Jungen gesorgt ist. Es brauchte etwas Überzeugungsarbeit, aber nachdem ich damit gedroht hatte, den Hausmeister ihren Spind öffnen zu lassen, nahm sie es schließlich an.

Ich brauche das Geld nicht. Ich kann hier oder im Wohnheim wohnen, das ist mir egal, und mein Stipendium deckt meine täglichen Ausgaben, sobald die Schule beginnt. Vorher war ich besorgt, wie ich Luis unterstützen kann, aber das macht es einfacher, und wenn sie mehr braucht, werde ich es ihr geben. Ich würde dem Mädchen alles geben, selbst wenn es nur dazu dient, dass sie sich wohler fühlt. Sie lebt immer noch mit Jae zusammen und wer zum Teufel weiß, wie lange das sein wird, aber ich habe da nichts zu sagen. Auch wenn ich denke, dass ich es sollte. Mit etwas Glück wird das Geld ihr helfen, eher früher als später eine eigene Wohnung zu kriegen.

Sie hat auch einen Job bekommen. Teilzeit in einem örtlichen Diner. Ich dachte, sie würde kündigen, als ich ihr das Geld gab, aber das hat sie nicht, und jede Chance, die sie bekommt, eine Schicht zu übernehmen, nimmt sie wahr, nicht, dass ich mich beschweren möchte. Es bedeutet mehr Zeit mit meinem Jungen, aber ich kann sehen, wie es sie zermürbt. Sie lächelt nicht mehr so oft, und sie hat immer dunkle Augenringe.

Wegen der Schule arbeitet sie in der Schlussschicht, und das Diner ist meistens bis Mitternacht geöffnet, und dann beginnt der Unterricht um halb acht. Sie bekommt nicht genug Schlaf. Kümmert sich nicht um sich selbst. Und es ärgert mich, dass ich nicht derjenige sein kann, der sich um sie sorgen darf.

Ich vermisse es, sie und Luis jeden Tag nach der Schule zu sehen. Und jetzt habe ich viel zu viel Zeit, darüber nachzudenken, wie sehr ich dieses Arrangement hasse.

„Willst du einen Happen essen gehen?", fragt Antonio und streckt seinen Kopf in mein Zimmer. „Roberto und ich bringen Sofia zum Bahnhof."

Ich schüttele den Kopf. „Nee, Mann. Mir geht's gut. Ich habe keinen Hunger." Mein Magen beschließt, mich einen Lügner zu nennen und knurrt.

Er runzelt die Stirn. „Bist du sicher?"

Ich nicke wieder. „Ja, Mann. Mir geht's gut." Ich bin im Moment keine gute Gesellschaft, und ich will die Stimmung meiner Familie nicht trüben. Wir bekamen vorhin den Anruf vom Sozialdienst, dass sie Sofias Fall abschließen würden. Roberto ist alt genug, verantwortungsbewusst und hat als gelernter Tierarzt alles im Griff, um mit dem Wohlergehen unserer kleinen Schwester betraut zu werden. Das sind gute Nachrichten. Ich sollte mit ihnen feiern, doch ich schaffe es einfach nicht, mich darauf einzustellen.

„In Ordnung. Sag uns Bescheid, wenn du deine Meinung änderst." Damit geht er, und ich tue genau das, was ich die letzte Woche getan habe. Nachdenken. Aber egal, wie sehr ich mein Problem analysiere, ich kann immer noch keine verdammte Lösung finden. Das ist nicht wie eine mathematische Gleichung mit nur einer Antwort. Es gibt zu viele Variablen und mein Gehirn kämpft damit, sie alle herauszufinden, aber drei Wochen sind drei Wochen zu lang. Irgendetwas muss passieren.

Mein Telefon pingt neben mir und ich schaue auf das Display. Eine vertraute Nummer blinkt auf, und wider besseres Wissen gehe ich ran. „Hallo. "

„Hey, E.", haucht eine Stimme am anderen Ende der Leitung.

Ich rolle mit den Augen an die Decke und werfe mich auf mein Bett. „Was willst du?"

Es gibt eine Pause. „Ich bin's. Kaitlyn."

„Und?" frage ich. Soll mir ihr Name etwas sagen? Ich kenne mindestens vier Kaitlyns. Fünf, wenn man Sofias Freundin mitzählt, aber ich bin mir ziemlich sicher, dass sie nicht diejenige ist, die mich anruft. Da ist ein anderes Mädchen, das mich fast jeden Tag anmacht. Am Anfang habe ich mitgespielt. Ich wollte sehen, ob es Bibiana eifersüchtig macht. Ich wollte wissen, ob es sie kümmert. Aber das einzige Mal, als ich den Schmerz in ihrem Gesicht sah, beendete ich es sofort. Nur jetzt kann ich die Mädchen nicht dazu bringen, sich zurückzuhalten.

„Also, ich habe mir gedacht, ähm, da ist diese Party."

„Passt" sage ich, lege auf und werfe das Handy neben mir auf die Bettdecke. Ich rolle mich auf die Füße und gehe in die Küche, ignoriere das Summen meines Telefons, als ein weiterer Anruf eingeht. Hinterlasse eine Nachricht, oder lasse es. So oder so, ich gehe nicht ran und rufe keine dieser Tussis zurück.

Ich bin fast am Kühlschrank, da hält mich ein Klopfen an der Tür auf. Und noch einmal. Sie wollen mich wohl verarschen. Die tauchen jetzt in meinem Haus auf? Das geht zu weit. Ich beiße die Zähne zusammen und stürme zur Tür, reiße sie ruckartig auf, nur um von dem einen Arschloch begrüßt zu werden, dass ich definitiv nicht sehen will. Nicht heute. Nicht morgen. Niemals verdammt.

„Was machst du denn hier?" Ich presse die Lippen zusammen, die Hände an den Seiten zur Faust geballt.

Jae steht da wie der selbstgefällige Bastard, der er ist. Gekleidet in schwarze Jeans, ein weißes Hemd, das bis zur Mitte des Oberschenkels reicht, und eine schwarze Mütze, starrt er mich an, fast so, als wäre er genauso unglücklich, mich zu sehen, wie ich, ihn zu sehen.

Ich lehne mich an den Türpfosten. Ich habe nicht die Absicht, ihn hereinzubitten. „Und?"

Seine Lippen spannen sich und ein Muskel in seinem Kiefer zuckt. „Ich bin wegen Bibiana hier", sagt er, und ich verschränke die Arme vor der Brust. Na klar. Weil sie dieses Arschloch auf jeden Fall schicken würde, um mich zu suchen.

Ich richte mich auf. Warte mal. Was, wenn sie ihn geschickt hat, um mich zu finden? Was, wenn etwas passiert ist? Mit ihr oder mit Luis. „Was ist passiert?" Die Worte kommen kaum aus meinem Mund, bevor ich mir meine Schlüssel vom Tresen schnappe und an ihm vorbeilaufe.

Er joggt, um mit mir Schritt zu halten. „Wo gehst du hin? ", fragt er mit Irritation in der Stimme.

„Zu Bibiana. Was ist passiert? Ist ihr etwas zugestoßen? Ist sie verletzt? Ist Luis ..."

„Nein. Es geht ihnen beiden gut."

Ich breche ab. „Warum zum Teufel bist du dann hier?"

Er stößt einen rauen Atemzug aus. „Ich bin hier, weil sie es nicht ist, und weil dich jemand zur Vernunft bringen muss."

Ich belle ein Lachen heraus. Oh. Das ist lustig.

„Warum zum Teufel kümmert dich das?" Ich schwöre, es ist, als würde ich keine verdammte Pause bekommen. Die ganze Woche musste ich mein Mädchen aus der Ferne beobachten. Ich musste so tun, als käme ich mit der Situation klar, obwohl ich nicht ansatzweise zurechtkomme. Ich habe zugesehen, wie sie jeden Morgen aus dem Auto dieses Arschlochs stieg, nur um am Ende des Tages wieder hineinzuklettern. Und wozu ist er hier? Um mir unter die Nase zu reiben, dass Bibiana mich nicht mehr will? Dass sie wegen etwas angepisst war, das ich nicht einmal getan habe und sich entschieden hat, Entscheidungen zu treffen, die nicht nur ihr Leben betreffen, sondern auch meines. Verdammt. Das ist doch Schwachsinn.

„Verpiss dich. Ich habe dir nichts zu sagen." Ich drehe mich um und stürme zurück zu meiner Haustür.

Seine Augen verengen sich und er macht zwei Schritte nach vorne, versperrt mir den Weg und stößt seinen Finger in meine

Brust. Es kostet mich alles, was ich habe, um nicht nach seinem Gesicht zu schlagen. Der Kerl hat vielleicht Nerven, hier aufzutauchen, während er sich nimmt, was mir gehört. Und niemand kann mich davon überzeugen, dass das nicht genau das ist, was er tut.

„Mich ficken? Ja, wirklich. Gott, du bist so ein Kind. Werde verdammt noch mal erwachsen, Mann."

Meine Nasenlöcher blähen sich auf. „Geh mir aus dem Weg."

„Erst wenn du mich anhörst. "

„Warum? Nichts, was du zu sagen hast, bedeutet mir etwas. Deine Meinung ist mir scheißegal, also verkriech dich wieder in das Loch, aus dem du gekommen bist, und lass mich in Ruhe. Du hast bereits das Mädchen. Was könntest du noch von mir wollen?"

„Gott, hörst du dir eigentlich selbst zu? Du bist so verdammt egoistisch."

„Wie bitte?"

Er kommt auf mich zu. „Du hast mich verstanden. Du bist egoistisch. Du denkst nur daran, wie sich das auf dich auswirkt. Oh weh. Der arme Emilio hat das Mädchen nicht bekommen. Wie traurig." Er spottet. „Hast du eine Ahnung, womit Bibiana gerade zu kämpfen hat?"

„Tu nicht so, als ob es dich interessiert."

„Tut es auch nicht. Du nicht. Aber ich sorge mich um sie. Ich sorge mich um Luis."

Ich schnaube. „Genau. Du sorgst dich so sehr, dass …"

„Dass ich mir die Mühe mache, mit der letzten Person zu reden, die ich in ihrem Leben haben will. Die einzige Person, die sie mir wegnehmen kann. Ja, Arschloch. So viel liegt sie mir am Herzen, also halt die Klappe und hör zu."

Mein Kiefer schnappt bei seinen Worten zu. Ich beiße mir in die Wange, bis ich Blut schmecke und warte darauf, dass er sagt, was immer er sagen will. Ich bin nicht in der Stimmung, mich mit diesem Typen auseinanderzusetzen, aber er sieht nicht so aus, als würde er gehen, bevor er nicht seinen Frieden gemacht hat.

„Das Mädchen hat die Hölle durchgemacht, und du weißt nicht mal die Hälfte davon."

„Aber du weißt es? Ist es das?" Ich schüttle den Kopf. Wenn das eine verdrehte Masche ist, um ...

„Halt die Klappe! Oh, Gott. Du bist so gottverdammt arrogant. Bist du zu stolz, um zu sehen, was du gleich verlieren wirst?"

Meine Lippen verziehen sich zu einem Knurren. „Ich habe sie bereits verloren. Oder hast du es noch nicht gehört?" Ich neige meinen Kopf zur Seite. Was will der Kerl eigentlich? Ist er hier, um sich hämisch zu freuen? Bringt ihm diese kleine Unterhaltung Pluspunkte ein oder so ein Scheiß? Damit er meinem Mädchen sagen kann, dass er mich in die Schranken gewiesen hat. Ist es das?

„Ich kann nicht glauben, dass du so blöd bist. Das Mädchen liebt dich."

Mein Herz setzt einen Schlag aus, bevor es wieder auf Hochtouren läuft. Ich verstelle meine Miene, der Wichser soll nicht sehen, was diese Worte in mir auslösen. Ich lasse meine Knöchel knacken. Vielleicht werde ich ihn doch verprügeln. Wenn er denkt, er kann hierherkommen und mir diesen Scheiß vor die Nase halten - mir etwas so Wichtiges vorlügen und damit durchkommen. Nee. Das wird nicht passieren, Cabrón. Nicht heute.

Ich bin kurz davor, ihm genau zu sagen, was ich von dem halte, was er tut, aber er redet einfach weiter, ohne die Wut zu bemerken, die sich in mir zusammenbraut.

„Du musst deinen Mann stehen und um sie kämpfen."

„Sie hat mir gesagt, ich soll mich zurückhalten", erinnere ich ihn, wohl wissend, dass er gelauscht hat, als sie und ich gesprochen haben.

„Porca puttana!", flucht er.

„Was zum Teufel soll das heißen? "

Er starrt mich an. Seine Augen sind kaum mehr als Schlitze. „Verdammt noch mal“, stößt er hervor. „Das ist italienisch. “

„Ich weiß nicht, ob dir das jemand gesagt hat, aber du bist Asiate.“

Er starrt in den Himmel, als ob Antworten von dort herunterfallen würden.

„젠장, zufrieden? “

Was auch immer er sagte, es klang wie Jenjang. „Cool, du sprichst Italienisch und Chinesisch. Bravo. Wollen wir jetzt angeben?“

Sein Kiefer spannt sich. „Ich bin kein Chinese, Arschloch. Ich bin halb Koreaner, halb Italiener. Nicht asiatisch. Kein Chinese.“ Er murmelt etwas vor sich hin, dass wahrscheinlich eher ein Fluch ist, nicht, dass es mich interessiert. „Magst du es, wenn man dich hispanisch nennt?“

Meine Brust bläht sich auf, aber dann wird mir klar, was er tut. Arschloch. „Punkt für dich.“

Er grunzt.

„Hör zu, ich habe nicht den ganzen Tag Zeit, und du bist nicht gerade die Gesellschaft, die ich jetzt vor mir haben möchte, also wenn du noch etwas zu sagen haben, dann leg los. “

Er runzelt die Stirn und schüttelt den Kopf. „Ich weiß nicht, wieso ich meine Zeit verschwende.“

Cool. Geh doch. Ich weiß auch nicht, warum er seine Zeit verschwendet. Ich habe ihn sicher nicht gebeten, hierher zu kommen. Er sieht aus, als wollte er genau das tun. Dann zögert er.

„Wusstest du, dass sie einen kleinen Bruder hatte?“, fragt er, und nein, das wusste ich nicht, was hat das damit zu tun?

„Er starb, als er noch ein Kind war. Sie hat Luis nach ihm benannt. Sein zweiter Vorname.“

Ich ziehe die Brauen zusammen. Afonso. Ich dachte nur, es wäre ein Name, den sie mochte, vielleicht der ihres Vaters oder so. Ich weiß es nicht. Ich habe nie daran gedacht, zu fragen.

Wenn ich jetzt darüber nachdenke, warum habe ich das nicht gewusst?

„Nachdem ihr Bruder starb, verließ ihr Vater sie. Er konnte mit der Trauer nicht umgehen und ist abgehauen."

Mir fällt die Kinnlade runter. Scheint, als hätten wir das gemeinsam. Unsere Eltern verschwinden, wenn es schwierig wird.

„Und jetzt hat ihre Mutter sie so gut wie vergessen. Sie hat solche Angst, wieder allein zu sein, dass sie eine rosarote Brille aufgesetzt hat und das Monster, für das sie ihre Tochter wegwirft, gar nicht sieht."

Ich atme tief ein. „Warum erzählst du mir das alles?" Ich beschwere mich nicht. Diese Dinge über Bibianas Leben möchte ich wissen, doch es geht mir auf die Nerven, dass er all diese Sachen von ihr kennt und ich nicht einmal eine Ahnung davon hatte. Ich weiß, dass es mit ihrer Mutter angespannt ist. Deshalb bringt sie Luis mit zur Schule. Aber ich dachte, sie würden das schon hinkriegen. Bibiana sagte, sie stünden sich nahe. Ihre Mutter sei immer für sie da gewesen. Man sollte meinen, sie würde irgendwann aufhören, ihren Vergewaltiger-Freund zu retten oder wenigstens damit beginnen, wieder ihre Mutter sein.

„Damit du dir in den Kopf setzt, dass du in ihrem Kopf schon verdammt weit weg bist. Das war schon immer eine ausgemachte Sache." Er nimmt seine Mütze ab und fährt sich mit den Händen durch die Haare, vergisst dabei, dass sie zu einem Knoten zurückgebunden sind, und versaut sich damit den Style, den er hatte. Ein Möchtegern-K-Popstar oder so ein Scheiß.

„Das ergibt doch keinen Sinn."

„Jeder geht", sagt er mir. „Ihr Bruder ist gestorben. Ihr Vater ist gegangen. Ihre Mutter hat sie fast verlassen. Jeder verlässt das Mädchen irgendwann, ob freiwillig oder durch die Umstände. Sie mag es nicht zugeben, aber im Hinterkopf wusste sie, dass du abhauen würdest. Deshalb hat sie die falschen Schlüsse gezogen. Das ist der Grund, warum sie dich weggestoßen hat, obwohl sie die Wahrheit kannte. Sie hat nur darauf gewartet, dass du gehst, und gerade jetzt beweist du ihr, dass sie recht hat."

Ich beiße mir auf die Unterlippe und ein bleiernes Gewicht tief in meinem Bauch entsteht. Mir wird klar, dass ich Bibiana das antue, was ich die ganze Zeit von ihr erwartet habe, dass sie es tut - aufgeben.

Meine Nasenlöcher blähen sich auf. „Du denkst also, sie möchte, dass ich für sie kämpfe? Obwohl es das genaue Gegenteil von dem ist, was sie mir gesagt hat."

„Ich weiß, dass sie will, dass du für sie kämpfst. Sie ist unglücklich. Eine Hülle des Mädchens, das sie einmal war."

Wir sind beide beschädigt. Unwiederbringlich kaputt. Keiner von uns beiden ist bereit, dem anderen genug zu vertrauen, damit das funktioniert, aber .... Ich stolpere ein paar Schritte zurück und schaue mich um, nach was, weiß ich nicht. Mein Gehirn arbeitet auf Hochtouren. Denk nach, Emilio. Denk nach. Alle gehen weg. Aber was, wenn sie das nicht müssten? Was, wenn wir das fehlende Stück sein könnten, um die Lücken des anderen zu füllen?

Ich bin das alles falsch angegangen. Scheiß drauf, was mir alle anderen erzählen. Sie brauchte nie Freiraum. Sie brauchte mich, um zu vertrauen. Dass ich nicht aufhöre zu kämpfen. Aber ich habe aufgehört. Ich habe für drei verdammte Wochen aufgehört und sie einfach allein gelassen. Ich habe nichts getan, um ihr zu zeigen, dass ich noch da bin und warte. Dass ich immer hier sein würde.

„Wo ist sie?" Ich drehe mich wieder zu ihm um, eine Idee formt sich bereits. „Wo ist sie jetzt gerade?"

Mit verzogenem Gesicht schüttelt er den Kopf. „Ich weiß es nicht, aber du musst nachdenken ..."

„Ich habe nachgedacht." Das ist, was ich immer tue. Ich denke darüber nach, dass dieses Mädchen, dem mein verdammtes Herz gehört, es nicht will. Wie ich nicht gut genug bin. Wie ich nie gut genug sein werde. Aber was, wenn sie mich nicht so sieht? Was, wenn sie nicht denkt, dass ich wertlos bin. Selbst falls ich es bin. Ich wische mit den Händen über mein Gesicht. Wie konnte ich nur so dumm sein? Ich war wütend, so gottverdammt wütend, dass sie uns einfach so aufgeben konnte. Mich wegwerfen, als würde ich ihr nichts bedeuten, aber das war nicht das, was sie tat. Sie hat sich selbst geschützt.

Ich muss das ändern. Sie davon überzeugen, dass ich sie nicht verlassen werde. Ich bin nicht wie alle anderen. Ich stehe zu ihr, falls sie mich haben will. Scheiße. Will sie mich haben? Wenn ich sie dränge, kann ich sie dazu bringen, ihre Meinung zu ändern? Oder ist es jetzt wirklich zu spät. Drei Wochen hören sich vielleicht nicht nach viel an, aber es hat sich wie eine Ewigkeit angefühlt. Habe ich zu lange gewartet?

Bibiana geht erst in ein paar Stunden zur Arbeit. Sie hat die Schlussschicht, was ich nur weiß, weil sie mich Anfang der Woche gefragt hat, ob ich Luis einen Tag länger haben möchte, wenn sie arbeiten muss. Ich habe sofort zugestimmt. Logisch. Aber Jae sagte, sie sei nicht zu Hause, und ich soll Luis erst um sechs abholen. Das ist immer noch drei Stunden entfernt.

Während ich warte, gehe ich in meinem Zimmer auf und ab, die Minuten vergehen im Schneckentempo, als ich die deutlichen Geräusche der Rückkehr meiner Brüder und Schwester höre. Sie lachen über irgendetwas, und es sind Töne, die ich hier in diesem Haus nicht zu hören gewohnt bin. Zuerst verkrampfe ich mich, weil mein Körper sicher ist, dass das Geräusch unerwünschte Aufmerksamkeit auf sich ziehen wird, aber dann fängt mein Verstand an, sich zu sammeln. Raul ist weg. Wir sind in Sicherheit.

Ich lasse mich vom Lachen meiner kleinen Schwester mitreißen. Höre die Leichtigkeit und Freude, die sie hat, und tröste mich mit dem Wissen, dass sie nie wieder Angst haben muss, geschlagen zu werden. Nicht hier in ihrem eigenen Zuhause.

Ich möchte hier das Lachen meines Sohnes hören. Damit all die hässlichen Erinnerungen, die ich in diesem Haus habe, durch neue ersetzt werden. Bessere.

Die Tür zu meinem Schlafzimmer öffnet sich, mein ältester Bruder lehnt sich herein. „Was machst du da?", fragt Roberto, sein Ton ist schroff, aber nicht böse. Es fühlt sich immer noch seltsam an, ihn zu Hause zu haben. Wir standen uns nie sehr nahe, und die letzten vier Jahre in Übersee haben nicht dazu beigetragen, dass wir uns nähergekommen sind, doch ich habe es ernst gemeint, als ich ihm sagte, dass es zwischen uns gut läuft. Ich kann sagen, dass er sich bemüht. Er macht sich die Mühe, nach uns allen dreien zu sehen, und er ist großartig zu Luis, wenn ich ihn mitbringe, und übernimmt wirklich die Rolle des Onkels. Mein äußerlich harter Bruder hat eine Schwäche für meinen Jungen.

Ich schaue noch eine Sekunde lang auf den Football in meinen Händen, bevor ich ihn in eine Schachtel werfe. Ich habe mir den ganzen Nachmittag den Kopf darüber zerbrochen, wie ich Bibiana beweisen kann, dass ich anders bin. Dass ich mich ändern kann. Und das ist einer der Wege, wie ich ihr zeigen will, dass ich bereit bin, sie und unsere Familie an erste Stelle zu setzen. Ich weiß, dass sie unsicher ist. Sie hat Probleme mit anderen Mädchen, die mit mir flirten, und ich weiß nicht, wie ich den Scheiß abstellen kann, aber, ich seufze, ich muss mich verdammt nochmal überwinden. Das ist der richtige Schritt. Ich hatte nicht ohne Grund einen Plan B, und ein Bildungsstipendium ist genauso gut wie ein Football-Stipendium und wird etwas von der Aufmerksamkeit von mir ablenken.

Wenn ich eine Chance haben will, mein Mädchen zurückzugewinnen, werde ich sie und Luis an erste Stelle setzen müssen. Sie werden mein Hauptaugenmerk sein. Nicht der Fußball. Ich will vernünftig sein. Suche mir einen richtigen Job. Ich möchte mich um sie kümmern. Und ich kann das nicht tun und gleichzeitig

meinen Träumen nachjagen. Ich hatte genug Zeit, darüber nachzudenken. Es muss so sein.

„Ich packe nur ein paar Sachen zusammen", sage ich und
werfe meine Stollenschuhe daneben.

Er betrachtet mich einen Moment lang, und ich versuche zu
ignorieren, wie sein Blick mich fühlen lässt. Als wäre ich ein
Problem, das er nicht ganz begreifen kann. Mein Bruder ist gut
darin, Dinge zusammen zu puzzeln, eine Situation einzuschätzen
und dann so zu reagieren, wie er es für nötig hält. Ich würde es auf
das Militär schieben, aber ein Teil von mir erinnert sich, dass er
schon immer so war. Er sieht vieles, was andere nicht sehen.

„Ich hätte nie gedacht, dass du mal sagst, dass alles, was mit
Football zu tun hat, Schrott ist", sinniert er.

„Irgendwann müssen wir alle erwachsen werden, oder? Bist du
nicht deshalb zurück nach Hause gekommen?"

Ich brauche ihn nicht anzusehen, um zu wissen, dass meine
Worte ins Schwarze treffen.

„Liebst du sie?"

Ich atme tief ein und ignoriere das Bedürfnis, ihn anzuschnauzen.
Ist es nicht offensichtlich? Wenn ich sie nicht lieben würde, wäre ich
nicht so ein verdammtes Wrack. Ich würde nicht meinen ganzen
Scheiß zusammenpacken. Ich würde die Tür zu all den Dingen
schließen, die mir am wichtigsten sind. Und ich würde ganz sicher
nicht Jae's gottverdammten Rat annehmen. „Ja, Mann. Das tue ich."

„Liebst du sie mehr, als du es liebst, wütend auf sie zu sein? "

„Was zum Teufel soll das heißen?" Ich bin nicht wütend auf
sie. Nicht mehr. Ich meine, ich war es, klar. Aber ich verstehe es
jetzt. Ich verstehe ihren Problem, oder zumindest glaube ich das.

„Es ist eine Ja-oder-Nein-Frage", sagt er.

„Ich bin nicht wütend", sage ich mit einer Verärgerung.

Er schüttelt den Kopf. „Doch, Bruder, das bist du. Du bist
jetzt schon seit ein paar Wochen wütend und ich sehe nur, dass du
von Tag zu Tag wütender wirst."

„Nee, Mann. Du weißt doch gar nicht ..."

Er hebt eine Hand und beginnt, die Gründe abzuhaken, von denen er glaubt, dass ich wütend bin. „Du bist sauer, dass sie dir keine Chance gibt. Du bist wütend, dass sie sich Meinungen über dich macht, von denen du nicht glaubst, dass sie wahr sind. Du bist wütend, dass sie deinen Jungen die meiste Zeit hat, während du Besuchsrecht bekommst. Du bist sauer ... "

Mein Blut kocht über. „Ich bin nicht sauer." Er hebt eine Braue und ich atme scharf aus. „Ich will nicht wütend auf sie sein. Ich will nicht wütend auf das Mädchen sein, das mir wichtig ist." Aber er hat recht, das bin ich. Ich bin so verdammt wütend, auch weil ich mich ohne sie elend fühle. Selbst als ich mir einrede, dass Jae recht hat, dass sie auch beschädigt ist und dass ich um sie kämpfen muss, weil ich möchte, dass sie auch um mich kämpft.

„Willst du auch wütend auf sie sein, weil sie dich gezwungen hat, deine Träume zu opfern? "

„So einfach ist das nicht."

„Doch, Mann, ist es. Wenn du Football aufgibst, wirst du es diesem Mädchen übelnehmen. Du bekommst sie vielleicht zurück, aber es wird nur vorübergehend sein. Du wirst es zerstören. Vertrau mir. Ich weiß es."

„Was zum Teufel schlägst du dann vor, hm?" Wie kann ich ihr sonst zeigen, dass ich es langfristig angehe? Ich sitze hier seit Stunden und das ist das Beste, was mir eingefallen ist. Wenn Roberto sagt, es ist nicht gut genug, kann er mich mal. Er sieht mich an, als würde er versuchen, einem Kleinkind Hellseherei zu erklären. Ich warte.

„Lass die Wut raus. So einfach ist das."

Ich schaue finster. „Das habe ich. Ich bin. I ..."

„Die Vergangenheit spielt keine Rolle. Die Tatsache, dass du für wie viele Monate auch immer nichts von Luis gewusst hast, spielt keine Rolle." Ich mache den Mund auf, um zu argumentieren. Wir haben das hinter uns gelassen, aber er gibt mir keine Gelegenheit dazu. „Die Tatsache, dass sie sich aufgeregt hat und mit dir Schluss gemacht hat, spielt keine Rolle." Ich beiße mir auf die Innenseite meiner Wange. „Alles, was zählt, ist, ob du mit diesem Mädchen zusammen sein willst oder nicht, und zwar so sehr, dass du dafür arbeiten musst." Er sieht mich einen Moment lang an. „Ob du dich anstrengen möchtest, um deinen Sohn als Einheit zu erziehen und nicht als zerrüttete Familie."

Ich presse meinen Kiefer zusammen und schaue weg. „Du weißt schon, dass ich das will. Ich werde das herausfinden. Ich werde mit ihr reden. Oder es versuchen. Ich will nicht, dass mein Kind in einem zerrütteten Elternhaus aufwächst, so wie wir es getan haben."

Er nickt und wartet, bis ich wieder seinen Blick erwidere. „Dann musst du die Wut rauslassen. Du bist verletzt. Ich verstehe das. Aber dein Schmerz macht dich wütend, und dieser Scheiß verwandelt sich im Handumdrehen in Bitterkeit. Du kannst nicht reparieren, was bei euch beiden kaputt ist, wenn du selbst noch kaputt bist. Glaub mir." Ich frage fast, wie, aber ich kann an seinem Gesichtsausdruck erkennen, dass, worüber auch immer er wütend ist, es nicht etwas ist, worüber er bereit ist, zu reden.

„Du willst da rüber stürmen und dein Mädchen zurückgewinnen, ich sehe es in deinem Gesicht, aber das ist im Moment nicht dein bester Zug."

„Was ist es dann?"

„Ich habe Dads Zimmer ausgeräumt und meine Sachen dorthin gebracht, also ist mein altes Zimmer neben deinem jetzt leer", sagt er, scheinbar aus dem Nichts.

Ich runzle die Stirn. „Äh. Okay. Cool." Ich habe keine Ahnung, warum er mir das erzählt. Was hat das mit dem zu tun, worüber wir gerade gesprochen haben? Macht er sich Sorgen, dass es mir scheißegal ist, dass er das größere Zimmer für sich beansprucht? Nicht, dass ich das vorhätte - mein Bruder schlägt mir auf den Kopf und sieht mich finster an.

„Was zur Hölle, Mann?"

Sein finsterer Blick wird noch dunkler, und der Soldat in ihm zeigt sich deutlich. Er steht steif und gerade, und aus seinen Poren strömt Bedrohung. „Weißt du, warum ich gestern den ganzen Tag damit verbracht habe, mein Zeug aus dem Zimmer zu räumen?", zischt er.

Ich reibe mir den Hinterkopf, die Irritation steht im Vordergrund. „Weil du ein egoistisches Arschloch bist und das Hauptschlafzimmer mit einem größeren Kleiderschrank und einem eigenen Bad haben wolltest?"

Er grinst. „Das auch. Aber hermanito, ich habe das Zimmer ausgeräumt, weil Luis ein Schlafzimmer braucht, oder?"

Ich zucke zusammen und untersuche sein Gesicht auf Anzeichen dafür, dass es sich um einen kranken Scherz handelt. Sein Gesicht ist todernst.

Ich schlucke schwer. „Du meinst, er sollte hier ein Zimmer haben?" Ich hechle, nicht ganz sicher, ob ich ihn richtig verstanden habe. Ich meine, ich habe ihn nur zwei, manchmal drei Tage in der Woche, und normalerweise schläft er mit mir in meinem Zimmer, bis Bibiana von ihrer Schicht kommt.

„Nein, Dummkopf." Roberto atmet aus und wirft mir einen Blick zu, der sagt: „Du bist ein Vollidiot." „Ich denke, du solltest dein Mädchen und meinen Neffen holen und sie beide hierherbringen."

Emotionen verstopfen meine Kehle. Sein Plan klingt so viel besser als meiner, der aus ein bisschen Betteln und wahrscheinlich etwas Schreien bestand, dass sie mir noch eine Chance geben sollte, nein, musste. Ok, ich wollte es anders ausdrücken, aber das war das Wesentliche. Du bist kaputt. Ich bin kaputt. Ich werde dich nie verlassen. Lass uns zusammen kaputt sein. Okay ... Wenn ich es mir im Kopf wiederhole, klingt es total blöd, aber das ...

Ich bin nicht sicher, was ich antworten soll, also sage ich das Offensichtliche, falls Roberto es nicht weiß. „Wir, äh. Wir sind nicht zusammen. Luis' Mutter und ich, meine ich. Sie will, dass wir gemeinsam erziehen. Sie möchte keine romantische Beziehung." Zumindest nicht mit mir. Was bringt es also, wenn sie einzieht, abgesehen davon, dass ich meinen Sohn jeden Tag sehen kann, was ich absolut befürworte, aber ...

Er zuckt mit den Schultern. „Sie gehört jetzt zur Familie. Sie sollte nicht mit einem anderen Kerl leben, der mit deinem Kind Haus spielen will, wenn sie hier sein kann. Zumal dein Sohn so von beiden Elternteilen erzogen werden kann. Zusammen. Wie auch immer euer Beziehungsstatus ist. Das geht nur euch beide etwas an. Aber ich für meinen Teil finde, mein Neffe und seine Mutter sollten von Familie umgeben sein. Meinst du nicht auch? "

Ich wische mir mit der Hand über das Gesicht, habe fast Angst, die Aufregung rauszulassen, denn ja, sie sollten hier sein. Und so gesehen, gibt es keinen Druck. Sie muss nicht in einer Beziehung mit mir sein, um einzuziehen. Wir können Mitbewohner sein. Wir können Mitbewohner sein. Ja. Sie könnte sich auf diese Idee einlassen, oder? Mit der Zeit sieht sie, dass ich kein Versager bin. Dass ich jemand bin, auf den sie sich verlassen kann.

Roberto tritt weiter in den Raum, holt den Football aus der Schachtel und gibt ihn mir zurück. „Du musst deine Träume nicht aufgeben, nur weil du Vater bist", sagt er mir. „Wenn überhaupt, musst du jetzt mehr denn je für sie kämpfen. Zeig Luis, was harte Arbeit und Entschlossenheit einem bringen. Und falls du dein Mädchen zurückgewinnen willst"- er macht eine Pause - „dann lass all deine aufgestaute Wut los und zeige ihr dich von deiner besten Seite. Der Emilio, der um jeden Meter kämpft, der durch seinen Schmerz hindurch lächelt, und der jeden verdammten Tag aufsteht und weitermacht, egal wie hart die Scheiße wird. Dieses Mädchen sucht jemanden, der mit ihr den Sturm übersteht, sei diese Person." Ich sauge an meiner Unterlippe und schüttle den Kopf. „Aber ..."

„Wir sind eine Familie", sagt er wieder. „Wir passen aufeinander auf. Ich weiß, dass ich es versaut habe, als ich dich und Antonio verlassen habe. Sofia verließ. Ich hätte bleiben sollen. Dafür sorgen, dass ihr alle in Sicherheit seid." Er schaut weg, Scham färbt seine Züge. „Ich kann unsere Vergangenheit nicht ändern. Aber ich kann unsere Zukunft ändern. Ich kann jetzt hier sein, so wie ihr mich braucht."

Ich wische mit der Hand über mein Gesicht und blinzle die Feuchtigkeit in meinen Augen zurück. „Ich werfe dir nicht vor, dass du aus diesem Höllenloch geflohen bist", sage ich ihm. Wir alle tun, was wir tun müssen, um zu überleben.

Er überlegt einen Moment, fast so, als würde er meine Worte abwägen, bevor er nickt. „Ich weiß das zu schätzen. Aber ich habe es trotzdem versaut und das gebe ich zu." Er seufzt. „Ich weiß, du wolltest nach dem Abschluss ins Wohnheim gehen, auf dem Campus leben, doch das hier ist dein Zuhause. Egal, wie lange du hier sein willst. Für dich, Bibiana, Luis. Die Familie kümmert sich um die Familie. Einverstanden?"

Ich nicke. „Danke, Mann."

„Danke nicht mir. Beweg deinen Arsch und geh meinen Neffen holen."

Ich schaue auf die Uhr. Es ist nur noch eine Stunde, bis ich Luis abholen soll. Scheiß drauf. Ich werde das Risiko eingehen und hoffen, dass Bibiana zu Hause ist. Das kann nicht eine Minute länger warten.

An die Tür zu klopfen und darauf zu warten, dass sie antwortet, wird eine der nervenaufreibendsten Erfahrungen meines Lebens bleiben. Ich bin in meinem Kopf immer wieder durchgegangen, was ich sagen soll, aber als Bibiana die Tür öffnet, Luis auf ihre Hüfte gestützt, fest schlafend, entweichen mir alle meine sorgfältig geplanten Worte. Gott, sie ist so verdammt schön. Ihr Haar ein Wirrwarr von Locken. Dunkle Flecken verdunkeln die Haut unter ihren Augen. Sie scheint kein Gramm Make-up zu tragen, und trotzdem habe ich sie noch nie so schön gesehen.

„Hey", sagt sie, nachdem eine ganze Minute vergangen ist, in der ich einfach nur dastehe und sie in mich aufnehme. „Du bist aber früh da." Sie streicht sich ein paar fliegende Haarsträhnen hinters Ohr.

Ich schaue auf meine Turnschuhe hinunter und schiebe die Hände tief in meine Taschen, um nicht nach ihr zu greifen. Ein Zug, von dem ich weiß, dass sie ihn jetzt nicht schätzen würde. „Ich hatte gehofft, wir könnten reden."

Ihr Mund verengt sich. „Ich sollte mich für die Arbeit fertig machen."

„Ich kann ihn halten, während du das tust. Bitte. Ich will nicht streiten oder so. Gib mir nur fünf Minuten."

Sie beißt sich auf die Unterlippe, nickt aber, öffnet die Tür etwas mehr und lässt mich eintreten.

Ich erblicke Jae im Wohnzimmer, und als er mich sieht, weiten sich seine Augen, doch er neigt zustimmend den Kopf, steht auf und geht auf uns zu. „Ich gehe mir einen Kaffee holen", sagt er zu Bibiana. „Willst du etwas?"

„Irgendetwas mit Koffein", sagt sie, und ich weiß, dass es ein Scherz sein sollte, aber ihre Bitte zu hören, bestätigt nur, dass sie nicht genug Ruhe bekommt. Zwischen Schule, Arbeit und Luis macht sie sich verrückt.

Er schlüpft nach draußen und lässt uns allein in seinem Haus zurück, während Bibiana mich durch einen Flur leitet, von dem ich annehme, dass er zu ihrem Zimmer führt. Drinnen angekommen, gibt sie mir Luis und achtet darauf, ihn nicht zu wecken, bevor sie eine Schminktasche aus ihrer Kommode holt und mir signalisiert, ihr in ein anderes Zimmer zu folgen. Wir machen uns auf den Weg zum Badezimmer im Flur, wo sie ihr Make-up auf den Tresen legt und beginnt, eine Reihe von Produkten herauszuholen. Ich lehne mich an die Wand, zufrieden damit, Luis zu halten und zu beobachten, wie sie sich fertig macht. Das fühlt sich seltsam häuslich an. Ich mag es. Die Leichtigkeit und Einfachheit des Ganzen.

„Worüber wolltest du reden?" Die Worte sind beiläufig, aber ich kann ihre steifen Schultern sehen, als ob sie sich gegen einen aufkommenden Sturm stemmt, und das will ich nicht sein. Etwas, das sie überstehen muss.

Ich begegne ihrem hellblauen Blick im Spiegel und zwinge mich, mich zu entspannen. Meinen Ärger und meine Gefühle beiseitezuschieben und diese nächsten Worte zu sagen. Diesen ersten Schritt, in Richtung Zukunft zu machen, die ich mir für uns drei wünsche.

„Ich wollte mich entschuldigen."

Ihre Brauen runzeln sich, ein mürrischer Ausdruck liegt auf ihrem Gesicht. „Okay." Sie klingt nicht überzeugt.

„Ich habe Tussis mit mir flirten lassen, weil ich wusste, dass es dich verärgern würde. Ich habe zu deiner Unsicherheit beigetragen, und dieser Scheiß ist nicht in Ordnung."

Ihr Mund macht ein kleines „o", bevor sie sich wieder erholt und räuspert. „Woher kommt das?"

Ich atme tief ein. „Ich hatte auch gehofft, du würdest dir etwas für mich überlegen. Für Luis.", füge ich hastig hinzu, denn wenn ich etwas über Bibiana weiß, dann, dass sie unseren Sohn immer an erste Stelle setzen wird, noch vor ihre eigenen Wünsche und Bedürfnisse.

Sie sieht mich an, ihr durchdringender Blick sagt mir, dass ich fortfahren soll.

„Ich habe ein zusätzliches Zimmer bei mir zu Hause. Ich … ich hatte gehofft, du würdest einziehen. Zu mir. Zu uns. Ich meine … Ich lebe mit meinen Brüdern, Roberto und Antonio. Und meiner kleinen Schwester Sofia. Du würdest sie mögen."

Sie öffnet den Mund, aber ich rede weiter, ehe sie Nein sagt, ohne mich ganz anzuhören. Ich möchte, dass sie all die positiven Seiten sieht, bevor sie sich auf die negativen konzentriert.

„Du willst einer Beziehung mit mir keine weitere Chance geben. Ich verstehe wieso und ich akzeptiere es. Das ist nicht der Grund, warum ich dich bitte, bei mir einzuziehen." Lüge. Es ist ein Teil davon, aber nicht der Hauptgrund. Nicht der ganze Grund. Babyschritte, ich erinnere mich. „Ich versuche nicht, dich auszutricksen oder so einen Quatsch. Ich will nur …" Ich starre auf den Scheitel von Luis' Kopf hinunter. Wenn ich in ihr Gesicht schaue, verliere ich die Nerven, denn der Gedanke, dass sie Nein sagen könnte, zermürbt mich. „Ich möchte meinen Sohn jeden Tag sehen. Ich möchte, dass er die Chance hat, seine Onkel und seine Tante kennenzulernen. Ich möchte, dass er von einer Familie umgeben ist, in der er geliebt und geschätzt wird. Bis zu dem Punkt, an dem er es wahrscheinlich hassen wird, wenn er älter wird, weil wir ihn mit so viel verdammter Liebe erdrücken werden."

Ich halte inne und atme tief durch. „Ich weiß, dass das Verhältnis zu deiner Mutter angespannt ist. Du hast die ganze Welt auf deinen Schultern. Du hast die Schule und Luis und jetzt einen Job. Ich weiß nicht, wie du das schaffst. Aber ich möchte helfen, die Last zu tragen. Ich will meinen Teil beitragen. Auf Luis aufpassen, während du Hausaufgaben erledigst, oder mit deinen Freunden ausgehst und morgens helfen, wenn du dich für die Schule fertig machen musst, weil du es verdienst, den Abschluss zu kriegen. Ich will nicht, dass du deine Träume aufgibst. Meine Brüder und Schwester möchten dich auch unterstützen. Falls du sie lässt. Sie wollen auch deine Familie sein. Nicht nur die von Luis."

Das Schweigen dehnt sich zwischen uns aus und ich habe fast Angst, aufzublicken.

„Ich habe keine Träume", flüstert sie.

Ich hebe meine Augen zu ihren, lasse sie die Aufrichtigkeit in meinen eigenen sehen. „Dann möchte ich an deiner Seite stehen, wenn du welche machst."

„Du willst, dass ich bei dir einziehe?"

Ich nicke. „No strings. Wir müssen nicht zusammen sein. Du und Luis, ihr werdet euren eigenen Raum haben. Ich ... ich will mich einfach um dich kümmern. Dich und Luis unterstützen, so wie ich es die ganze Zeit hätte tun sollen. Das heißt, wenn du mich lässt." Ihre Unterlippe zittert. „Scheiße. Ich wollte dich nicht verärgern." Scheiße. Ist der Gedanke, mich jeden Tag zu sehen, so furchtbar?

„Du hast mich nicht verärgert. Du ..." Sie schnieft und wischt sich die Tränen mit dem Handrücken ab. „Das hört sich alles wirklich großartig an."

„Das tut es." Das ist schwer zu glauben, denn statt glücklich auszusehen, sieht sie aus wie ein absolutes Wrack. Eine wunderschöne Katastrophe. Gott, ich bin schwer verliebt in dieses

Mädchen. Sie ist stark und klug. Unverwüstlich. Und tapferer als jeder, den ich kenne. Kein Wunder, dass ich sie nicht verdiene. Aber ich werde jeden verdammten Tag meines Lebens damit verbringen, es zu versuchen. Ich werde dieses Mädchen nicht noch einmal im Stich lassen. Und wenn eine Beziehung für uns nicht in Frage kommt, werde ich das wohl akzeptieren müssen. Vielleicht. Okay, nein, das werde ich nicht, aber das muss ich nicht laut aussprechen.

Bibis Kopf wippt auf und ab. „Ja. Ja. Okay. Alles, was ich je für Luis wollte, war, dass er eine Familie hat. Dass er geliebt wird, verstehst du? Dass er Menschen hat, mehr als nur mich oder dich, auf die er sich verlassen kann und die hinter ihm stehen."

„Das tut er. Er hat Roman und Allie, Dominique, Aaron, Kasey, meine Brüder und Sofia. Wir alle wollen helfen, sich um ihn zu kümmern. Zum Teufel, Romans Mutter hat mich sogar gebeten, ihn vorbeizubringen, also hat er auch eine Oma und einen Opa, die ihn ganz doll lieben werden."

Ich weiß, dass ich es nicht tun sollte, aber ich streichle ihr Gesicht und streiche mit dem Daumen über ihre Wange. „Ich werde immer das Richtige für ihn tun. Ich werde ihn immer an erste Stelle setzen und ich werde immer für dich da sein. Egal, wo wir stehen, egal, was du brauchst, ich werde auftauchen und ich werde da sein. Ich verspreche euch, dass ich keinen von euch im Stich lassen werde, und ich denke, dass der Einzug bei mir der richtige Schritt ist. Für alle von uns."

„Okay." Sie lächelt durch ihre Tränen hindurch und ich unterdrücke den Impuls, sie zu küssen. Gern würde ich die Vereinbarung mit unseren Mündern besiegeln und ihr zeigen, wie großartig wir beide zusammen sein können, wenn wir es nur versuchen. Aber so weit sind wir noch nicht.

„Ja?"

Sie lächelt. „Ja."

„Ja!" Ich schreie und erschrecke Luis, der einen wütenden Schrei ausstößt. „Shit. Tut mir leid, kleiner Mann." Ich wiege ihn in meinen Armen und schaffe es, ihn zu beruhigen. Er gähnt einmal, bevor er seine Augen wieder schließt und sein Gesicht zwischen meinen Nacken und meine Schulter drückt.

„Kann ich dir helfen, deine Sachen zu packen?", frage ich, begierig darauf, den Ball ins Rollen zu bringen.

Sie schüttelt den Kopf und stößt ein ersticktes Lachen aus. „Lass uns vielleicht ein bisschen langsamer machen. Ich kann ja nicht gleich bei dir einziehen."

Ich runzle die Stirn. Ich dachte.

„Ich muss in weniger als einer Stunde auf der Arbeit sein. Wie wäre es, wenn du mir morgen hilfst und wir von da aus weitermachen."

Oh, ... Ja, das ist gut. Morgen ist auch gut.

„Das kann ich tun." Ich küsse ihre Wange. Es ist schnell und keusch, aber ihre Wangen färben sich schön rosa, und ich muss mich zwingen, sie nicht anzustarren. „Wir gehen jetzt, damit du dich fertig machen kannst, und wir reden morgen weiter darüber."

Ihr Lächeln wird breiter, ein wehmütiger Ausdruck nimmt ihr Gesicht ein. „Morgen."

„Bibi!" Antonio – Emilios Bruder – ruft meinen Namen, und ich stecke meinen Kopf aus der Badezimmertür, die Zahnbürste noch im Mund.

„Was?" Das Wort ist verstümmelt, aber er versteht das Wesentliche.

„Du kommst zu spät. Lass uns mit der Show anfangen." Ich stöhne und stecke meinen Kopf zurück ins Bad, schaue auf mein Handy, um die Uhrzeit abzulesen. Shit. Es ist fast sechs. Ich werde zu spät kommen.

Ich spucke die Zahnpasta ins Waschbecken, trage schnell eine Schicht Gloss auf meine Lippen auf, schnappe mir ein Haarband und werfe mein Haar hastig hoch, während ich mich auf den Weg zur Haustür mache. Antonio wartet auf mich, die Schlüssel in der Hand und ein Lächeln im Gesicht. „Fertig?"

„Ja. Entschuldigung."

Er gluckst. „Du musst dich nicht entschuldigen."

Er öffnet mir die Tür und führt mich nach draußen, wo Emilio Luis in den Armen hält, während Roberto über den Hof rennt, Sofia direkt hinter ihm, die versucht, ihn einzuholen und zu verfolgen, aber er ist zu schnell. Ihr Lachen ist ansteckend, und Luis wedelt mit den Händen in der Luft, um mitzumachen.

„Ich bin gleich wieder da", ruft Antonio und drei Köpfe drehen sich in unsere Richtung. Emilios Augen treffen auf meine und ein Lächeln breitet sich auf seinem Gesicht aus, das mir fast den Atem raubt. Er sieht mich an, als würde ich den Mond und die Sterne aufhängen, und ich kann immer noch nicht verstehen, warum. Er hatte recht, als er sagte, dass der Einzug bei ihm und seiner Familie der richtige Schritt für uns ist. Ich wohne noch nicht lange hier, aber schon jetzt ist es so, als wäre mir eine Last von der Brust genommen worden.

Am Anfang war ich nervös. Ich dachte, er würde mehr verlangen, als ich bereit war zu geben, und ich wartete immer auf den Moment, in dem er eine Beziehung fordern würde, aber das tat er nie.

Ich lebe jetzt seit fast einem Monat bei der Familie Chavez und nicht ein einziges Mal hat Emilio die Grenze zur Freundschaft überschritten. Wir haben Filmabende als Familie und jeden Sonntag grillen wir mit unseren Freunden. Alle kommen vorbei und es gibt Carne Asada und Tortillas. Sofia hilft mir, den Reis und die Bohnen zu machen, und die Jungs bereiten die Salsa zu. Es ist eine Familiensache und etwas, auf das ich mich jede Woche freue.

Wenn ich nicht arbeite, bringen Emilio und ich Luis zusammen ins Bett. Normalerweise ist das keine große Sache, nur eine Gute-Nacht-Geschichte und dann legen wir ihn in mein Bett. Ich habe überlegt, ob ich Mama um ein Kinderbett bitten soll, aber ich mag es, wenn mein Junge neben mir kuschelt. Und in den Nächten, in denen ich arbeite, bringt Emilio ihn in meinem Zimmer zum Schlafen und bleibt bei ihm, bis ich nach Hause komme, um dann vorsichtig wegzuschleichen, während ich den Platz einnehme, den er frei gemacht hat.

Nur in letzter Zeit wollte ich nicht, dass er geht.

„Geben wir Mama einen Kuss", sagt Emilio und mein Herz

stottert, aber dann merke ich, dass er sich nach vorne lehnt, um mit Luis näher zu kommen. Mein Junge streckt seine Arme aus, um mein Gesicht in seine winzigen Hände zu nehmen, und gibt mir einen sabbernden Kuss mit offenem Mund auf die Nase, während er versucht, mein Gesicht regelrecht aufzufressen. „Danke, Benzinho“, sage ich zu ihm.

„Bibi!“, ruft Antonio wieder.

„Wir sehen uns später, Jungs“, sage ich zu Emilio. „Ich muss los, wenn ich meine Mitfahrgelegenheit nicht verpassen will.“

Emilio schnaubt. „Antonio würde nicht ohne dich fahren, das weißt du.“

Stimmt, aber trotzdem ... Ich eile um das Auto herum und klettere auf den Beifahrersitz und schnalle mich an. Mein Herz ist voller Liebe, während ich meiner Familie beim Spielen im Vorgarten zusehe, und ich frage mich nicht zum ersten Mal, ob unser Leben noch besser wäre, wenn ich meinen Wünschen nachgäbe.

———

Ich schlüpfe für meine zehnminütige Pause nach hinten, meine Füße sind müde und die Schultern steif. Es ist so voll, was mir die Arbeit erleichtern sollte, aber es scheint die Nacht nur noch länger werden zu lassen. Wenn wir viel zu tun haben, vergeht die Zeit wie im Fluge, und schon bald machen wir zu.

„Wie läuft es da draußen?“, fragt Allie und stellt einen Stapel Teller beiseite.

„Langsam“ sage ich ihr und hüpfe auf die Arbeitsplatte, um mich zu setzen. „Ich mache zehn Minuten Pause.“

Sie wischt sich die Hände mit einem Handtuch ab und springt mir gegenüber auf den Tresen. „Cool, ich mache mit.“

Sie wirft mir einen Apfel zu, ich beiße hinein und schwinge meine Beine vor mir hin und her. „Wie läuft das Leben im Chavez-Haus?“, fragt sie mit einem kleinen Grinsen.

„Wieso", frage ich sie, denn diese Frage kommt fast täglich auf.

Sie zuckt mit den Schultern. „Kannst du es mir verübeln? Es ist schon einen Monat her, und ich weiß nicht, es ist seltsam."

Ich runzle die Stirn. „Inwiefern ist es seltsam?"

„Ist dir nicht aufgefallen, dass Emilio sich seltsam verhält?"

Ich zucke mit den Schultern, nicht wirklich sicher, worauf sie hinauswill. Für mich scheint er derselbe alte Emilio zu sein.

„Wann hat ihm das letzte Mal ein Mädchen ihre Nummer gegeben?", fragt Allie.

„Ich weiß es nicht. Bestimmt gestern." Was scheiße ist, aber es ist wahrscheinlich die Wahrheit.

„Nö. Es ist mindestens drei Wochen her."

Meine Augen verengen sich. „Und woher weißt du das?"

„Weil das letzte Mal, als ein Mädchen ihm ihre Nummer gegeben hat, er Kasey dazu gebracht hat, sie abzuschreiben und sie jedem Jungen in der Schule zu geben. Kasey ist vielleicht einen Schritt weiter gegangen, als Emilio beabsichtigt hat, indem sie allen gesagt hat, sie sollen ein Pimmel Pic an diese Nummer schicken, aber ..."

Ich schnaube und verschlucke mich an dem Apfel. Aua. Ekelhaft. Aua.

„Das ist ekelhaft.", sagt Allie.

„Halt die Klappe. Du bist diejenige, die mich zum Lachen gebracht hat." Ich räume mein Chaos auf und lege den Apfel beiseite. „Okay, ich mache weiter."

Sie zieht eine Augenbraue hoch. „Oh, vergiss es. Du bist sowieso nicht wirklich interessiert, oder? Es ist ja nicht so, dass du Emilio willst oder so."

„Allie", knurre ich warnend.

Sie rollt mit den Augen. „Stimmt. Jedenfalls ist es jetzt allgemein bekannt, dass, wenn du Emilio deine Nummer gibst, ohne dass er danach gefragt hat, jeder Kerl an der Sun Valley High sie bekommen wird, auch die Erstsemester. Penelope Reese musste ihre Nummer ändern, weil die Pimmel Pics nicht aufhören wollten.“

„Warum sollte er ...“

„Oh, und der Abschlussball ist nächsten Monat.“

„Wirklich?“ An den Abschlussball habe ich gar nicht gedacht.

„Ja. Er wurde mindestens acht Mal gefragt, soweit ich weiß. Er hat immer Nein gesagt.“

„Er wartet wahrscheinlich nur auf ein besseres Angebot“, scherze ich, auch wenn sich meine Brust zusammenzieht. Der Gedanke, dass er mit jemand anderem zum Abschlussball geht, bereitet mir Bauchschmerzen.

Jetzt ist Allie an der Reihe und schnaubt. „Du machst Witze, oder?“

Ich zucke mit den Schultern. „Was?“

„Du weißt, was er für dich empfindet, B.“

Ich schüttele den Kopf. „So ist es nicht. Wir waren uns einig ...“

Sie stößt einen Atemzug aus. „Habt ihr das? Habt ihr beide zugestimmt, oder habt ihr euch entschieden?“

„Wir waren uns einig“, sage ich, aber jetzt bin ich mir nicht mehr so sicher. „Zumindest dachte ich, wir wären uns einig.“

„Du bist auch nicht verabredet“, erinnert sie mich.

„Ich habe keine Zeit für Verabredungen. Ich habe Luis und die Arbeit und ...“

„Und Emilio?“

Meine Wangen werden heiß. „Der der Vater meines Kindes ist und ein wirklich toller Elternteil.“

„Das ist er. Aber jetzt, wo sich der Staub gelegt hat, bist du dir immer noch sicher, dass das alles ist, was du von ihm willst?“

„Ja. Nein. Ich weiß es nicht.“

„Vielleicht ist es jetzt an der Zeit, etwas mutig zu sein. Spreize die Flügel und gehe ein Risiko ein.“ Emilios Worte hallen in meinem Kopf nach. Breite deine Flügel aus, Mariposa. Fliege.

Die Dinge sind nicht so gelaufen wie geplant, als er diese

Worte zum ersten Mal in mein Ohr flüsterte, aber vielleicht ist das die Art des Schicksals, mir zu sagen, dass ich es wieder tun muss, eine Chance ergreifen. Beim ersten Mal kam Luis dabei heraus, und ich würde ihn um nichts in der Welt tauschen wollen. Vielleicht ... vielleicht ist es an der Zeit, nach mehr zu greifen.

KURZ VOR MITTERNACHT BIN ICH ZU HAUSE. ICH SCHLEICHE ins Haus und achte darauf, dass meine Schritte leise sind, während ich mir die Schuhe und den Mantel ausziehe und sie neben der Tür ablege. Ich wasche mir das Gesicht und schlüpfe in meine Schlafshorts und das Tanktop, die ich im Bad gelassen habe, bevor ich mich auf den Weg in mein Zimmer mache.

Luis liegt zusammengerollt in der Mitte meines Bettes, Emilio neben ihm. Im schwachen Schein von Luis' Nachtlicht sehe ich, das Emilio fest eingeschlafen ist. Ich kaue auf meiner Unterlippe, bevor ich beschließe, ihn für eine Nacht in Ruhe zu lassen. Ich schlüpfe unter die Decke und kuschle mich an meinen Sohn, als meine Füße versehentlich gegen Emilios Füße stoßen.

Seine Augen öffnen sich ruckartig. Sein Blick findet meinen und ein kleines Lächeln umspielt seine Lippen, bevor er sich ein Gähnen verkneifen muss. „Wie lange war ich weg?", flüstert er.

„Ich bin gerade erst nach Hause gekommen, also wahrscheinlich nicht lange."

Er nickt und dreht sich um, um sich aufzusetzen, aber ich strecke die Hand aus und schlinge meine Finger um seine Hand, bevor er die Chance dazu hat. Er runzelt die Stirn, ein verwirrter Blick liegt auf seinem Gesicht, als seine Augen von meiner Hand zu meinem Gesicht huschen. „Bleib", flüstere ich.

Sein Stirnrunzeln vertieft sich und er zögert.

„Bitte."

Er nickt und schlüpft zurück unter die Decke, mir gegenüber, mit Luis zwischen uns. Wir starren uns mehrere Minuten lang an, das Schweigen wiegt schwer, aber keiner von uns ist mutig genug, es zu brechen.

Ich lege einen Arm um Luis, Emilio folgt mir und legt seinen Arm vorsichtig um meinen. Ich schließe die Augen und zwinge mich, mich zu entspannen. Diesen Moment nicht zu sehr zu überdenken und ihn ausnahmsweise einfach sein zu lassen.

BIBIANA

Ich wache durch ein schweres Gewicht im Gesicht auf und bewege meinen Körper, um das, was mich zu erdrücken versucht, loszuwerden. Ein Babykichern begrüßt mich und das Nächste, was ich weiß, ist, dass Luis sich aufgesetzt hat und mich für eine kurze Sekunde atmen lässt, bevor er beschließt, mir wieder ins Gesicht zu hauen.

Ompf.

„Hey, kleiner Mann", schneidet Emilios schlaftrunkene Stimme durch meinen eigenen Morgennebel. „Wir müssen nett zu Mama sein." Luis kichert wieder und begnügt sich damit, mich als Kissen zu benutzen, bevor er sein Gesicht zwischen meine Brüste schiebt, seine Art, zu verlangen, gefüttert zu werden.

Ich stöhne und rolle mich auf die Seite, ziehe mein Oberteil herunter und entblöße meine Brüste, ohne zu merken, was ich da tue. Emilio holt tief Luft. Luis krallt sich fest und beschließt, besonders süß zu sein, indem er kurz mit den Zähnen an meiner Brust kratzt - den einzigen beiden, die er hat -, um mich daran zu erinnern, dass ich ihn warten lasse. Ich beiße mir auf die Unterlippe und starre ihn an. „Wenn du Mama noch einmal beißt, könnte sie dich einfach abstillen", warne ich.

Er ignoriert mich natürlich. Er ist jetzt fast ein Jahr alt und hat beschlossen, bei jeder Gelegenheit zum Busenbewunderer zu werden. „Tut mir leid", sage ich verlegen. „Ich habe nicht nachgedacht, als ..."

Emilio unterbricht mich. „Du musst dich nicht verstecken, weißt du?"

Meine Wangen werden heiß. „Ich weiß." Aber ich habe es getan. Immer, wenn Luis gefüttert werden musste, bin ich in mein Zimmer gegangen, um allein zu sein. Nicht, weil ich das Gefühl habe, dass ich es muss ... Ich weiß nicht, warum. Ihn in Anwesenheit von Emilio zu stillen, fühlte sich immer auf eine Art intim an, die ich nicht beschreiben kann.

„Wie war die Arbeit?", fragt er und wechselt beiläufig das Thema.

„Lang. Anstrengend."

„Wie hast du geschlafen?"

Ich gähne, schaffe es aber, ein Grinsen zu unterdrücken. „Gut. Aber nicht so lange, wie ich es mir gewünscht hätte", beschwere ich mich. Luis wacht gerne gegen sieben auf, also weiß ich, ohne auf die Uhr zu schauen, dass es ungefähr so spät sein muss.

„Warum soll ich nicht ..."

„Bibi!" Sofia platzt durch die Tür, so unbekümmert, wie es jede Mittelschülerin tun würde. „Ist er wach?"

Ich kichere. „Ja, er ist wach."

Sie wirft einen Blick auf Emilio und hebt eine einzelne Augenbraue. „Warum bist du hier drin?"

„Weil ich Zeit mit meinem Jungen verbringe", sagt Emilio sanft.

Sofia sieht nicht überzeugt aus. „Hast du hier drin geschlafen?"

Im nächsten Moment stecken auch Roberto und Antonio ihre Köpfe zur Tür herein. „Hey, hast du gesehen - oh." Beide Brüder halten inne. Ich drehe mich weg, meine Wangen werden heiß, während ich bete, dass sie nicht alle meine ausgepackten Titten sehen können.

„Entschuldigung. Wir waren nur auf der Suche nach ...“

Emilio winkt. „Genau hier.“

„Genau“ sagt Antonio.

„Was wollt ihr?“ Ein Hauch von Verärgerung dringt in Emilios Stimme.

„Nichts. Sofia, komm schon. Lass uns ...“

„Aber ich will das Baby“, jammert sie.

„Genau. Ja. Schnapp dir Luis.“

Als er seinen Namen hört, bäumt er sich auf, lässt meine Brust los und späht hinter mich. Sowie er seine Tante sieht, stürzt er sich auf sie, krabbelt über meinen Körper und zwingt sie, schnell nach ihm zu greifen. „Schätze, ich wurde ersetzt.“

„Ihr zwei, äh ... holt etwas Schlaf nach. Wir kümmern uns um Luis, hier“, sagt Antonio.

Die drei gehen, die Tür schließt sich hinter ihnen und Emilio und ich bleiben allein in meinem Bett zurück. Ich drehe mich zu ihm um, sein Blick bleibt an meiner Brust hängen, als ich merke, dass ich mein Hemd nicht wieder hochgezogen habe. „Oh, mein Gott.“ Ich beeile mich, mich zu bedecken, und er reißt sich los.

„Shit. Es tut mir leid. Ich wollte nicht ... Ich wollte nicht ...“

„Nein, ist schon gut. Meine Schuld.“

Wir fangen beide an zu lachen, weil mir klar wird, wie dumm das ist. Als hätte er meine Brüste nicht schon gesehen. Bis ich mich endlich wieder unter Kontrolle habe, hebt sich meine Brust. Ich wische mir die Lachtränen aus den Augen und drehe mich zu Emilio um, der mich mit einem breiten Grinsen im Gesicht anstarrt.

„Was?“ frage ich, mein Herz schlägt plötzlich laut in meinen Ohren.

Er rückt näher heran und schließt ein wenig die Lücke, die entstanden ist, weil Luis jetzt mit seiner Tante und seinem Onkel spielt. „Bist du noch müde?“, fragt er.

Ich lecke mir über die Lippen, seine Augen verfolgen die Bewegung.

Breite deine Flügel aus, Bibi, sage ich mir. Flieg.

Ich schüttle nur den Kopf. „Nein. Du?"

„Nein."

Im nächsten Moment hat er den Abstand überwunden, seine Hand umschließt meine Wange und seine Augen bohren sich in meine und geben mir jede Gelegenheit, mich zu entfernen. Ich schlucke hart und strecke eine zaghafte Hand aus, um die Linie seines Kiefers nachzuzeichnen. Er erschaudert unter meiner Berührung. „Ich habe dich vermisst." Die Worte schlüpfen durch meine Abwehr und ich erstarre, wartend darauf, was er sagt, aber er sagt nichts. Stattdessen pressen sich seine Lippen auf meine, und ich schmelze mit ihm zusammen, bevor ich merke, dass ich den absolut schlimmsten Morgenatem haben muss, und mich losreiße.

„Shit. Habe ich das falsch gedeutet?"

„Nein. Nein. Ähm ..." Ich springe aus dem Bett. „Warte hier." Ich laufe ins Badezimmer im Flur, putze mir die Zähne schneller als je zuvor im Leben, eile dann zurück in mein Zimmer und schließe die Tür hinter mir. Mein Rücken ist gegen die Tür gepresst, mein Brustkorb hebt und senkt sich, während ich auf Emilio blicke, jetzt, da er nicht mehr von der Decke verdeckt ist. Er sitzt am Kopfende des Bettes, die Decken sind um seine Taille geschlungen und seine Brust ist nackt, so dass sein Tattoo zu sehen ist.

„Geht es dir gut?", fragt er, die Sorge ist deutlich in seiner Stimme zu hören. „Ich kann gehen. Ich meine, ich weiß, du hast gesagt, ich soll bleiben, aber ..."

Ich schüttle den Kopf und klettere zurück auf das Bett, setze mich auf meine Knie und schaue ihn an. „Ich will nicht, dass du gehst."

Seine Schultern entspannen sich. „Was willst du dann?" Es gibt so viel Unausgesprochenes zwischen uns, so viel Ungesagtes, aber dieses Mal lasse ich mich nicht von Angst oder Zweifeln beirren, sondern sage ihm die Wahrheit.

„Alles."

Das Wort kommt mir kaum über die Lippen, da ist er über mir. Er drückt mich mit dem Rücken auf das Bett, sein Körper schmiegt sich an meinen und da er nur einen Boxerslip trägt, spüre ich, wie seine harte Länge gegen meinen Kern drückt. Ich keuche, mein Rücken wölbt sich ihm entgegen.

„Ist alles in Ordnung mit dir? Ist das okay?", fragt er mich, während er an meinem Hals knabbert.

„Gott, ja", zische ich und klammere mich an ihn.

Er zieht sich zurück. Ich protestiere, greife nach ihm, aber er gibt nicht nach. „Was ist das, Mariposa?" Dieses eine Wort lässt mich zusammenzucken.

„Ich weiß es nicht."

Er zieht sich zurück und stützt sich auf seine Knie. Ich stütze mich auf meine Hände, als seine dunkelbraunen Augen meine treffen, und er verbirgt nichts von dem, was er fühlt. Sein ganzes Verlangen, sein Bedürfnis spiegelt sich in seinem Gesicht. Aber da ist noch etwas anderes, eine Verletzlichkeit, die ich sonst nicht sehe.

„Ich will nicht, dass es nichts ist", sagt er. „Wenn das nur eine einmalige Sache sein soll ..."

„Soll es nicht", beeile ich mich, zu sagen.

„Was ist es dann? Ich brauche mehr, damit ich nicht den Verstand verliere." Er lehnt sich vor und drückt seine Stirn gegen meine. „Wenn wir diesen Weg gehen, glaube ich nicht, dass ich dich wieder aufgeben könnte. Beim ersten Mal war es fast unmöglich. I ..." Er lässt einen zitternden Atemzug los. „Kein Zögern. Keine Zweifel. Wenn wir das tun, sind wir beide voll dabei. Hundertprozentig."

Ist es das, was ich will? Bevor sich die Frage vollständig in meinem Kopf formt, weiß ich, dass es das ist.

„Ich bin voll dabei", flüstere ich und ein Lächeln breitet sich auf meinem Gesicht aus.

„Ja?"

„Ja."

„Ja! Gott, ja!", schreit er. Ich lache und lasse mich zurück aufs Bett fallen, als er wieder über mir thront. „Ich werde dich nie wieder gehen lassen, Bibiana Sousa. Nie wieder."

Ich beiße mir auf die Unterlippe. „Ich glaube, das ist okay für mich."

Er küsst mich, seine Zähne beißen in meine Lippen und ich öffne mich für ihn, sein Mund verschlingt meinen in einem hungrigen Kuss, bevor er murmelt: „Du hast dir die Zähne geputzt."

Ich lache. Er will sich wieder zurückziehen, aber ich schlinge Arme und Beine um ihn und reibe mich an seiner Länge. „Dir geht's gut. Küss mich weiter."

Er stöhnt und tut, worum ich ihn bitte.

Er lässt sich Zeit, mich zu küssen, während seine Hände über meinen Körper wandern, als wolle er mich in sein Gedächtnis einprägen. Seine Daumen haken sich in den Rand meiner Schlafshorts ein und ich lockere meine Beine, so dass er sie mir ausziehen und auf den Boden werfen kann. Seine Finger wandern zwischen meine Schenkel und sein Daumen findet meinen Kitzler, streichelt mich in langsamen Kreisen, so dass sich meine Muschi vor Verlangen zusammenzieht.

Gott, es fühlt sich so gut an.

Er hört gerade auf, als der Druck zu wachsen beginnt und ich frustriert aufschreie, aber er kichert nur.

„Geduld", flüstert er, seine Hände gleiten meinen Oberkörper hinauf und unter den Saum meines Tops. Mein Atem geht stoßweise. Er schält den Stoff von meiner Haut, entblößt mich vor seinem hungrigen Blick, und ich schlinge instinktiv die Arme um meine Mitte.

„Nee, äh. Nicht verstecken", sagt er und zerrt meine Arme weg. Ich warte auf seine Abscheu, aber das offene Verlangen in seinem Blick ändert sich nicht. Er beugt sich herunter und platziert einen Kuss zwischen meinen Brüsten, bevor er sich weiter hinabbewegt, um erst einen Hüftknochen und dann den anderen zu küssen.

„Emilio ...“

„Schh ... entspann dich für mich.“ Sein Blick ist schwer vor Verlangen, aber er ist auch aufmerksam, als wolle er sicherstellen, dass es mir gut geht. Und das bin ich. Ich schließe die Augen und lasse den Kopf nach hinten fallen, als er sich zwischen meinen Beinen niederlässt. Seine Hände drücken meine Schenkel auseinander, und ich kämpfe gegen den Drang an, sie zu schließen, aber ich erlaube ihm, mich anzuschauen. „So verdammt schön, und ganz mein.“

Langsam schiebt er einen Finger in mich hinein. Seine Lippen saugen sich an dem empfindlichen Nervenbündel über meiner Öffnung fest. Ich keuche und stöhne seinen Namen, kann nicht stillhalten, während er mich mit dem Finger fickt und an meiner Klitoris saugt. Der Druck baut sich in mir auf, fast so, als würde ich ein Rennen laufen, und innerhalb weniger Minuten nähere ich mich der Ziellinie. Was er tut, fühlt sich unglaublich an, doch ich will mehr. Ich will ihn.

Ich bin schon kurz davor, zu kommen. Aber ich will ihn in mir haben, wenn ich explodiere. „Emilio, bitte.“ Meine Worte missverstehend, erhöht er sein Tempo und fügt einen zweiten Finger hinzu, und ich verkrampfe mich. „Ich brauche ... dich ... in mir.“, keuche ich und er zieht sich zurück, um mich anzusehen, seine Finger immer noch in meinem Inneren vergraben.

„Ich will, dass du mit mir kommst“, sage ich ihm, und ein wildes Grinsen breitet sich auf seinem Gesicht aus, bevor ein Anflug von Irritation ihn dazu bringt, sich ganz zurückzuziehen.

„Eine Minute.“

Immer noch in seinen schwarzen Boxershorts verlässt er den Raum, nur um Sekunden später mit einem kleinen Folienpäckchen in der Hand zurückzukommen. Meine Schultern entspannen sich und er kehrt an meine Seite zurück, lässt die Boxershorts fallen und rollt das Kondom auf seine Länge. Ich lecke mir über die Lippen.

„Bist du bereit für mich?"

Ich nicke. So verdammt bereit.

Er packt meine Hüften und drückt mich tiefer in die Matratze, während er sich mit quälend langsamen Bewegungen zu meinem Zentrum führt. Seine Augen suchen meine, als würde er auf eine Art Erlaubnis warten, also nicke ich und lasse ihn wissen, dass ich meine Meinung nicht ändern werde.

Sein Körper zittert vor Verlangen, als er in mich eindringt, und ich hebe ihm die Hüften entgegen, um ihn tiefer hineinzudrängen. Er stöhnt, bevor er sich komplett in mich schiebt, und dann verharren wir für einige Sekunden so, unsere Brust hebt sich, während wir das Gefühl des anderen genießen.

Er küsst meinen Mund, knabbert an meinen Lippen und an meinem Kiefer und Hals. „Ich werde dich ficken, Bibiana. Ich werde dir zeigen, wie sehr ich dich vermisst habe."

„Ja", stöhne ich, denn Gott, ich will das.

Er zieht seinen Schwanz zurück, nur um wieder in mich zu stoßen, und ich schreie auf. Er lächelt, bevor seine Hand meinen Mund bedeckt und meinen Lustschrei unterdrückt. „Meine Brüder werden denken, ich tue dir weh", warnt er.

Oh, mein Gott, ich vergesse völlig, dass wir nicht allein im Haus sind. Und sie haben es gerade gehört ... Ich stöhne wieder, nur diesmal aus einem ganz anderen Grund.

Er gluckst. „Sei meinetwegen nicht so still", sagt er. „Ich mag es, dich zum Schreien zu bringen."

Er lässt seine Hand auf meinen Mund, während seine Stöße schneller werden. „Das ist es, Mariposa. Du magst das, oder?" Er beißt in meine Schulter und meine Erlösung knallt in mich hinein, meine Muschi krampft sich um seinen Schwanz. Er grunzt, macht aber weiter, seine Stöße kommen härter, schneller.

Seine Küsse werden aggressiver und seine Hand gleitet von meinem Mund.

Die Finger seiner anderen Hand graben sich in meine Hüften, während er wild in mich rammt. Mein Geschlecht krampft sich um ihn und er knirscht mit den Zähnen, ein zweiter Orgasmus baut sich bereits in mir auf. Seine Finger finden meine Klitoris, und er reibt schnelle Kreise, die mich der Erlösung näherbringen. Ohne Vorwarnung senkt er seinen Kopf, sein Mund nimmt einen Nippel zwischen die Zähne und ich fliege über den Rand, ein zweiter Orgasmus bricht über mich herein wie ein Orkan.

Er verlangsamt sein Tempo nicht, seine Stöße sind unberechenbar, während er in meine Brüste beißt, in meinen Hals, in alles, was sein Mund finden kann. Meine Hände wandern über seinen Rücken, meine Nägel graben sich in seine Haut. Das scheint ihn nur noch mehr anzuspornen. Ich schlinge meine Beine um seine Taille, meine Hände klammern sich an seine Schultern. Gott, es fühlt sich so gut an.

Ich spüre den Moment, in dem sein Körper sich versteift und er ein letztes Mal in mich stößt, bevor sein ganzer Körper über mir bebt.

Er lässt sich auf das Bett fallen, verlagert sein Gewicht in letzter Sekunde, um mich nicht zu erdrücken.

Wir liegen beide da, die Haut glitschig vor Schweiß, atmen schwer und starren an die Decke. Nachdem ein paar Sekunden vergangen sind, rollt er sich auf die Füße, entsorgt das Kondom, klettert zurück aufs Bett neben mich und zieht mich in seine Arme.

„Ich habe dich vermisst", sagt er gegen mein Haar, und ein Gefühl der Zufriedenheit durchströmt mich.

„Ich habe dich auch vermisst."

Er holt tief Luft, vergräbt seine Nase in meinem Haar, als er sagt: „Willst du mich diesmal heiraten?"

Ich verschlucke mich an einem Lachen und versuche, mich umzudrehen, um sein Gesicht zu sehen. Er macht Witze, richtig?

Ich sehe ein Grinsen und weiß sofort, dass er sich nur über mich lustig macht, also sage ich: „Nö."

Er tut so, als wäre er verletzt, mit einem gespielten niedergeschlagenen Ausdruck im Gesicht. „Gut. Na schön. Aber du wirst dich mit mir verabreden, richtig? Mein Mädchen sein?"

Ich beiße mir auf die Lippe. „Ja. Ich werde dein Mädchen sein."

Er drückt mich wieder. „Wurde auch Zeit, verdammt. Und wir machen es auf Faceplace oder Tikgram oder wie der Scheiß auch immer heißt, offiziell."

Ich lache. „Du bist ja nicht mal auf Social Media."

„Ist mir egal. Ich werde alle Apps runterladen, nur damit jeder da draußen weiß, dass Bibiana Sousa mir gehört."

Brauchst du mehr? Dann bestell dir unbedingt dein Exemplar von „Cruel Devil „ Buch 3 der „Devils of Sun Valley High"- Serie, das bald erscheint. Oder hol auf und lies Wicked Devil, Buch 1. Jetzt erschienen!

ÜBER SUN VALLEY HIGH - WICKED

Roman Valdez ist der Teufel.
Er verspottet mich.
Er hasst mich.
Er will mich verletzen.

Soll er es nur versuchen.

Er denkt, er sei unverwundbar. Der selbsternannte Teufel von Sun Valley High.
Ich habe alles verloren und jeden, an dem mir etwas liegt.
Er sollte vor mir Angst haben. Nicht ich vor ihm.
Ich habe nichts mehr zu verlieren. Jemanden, der schon gebrochen ist, kann er nicht brechen.

Zumindest habe ich das geglaubt.

Doch als der Teufel anfängt, die Scherben zusammenzusetzen, wird mir klar, dass er mich zwar nicht zerbrechen kann, aber er könnte mich komplett zerschmettern – mein Herz und meine Seele.

Und vielleicht lasse ich das sogar zu.

Böser Teufel ist ein abgeschlossener High-School-Liebesroman, der Themen wie Vergewaltigung, Mobbing und „Feinde werden Liebende" aufgreift. Er befasst sich mit schwierigen Problemen, die von manchen Lesern als Trigger empfunden werden könnten, und wird für erwachsene Leser ab 17 Jahren empfohlen.

ALLIE

„Alejandra, du wirst noch zu spät zur Schule kommen“, ruft mir Janessa zu und verwendet dabei meinen vollen Namen. Ich seufze und beschließe, sie zu ignorieren. Ihr wird es egal sein. Sie hat ihre Aufgabe erledigt und mich an die Uhrzeit erinnert, wie mein Vater es ihr sicherlich aufgetragen hat. *Mein Vater.* Gerald Ulrich als irgendjemand anderen und nicht als einen völlig Fremden anzusehen, ist... *seltsam.*

Ich nage an der Unterlippe und starre mich in dem großen Ganzkörperspiegel an. Innerlich wappne ich mich für den ersten Tag an einer neuen Schule, in einer neuen Stadt, mit einer neuen Familie. Denn mein Leben war anscheinend noch nicht schwer genug gewesen.

Tränen brennen mir in den Augen, aber ich zwinkere sie entschlossen fort. *Komm schon, Allie. Reiß dich zusammen.* Ich werde nicht zulassen, dass ich weine. Nicht heute. Nicht morgen. Nie wieder.

Wenn ich damit anfange, dann kann ich vielleicht nicht aufhören.

Ich atme zittrig ein und lasse mein Aussehen auf mich wirken.

Ich sehe ganz okay aus, schätze ich. Nur, dass das Mädchen, das mir aus dem Spiegel entgegenblickt, kein bisschen wie die Alejandra Ramirez aussieht, die ich in den letzten siebzehn Jahren gewesen bin. Sie sieht vornehmer aus. Reicher. Ehrlich gesagt, sieht die im Spiegel wie eine eingebildete Zicke aus.

Ich sehe absolut nicht wie ich selbst aus. Ich trage weiße Skinny-Jeans, die so eng sind, dass sie wie auf meinen Körper gemalt wirken. Und dazu ein hellrosa Top mit Blumenmuster. Es hat durchsichtige Flatterärmel und zeigt einen schmalen Streifen meines gebräunten Bauches. Es ist unglaublich feminin. Wenn mich mein bester Freund, Julio, jetzt sehen könnte, würde er vor Lachen wahrscheinlich zusammenbrechen. Das ist echt nicht mein Look.

Nicht, dass das hier irgendjemanden interessieren würde.

Zu Hause wäre ich einfach nur mit zerrissenen Jeans, einem alten Band-T-Shirt, einem viel zu großen Hoodie und schwarzen K-Swiss-Sneakern zur Schule gegangen. Mit weißen Sneakern, falls ich mal schick aussehen wollte. Völlig ok, wenn ich die Haare zu einem schlampigen Knoten zusammengebunden und meine goldenen Kreolen getragen hätte. Und dazu noch etwas Eyeliner für Katzenaugen, aber das wär's mit der Schminke schon. Verdammt, an den meisten Tagen habe ich nicht einmal Eyeliner verwendet. Ich war meistens ein bisschen burschikos. Bin ich immer noch.

Doch wenn ich mich jetzt so ansehe, dann würde man das nie erraten.

Letzte Woche, als ich meinen biologischen Vater kennengelernt habe, hat er in seinem edlen, grauen Anzug nur einen Blick auf mich geworfen und seine Oberlippe sofort angewidert verzogen. Ein Mädchen, das nicht nach Mädchen aussieht, ist nicht annehmbar. Ich müsse glaubwürdig wirken, hat mir Janessa, seine persönliche Assistentin, bis jetzt nun schon dreimal zu verschiedenen Gelegenheiten an drei Tagen hintereinander erklärt. Ich bin Gerald Ulrichs Tochter, nicht irgendeine *Chola* vom heruntergekommenen Ende der Stadt. Gerald ist ein bekanntes Mitglied dieser Gemeinde und Geschäftsmann. Gerald hat ein protziges Auto und viel Geld. Und wahrscheinlich hat er ausschließlich schwarze Kreditkarten in seiner Brieftasche.

Seine Tochter muss bestimmten *Erwartungen* entsprechen.

Und hier bitte einmal die Augen verdrehen und eine riesige Portion Sarkasmus einfügen.

Bis vor einer Woche war ich seine entfremdete und vergessene Tochter.

Jetzt nicht mehr.

Nicht, seit Mom gestorben ist.

Ich reibe mir die Brust, wo der Schmerz sitzt. *Warum hast du all das vor mir verborgen, Mom? Dafür muss es einen Grund gegeben haben.*

Man sollte denken, der Typ hätte etwas Nachsicht mit mir, nach allem, was ich durchgemacht habe. Dass er..., dass er sich vielleicht bemühen würde, mich kennenzulernen.

Ich blase genervt die Luft aus und versuche, den aufflackernden Schmerz in meiner Brust zu unterdrücken. Mom kann meine Fragen nicht beantworten. Sie ist tot, und ich bin hier.

Die Gefühle schnüren mir die Kehle zu.

Verdammt. Ich weigere mich, mich wieder von der Trauer überschwemmen zu lassen. Es sollte mir egal sein, dass ich dem Typen nicht gut genug bin. Immerhin bin ich hier. Das bedeutet doch etwas, oder? Ich meine, genau genommen hat er darum gekämpft, mich hier bei sich zu haben.

Er hätte mich in Richland lassen können. Den Rest des Abschlussjahres wäre ich in einer Pflegefamilie untergebracht gewesen. Obwohl, wenn ich ganz ehrlich bin, ich mir nicht sicher bin, ob das besser wäre. Aber wenigstens könnte ich dann in meiner Heimatstadt sein. Ich hätte Julio und Gabe und Felix – meine Freunde – Menschen, die sich tatsächlich für mich interessieren.

Aber Minderjährige haben bei solchen Dingen kein Mitspracherecht.

Wenn Mom hier wäre, würde sie mir sagen, ich soll stark sein. Tapfer sein. Sie sollte hier sein. Aber sie ist es nicht, also muss ich allein tapfer sein.

Alles klar. Ich schaffe das.

Mir bleibt gar nichts anderes übrig.

Janessa hat mir das Outfit für den ersten Schultag und auch den Rest meiner neuen Garderobe besorgt, weil mein Zeug in dem Brand vernichtet wurde. Genau genommen ist es auch nicht der erste Schultag. Ich wechsele gegen Ende des ersten Trimesters zur Sun Valley High, doch für mich ist es *mein* erster Tag an dieser Schule.

Juhu!

Ich hasse das Outfit. Die Kleidung. Die Schminke und das Parfüm. Aber als ich gegenüber Janessa angedeutet habe, dass das eigentlich nicht mein Stil ist, hat sie so finster drein geschaut, als ob ich sie beleidigt hätte. Und dann hat sie mich daran erinnert, dass ich die Vergangenheit loslassen müsse.

Sie wollte mich mit ihren Worten nicht verletzen. Zumindest glaube ich das. Janessa kommt mir nicht wie ein grausamer Mensch vor. Aber sie denkt, dass mein Leben davor unter meiner Würde war. Des Namens Ulrich unwürdig. Und sie ist nur die Assistentin meines biologischen Vaters.

Nachdem sie mir erzählt hatte, was für ein Glück ich doch hätte, wieder mit meinem Vater vereint zu werden, beschloss ich, dass es leichter wäre, einfach zu allem Ja und Amen zu sagen und keinen Ärger zu machen. Es ist das Abschlussjahr. Bald bin ich achtzehn und nach dem Abschluss kann ich in mein altes Leben zurückkehren. Ich kann dieses Haus verlassen. Diese Stadt. Diese Leute.

Und dann werde ich trauern.

Ich löse meine langen dunkelbraunen Haare und benutze das Glätteisen, das mir Janessa gegeben hat, um sie in glatte, glänzende Strähnen zu verwandeln. Anschließend trage ich Make-Up auf.

Ich muss einen guten ersten Eindruck machen.

Mit ein wenig Concealer verstecke ich die Augenringe, die ich vom Schlafmangel habe. Etwas Rouge und Bronzer, um meine Blässe zu verbergen, Mascara und transparentes Lipgloss, damit ich ein bisschen frischer wirke. Janessa wäre sehr angetan.

Das bin ich nicht. Ich hasse es. Andererseits möchte ich im Moment auch nicht ich selbst sein. Ich will nicht das Mädchen sein, dessen Mom gestorben ist. Das Mädchen, deren Freund am selben Abend mit ihr Schluss gemacht hat. Oder das Mädchen, das ihre einzige Freundin an genau diesen Freund verloren hat. An den Mistkerl, der mich betrogen hat. Mit ihr. Und jetzt fange ich an einer neuen Schule an und lebe bei einem Vater, den ich kaum kenne. Das setzt meinem wunderbaren Leben noch ein Sahnehäubchen auf.

Meine Schultern sinken nach unten. Ich schnappe mir den neuen hellrosa Rucksack – echt nicht meine Farbe – und rutsche mit den Füßen in ein Paar Lauren Sneaker von Chloé. Sie haben fast fünfhundert Dollar gekostet.

Wie affig ist das denn? Wer gibt schon fünfhundert Dollar für Schuhe aus? Das ist so viel wie die Miete. Na ja, vielleicht nicht so viel. Doch es reicht, um Strom, Gas und Wasser zu bezahlen.

Mir entweicht ein Seufzer. Ich weiß, ich sollte dankbar sein. Sie sind schön. Aber ich fühle mich nicht wohl mit dem ganzen Geld und dem teuren Zeug. Ich hatte früher so etwas nicht. Mom war alleinerziehend. Sie hat zwei Jobs gemacht, damit wir über die Runden kamen. Und ich habe meine Klamotten bei Ross oder Target gekauft. Das Gesicht, das Janessa gezogen hat, als ich vorgeschlagen habe, wir könnten dort einkaufen, um meine Sachen zu ersetzen!

Ich verlasse mein Zimmer, flitze die Treppe herunter und schnappe mir in der Küche eine Tasse Kaffee. Janessa steht an der marmornen Kücheninsel und lächelt breit. Von Gerald ist nichts zu sehen. Sie reicht mir einen Kaffeebecher zum Mitnehmen. „Hier, Süße. Ich habe dir Kaffee gemacht. Wir müssen los, damit du an deinem ersten Tag nicht zu spät kommst."

Ich nicke und schaue mich noch kurz im Raum um, bevor ich ihr folge und einen Schluck von dem widerlich süßen Kaffee nehme. *Igitt.* Ich trinke meinen Kaffee schwarz, nicht mit dem aromatisierten Kram, den sie in den Becher gekippt haben muss. Ich hätte gut Lust, das Zeug wegzuschütten und mir einen neuen Kaffee einzugießen. Aber ich tu's nicht. Das wäre *unhöflich*.

Janessa bemerkt meinen suchenden Blick und beantwortet die unausgesprochene Frage. „Dein Vater ist schon im Büro. Sein Terminplan ist ziemlich voll, und deine Ankunft war nicht", sie hält inne, „geplant."

Ich presse meine Lippen zu einer schmalen Linie zusammen. Nein, das war sie sicher nicht. Ich wette, er war total begeistert, als er vom Jugendamt *diesen* Anruf erhielt. Ich war die erste Woche, nachdem Mom gestorben war, bei Julios Familie geblieben, während er die Vaterschaft prüfen ließ. Mein guter, alter Dad musste auf Nummer sicher gehen. Ich hatte gehofft, dass ich das gesamte Abschlussjahr bei meinem besten Freund bleiben könnte. Julios Eltern wären mit der Idee einverstanden gewesen. Aber sobald Gerald Ulrich durch das Testergebnis als mein Vater bestätigt wurde, kam diese Option nicht mehr infrage.

Er wollte mich haben. Immerhin etwas, rufe ich mir ins Gedächtnis. Ich bin erwünscht. Auch, wenn er sich immer noch nicht so benimmt.

Draußen steige ich in Janessas weißen Porsche Taycan 4S ein. Er liegt lächerlich tief und kostet mehr als mein altes Haus. Ich habe sie gegoogelt. Die Kosten ihres Autos. Ich weiß nicht, wie viel ihr Gerald dafür zahlt, seine persönliche Assistentin zu sein, aber es muss eine Menge sein, wenn sie sich so ein Auto leisten kann. Von den wenigen Malen ausgehend, bei denen ich sie zusammen mit Gerald gesehen habe, wäre ich allerdings nicht überrascht, wenn sie mehr als nur seine Assistentin wäre. Ist wohl eher eine Büroromanze. Voll das Klischee.

Er ist zweiundfünfzig, und sie hat gerade erst ihren Uniabschluss gemacht. Sie könnte locker meine große Schwester sein. Aber wer bin ich schon, um das zu verurteilen?

Vor einer Woche ahnte ich nicht einmal, dass ich einen Vater habe. Ich meine, mir war klar, dass jemand zu meiner Geburt und all dem beigetragen haben muss, doch ich wusste nicht, dass er irgendwo da draußen war und er von mir wusste. Um ehrlich zu sein, habe ich irgendwie immer angenommen, er sei gestorben. Und das war für mich in Ordnung.

Mom hat nie über ihn geredet, und ich war nicht eines dieser Kinder, die das Gefühl hatten, ohne ihren Vater entgehe ihnen etwas. Sie war immer genug gewesen.

Tränen brennen in meinen Augen, und ich schiebe die alten Erinnerungen zur Seite.

Es dauert zwanzig Minuten, um zur Sun Valley Highschool zu gelangen. Janessa schwafelt über irgendwelchen Blödsinn, und ich höre ihr den Großteil der Fahrt gar nicht zu. Als sie auf den Schulparkplatz fährt, sticht ihr Porsche unangenehm hervor, und alle Augen richten sich auf uns, während sie parkt. Ich schlucke schwer und will mich zügig abschnallen. Sie zieht die Handbremse, als ob sie plane, mit mir hereinzukommen. „Ich komme schon klar", versichere ich ihr. „Ich bin ein großes Mädchen." Ich schnappe meine Tasche, lasse absichtlich den Kaffee zurück und öffne schnell die Tür-

„Aber es ist dein erster Tag. Ich kann mit dir reingehen. Ich bin sicher, dass es Papierkram gibt und –"

„Es ist okay. Ich mache das schon." Die Blicke der an mir vorbeigehenden Schüler entgehen mir nicht. Manche sind neugierig, aber die meisten sehen genervt aus. Ich will nicht, dass dieses genervt sein in Verachtung umschlägt. Und ich möchte nicht, dass ich als Snob abgestempelt werde.

Ich musste Gerald darum betteln, mich zur Sun Valley High

gehen zu lassen. Er hatte mich zur Suncrest Academy schicken wollen. Die beste Privatschule in der Region und die Highschool, die landesweit den drittbesten Ruf hat. Die Vorstellung, dass ich eine öffentliche Schule mit all den *Assis* der Stadt besuche, behagt ihm nicht. Seine Worte, nicht meine. Aber seitdem ich diese Debatte gewonnen habe, habe ich ihm bei nichts anderem widersprochen. Nicht bei der Kleidung. Nicht bei den Wohnbedingungen. Nicht bei den Regeln – ich erkenne eine verlorene Schlacht, aber er hatte nachgegeben und mir diese eine Sache zugestanden. Und Janessa wird mir das gleich ruinieren.

„Bist du sicher? Dein Vater wäre nicht froh, wenn –"

„Ich komme klar. Versprochen." Ich schlage die Tür hinter mir zu und gebe ihr keine Gelegenheit für weitere Kommentare. Ich eile über den Parkplatz zum Haupteingang der Schule. Ein großes rotes Teufelsmaskottchen starrt auf mich herunter.

Willkommen in der Sun Valley High, Heimat der roten Teufel.

Ich gehe durch die offenen Türen. Eine ungute Vorahnung überkommt mich, aber ich unterdrücke das Gefühl.

Ich schaffe das.

Mom war stark. Ich kann auch stark sein.

Ich muss einfach nur einen Tag nach dem anderen angehen.